Sabine Gruber

Daldossi oder Das Leben des Augenblicks

Sabine Gruber

Daldossi
oder
Das Leben des Augenblicks

Roman

C.H.Beck

Wir erinnern uns in Bildern. Wenn wir uns verbieten, Bilder anzusehen, wie sollen wir das Geschehene im Gedächtnis speichern? Woran wir uns nicht erinnern, das hat nicht stattgefunden.

Christoph Bangert

Umschlaggestaltung: Rothfos-Gabler
Umschlagabbildung: Sabine Gruber, Kairo 2011
Satz: Fotosatz Amann, Memmingen
Druck und Bindung: GGP Media GmbH, Pößneck
Gedruckt auf säurefreiem, alterungsbeständigem Papier
(hergestellt aus chlorfrei gebleichtem Zellstoff)
Printed in Germany
ISBN 978 3 406 69740 1

www.chbeck.de

Für meine Freunde und
für Bonginkosi

I

Die Vögel hatten wegen des Gefechtslärms die Bäume verlassen und waren davongeflogen.

Bruno Daldossi saß auf der Rückbank eines Kleinbusses, schaute aus dem Fenster. Sie fuhren auf das Dorf zu. Er versuchte zu verstehen, was in diesem Augenblick geschah oder was passieren könnte, war aber gleichzeitig abgelenkt. In zwei Tagen würde er wieder bei Marlis sein; er konnte selbst hier, auf dem Land, ihre Haut riechen, zerwühlte in Gedanken ihr Haar, küßte sie zwischen die Beine.

Am linken Straßenrand steckten rotbemalte Holzpfosten in der Erde. *Danger* hatte jemand auf ein Schild geschrieben.

Einmal hatte Daldossi in Bosnien die Straße verlassen müssen, um zu pinkeln. Während er den Schwanz zurück in die Hose gesteckt und den Reißverschluß zugezogen hatte, waren zwei Männer ein Stück weit auf ihn zugelaufen und hatten geschrien. Daldossi war so in Gedanken versunken gewesen, daß er nicht gleich verstanden hatte, was sie von ihm wollten, warum sie nicht näher kamen. Zwei Stunden hatte er dann bewegungslos im Feld ausgeharrt, bis der Minensuchtrupp gekommen war, um ihn aus dem gefährlichen Gelände zu befreien.

Wieder war das Knattern eines Maschinengewehrs zu hören. Er wandte den Kopf, konnte aber nichts erkennen. Der Widerhall kam von weit her. Scharfe Munition erzeugt nach dem Abfeuern einen zweiten Knall, manchmal einen dritten beim Einschlag.

Daldossi vermutete die Scharfschützen hinter dem bewaldeten Hügel. Dort war vor wenigen Minuten die Sonne untergegangen. Herbstkälte breitete sich aus.

Was wird das jetzt, fragte Henrik Schultheiß neben ihm.

Daldossi schaute schweigend in die Landschaft, sah einen Ausschnitt aus Himmel, Bäumen und Wiese in diffusem Licht. Er hatte immer schon photographiert. Auch damals, als er noch gar keine Kamera besessen hatte. Von klein auf hatte Daldossi mit den Daumen und Zeigefingern die Form eines Vierecks nachgebildet und durch den Fingerrahmen Gegenstände, Autos, Wälder und Gesichter betrachtet. Und wenn er lange genug stillgehalten hatte, war es ihm sogar gelungen, das fertige Photo vor sich zu sehen.

Mit zehn hatte er von seiner Mutter zu Weihnachten einen Photoapparat geschenkt bekommen. Ständig hatte ihm sein Vater Vorhaltungen gemacht, er verprasse zuviel Geld, verschieße zu viele Filme.

Schultheiß klopfte mit dem Zeigefinger auf Daldossis Oberarm.

Dieses Mal mußte Daldossi reagieren.

Sag schon, was wird das.

Ich weiß es nicht.

Das Auto fuhr die Straße hinunter. Rechter Hand auf der Wiese wuchs noch immer fettes Gras.

Schultheiß redete gerne, und er redete viel. Es war nicht das erste Mal, daß sie beide gemeinsam unterwegs waren. Aber jetzt war es besser, die Augen offenzuhalten. Es steckten noch immer Warnschilder im Boden, und es waren keine Menschen zu sehen.

Kein gutes Zeichen, dachte Daldossi. Die Leute kriegen in der Regel mit, wenn irgendwo eine Bombe in die Erde gelegt wird, sie verschwinden, bevor sie gezündet wird.

Ich weiß nicht, warum ich diesen Quatsch hier mitmache, sagte Schultheiß. Eigentlich will ich sowieso nicht mehr.

Es zwingt dich keiner. Steig einfach aus.

Jetzt? Schultheiß schüttelte den Kopf. Ich bin kein Selbstmörder. Hast du den starren Grashalm vorhin bemerkt? Der

Oberfeldwebel meinte, es sei ein Minenzünder. Und das gelbe Spielzeugauto vor dem großen Stein?

Hab ich. Und du – hast du den dünnen grünen Faden gesehen?

Wo?

Er verlief entlang der Straße, man konnte ihn zwischen den Grasbüscheln nicht erkennen. Ich hatte zufällig die Brille auf, weil Marlis kurz vorher eine SMS geschickt hat. Sie ist sehr aufgeregt, sagte Daldossi, sie bekommt demnächst einen neuen Bären für ihr Gehege in Zwettlburg. Ein Jungtier, das von den Behörden beschlagnahmt worden ist.

Warum das denn? Schultheiß wippte mit den Beinen.

Man hatte es in einer winzigen Betongrube gehalten. Jetzt wird der Bär in den niederösterreichischen Wald übersiedelt. Marlis wird für seine Erholung sorgen.

Ein vernünftiger Beruf, sagte Schultheiß. – Der Typ fährt ein bißchen schnell, findest du nicht? Schultheiß beugte sich vor, um einen Blick auf den Tacho zu werfen oder um den Fahrer zu ermahnen. Der drehte sich in diesem Moment zu ihm nach hinten und verriß das Lenkrad. Er steuerte den Kleinbus in die Wiese.

Shit. Haben Sie keine Augen im Kopf?

Der Wagen kam drei Meter von der Straße entfernt zum Stehen.

Schultheiß griff nach dem Oberarm des Fahrers und schüttelte ihn.

Sie haben mich abgelenkt, sagte der Mann.

Ich hab gar nichts! Sie waren zu schnell unterwegs. Das hab ich kommen sehen. Jetzt stecken wir in der Scheiße.

Daldossi öffnete die Tür.

Schultheiß riß ihn zurück. Hast du die roten Pfosten nicht gesehen?

Doch.

Ja dann?

Ich suche nach der Reifenspur.

Warum das?

Ist vermutlich die einzige Möglichkeit, um heil auf die minenfreie Straße zu gelangen.

Und wenn du daneben trittst? Das sind die wirklich gefährlichen Seitensprünge, sagte Schultheiß und fing an zu lachen.

Werd jetzt nicht albern. Daldossi zog die Autotür wieder zu und kletterte nach hinten. Wir haben Glück.

Glück nennst du das? Schultheiß fuhr sich durchs Haar und zog den Reißverschluß seiner wattierten Jacke nach oben.

Wir könnten jetzt auch in einem kleineren Auto ohne Hintertür sitzen, sagte Daldossi.

Dann wäre ich aber selber gefahren, und wir wären nicht in dieser verseuchten Wiese gelandet.

Noch ist nichts passiert.

Es gibt auch Minen, die erst bei der zweiten Berührung hochgehen.

Zieh deinen Gürtel aus, sagte Daldossi.

Was willst du damit?

Oder hast du eine Mütze oder Wollhandschuhe dabei?

Nur einen Schal, sagte Schultheiß.

Gut. Trenn ihn auf.

Spinnst du? Den hat mir Johanna gestrickt.

Wir haben nicht viel Zeit zu verlieren. Das Gras richtet sich wieder auf, sagte Daldossi. Er kniete auf der schmalen Ladefläche und versuchte sich den genauen Verlauf der Reifenspuren einzuprägen. Dann setzte er sich hin, hielt die Beine hoch.

Schultheiß reichte ihm den Schal nach hinten.

Mit einem Farbspray wäre es einfacher, die sicheren Trittstellen einzuzeichnen, sie hatten aber keinen dabei.

Typisch, daß Schultheiß sitzen blieb und ihn die Arbeit machen ließ.

Versuchen wir es einmal so, sagte Daldossi und trat mit dem rechten Fuß in die Spur.

Ich weiß nicht, ob es klug ist, auf der Rückbank zu bleiben, sagte er zu Schultheiß.

Vorsichtig legte er den Schal aus, markierte damit den rechten Rand der Reifenspur, ihren weiteren Verlauf, dann setzte er den anderen Fuß ins Gras. Als Daldossi die Straße erreichte, pfiff der Oberfeldwebel die Übung ab.

Schultheiß stieg aus dem Auto und stellte sich zu den anderen Journalisten und Photographen dazu.

Ihr Kollege hatte recht, sagte der Oberfeldwebel zu Schultheiß, Sie hätten in Deckung gehen müssen, vorne beim Fahrer.

Es schien, als prallten die Strahlen am Wasser ab, als wäre seine Fläche aus einer festen und harten Materie, wie bei einem Sprung aus hundert Metern Höhe, wenn der menschliche Körper nicht mehr einzutauchen vermag, ohne sich zu verletzen. Auch an jenem Tag sah es aus, als zerschellte das Licht auf dem dunklen, stillen Meer. Das Glitzern und Gleißen blendete die Frauen und Männer im Fischerkahn, die eng aneinandergedrängt dasaßen und schwiegen. Von den neunundvierzig Passagieren war nur noch einem der älteren Männer etwas zu trinken übriggeblieben, die anderen hatten ihren Flüssigkeitsvorrat aufgebraucht und die leeren PET-Flaschen von Bord geworfen. Fast alle der unter dreißig Jahre alten Bootsinsassen dösten vor sich hin oder hielten mit zusammengekniffenen Augen Ausschau nach dem Küstenstreifen, lediglich die Männer, die hinten saßen, wandten immer wieder den Kopf und blickten auf das V-förmige Muster der Kielwelle.

Die Augen der Frauen und Männer waren von der salzigen Seeluft gerötet, die Haut brannte von den Stunden in der prallen Sonne.

Die Kälte, die sich nach dem Sonnenuntergang auszubreiten begann, erst kaum merkbar, weil die Haut sich noch an die Hitze des Mittags und die Wärme des späten Nachmittags erinnerte, kroch nach und nach in die dünnen Anoraks, T-Shirts, Hosen und langen Röcke, biß sich darin fest, so daß die zwei Frauen, die hinten saßen, mit den Zähnen zu klappern begannen, den Kopf auf die Brust sinken ließen und ihre Scheu vergessend, noch näher an ihre Nachbarn heranrückten.

Von den neunundvierzig Passagieren, die in Zuwara an Bord gegangen waren, konnten nur einige Männer und eine Frau schwimmen. Mit Schiffen vertraut war niemand, nicht einmal die zwei offiziellen Steuermänner hatten Erfahrungen auf See gesammelt. Die Ägypter hatten vorgegeben, sich auszukennen, in Wirklichkeit waren auch sie nie mit einem Boot aufs offene Meer hinausgefahren. Die beiden waren in den Augen der Fahrenden Wegweiser in der Weite des Meeres, Führer, denen alle vertrauten, weil sie für die Reise bezahlt und monatelang auf den – wie es hieß – *idealen Tag* der Überfahrt gewartet und dafür eine große Summe an Madame Ganat entrichtet hatten. Keiner erzählte, daß Madame das Geld zweimal, bei der Aufnahme in deren heruntergekommenes, überfülltes Haus und viele Monate später beim Aufbruch nach Lampedusa verlangt hatte, keiner sagte laut, daß man ihm sein letztes Erspartes, das für den Neuanfang in Italien gedacht gewesen war, abgenommen, daß er in der Aufregung der plötzlichen, seit Monaten herbeigesehnten, aber fast nicht mehr erwarteten Abreise widerstandslos die Dollarscheine an die Schlepper übergeben hatte. Andernfalls wäre sein Platz in dem randvoll besetzten Boot jemand anderem überlassen worden. Manche schwiegen, weil sie ohnehin niemand verstanden hätte oder weil die eigene Angst und die Ungewißheit über den Verlauf der Reise ihnen den Mund verschlossen.

Die zwei Ägypter hielten beide eine kurze Eisenstange in der Hand; vom älteren hieß es, er trüge noch eine andere Waffe bei sich. Sehr bald war allen klar, daß die Stangen keine der Bootsfahrt nützlichen Gegenstände waren, sondern als Waffe benutzt wurden, als Respekt verschaffende Schlaginstrumente, mit denen die Bootsinsassen ruhig gehalten wurden.

Marik war zweiundzwanzig, er war weniger brutal als Kamal, der nichts von sich preisgab, vermutlich weil er fürchtete, daß die anderen Frauen und Männer persönliche Äußerungen als Zeichen der Schwäche interpretieren könnten. Kamal schrie von Anfang an, Marik nur, wenn Kamal ihn dazu aufforderte. Beide reisten gratis, weil Steuermänner immer gratis übersetzen durften. Kamals Haut war von dünnen schwarzen Haaren bewachsen, selbst das Gesicht wies mit Ausnahme der Augen-, Nasen- und Mundpartie dunkle Haarschatten auf.

Die Stunden zuvor waren ruhig verlaufen. Am Abend wuchsen die Wellen zum ersten Mal, das Boot schaukelte heftig, es schien jedes Mal, als fiele es von einer hohen Welle in einen Abgrund. Wasser drang ein.

Nuruddin, der jüngste Somalier – er war fast fünfzehn –, hatte sich übergeben und es nicht rechtzeitig an die Bordkante geschafft. Der Geruch des Meeres war intensiv, egal woher die Winde kamen, als habe das Erbrochene die Duftwolkendecke verstärkt. Sie erinnerte an Fäulnis, an Schwefel, und die am Morgen über dem Boot kreisenden Seevögel bekräftigten die Vorstellung von verwesender Materie.

Nachdem die turbulente Nacht vorüber war, machte sich Erleichterung breit. Die meisten der Bootsinsassen waren eben erst eingeschlafen oder dösten, als das Tuckern des Motors abrupt aussetzte.

Viele dachten wohl, sie hätten den größten Teil der Strecke hinter sich gebracht, sie schliefen aus Erschöpfung über die durchwachten unruhigen Stunden, wähnten sich schon in Sicherheit, weil sie sich nach dem hohen Seegang keinen noch höheren vorzustellen vermochten, ihn sich nicht mehr vorstellen wollten.

Sie sahen sich bereits an Land gehen, mit heilen Körpern und Zukunftsvorstellungen, die sie sich all die Jahre und Monate zuvor ausgemalt hatten, die ihnen geholfen hatten, die Strapazen und Entbehrungen auszuhalten.

Sogar die beiden Steuermänner reagierten nicht sofort, zeitversetzt hörte man sie fluchen, und die wacheren unter den Passagieren schrien alsbald wild durcheinander. Kamal hielt seine Eisenstange in die Höhe und drohte diejenigen zu schlagen, die nicht stillhielten, denn die lauten Stimmen wurden von wilden Gebärden Richtung Motor begleitet.

Die drei Syrer, zwei davon Brüder, hatten sich kurz erhoben, um sich einen Überblick zu verschaffen. Eine der beiden Frauen sprang ebenfalls auf, sagte aber kein Wort. Allzu heftige Bewegungen konnten das Boot zum Kippen bringen; Marik deutete mit der Hand, alle mögen sich setzen. Kamal griff mit der Rechten in seine Hosentasche, zog eine Pistole heraus.

Der ausgefallene Motor schien weniger Schrecken zu verbreiten als der Lauf der Schußwaffe. Die sichtbare Bedrohung zeigte sofortige Wirkung: Es herrschte Stille, angstvolles Staunen. Das unterdrückte Kreischen einer der beiden Frauen erinnerte an ferne Möwenschreie. Nuruddin zitterte wie im Fieber.

Die Steuermänner waren nicht in der Lage, den Motor zu reparieren. Nuruddin dämmerte vor sich hin. Eine der beiden Frauen hatte ihr Gesicht hinter den Händen versteckt und weinte tränenlos. Selbst das Beben ihres Körpers war kraftlos. Die drei Syrer warteten auf die Dunkelheit und darauf, daß Kamal geschwächt und übermüdet die Augen schließen würde. Sie überwältigten Marik und entwaffneten anschließend Kamal, um an den kaputten Motor heranzukommen. Tatsächlich schaffte es einer der Brüder, den gerissenen Riemen notdürftig zu flicken und das Boot in Bewegung zu setzen.

Die Ausrufe der Freude hörte Nuruddin nicht mehr, auch nicht die Kommentare zweier Landsmänner, Kamal solle man ins Wasser werfen, er tauge nicht als Steuermann. Nuruddin war ohnmächtig geworden, die junge Frau vor ihm rüttelte vergeblich an seinen Beinen. Sie hörte damit auf, als der Riemen des Motors neuerlich riß.

Das Schiff trieb auf offener See. Es vergingen mehrere Tage und Nächte. Die Niedergeschlagenheit und die körperliche Schwäche unter den Flüchtlingen waren inzwischen so groß, daß kaum einer der Bootsinsassen die Augen offenhalten konnte. Nuruddins Tod blieb eine Weile unbemerkt, bis die jüngere der beiden Frauen gegen seine Beine stieß.

Kamal durchforstete Nuruddins Kleidung, bevor er mit Hilfe zweier anderer die Leiche ins Meer warf. Wenig später hatte sich die junge Frau auf die Bordkante gesetzt und nach hinten fallen lassen. Sie war fast lautlos ins Wasser geglitten. Über eine Stunde hatten die am Rand sitzenden Bootsinsassen die tote Frau treiben gesehen.

So starben immer mehr Bootsinsassen an Erschöpfung und Austrocknung. Die Flüssigkeit entschwand über den Urin, den Stuhlgang, den Schweiß und die Atemluft aus ihren Körpern. Anfangs wurden die Toten noch mit Gebeten verabschiedet, später warfen die Flüchtlinge die leblosen Körper schweigend ins Wasser.

Als zum ersten Mal die fernen Lichter eines fremden Fischerboots zu sehen waren, schöpften einige Männer und Frauen Hoffnung.

Da sich das Boot kaum von der Stelle bewegte, hatte Kamal die Idee, zwei oder drei sollten zum Fischerboot schwimmen, um Hilfe zu holen. Von denen, die schwimmen konnten, waren bereits zwei Männer tot, einer litt an Durchfall und war viel zu schwach. Kamal, der mit Unterstützung von Marik wieder in den Besitz seiner Waffen gelangt war, zwang zwei Nichtschwimmer, ihn zu begleiten. Er schüttete den Rest des Benzins aus den Blechfässern ins Meer und befahl einem Syrer und einem Somalier, sich an den Benzinfässern festzuhalten und Richtung Boot zu strampeln. Kamal begab sich zu ihnen ins Wasser, doch die beiden Nichtschwimmer wurden von der Strömung abgetrieben. Mit letzter Kraft schwamm Kamal zum Flüchtlingsboot zurück. Er bat diejenigen, die im Fischerboot geblieben waren, ihn an Bord zu ziehen. Er solle die beiden anderen zurückholen, sagten die syrischen Brüder, die den Motor repariert hatten, dann würden sie ihm helfen. Kamal schwamm den beiden hinterher und ward nicht mehr gesehen.

Es überlebten nur jene, die mit ihren Kräften sparten und sich kaum bewegten. Einzelne deckten sich mit Leichen zu, weil es in der Nacht kalt geworden war, oder sie legten sich auf die Toten, um nicht mit den Exkrementen auf dem Schiffsboden in Berührung zu kommen.

Als das im Meer treibende Boot von zwei Fischern entdeckt wurde, glaubten die beiden Italiener, sie seien auf ein Totenschiff gestoßen; erst nachdem sie in die Nähe des Boots gekommen waren, hatten die Fischer leises Wimmern vernommen.

Der jüngere der syrischen Brüder war der einzige gewesen, der noch einen Arm hatte heben können. Die anderen Flüchtlinge waren so schwach gewesen, daß sie nicht imstande waren, die Wasserflaschen und das Brot, das ihnen die Fischer zuwarfen, sich zu nehmen.

Im Hafen von Lampedusa wurden die Toten in Säcke gesteckt und weggebracht.

Jemand bemerkte, daß sich der Körper einer jungen Frau, die man schon für tot gehalten hatte, bewegte.

Der Mann, der Djamila wieder aus dem Sack hervorholte, trug die Sonnenbrille in die Haare geschoben, obwohl tiefe Nacht war. Die Fünfzehnjährige war stark abgemagert, ihr Kopf schwankte. Sie sah kurz in das Gesicht des Mannes, schloß aber vor den sie anstrahlenden Taschenlampen und den Blitzlichtern sofort wieder die Augen.

II

Ein Mädchen mit einem Aluminiumteller in der Hand dreht sich mitten auf der Straße zwischen zwei bis auf die Grundmauern heruntergebrannten bombardierten Häuserzeilen nach dem Betrachter um. Es trägt einen dicken schwarzen Mantel und ein olivgrünes Kopftuch. Die zwei Bäume am Straßenrand sind verkohlt. Überall liegt Schutt. Der Teller in der Mitte des Bildes ist der einzige helle Gegenstand in der überwiegend schwarzgrauen, winterlichen Ruinenlandschaft.
Tschetschenisches Mädchen mit Teller*, Farbphotographie, Grosny/ Tschetschenien, Jänner 1995, veröffentlicht in Estero am 16.1.1996.*

Bruno Daldossi war aufs Land gefahren, in das Waldhaus seines Freundes. Auf dem Weg dorthin hatte er beinahe einen Fuchs überrollt. Er konnte den Wagen rechtzeitig anhalten, hörte erst das Quietschen der Bremsen, unmittelbar danach einen dumpfen Knall und leises Klirren. Die Kartonschachtel im Kofferraum war umgefallen und aufgebrochen. Der Fuchs hatte überlebt, auch die Flaschen waren heil geblieben und lagen verstreut zwischen seiner Reisetasche und dem Verbandskasten. Zum Glück war niemand hinter ihm gewesen, keiner ihm entgegengekommen.

Immerhin – das Auto hatte Marlis ihm gelassen.

Rauhreif lag auf den Feldern, und Nebel hing über den Teichen und Wäldern. Was wollte er in der Natur. Abschalten, hatte Paul Vogel gesagt. Als könne man sich selbst abschalten. Er brauchte nur neue Aufträge. Das Laub hatte den Rasen vor dem Haus zugedeckt, unaufhörlich rieselte es von den Bäumen, selbst wenn der Wind aussetzte. Daldossi war auf die Terrasse getreten, um zu rauchen. Am frühen Morgen, als er in die Küche gegangen war, um Wasser zu trinken, hatte er vom Fenster aus ein Reh gesehen; es war den Maschendrahtzaun entlanggegangen und hatte zu ihm herübergeschaut. Jetzt hoffte er, es möge zurückkommen, aber er ahnte, daß sich dieser Wunsch nicht erfüllte. Es war eigentlich kein Wunsch, sondern eine Reaktion. Er mußte alles Auffällige festhalten, und um es festhalten zu können, mußte es sich wiederholen oder er mußte es inszenieren.

In letzter Zeit hatte die Konzentration abgenommen, er reagierte nicht mehr schnell genug. Es war auch schon vorgekommen, daß er die Kamera im Auto gelassen hatte, nicht, weil er sie vergessen hatte, sondern weil sie ihm in dem Augenblick, in dem er aus dem Wagen gestiegen war, gleichgültig gewesen war.

An diesem lichtlosen Tag erschienen ihm die knorrigen Obstbäume in Vogels Garten gestaltenhaft, als hätten sie ihr Pflanzenleben mit den Blättern abgelegt. Je länger Daldossi die Stämme und Äste betrachtete, desto undurchdringlicher kamen sie ihm vor, daran vermochten auch die Kleiber nichts zu ändern, welche die Stämme hinauf- und hinunterliefen.

Abschalten. Sein Freund wußte nicht, wovon er sprach.

Daldossis Gedankenschalter hatte die Angewohnheit, hartnäckig in seinem Zustand zu verharren, es war kein Standby möglich, die Bilder ließen sich nicht wegklicken, die Wörter nicht streichen, es sei denn, Daldossi hatte getrunken oder er war endlich, meist mit Hilfe von Beruhigungsmitteln, eingeschlafen.

Abschalten. Er schüttelte den Kopf. Der Wind fuhr in die Baumwipfel des Waldes, der hinter dem Zaun begann.

In den hohen Baumkronen hingen zwei Fallschirmjäger. Nein, sie hingen nicht dort. Doch Daldossi sah ihre herangezoomten, von Feindkugeln durchsiebten Körper, die in die Kronen gefallen waren; er dachte an das erfrorene Mädchen, das beim Klettern von Tschetniks getroffen worden war, an dessen dünne Beine, die von einem Apfelbaum hingen wie gepelzte Äste.

Er schloß die Lider, warf die Zigarette ins nachtnasse Laub und ging zurück ins Haus.

Das iPhone auf dem kleinen Küchentisch war dunkel. Er setzte sich und legte die Hände auf seine Oberschenkel, die Fingerspitzen zeigten nach innen; je länger er sie betrachtete, desto weniger erschienen sie ihm zugehörig. Die Hände berührten sich nicht, sie sahen aus, als stünden sie sich als Feindformationen gegenüber, als lauerten die einzelnen Finger auf einen Angriff.

Einmal, in Grosny, hatte er seinen in der Kälte unbeweglich gewordenen Zeigefinger kaum auf den Auslöser legen können.

In Stalingrad wärmten die Soldaten ihre Hände im Blut der Toten, um weiterschießen zu können.

Hör auf damit, hatte Marlis gesagt, als Daldossi ihr davon erzählt hatte.

Sie kennt nur den Schmerz, wenn man mit klammen Händen in die Zimmerwärme kommt.

Jetzt hatte sie einen neuen Mann gefunden, vielleicht war der Venezianer der erste, bei dem sie bleiben konnte.

Es war Teil ihrer gemeinsamen Vereinbarung gewesen, daß jeder seine Leidenschaften lebte, ohne den anderen damit zu belasten. Marlis' neue Liebe war schwerwiegend und untragbar für sie beide.

Erst zehn Uhr. Um Öl zu sparen, sollte er den Kachelofen einheizen. Holz gab es genug. Durch den Nebelschleier drang etwas Sonnenlicht. Manche Stämme und Äste leuchteten grünlich.

Laß sie jetzt in Ruhe, hatte Vogel gesagt, du änderst ja doch nichts.

Sie hatten sich schon Jahre in Ruhe gelassen, Abstand genommen, und diesen Abstand für Reife gehalten. Der Venezianer war fünf Jahre jünger als Marlis.

Wie lange geht das schon, hatte Daldossi Marlis gefragt.

Willst du das wirklich wissen?

Er hatte nicht weitergefragt, stellte sich eine Zeit vor, die er nicht fassen konnte. Für einen seiner finanziell lukrativsten Aufträge hatte er vor Jahren mit Henrik Schultheiß in einem Zelt in der Wüste festgesessen. Sie hatten auf ein Interview mit Gaddafi gewartet, das ihnen versprochen worden war. Es vergingen Tage, Wochen. Schultheiß hatte Uwe Johnsons *Jahrestage* gelesen.

Was Daldossi selbst gelesen hatte, wußte er nicht mehr.

Es war ihm in der Einöde so vorgekommen, als stünden die Minuten Schlange, als weigerte sich wer, die Zeit abzurechnen; immer mehr Minuten kamen dazu. Am Ende waren es über dreißigtausend gewesen; als er die Zahl dem Kollegen genannt hatte, war dieser in Gelächter ausgebrochen. Er denke zu kleinteilig, hatte Schultheiß gesagt.

Das Display des iPhones war noch immer dunkel, nur die Birkenblätter vor dem Fenster leuchteten.

Daldossi stand auf und nahm einen Weißwein aus dem Kühlschrank. Das erste Glas trank er in einem Zug leer. Wenn schon abschalten, dann ganz, sagte er sich und griff nach dem Mobiltelephon. Aber anstatt es auszumachen, blätterte er in den Alben. Neunhundertneunundneunzig Photos, sechs Videos. Marlis' dunkelrot angemalter Mund. Marlis im sommerlichen Trägerkleid, barfuß. Marlis, lesend auf dem Sofa. Die neuen Bilder würden ab jetzt auf einem italienischen Mobiltelephon gespeichert werden.

Er goß Wein nach. Die fürsorglichen Fragen nach dem Verlauf der Reise, die Marlis ihm stets in Form von SMS hinterhergeschickt hatte, erreichten ihn nun auch nicht mehr.

Als sie einander kennenlernten, schrieben sie sich noch Briefe mit der Hand. Das Echo auf die eigenen, unsicheren Zeilen ließ oft mehr als eine Woche auf sich warten. Marlis hatte manchmal Büttenpapier verwendet, getrockneten vierblättrigen Klee beigelegt oder mit ihrem Kußmund unterschrieben und den Lippenstift absichtlich auf dem Papier verwischt, so daß der Amorbogen und die Konturen der Unterlippe verlorengingen. Auflösung der Polarität hatte sie das genannt. Es gab nichts ohne Bedeutung in ihrem Handeln, das hatte ihn fasziniert. In den kleinsten Details versteckte sie Botschaften. Daldossi hatte immer nur das Versaute darin gesehen, ihre unbändige Lust.

Gestern war ihm aufgefallen, daß sie die Farbe des Lippenstiftes gewechselt hatte. Vielleicht war das schon länger so, und er bemerkte es erst jetzt, weil er Marlis nun mit den Augen des Venezianers betrachtete. Sie hatte ihm eine Aufnahme von dem Mann auf ihrem iPhone gezeigt, aber gleich weitergescrollt. Er war sich nicht sicher, ob sie es aus Rücksicht auf seine Gefühle getan hatte, oder ob die Rücksichtnahme nicht vielmehr ihr selbst galt, weil sie befürchtete, daß Daldossi über Domenico lästern würde. Den venezianischen Gymnasiallehrer hatte sie über Facebook kennengelernt. Er hatte *Zwettlburg* gelikt und Marlis anschließend persönlich angeschrieben. Bei der Klassenfahrt nach Wien und Oberösterreich planten Domenico und sein Kollege neben dem üblichen kultur- und kunsthistorischen Programm den Besuch einer Tierschutzorganisation. Die der Meeresbiologie und Meeresfauna überdrüssigen venezianischen Jugendlichen hatten für die Besichtigung altersschwacher Braunbären gestimmt. Sie war unmittelbar nach dem Besuch des Konzentrationslagers *Mauthausen* erfolgt. *Mauthausen, Zwettlburg, Schönbrunn* – das war die Reihenfolge gewesen.

Es fehle nur das *Moulin Rouge* in der Walfischgasse, hatte Daldossi gesagt.

Aber aus dem ist doch längst ein Pasta-Laden geworden, hatte Marlis gesagt und gelacht.

Domenico war Lektor am Institut für *Lingue e scienze del linguaggio* gewesen und hatte es nicht geschafft, die Hürden der universitären Hierarchie zu nehmen, was Marlis besonders für ihn einzunehmen schien.

Domenico liebe seine Schüler und seinen Beruf, er sei kein Bückling, sein Ehrgeiz diene der Sache und nicht dem eigenen Status. Sie hatte es mit Bestimmtheit formuliert und Daldossi fordernd angesehen. Er war nicht darauf eingegangen, obwohl er die indirekten Vorwürfe herauszuhören vermeinte.

Bis zum Mittag war die erste Zigarettenpackung leer, außerdem hatte Daldossi eineinhalb Flaschen Pinot Grigio getrunken.

Inzwischen war der Nebel undurchdringlich, der Wald verschwunden.

Als er ins Freie trat, um die Obstbäume abzuphotographieren, merkte er, daß er zitterte. Die Aktion erschien ihm lächerlich. Vor fünfunddreißig Jahren war er für seine Abschlußarbeit an der Universität für Angewandte Kunst in den Wienerwald gefahren, um Bäume zu photographieren, aber jetzt? Er hatte die Photos damals absichtlich etwas unterbelichtet und dann auf einem sehr harten Papier abgezogen, wodurch spezielle Grautöne entstanden waren. Daß er dieses Verfahren von Werner Bischof abgeschaut hatte, war niemandem aufgefallen. Bischof hatte zu Beginn seiner Laufbahn noch wilde Reben, Löwenzahn, Farnkraut und Kastanienwälder abgelichtet und war dann über die Modephotographie zur Reportage gelangt.

Er hatte die Schwarzweiß-Kompositionen von polierten Schneckenhäusern einfach weggelegt und sich für das Elend der Welt zu interessieren begonnen, war aus seinem beheizten Atelier direkt in die Kriegswelt gezogen.

Einen Moment lang glaubte Daldossi, im Nebel das Reh wiederzusehen; als er näher heranging, mußte er erkennen, daß er sich getäuscht hatte. Nachdem er ins Haus zurückgekehrt war, zog er seine Schuhe aus.

Er rief Sarah an, mit der er einmal einen Nachmittag im *Hotel Orient* verbracht hatte, aber sie ging nicht ans Telephon. Dann versuchte er es bei Stephanie.

Was machst du dort, mitten im Wald?

Daldossi hatte keine Lust auf Erklärungen, fragte sie, ob sie nicht ein paar Tage ausspannen wolle.

Du meinst, ob ich mit dir vögeln will? Ist Marlis im Ausland?

Er hörte sich lachen, aber es klang so, als käme sein Lachen aus dem Nebenzimmer. Das letzte Mal hatte er vor sechs Wochen eine Frau angefasst.

Stephanie war es nicht gewesen. Die war schon länger unabkömmlich, reiste mit ihren Photo-Vorträgen durch halb Europa.

Sie versprach, sich zu melden.

Stephanie rief nicht mehr an. Sarah antwortete auch nicht.

Er zog die Bettwäsche ab, packte seine Sachen zusammen.

Werner Bischof war neun Jahre alt gewesen, als dessen Mutter starb. Womöglich hatte der Schweizer seine behütete Photographenexistenz viele Jahre später abrupt beenden müssen, weil der frühe Tod der Mutter die Familienidylle zerstört hatte? Vielleicht war er eine Art Wiederholungstäter geworden, jemand, der immer wieder das Glück hinter sich lassen mußte, um die Enttäuschung über einen Verlust von vornherein klein zu halten?

Nachdem Daldossi zwei Espressi getrunken hatte, schaltete er die Heizung herunter und ging zum Parkplatz.

Nicht einmal einen ganzen Tag hatte er es in Vogels Waldhaus ausgehalten.

Du kannst das Auto in knapp zwei Stunden wiederhaben, schrieb er an Marlis.

Aber sie wollte das Auto nicht.

Wer braucht schon ein Auto in Venedig.

Marlis war abgereist. In dem Kabinett, dessen Fenster ins Stiegenhaus blickte, fehlten zwei Koffer, einer davon war sein eigener, den Daldossi für längere Aufenthalte im Ausland benutzt hatte.

Es war ein himmelblauer Hartschalenkoffer, der auf allen Flughäfen angekommen war, selbst in Palermo auf Sizilien.

Im Kabinett roch es nach Schuhen. Daldossi öffnete das Fenster und hob zwei Wäscheklammern vom Boden auf.

Marlis hatte sich nicht nur einen neuen Mann, sondern auch Daldossis Glückskoffer geschnappt.

Zuletzt hatte er mit ihr vor drei Monaten geschlafen. Sie waren vorher bei Freunden gewesen und um zwei Uhr morgens erschöpft und angetrunken nach Hause gekommen. Nicht erschöpft und nicht angetrunken genug. Sie hatte es mit sich geschehen lassen; Marlis' Teilnahmslosigkeit hatte ihn einerseits erregt, andererseits hatte sich Daldossi erbärmlich gefühlt. Die Fremdheit, die er an ihr wahrgenommen hatte, war zuerst betörend gewesen, sie hatte ihn an ihre Anfangszeit erinnert, an die Unsicherheit und Unbeholfenheit, als sie sich noch zu begreifen versuchten, sich aneinander herangetastet hatten, dann war Daldossi durch Marlis' beiläufige Bewegungen, denen mehr und mehr etwas Unkonzentriertes angehaftet hatte, auf seine eigene Gier zurückgeworfen worden.

Warum hab ich nicht aufgehört. Warum habe ich sie nicht zur Rede gestellt.

Er stieß mit seiner Schuhspitze an eine weitere federlose, halbe Wäscheklammer, ließ sie aber liegen.

Wenn ich sie damals angesprochen hätte, wäre es vielleicht noch möglich gewesen, sie umzustimmen, sie zurückzugewinnen.

Er rief Vogel an, um ihn zu fragen, wann und wo er ihm den Schlüssel für das Waldhaus zurückgeben könne, erreichte aber nur seinen Anrufbeantworter.

Marlis hatte nach den letzten Intimitäten, die sie ihm noch zugestanden hatte, gegen den Heizkörper gelehnt am Fenster gestanden – eine Angewohnheit, die sie auch im Sommer beibehielt –, sie hatte Daldossi den Rücken zugewandt und mit verschränkten Armen ins Freie hinausgesehen.

Er mochte es nicht, wenn sie in die Finsternis schaute, weil sie ihm einmal erzählt hatte, daß sie ihre Angst um ihn immer wieder mit dieser dunklen Unübersichtlichkeit auf dem Platz vor ihrem Mietshaus verbände, so als hätte die Angst eine Farbe und einen Wohnort, als gäbe es nicht noch andere Gefahren, die ihn tagsüber oder im *normalen Leben* hätten ereilen können.

Doch nach der letzten Liebesnacht, die nur für ihn eine solche gewesen war, nach dieser, in seinen Augen mißglückten Lustnacht, für die er sich im nachhinein allein verantwortlich fühlte, obwohl sie dabei gewesen war, hatte Marlis nicht aus Sorge um ihn aus dem Fenster gesehen, sondern um sich von ihm abzuwenden, um ihm nicht ins Gesicht sehen zu müssen, während sie sich angeschwiegen hatten.

Daldossi stellte sich nun genau dorthin, wo sich Marlis angeblich so oft aufgehalten hatte, als er noch im Ausland unterwegs gewesen war, und er starrte jetzt wie sie, die Knie gegen den lauwarmen Heizkörper gedrückt, aus dem Fenster und war wie sie *gänzlich unabgelenkt*. Aber er malte sich nicht aus, was ihr alles zustoßen könnte, und der in der Dunkelheit der Nacht verschwundene Platz vor ihrem Mietshaus schuf nicht – wie Marlis immer sagte – Platz für besorgniserregende Gedanken, die um seine, Daldossis, gefährliche Reisen kreisten. Die Leere des Platzes erinnerte ihn vielmehr daran, daß sie nicht zu Hause war, daß sie so schnell nicht mehr zurückkommen würde.

Jeder tote Photograph, jeder tote Journalist, von dessen Schicksal sie aus den Medien erfahre, lasse sein Sterben wahrscheinlicher werden, hatte sie ihn angeschrien, als er wieder einmal bereit zur Abreise gewesen war.

Nun saß er zwar nicht mehr auf gepackten Koffern, aber ihr Verhältnis hatte sich dadurch auch nicht gebessert.

Das meiste in ihrem Leben, hatte sie ihm vor drei Tagen gestanden, sei auf Ablenkung ausgerichtet gewesen, auf Ablenkung von ihm, weil sie mit ihm fast nur noch die Angst um sein Leben verbunden habe. Sie habe auch dann noch Kriegsbilder im Kopf gehabt, Vorstellungen von Granateinschlägen, von Minenexplosionen und Gewehrsalven, wenn er nur in irgendwelchen Flüchtlingslagern gewesen sei.

Eine Frau wie Marlis dürfe man nicht zu lange allein lassen, hatte Vogel Daldossi gewarnt. Das Alleinsein bekomme ihr nicht. Sie war es aber gewesen, die Daldossi nach dem Studium ermuntert hatte, die Stelle bei *Estero* anzunehmen, allerdings ohne zu bedenken, daß er auf seinen Reportagen für das Hochglanzmagazin nicht nur Friedensländer bereisen würde. Marlis, hatte Vogel gesagt, brauche immer wieder das Gefühl, daß man vor ihr den Teppich ausrolle. Dabei haßte sie Teppiche, dachte Daldossi, selbst den im Badezimmer hat sie nur aus Sicherheitsgründen ausgelegt, nachdem sie auf den Fliesen ausgerutscht war.

Daldossi strich sich mit den Fingerspitzen seiner Rechten über die Stirnfalten.

Die alte Frau mit dem dreibeinigen Hund verließ in diesem Augenblick das Nachbarhaus, sie zog den humpelnden Spitz über den Platz. Daldossi sah vom Fenster aus, daß sie mit dem Tier redete, ohne es anzuschauen.

Einmal war Daldossi zufällig hinter der Frau und ihrem Hund hergegangen. Sie waren an dem abgezäunten Hinterhofspielplatz vorbeigekommen, in dem ein paar Mädchen gejuchzt hatten. Ich hasse Kinder, hatte Daldossi die Frau zu ihrem Spitz sagen hören.

Daldossi war stehengeblieben und hatte den Mädchen zugesehen, die auf engem Raum Fangen spielten. Jedesmal, wenn ein Mädchen ein anderes erwischt hatte, riß es heftig an dessen T-Shirt oder Rock, so daß die Kleidung verrutschte. Je mehr Haut sichtbar wurde, desto lauter kreischten die Mädchen. Kinder des Friedens.

Als Marlis nach diesem endgültigen Streit gegangen war, hatte sie sich wie in Zeitlupe zur Tür bewegt, als habe sie insgeheim gehofft, daß er sie noch einmal zurückrufen würde. Seine Härte, die sie ihm vorgeworfen hatte, weil er sie nicht auf Knien angefleht hatte, zu bleiben, war in dem Moment nichts anderes als Gleichgültigkeit gewesen – er hatte sich die *indifferenten Gefühle* bei der Arbeit antrainiert, ruhig zu bleiben in schwierigen Situationen, nichts Voreiliges zu unternehmen – erst als Marlis schon mehrere Minuten fortgewesen war, hatte er sich zum Fenster begeben, um ihr hinterherzusehen, hatte sich sogar hinausgelehnt, aber da war sie schon um die Ecke gebogen.

Es ließ sich nichts mehr ändern, auch nicht telephonisch, Marlis hatte das Handy ausgeschaltet. Besser so, denn ihr Ärger hatte die Wörter angesteckt. Sie hallten noch durch das Zimmer. Ein verantwortungsloser Egoist sei er. Ein Verdrängungsakrobat, der nur einen halben Meter über der Erde auf dem Liebesseil turne.

Die abnehmende Himmelshelligkeit draußen und die Stille im Wohnzimmer erinnerten Daldossi an ein Wort, das Henrik Schultheiß erfunden hatte: *Graurauschen*. Er hatte in der Nacht im Zelt, als sie auf Gaddafi gewartet hatten, von seinem Leben zu erzählen begonnen. Für Schultheiß war *Graurauschen* ein Zustand, der überall eintreten konnte, hervorgerufen durch eine leergetrunkene Minibar, durch Rostflecken in einer fremden Badewanne oder Risse in der Duschtasse, ausgelöst durch säuerlich riechende Bettwäsche oder durch das Surrren der Klimaanlage. *Graurauschen*, hatte Schultheiß gesagt, sei das, was nach einem Seelenbrand übrigbleibe, innere Dämmerung und Abwesenheit von ablenkenden Geräuschen.

Kennst du das auch, hatte Schultheiß ihn gefragt.

Zuviel Poesie sei schädlich.

Bei einer seiner letzten größeren Photoreportagen in Peking, in einem Hotel an einer der verkehrsreichsten Kreuzungen der Stadt, waren es die vielen Autos und Menschen gewesen, die bei

Daldossi ähnliche Empfindungen der Verlorenheit und Nichtigkeit ausgelöst hatten; die Menschen, die aus den U-Bahn-Aufgängen herauskamen oder in sie hineinströmten, sahen aus dem fünfunddreißigsten Stockwerk wie gesichtslose Organismen aus. Nichts würde Daldossi gegen die Anonymität ausrichten können.

Das *Graurauschen* hatte auch ihn überwältigt. Vielleicht war es aber auch nur der fehlende Sauerstoff gewesen, die von Millionen Autos und vielen Kohlekraftwerken verursachte Luftverschmutzung, welche seinen Blick getrübt hatte.

Chinesen, die es sich leisten konnten, hatten sich mit schwedischen Luftreinigern eingedeckt.

Ich brauche einen Seelenreiniger, dachte Daldossi. Farben. Blumen.

Blödsinn.

Er haßte Pflanzen. Sie sollten dort wachsen, wo sie keine Pflege brauchten.

Als das Telephon klingelte, hoffte Daldossi, es würde Marlis sein, doch es war Vogel, der ihn treffen wollte.

Ich hätte mir denken können, daß du es dort draußen nicht aushalten wirst, sagte der Freund.

Zu viele Tiere, sagte Daldossi.

Und keine Frau, sagte Vogel.

Bevor ich den ganzen Tag am Telephon hänge –

Oder an der Flasche –

Ja, sagte Daldossi.

Er dachte an den italienischen Soldaten der internationalen Friedenstruppe SFOR, den er 1997 in Sarajevo kennengelernt und portraitiert hatte. Mit seinem Einkommen hätte der Mann mehrere Geschwister und die Eltern in Kalabrien ernähren können, aber fast die Hälfte seines Gehalts hatte er verwendet, um seiner Freundin hinterherzutelephonieren. War sie nicht sofort zu erreichen gewesen, hatte er sich mit Sliwowitz betrunken. Wenn diese Männer ihren Dienst als Soldaten, Polizeiausbildner, Sanitäter oder sonstwas im Ausland abgeleistet hatten und endlich nach Hause zurückkehren durften, fanden sie nicht selten ihre Freundinnen, Verlobten oder Ehefrauen in den Armen der Nachbarn, Cousins oder Schulfreunde.

Marlis hatte immer auf Daldossi gewartet. Fünfzehn Jahre lang. Jetzt, wo sie nicht mehr warten müßte, hatte sie ihn verlassen.

Hehe, sagte Vogel, hörst du mir überhaupt zu? Zweiundzwanzig Uhr?

Gut, sagte Daldossi. Wo?

Bar Wien?

Gibt's nicht mehr.

Ich bin zu oft in Rom, sagte Vogel.

Automat Welt?

Meinetwegen.

Nachdem er das Gespräch beendet hatte, ging das Licht auf dem Display des Anrufbeantworters aus. Daldossi drückte auf eine der Pfeiltasten, um zu sehen, mit wem Marlis in der letzten Zeit telephoniert hatte, aber die Anrufliste war gelöscht.

Wie viele Stimmen und Sätze hatte das Gerät doch im Laufe der Jahre gespeichert, und wie glücklich war Marlis gewesen, als sie zwei Stunden nach ihrem Bewerbungsgespräch bei der Organisation *Zwettlburg* vom Vereinsvorstand angerufen und um einen Rückruf gebeten worden war.

Ich hab die Stelle, ich hab die Stelle. Daldossi erinnerte sich, wie Marlis den Hörer geküßt hatte.

Ihm fiel auch ein, wie sie beide, nachdem Marlis bei ihm eingezogen war, seine alte Ansage gelöscht und durch eine neue, gemeinsame ersetzt hatten. Mindestens fünf Anläufe hatten sie genommen, weil sie immer wieder in Gelächter ausgebrochen waren. Einmal verpaßte Daldossi seinen Einsatz, dann zwickte und kitzelte er Marlis, so daß sie losprustete.

Hatte sie auch die Ansage gelöscht? Er wußte, wie man die Aufzeichnungen wiedergab, jedoch nicht mehr, welche Auswahltaste man drückte, um die Ansage abzufragen.

Ihm kam die Idee, den Anrufbeantworter einzuschalten und mit dem Mobiltelephon die eigene Festnetznummer anzuwählen. Als Daldossi Marlis' Stimme vernahm, die das Gegenteil von rauh und brüchig war – manchmal hörte sie sich an, als habe Marlis an etwas Süßem gelutscht und dabei die Mundhöhle eingespeichelt –, legte er auf.

Auf dem Flughafen von Tripolis hatte Schultheiß damals Daldossi mitgeteilt, daß seine Frau wenige Wochen zuvor Schluß gemacht hatte. Es habe nichts auf das Ende hingedeutet. Bei ihrem letzten gemeinsamen Urlaub in Apulien hätten sie sich in der Ferie d'agosto-Nacht die kleine Barockstadt Martina Franca angesehen. Plötzlich habe er Johanna in einen Hauseingang gestoßen und sich auf sie geworfen, weil jemand Feuerwerksraketen in den Himmel geschossen hatte. Seine Frau habe sich dabei das linke Bein gebrochen, sie sei durch seine Schuld unglücklich gestürzt. Er habe erst nach einigen Sekunden gemerkt, daß sie sich in einer Friedensregion befanden.

Daldossi hatte sich nie gefragt, wie die anderen über die Runden kamen, weil sie in seinen Augen am Morgen im Hotelspeisesaal oder Frühstückszimmer ausgeglichener wirkten als er, frischer, als hätten sie dieses *Graurauschen* und die Trostlosigkeiten ihrer Existenz einfach weggeduscht. Johanna war wie Marlis irgendwann nicht mehr ans Telephon gegangen, sie hatte von einem Tag auf den anderen nicht mehr geantwortet.

Im Gegensatz zu ihm war Schultheiß damals Tausende Kilometer von seiner Frau entfernt gewesen und hatte keine Möglichkeit gehabt, schnell mal bei ihr vorbeizufahren, sie zur Rede zu stellen oder sie in die Arme zu nehmen.

Das äußere Krisengebiet, in dem er sich gerade aufgehalten hätte, habe sich auf sein Inneres ausgeweitet, hatte Schultheiß erzählt, er sei von Stunde zu Stunde gleichgültiger und damit unvorsichtig geworden.

Diese Frauen wüßten nicht, was sie anrichteten, sie träfen aus einem abgesicherten Leben heraus Entscheidungen und berücksichtigten nicht den Umstand, daß ihre Männer in der Schußlinie standen.

Hatte Marlis deswegen mit ihrer Mitteilung gewartet, bis er nach Wien zurückgekehrt war?

Vor einer von Gewehrsalven durchlöcherten Fassade, deren Fensterscheiben mit undurchsichtigen Plastikplanen ersetzt wurden, steht eine junge Frau mit eingefallenen Wangen. Sie trägt ihr langes, glattes Haar im Nacken zusammengebunden. Neben ihr liegen ein paar zerschnittene Teile eines Baumstammes. Am rechten Bildrand steht ein ausgebrannter Renault 4. Die Frau hält dem Betrachter eine Kamera entgegen.
***Junge Frau mit Kamera bittet um einen Film**, Schwarzweißphotographie, Dobrinja/Sarajevo/Bosnien-Herzegowina, Winter 1992, veröffentlicht 2010 in War and suffering, Katalog zur gleichnamigen Ausstellung in der Galerie Klick.*

Der Schankraum des Gasthauses *Automat Welt* war bis auf einen einzigen Gast, einen stadtbekannten Kabarettisten, der an der Theke stand und ein Bier kippte, leer. Erst später würde sich auch dieser Teil des Lokals füllen.

Ich kenne den Neuen nicht, sagte Vogel. Und je öfter du mich nach ihm fragst, desto weniger kenne ich ihn.

Klar kennst du ihn.

Woher soll ich ihn kennen, fragte Vogel.

Sie wird ihn dir gezeigt haben, sagte Daldossi. Mir hat sie ihn auch gezeigt.

Dann kennst du ihn ja!

Nur flüchtig.

Sie hat ihn dir vorgestellt? Vogel schüttelte den Kopf.

Vorgescrollt, sagte Daldossi. Er rutschte auf seinem Barhocker hin und her, in eckigen Bewegungen, als müsse er sich für eine ganze Nacht darauf einrichten, als suchte er *seinen Platz*, den er aber nicht zu finden schien.

Was glaubst du, ist sie glücklich, fragte Daldossi.

Du fragst mich, ob deine Freundin glücklich ist?

Sie erzählt dir doch alles.

Einiges, sagte Vogel. Vor vier oder fünf Monaten –

Daldossi saß einen Augenblick still da, ohne sich zu bewegen.

– hat sie eine SMS von einem unbekannten Absender bekommen.

Und?

Nichts, sagte Vogel. Es war ein Memo, eine dreiminütige Aufnahme eines schnarchenden Mannes.

Nette Idee, sagte Daldossi.

Ja, wenn es nicht dein Schnarchen gewesen wäre.

Was?

Jemand hat dich beim Schlafen aufgenommen.

Wozu das denn?

Na, was glaubst du? Wahrscheinlich wollte diejenige Marlis einen Wink geben, daß du die Nächte woanders verbringst.

Sarah, sagte Daldossi. Zu so etwas ist nur Sarah fähig.

Sarah? Kenn ich die?

Eine aus der Sommerakademie. Aus der Photoschule. Die hat es nicht ausgehalten, daß sie nicht die einzige ist.

Bumst du jetzt schon deine Schülerinnen?

Ach – ! Deswegen muß Marlis jetzt nicht mit diesem venezianischen Kleinbürger abhauen.

Kleinbürgerlich ist der nicht, sagte Vogel.

Du kennst ihn also doch!

Daldossis Nervosität hatte sich längst auf Vogel und den Herrn links neben ihm übertragen; die beiden wippten inzwischen ebenfalls und ruckten mit den Sesseln. Man konnte meinen, sie übten das unruhige Synchronsitzen; und so wie die Schwimmerinnen durch Handzeichen am Beckenrand den Wechsel der Figuren anzeigen, leiteten die Handzeichen der drei Männer an der Bar neue Zigarettenpausen und Schnapsrunden ein. Diese besondere Form des Synchronsitzens schien ihnen ebenso große körperliche Leistungen unter Sauerstoffmangel abzuverlangen wie das Synchronschwimmen. Daldossi – eindeutig der unruhigste – konnte ihnen am Ende nicht mehr gerecht werden: Er fiel vom Barhocker, bevor ihn seine Unternehmungs- und Verführungslust in die Arme einer Frau zu treiben vermochten. Er hatte die ganze Zeit die laut lachende Brünette im Auge gehabt, die am abgedeckten Billardtisch saß und mit der Fußspitze Kreise in die Luft zeichnete.

Der Mann links wirkte, als er sich zu Daldossi herunterbeugte, gefaßt und kontrolliert, während Vogels Oberkörper immer stärker schwankte, so daß zu befürchten war, daß auch sein auspendelnder Rumpf in Seitenlage geraten und das Gleichgewicht verlieren würde.

Daldossi stand mit Hilfe des Kellners auf und torkelte zur Toilette. Als er zurückkam, hallte *Herrn Karls* näselnde und selbstmitleidige Stimme in ihm nach, die etwas Hinterhältiges an sich hatte. *De Alte soll sie net aufregen. Soll froh sein, daß s'mi hat.* Dabei war er im *Automat Welt* und nicht in der *Bar Wien*. Da war jahrelang das WC mit Helmut Qualtingers Monolog über den Wiener Anpasser und Antihelden beschallt worden, und Daldossi war jedes Mal darauf gespannt gewesen, welchen Satz er dieses Mal von *Herrn Karl* zu hören bekommen würde.

Je nach Alkoholisierungsstadium waren die Monologfetzen mehr oder weniger zu Daldossis privatem Orakel geworden; manchmal hatte er sogar auf die eine oder andere Sentenz gewartet und die paar Tropfen Urin erst abgeschüttelt, wenn er ein gutes Zitat vernommen hatte, eines, das auf sein Leben zutraf, ihm als Rechtfertigung diente oder seine Zukunft in einem besseren Licht erscheinen lassen konnte.

Soll froh sein … Marlis war nicht mehr froh über ihn gewesen. Vielmehr war Daldossi über Marlis froh gewesen. Über sie und die anderen, die ihn immer wieder ins gewöhnliche Leben zurückgeholt hatten. Er dachte an die stumpfsinnige Bosnierin, welche in einem Hinterhof so etwas wie einen Kiosk betrieben hatte. *Kiosk* ist ein zu friedliches Wort, dachte Daldossi. Es war ein durchlöcherter Wellblechverschlag gewesen, vor und hinter dem leere Getränkekisten gestapelt waren – Kisten aus Plastik, alles andere hatte man längst verheizt.

Daldossi erinnerte sich, wie er tagelang in einem der Hinterhofkeller festgesessen war, Sarajevo nicht hatte verlassen können. Der Weg zum Flughafen war vermint gewesen und permanent beschossen worden; er hatte sich nur innerhalb dieses Umfelds bewegen können, war immer wieder aus dem Keller zu dem Verschlag gekrochen, nachdem er die Spuren der Zerstörung – das Zerfetzte, Zertrümmerte und Zerrissene – mit seiner Kamera dokumentiert hatte.

So viel Blut hatte er all die Tage vor sich gehabt! – Dann aber hatte ihn die junge Frau, der nur wenige, dünne Haare auf dem Kopf gewachsen waren, zu beruhigen vermocht. Sie hatte mit einer solchen Bedächtigkeit, ja Inbrunst Teetassen gewaschen, daß Daldossi, der jeder ihrer Bewegungen gefolgt war, beim Zusehen eine Gänsehaut bekommen hatte. Die Konzentration, mit der die Frau einen Lumpen ins graubraune Spülwasser getaucht hatte, um danach damit den Tassenrand abzureiben, die Andacht und gesammelte Aufmerksamkeit, mit der sie ihre Zeigefingerkuppe über die Sprünge und abgesplitterten Stellen des Emails hatte gleiten lassen, waren plötzlich auch auf Daldossi übergegangen.

In den Stunden im Kellerloch war die unbekannte, stumme, ein wenig vor sich hin grinsende Frau, deren Flaumhaar und weiß durchscheinende Kopfhaut Daldossi gerührt hatten, zu seinem Fluchtpunkt geworden. Er hatte sich dabei ertappt, daß er sich danach sehnte, sie wiederzusehen, daß er sich aus dem dunklen Kellerloch in die Nische jenes Hofes wünschte, um sie betrachten, seine zunehmende Gleichgültigkeit unterbrechen zu können. Auch näher rückender Gefechtslärm hatte an den Bewegungen der Frau nichts geändert. Ihre Aufmerksamkeit war auf die Reinigung der alten blümchenverzierten Tassen gerichtet geblieben, als sei es ihre Aufgabe gewesen, einen Zustand der Selbstvergessenheit wiederherzustellen.

Sie hatte, ohne es zu wollen, sein Mitgefühl, seine Sehnsucht nach Marlis' täglichen Verrichtungen wecken können, hatte mit ihrer trägen, unerschrockenen Art Daldossi in Erregung versetzt. Erst als er die Gänsehaut an sich bemerkt hatte, war er wieder von sich selbst eingeholt worden. Ihm fiel der Tote am Flußufer ein, den er drei Tage zuvor photographiert hatte. Ein paar kleine weiße Wolken waren in Reih und Glied am Himmel dahingezogen.

Als Daldossi aufwachte, lag er angezogen auf dem Bett, nur das Hemd war offen; er hatte sich außerdem der Schuhe und Socken entledigt. Vage konnte er sich erinnern, daß ihn Vogel in ein Taxi gesetzt und sogar in die Wohnung begleitet hatte.

Daldossi ließ seine Kleider auf dem Weg ins Bad auf den Boden fallen und stellte sich unter die Dusche.

Das Handtuch roch nach Marlis. Er warf es in die Waschmaschine, zog ein neues aus dem Schrank. Nachdem er sich rasiert hatte, fischte er das alte Handtuch wieder aus der Trommel.

Draußen krächzten die Krähen. Schultheiß hatte Krähen gehaßt. Schon ihr Name kratze im Hals, hatte er gesagt. Ihre Laute würden ihn immer an einschlagende Mörsergranaten erinnern. Daldossi mochte die Vögel auch nicht, deren Jungen im Frühsommer kreischend von Ast zu Ast hüpften und flatterten. Sie raubten ihm immer wieder den Morgenschlaf.

Nachdem er Wasser getrunken hatte, setzte er sich auf den Toilettendeckel, den Kopf in die Hände gestützt. Sein Blick fiel auf Marlis' Augen-Make-up-Entferner, auf ihren Nagellack. Marlis' Zehennägel waren immer bemalt, die Fingernägel hingegen unlackiert gewesen. Marlis bevorzugte dünne Slips, die sich unter Kleidern und Jeans nicht abzeichneten. Sie ging nicht ohne Lippenstift aus dem Haus. Marlis trug keinen Schmuck mit Ausnahme von Ohrringen. Marlis, Marlis, Marlis –

Alles verminte Gegenstände, dachte Daldossi, an denen jetzt die Erinnerungen explodierten. Er stand auf, griff nach dem Nagellackfläschchen und ließ es in einer Lade verschwinden.

Warum hatte sie ihm das Memo, auf dem er schnarchte, nicht vorgespielt? Und stammte die Idee, eine Schnarchaufnahme an sie zu verschicken, wirklich von Sarah?

Daldossi hatte gelegentlich mit Journalisten und Photoreportern in einem Raum geschlafen, weil nicht mehr genug Hotelzimmer zur Verfügung gestanden waren. Welcher Kollege könnte Interesse an derartigen Scherzen gehabt haben?

Sein Schädel brummte. Erst trank er ein weiteres Glas Wasser, dann öffnete er den Kühlschrank und nahm einen Schluck Weißwein aus der Flasche, die er tags zuvor geöffnet hatte. Es war jetzt Viertel vor zehn Uhr. Die Kühlschranktür war noch immer offen. Er füllte sich das Glas mit Chardonnay.

Eines würde er trinken, ein einziges.

Vogel rief an. Wieder nüchtern?

Fast, sagte Daldossi.

Was war das für eine Geschichte mit der Bosnierin?

Daldossi verstand die Frage nicht. Er konnte sich nicht erinnern, eine Frau kennengelernt zu haben.

Du hast von einem Kiosk erzählt.

Keine Ahnung, sagte Daldossi, obwohl er jetzt eine deutliche

Vorstellung von der Frau mit den wenigen, dünnen Haaren hatte. Sie stand eines Morgens nicht mehr hinter ihrem Wellblechverschlag, die Teetassen lagen am Boden.

Dummes Zeug, sagte Daldossi.

Der Freund kam auf den venezianischen Gymnasiallehrer zu sprechen; er versuchte, Daldossi zu beruhigen. Marlis werde sich bald langweilen. Schließlich lebten in Venedig keine Bären.

Was, wenn sie sich langweilen wollte, dachte Daldossi. Wenn die Langeweile ein tiefer Wunsch gewesen war?

Er hörte nur mit halbem Ohr hin, dachte an das letzte Bild der kleinen Bosnierin.

Wie viele letzte Bilder hatte er im Laufe seiner Karriere geschossen? Er hatte die Frau am Boden liegend gefunden. Blut klebte an den Oberschenkeln. Der Hals wies Würgemale auf. Das Photo war nicht gedruckt worden.

Sie wird zu dir zurückkehren, sagte Vogel.

Wer, fragte Daldossi.

Am Nachmittag war Daldossi mit Sarah verabredet. Sie hatte ihm eine Nachricht geschickt. *15 bis 17 Uhr?* Hinzugefügt war ein Photo, auf dem Sarahs Haare von einem heftigen Windstoß durcheinandergebracht waren, so daß Daldossi inmitten der hellblonden Locken nur die Nasenspitze erkennen konnte.

Noch einmal im Orient?

Wo sonst? schrieb sie zurück.

Wenig später erreichte ihn eine weitere SMS: *Hättest du wohl gerne.*

Sie gab das *Engländer* als Treffpunkt an. Als er hinkam, saß sie an der Bar und schaute Fußball.

Keine Anschmiegsamkeit, kein Lächeln. Daldossi blieb stehen, schob nicht einmal den Barhocker an sie heran; er hatte schon an ihrer Körperhaltung erkannt, daß der Nachmittag im *Orient* unwiederholbare Vergangenheit war. Sarah hatte Talent, war ihm in der Sommerakademie aufgefallen, weil sie Wert auf die Komposition eines Bildes gelegt und immer wieder überraschende Bezüge zur Malerei hergestellt hatte. Sie war gerade mal einen Meter sechzig groß und unerfahren. Trotzdem hätte er Lust gehabt, sie auszuziehen.

Wir müssen reden. Sie ordnete ihr Haar.

Daldossi dachte an das Bild, das Sarah ihm geschickt hatte. Beim letzten Mal hatte sie ihn gebeten, die Mappe mit den Selbstportraits durchzusehen. Unter den zwei Dutzend Aufnahmen war eine gewesen, die dem Photo, das Sarah ihm heute zugeschickt hatte, ähnlich gewesen war; damals waren ihre Haare jedoch rot und die Hautpartien heller gewesen. Weißblond verjüngt, dachte Daldossi. Sarah sah aus wie zwanzig, in dem Barlicht bildeten die Haare einen Glorienschein, der von ihren nervösen Handbewegungen verformt wurde.

Sag schon.

Sie habe Johanna Schultheiß kennengelernt.

Johanna, Henrik Schultheiß' Ex-Frau, war Daldossi, nachdem sie sich von Schultheiß getrennt hatte, unerwartet im Hamburger *Cox* begegnet. Sie verkehrte damals absichtlich in Schultheiß' Lokalen. Daldossi war an jenem Abend aus dem Irak zurückgekommen, seinem *letzten Krieg*, wollte nur essen und vergessen.

In dem Restaurant in der Langen Reihe war Daldossi schon öfter gewesen, einmal mit Schultheiß und ein paar Schauspielern aus dem Schauspielhaus. Schultheiß pflegte Umgang mit den Kollegen aus der Kulturredaktion, mit dem *gebildeten Volk*; und die Schauspieler verlangten wiederum nach den Feuilletonisten, in der Hoffnung, daß diese sie hochschrieben. Schultheiß hatte eine große Liebe für die *harmlosen Kampfgebiete*, in denen die Opfer nur ihren Eitelkeiten ausgeliefert waren.

Wo hast du sie kennengelernt, fragte Daldossi.

Hier, in Wien, im *Klick*.

Was wollte sie?

Nichts. Sarah fingerte nach einer Zigarette, zog sie mit dem Daumen- und Zeigefingernagel aus der Packung, klopfte den Filter gegen den Thekenrand.

Es war Zufall, daß ich erfuhr, wer sie ist. Ich hörte, wie sie über Henrik Schultheiß redete, darüber, daß man mit einem solchen Mann nicht leben könne, für den das meiste Überflußleben sei.

Überfluß – was?

Sie sagte Überflußleben. Schultheiß habe die Angewohnheit gehabt, alles auf das Notwendige zu reduzieren. Aus allen Blumen sei Borretsch geworden, und die Bäume hätte er nur mehr als verheizbares Material wahrgenommen.

Ich kenne ihn anders. *Graurauschen*, dachte Daldossi. Er schwieg. Es kam ihm so vor, als hörte er Marlis sprechen.

Ich versteh sie, sagte Sarah. Was sind schon ein paar Stunden Wärme im Vergleich zu einem langen Baumleben.

Was sind zweihundert Jahre bei einem Baum, wenn im Jenseits die Ewigkeit wartet? Daldossi bestellte ein großes Bier und winkte einem Bekannten zu, der im hinteren Zimmer nach einer Zeitung suchte.

Henrik läßt kein gutes Haar an dir, sagte Sarah.

Woher willst du das wissen?

Johanna hat es erzählt.

Und was hat Johanna dazu gesagt?

Sie kenne dich kaum. Männer dächten vor allem in Rivalitätskategorien.

Daldossi lachte. Ich habe Schultheiß seit Jahren nicht mehr gesehen.

Er wirft dir Arrangements vor. Ich dir übrigens auch – aber im Leben. Sarah drückte die halb gerauchte Zigarette aus.

Bevor Daldossi antworten konnte, legte sie los: Er habe sie nur hingehalten, benützt. Wahrscheinlich interessierten ihn ihre Arbeiten gar nicht. Er hätte gewiß auch die miesen Goldin- und

Gursky-Epigoninnen aus der Sommerakademie gelobt, wenn er auf deren Ärsche scharf gewesen wäre.

Sarah zupfte eine neue Zigarette aus dem Paket, bemühte sich aber, sie wieder zurückzustecken, nachdem sie in den Aschenbecher geblickt hatte.

Er sei das Produkt seiner eigenen Fehleinschätzung, ein in die Jahre gekommener Säufer, der versuche, sein Alter wegzuvögeln, ein ewiger Besserwisser –

Daldossi zog einen Einhunderteuroschein aus der Tasche und legte ihn auf die Theke.

Deine Arbeiten sind um vieles besser als dein Arsch, sagte er zu Sarah.

Der Kellner hinter der Theke hielt kurz inne, wie jemand, der glaubte, sich verhört zu haben.

Ohne auf die Herausgabe des Wechselgeldes zu warten, drehte Daldossi sich um und verließ das *Engländer*. Es war ihm nicht einmal mehr in den Sinn gekommen, Sarah zu fragen, ob sie es gewesen sei, die sein Schnarchen aufgenommen hatte.

In der Weinbar in der Nähe des Stephansdoms war es so laut, daß Daldossi aus Nervosität zwei Gläser hintereinander austrank. Sarah hatte beim Sprechen an ihrem Ärmel gezogen wie ein Kind, das sich beim Aufsagen eines Gedichts vor seinen Zuhörern schämte. Er konnte ihr nicht böse sein. Während sie auf ihn eingeredet hatte, war in dem Spiel auf dem Flachbildschirm über der Bar ein Tor gefallen; er hatte nicht erkennen können, welche Mannschaften gegeneinander angetreten waren. Nicht, daß ihm wichtig gewesen wäre, dies zu erfahren, es störte ihn vielmehr, daß seine Weitsichtigkeit einen weiteren Elastizitätsverlust anzeigte, der ganze Körper verlor nach und nach seine Geschmeidigkeit.

Es konnte kein Zufall sein, daß Johanna das *Klick* aufgesucht hatte; sie wußte, daß Daldossi dort verkehrte, daß er Leute kannte, die im *Klick* arbeiteten, daß er im dazugehörigen Kunstraum seine Doku-Photos ausgestellt hatte. Sie wußte aber nicht, daß er sich mit der Kunstraumbetreiberin überworfen hatte, weil sie ihm bei der Vernissage der Gruppenausstellung vor zwei Jahren indirekt Sensationslust vorgeworfen hatte.

Frauen, behauptete die Kuratorin in ihrer Eröffnungsrede, gingen beim Photographieren bedächtiger und einfühlsamer vor, sie schössen eben nicht im *richtigen Moment*, arbeiteten weniger militärisch und ließen sich mehr Zeit. Daldossis Irak-Bilder seien Bilder aus dem Hinterhalt – diesen Gender-Quatsch hatte er sich nicht länger anhören wollen und war aus dem *Klick* verschwunden, bevor der Applaus eingesetzt hatte und die Weingläser gefüllt worden waren.

Zu Hause hatte er mit Marlis gestritten, weil sie der Kuratorin beigepflichtet hatte.

Und Inge Morath? Sie hat doch ewig gewartet! Bis die Leute glaubten, sie würden nicht mehr photographiert werden. Marlis hatte deren Biographie aus dem Bücherregal genommen und darin geblättert, als habe sie nach dem dazugehörigen Beweis ihrer These gesucht.

Marlis – Daldossi spürte ein Ziehen in seinem Rücken. Wie lebte es sich mit dem Neuen? Mit Domenico. Jedesmal, wenn er den Namen seines Nachfolgers buchstabierte, fiel ihm Domenica Niehoff ein. Die Hure aus dem Hamburger Kiez war auch schon Jahre tot. Er war ihr einmal auf der Reeperbahn begegnet, hatte aber nicht den Mut gehabt, sie zu fragen, ob er sie portraitieren dürfe – jetzt existierte nur noch die Wachsfigur im Panoptikum. Sie habe in ihrem Leben viele Männer gehabt, hatte ein Journalist einmal zu ihr gesagt. Gehabt weniger, war ihre Antwort gewesen. Die seien hier so vorbeigezogen.

Von Marlis einmal abgesehen, waren auch Daldossis Freundinnen bloß vorbeigezogen, Begegnungen auf seinen Reisen.

Domenicas Üppigkeit hatte im Alter etwas Ausuferndes

bekommen. Daldossi hatte ihr Gesicht gemocht, er fand es ansprechend, sinnlich, ruhig; ihr Busen war ihm immer zu groß gewesen. Er hätte die Niehoff so gerne ohne Dekolleté abgelichtet, denn das hatte von ihrer eigentlichen Schönheit abgelenkt, den Blick auf ihr eindrucksvolles Gesicht verstellt.

Sie hatte einen gewalttätigen Vater gehabt, vor dem die Mutter davongelaufen war, hatte zusehen müssen, wie sich ihr erster Ehemann erschossen hatte.

Wie konnte soviel Anmut und Schönheit davon unbeschadet bleiben?

Auf seinen Photoreportagen war Daldossi immer wieder auf die Inkohärenz zwischen Aussehen und erzählten Erfahrungen gestoßen, als würden Menschen, denen Schreckliches widerfahren war, alles daran setzen, ihr Gesicht zu wahren.

Auf dem Heimweg blieb Daldossi mitten auf der Brücke stehen, obwohl es sehr windig war. Er setzte seine Brille auf und schrieb eine SMS an Marlis. Sein Magen krampfte sich zusammen wie bei Lebensgefahr. In dieser vibrierenden Nervosität hatte er es früher immer geschafft, einen klaren Kopf zu bewahren, aber jetzt sah er den Kanal, das dunkle Wasser und unweit der Urania ein lächerlich kleines Rettungsboot – und seine Beine begannen nachzugeben. Wenn jemand vorbeigekommen wäre und versucht hätte, ihn übers Geländer zu werfen, er hätte in dem Moment keine Kraft gehabt dagegenzuhalten. Er, der großgewachsene, gewichtige Daldossi, knickte ein, als sei das Knochengerüst seiner Trägerfunktion beraubt worden. Er hockte auf der Brücke, sein Kopf schien sich zu drehen. Die Nachricht an Marlis hatte er nicht zu Ende geschrieben, der Cursor blinkte, er sah ihn aus dem Augenwinkel, tippte auf *Bearbeiten* und löschte anschließend die gesamte Unterhaltung. Mit einer einzigen Berührung hatte er Hunderte Nachrichten von und an Marlis vernichtet.

Daldossi stand auf und ging nach Hause.

Nachts träumte er von der Brücke; er hörte die Granaten über dem Kopf fliegen, saß zusammengekauert in einer Ecke auf dem Dach eines Lehmziegelhauses, in dem er sich mit einigen Soldaten verschanzt hatte, die sich ebenfalls hinter einer weißen Mauer klein machten. Einer der Soldaten richtete sich auf, seine Muskeln spannten sich unter der schweren Ausrüstung an; der junge Mann warf einen Blick über die Mauer und suchte das Land ab. Daldossi sah zur Brücke, die nicht dazuzugehören schien. Auf dem Feld am gegenüberliegenden Ufer lagen verstreut von Staub und Feuer verdreckte und verkohlte Leichen. Die Minarette hatten in der Dämmerung etwas Raketenhaftes, als schössen sie gleich in den Himmel. Daldossi wünschte im Traum, alles flöge in die Luft, damit die Beklemmung ein Ende habe. Gleichzeitig zündete er sich wie zwei andere Soldaten eine Zigarette an und strich sich Tabasco in die Augen, um wachzubleiben.

Um drei Uhr morgens stand Daldossi durstig in der Küche. Es war nicht das erste Mal, daß er sich im Traum davor gefürchtet hatte einzuschlafen. Aufmerksamkeit war das halbe Überleben gewesen, die andere Hälfte hatte aus Glück oder Gottes Hilfe bestanden. Und das Glück war nur das Versagen der anderen gewesen, verdankte sich der fehlenden Munition, der Zielunsicherheit der Gegner.

Damals hatte er bei jedem Toten, der an ihm vorbeigetragen worden war, gehofft, ein Stück Unsterblichkeit dazuzugewinnen.

Er ließ jetzt Wasser über seinen Arm rinnen, führte das gekühlte Handgelenk an seine Stirn.

Ihm fiel die Redaktionskollegin ein, die eine Lebertransplantation hinter sich gehabt hatte und davon überzeugt gewesen war, deshalb von anderen Krankheiten verschont zu bleiben. Zur Leberkrankheit kam ein Hirntumor dazu. Das Ende war nicht schlüssig, es war unvorhersehbar.

Auf der Anrichte stand Marlis' Teekanne, ein Geschenk, das Daldossi ihr aus Peking mitgebracht hatte. Er berührte sie, merkte, daß seine Hand wieder zitterte.

Der Traum ließ ihn nicht los. Es hatte an jenem Ort keine Brücke gegeben, aber einen alten Mann, den er jetzt wieder übers Feld gehen sah, gedeckt nur von ein paar einzelnen Büschen. Daldossi hatte damals im Irak gehofft, daß der Alte es schaffen möge, das Feld zu überqueren. Der Mann hatte nicht nach links und nicht nach rechts gesehen, als sei er absichtlich in den Tod gegangen.

Daldossi hatte den Soldaten neben sich noch zurufen wollen *Laßt ihn doch, er ist alt!*, aber seine Zungenspitze war nur gegen die Schneidezähne gestoßen – ein abgewürgtes L –, da war der Mann schon in die Knie gegangen wie ein fallender Soldat ohne Gewehr. Der dürre Alte hatte nichts gehabt, was er hätte loslassen können, nichts, was sein Fallen hätte unterstreichen können. Es hatte im ersten Moment ausgesehen, als würde sich der Mann auf einen imaginären Stuhl setzen, dann war er nach hinten gekippt und in die Büsche gefallen.

Daldossi war erst nicht dahintergekommen, warum noch zwei Soldaten auf den Mann geschossen hatten – viel später hatte er begriffen: Sie feuerten häufiger gemeinsam drauflos, damit der eigentliche Todesschütze nicht auszumachen war. Einer der Soldaten, der vermutlich getroffen hatte – warum nannte Daldossi ihn nicht *Mörder* –, hatte mit den Schneidezähnen abstehende Hautfetzen von der Unterlippe geschabt.

Auf dem Feld war es still gewesen wie jetzt in der Küche; ein etwa achtjähriges Mädchen war zu dem Alten gelaufen und hatte an einem seiner Hosenbeine gezogen. Daldossis Finger waren ebenso schnell gewesen; sie hatten die Kamera in Position gebracht und den Auslöser gedrückt, und Daldossi hatte ein weiteres Photo für seine Serie *War and suffering* in der Tasche gehabt.

Eine der Aufnahmen der auf dem Dach verschanzten Soldaten war von *Estero* zum Bild des Jahres gekürt worden. Die gekrümmten, unnatürlichen Haltungen erinnerten an unbenützte Marionetten, mit denen das Schicksal weiterspielen würde, hatte unter dem Photo gestanden. Daldossi hatte ein wütendes Telephonat mit dem Chefredakteur geführt. Wem fällt so eine Kacke ein? Ihr fetten Pseudopoeten unter der Glasglocke!

Von den Männern, die da lagen und lauerten, hatten nur zwei den Krieg überlebt.

Daldossi kaute trockenes Brot, öffnete mehrmals die Kühlschranktür, wußte aber nicht recht, was er dazu essen sollte. Die angeschnittene Butter hatte einen Gelbstich, und der Parmesan sah aus, als wäre er mit Mehl bestäubt worden.

Er suchte nach dem Handy, hoffte auf eine Nachricht von Marlis, schaltete den Fernseher ein. Eine Weile schaute er Fashion-TV, Salon de la Lingerie de Paris. Früher hatten die Mädels ihn noch erregt, jetzt ermüdete ihn das Softpornogetue; sie machten auf Pseudo-Tabledance.

Er schnappte sich die Stadtzeitung und legte sich wieder hin, fand keine Ruhe, um zu lesen, stand wieder auf und öffnete eine Flasche Rotwein, schaltete den Computer ein, sah sich ein paar Musikvideos an.

Er hätte jetzt gerne die Facebook-Seite von Domenico studiert, aber Daldossi hatte sich immer geweigert, an dieser Welt der Sonnenuntergänge und Kochtöpfe, der Katzen- und Babybilder teilzunehmen. Domenicos Profilbild bestand aus der Kuppel der Redentorekirche, und auch das Titelbild zeigte eine von Palladio entworfene Kirche: San Giorgio Maggiore. Entweder hatte der Mann eine besondere Liebe zur Renaissancearchitektur, oder er war nicht sehr originell.

Als Daldossi sein Outlook-Programm öffnete, fand er eine Mail von Johanna: *Lieber Bruno, bin in Wien, würde Dich gerne sehen …* sie schrieb, daß sie umgezogen sei, nun in Lüneburg wohne, daß sie gelegentlich Kontakt zu Henrik habe, daß dieser seinen Beruf an den Nagel gehängt habe und jetzt von seiner ruhmreichen Vergangenheit lebe … Ob er auch ein solcher Kriegsheld sei? Dann wurde sie persönlicher, erzählte vom Tod ihrer Mutter im Juni dieses Jahres, daß sie sich als Einzelkind sehr allein fühle mit dem Schmerz, zumal der Vater auch schon seit Jahren tot sei, daß sie oft an den Abend im *Cox* denke und daß das, was hinterher geschehen sei, ihr mehr bedeutet habe, als sie zuzugeben imstande gewesen sei.

Daldossi sah, daß sie die Mail vor zehn Minuten abgeschickt hatte. Obwohl es drei Uhr früh war, griff er nach seinem Handy und schickte eine SMS an ihre Mobiltelephonnummer.

Bist du noch wach?

Johanna hatte sich damals im *Cox* in Begleitung eines jungen Mannes befunden, eines blonden, großgewachsenen, breitschultrigen Kerls, über den er später erfahren hatte, daß er sein Geld damit verdiente, für eine Fernsehzeitung Filme zusammenzufassen. Sie hatte ihn in der Kantine ihres Verlagshauses kennengelernt und sich immer wieder geduldig seine unglückliche Liebesgeschichte mit einer zehn Jahre älteren Frau angehört. Auch an jenem Abend hatte ihr *der große Blonde* – wie ihn Daldossi während des Essens bei sich genannt hatte – in allen Details sein verflossenes Liebesleben offenbart, ohne ein Auge für Johanna zu haben, die ihn wohl auch anders als nur mit Worten zu trösten gehofft hatte. Immer, wenn Johanna mit dem Erzählen an der Reihe gewesen war, hatte der Mann ihr zugenickt, gleichzeitig aber unter dem Tisch an seinem Mobiltelephon herumgefummelt.

Nachdem das Dessert aufgetragen worden war, hatte sich Daldossi erhoben und war zu den beiden an den Tisch getreten; *der große Blonde* hatte Daldossis höfliche Begrüßung sofort zum Anlaß genommen, um sich zu verabschieden, ihm aber nicht die Hand gegeben. Offenbar waren seine Finger fettig gewesen, denn er hatte mit dem Daumen seiner Rechten mehrmals über die anderen Fingerkuppen gerieben und schließlich nach einer angebrochenen Scheibe Weißbrot gegriffen.

Wie geht's, hatte Johanna gefragt. Daldossi hatte aber – obwohl betört von ihrem Geruch, den er bei der freundschaftlichen Umarmung eingeatmet hatte – seinen Blick nicht vom *großen Blonden* abwenden können.

Eigentlich konnte Daldossi nichts so schnell aus der Ruhe bringen, doch nachdem er beobachtet hatte, wie der junge Mann sich die Finger an der Brotscheibe abgewischt und diese zurück auf den Tisch geworfen hatte, war er nicht mehr zu halten gewesen. Er hatte mit einer Hand nach dem Brot gegriffen, mit der anderen den Kerl am Oberarm festgehalten und anschließend versucht, ihm das Weißbrot in den Mund zu stopfen. Der *große Blonde* war einen Schritt zurückgewichen – in dem Gerangel war ein Glas umgefallen, Johanna hatte *Aufhören!* gerufen und Daldossi wegzuziehen versucht, aber die Männer waren bereits aneinandergeraten und hatten angefangen, sich zu prügeln.

Raus! Unerhört! Ein älterer alleinstehender Gast war aufgestanden und auf sie zugegangen.

Der große Blonde hatte sich schließlich befreien können, war in die Mitte des Schankraums geflüchtet, in einer Hand das Sakko, mit der anderen hatte er sich an die blutige Nase gefaßt. Daldossi war unterhalb des linken Auges verletzt gewesen, ein Kratzer, nichts weiter.

Das wird ein Nachspiel haben. Feine Freunde hast du. Dann war der Blonde gegangen, ohne zu zahlen.

Daldossi war an Johannas Tisch zurückgekehrt und hatte den Platz ihres Begleiters eingenommen, bis der Kellner die Rechnungen gebracht hatte.

Die da, hatte Daldossi gesagt und sich nach der Serviette des Blonden gebückt, wäre ihm besser nicht auf den Boden gefallen.

Was willst du von so einem, hatte er Johanna wenig später auf der Straße gefragt.

Dafür kannst du unmöglich Henrik stehengelassen haben.

Das geht dich nichts an.

Nein, das geht mich nichts an. Er hatte ein Taxi herbeigewinkt. Komm, ich begleite dich nach Hause.

Sie war eingestiegen, ohne etwas zu sagen, hatte die Adresse genannt. Eine Weile hatten sie beide im Fond des beigen Mercedes durch die jeweiligen Seitenfenster auf die Häuser und Bürgersteige geblickt, als gehörten sie nicht zusammen, als wären sie irgendwelche Kongreßteilnehmer, die sich aus Kostengründen einen Wagen teilten, dann hatte Johanna ihn gefragt, wo er gewesen sei.

Ich war heute früh noch in Bagdad.

Bagdad-Café ist alles, was ich kenne.

Er hatte weiter aus dem Fenster gestarrt, müde und angespannt. Sein Bein hatte gezuckt, der Kratzer unter dem Auge gebrannt.

Die sauberen Straßen, hatte er gesagt. Und während sie Richtung Altona gerollt waren, hatte er an die geborstenen Scheiben, an die weißen Fahnen in den Fenstern, an die eingetretenen Wohnungstüren, die umgeworfenen Stühle, die gekippten Schränke, den verstreuten Hausrat gedacht.

Sein rechter Oberschenkel war so nahe an ihrem linken gewesen, daß er ihre Körperwärme gespürt hatte.

Wie viele Jahre waren seither vergangen?

Er sah jetzt ihre langen Beine vor sich, die in dünnledrigen, hochhackigen, geschlossenen Halbschuhen gesteckt hatten. Eigentlich hätte er gerne Einzelheiten über Henrik erfahren.

Daldossi hatte seine übertriebenen *Atmosphäre-Beschreibungen*, die er in seine sonst meist gut recherchierten Artikel hatte einfließen lassen, nicht leiden können. Weil Daldossi sich ein einziges Mal erlaubt hatte, eine Passage als *kitschig und tenden-*

ziös zu kritisieren, hatte Henrik ihn nicht mehr als Photographen mitgenommen. Auf dem dazugehörigen Bild, erinnerte sich Daldossi, waren mehrere Kinder in einer Turnhalle zu sehen gewesen; zwei Mädchen waren über weiße Säcke gesprungen, in denen die nicht identifizierten Toten eines Massakers lagen, das Anfang der neunziger Jahre in der Wüste südlich der irakischen Hauptstadt stattgefunden hatte. Für die Kinder waren es nur Säcke gewesen, numerierte, mit Seilen zugebundene Säcke. Aber Henrik war nichts Besseres eingefallen, als das Abendrot vor der alten Schule zu beschreiben und die Kinder in Monster zu verwandeln. Die Toten sind doch nicht sichtbar, hatte Daldossi ihn angeschrien. Was erwartest du von den kleinen Mädchen?

Bist du noch wach? Was für eine blöde Frage, dachte Daldossi.

Johanna antwortete sofort. Kurze Zeit später rief er sie im Hotel an. Ihre Stimme klang hellwach, aufgekratzt. Er hörte, daß sie rauchte.

Hotelzimmer deprimierten Johanna, da halfen auch keine Telephongespräche. Ganz gleich, wieviel Mühe sich Innenarchitekten gegeben hatten, fast immer waren die Zimmer schäbig, verstellt von raumverkleinernden Möbelstücken, die kein Mensch nutzte. Johanna jedenfalls hatte noch nie etwas in die Lade eines Nachtkästchens gelegt und selten den Kleiderschrank geöffnet; wer nur kurz bleibt, sucht nach einer bequem zugänglichen Kofferablage und einem Garderobenhaken, nach einer Flasche Mineralwasser und einem zeitsparenden Fön mit einem starken Gebläse. Statt dessen fanden sich auch hier ein riesiger, spiegelloser Schrank, ein Nachtkästchen, an dem sich Johanna gleich bei der Ankunft ihr linkes Knie angeschlagen hatte, ein abgetretener Teppich, bunte Blumenbilder, Gummibärchen auf den Kissen und im Bad ein Fön, dessen Gebläsestärke höchstens zum Trocknen von Wimpern reichte. Auch Zimmer in Stundenhotels hatten sie nie froh gestimmt, was möglicherweise der Traurigkeit nach der Liebe geschuldet war oder davon herrührte, daß man soviel zu verbergen hatte oder in Unehrlichkeit lebte, wenn man einen solchen Ort aufsuchte.

Wie lange hatten sie einander nicht gesehen? Bruno hatte es auch nicht gewußt; er dachte in Kriegen. Auch Henrik hatte seine Zeitrechnung damals nach den Unglücksfällen und Kriegen dieser Welt gerichtet. Aber da Bruno mehrmals im Irak gewesen war, konnte er sich nicht mehr an die genaue Jahreszahl erinnern. Waren sieben Jahre vergangen? Acht?

Johanna hatte Mühe gehabt, ihn zu verstehen, hatte das Fenster schließen müssen. Das Rauschen der Entlüftungsanlage im Hinterhof setzte erst aus, nachdem sie das Gespräch beendet hatten. Sie bedauerte, daß sie sich nicht für das Appartement in der Innenstadt entschieden hatte, andererseits würde sie nur wenige Tage bleiben. Bruno hat sie sogar eingeladen, bei ihm zu wohnen, nachdem sie ihm das Zimmer beschrieben hatte.

Weißt du –, hatte er gesagt.

Und Johanna hatte geahnt, was jetzt kommen würde. Daraufhin hatte Bruno geschwiegen.

Du beurteilst Hotelzimmer nach anderen Kategorien, hatte Johanna gesagt.

Es war jetzt vier Uhr morgens. Das Licht im Fenster kam zurück. Sie hatte keine Ahnung, ob dieses Zimmer das richtige wäre, wenn das Hotel bombardiert würde. Sie wußte auch nicht, ob sie die adäquate Kleidung dabeihätte, um unbemerkt durch die Lobby gehen zu können. So hatte jedenfalls Henrik gedacht. Und so dachte vermutlich auch Bruno. Immer wieder. Vielleicht hörte das mit den Jahren auf. Aber was mußten das für Jahre sein? Wann hörten Männer wie Bruno und Henrik auf, sich zu fragen, ob die Dicke der Mauer ausreichte, eine Panzergranate abzuhalten? Selbst bei Spaziergängen im Wald hatte Henrik manchmal den Durchmesser der Stämme geschätzt; unter sechzig Zentimetern Dicke böten sie keinen Schutz gegen die Geschosse einer Kalaschnikow.

Johanna vernahm in Brunos Stimme diesen Tonfall der Ungehaltenheit und Ungeduld ihren *Luxuslamenti* gegenüber. Henrik hatte dieses Wort gebraucht. Manchmal sagte er nur *LL*, um Johanna zum Schweigen zu bringen. Ein Bett ohne Wanzen. Wasser. Keine Gefechte, das sollte genügen. Den Maßstab für die Zufriedenheit legte Henrik an, ihrer hatte nicht für ihr gemeinsames Leben getaugt.

Den einen war sie seit geraumer Zeit los und hatte nun Kontakt zum anderen aufgenommen; ihr war nicht zu helfen. Man könnte auch von einem Rückfall sprechen. Sie wollte die Tage eigentlich nutzen, um ein paar Museen zu sehen, dann traf sie zufällig auf diese junge Frau, die schon von Henrik gehört hatte, eine kleine unscheinbare Person, die ein paar Photos ins *Klick* gebracht hatte, weil sie bei einer Gruppenausstellung vertreten sein würde.

Ob sie, Johanna, von Henrik Schultheiß, dem Kriegsreporter, spräche, hatte sie gefragt und hinzugefügt, sie kenne Bruno. Bruno – sie hatte ihn beim Vornamen genannt – sei ihr Lehrer gewesen.

Die Kleine hatte Johanna in dem Gespräch mit der Kunstraumbetreiberin einfach unterbrochen. Johanna hätte sich das in deren Alter nie getraut. Sie wäre damals in den Achtzigern in der Galerie herumgeschlichen und hätte Ohren gehabt, so groß wie die Eingangstür zum *Klick*. Dann fing die Kleine an, von Bruno zu erzählen und wie gelungen sie die Kinder-Bilder fände, wie die Weitwinkelobjektivaufnahmen doch an den Kids dranblieben, ohne sie zu verschrecken, ohne aufdringlich zu sein. Sie ignorierte die Kunstraumbetreiberin, wollte wissen, wie das Leben an der Seite eines Kriegsreporters gewesen war, ob Henrik auch ein Alkoholproblem habe.

Auch?

Ja, Bruno trinke zuviel. Kein Wunder, daß sie ihm davongelaufen sei.

Sie?

Marlis.

Bruno hatte während des Telephonats kein einziges Mal über Marlis gesprochen. Er hatte Johanna gefragt, ob sie noch immer diese dünnledrigen hohen Schuhe trage und was aus dem *großen Blonden* geworden sei.

Jens habe geheiratet, er sei inzwischen Vater von Zwillingen. Sie hatte Bruno nicht erzählt, daß er die zehn Jahre ältere Frau wieder traf, von ihr nicht loskam. Vielleicht, dachte Johanna, hatte die Frau die Beziehung wieder zugelassen, weil sie Jens jetzt gebunden wußte und er ihr nicht mehr lästig werden konnte.

Was Johanna über Jens erzählte, sollte beiläufig wirken, so als hätte sie kaum noch Kontakt zu ihm; sie hatte nicht über den Vorfall im *Cox* reden wollen, aber Bruno schien nur darauf gewartet zu haben.

Er hätte gelassener reagiert, wenn er an jenem Tag nicht aus Bagdad zurückgekommen wäre. Er habe plötzlich den Geruch von Menschenfleisch in der Nase gehabt, das sei kaum auszuhalten gewesen. Am Nebentisch habe jemand Gegrilltes gegessen; jedenfalls sei ihm, Bruno, schon da übel gewesen.

Nach so vielen Jahren hatte Bruno sein damaliges Verhalten zu rechtfertigen versucht. Er könne seit seiner Zeit im Irak kein gegrilltes Fleisch mehr essen, müsse dabei ständig an die verbrannten und verkohlten Leichen denken, an die Opfer der Autobombenattentate. Er hätte an jenem Abend nicht ins *Cox* gehen sollen – schon auf dem Hamburger Flughafen sei ihm plötzlich der Schweiß ausgebrochen. So viel Unversehrtheit! Diese Geschäftigkeit! Überall Licht und Essen. Er habe sich schuldig gefühlt, weil er in die sorglose Welt zurückgekehrt war. Und dann habe sich dieser Hüne die Finger an einer Weißbrotscheibe abgeputzt.

Ob sie mit ihm ein Verhältnis gehabt habe, hatte Bruno wissen wollen.

Nein.

Sie war mit Jens ins Bett gegangen, als sie noch mit Henrik zusammen gewesen war, aber das hatte Johanna verschwiegen. Henrik war immer wieder wochenlang weggewesen, damals hatte er sich in Sarajevo aufgehalten. Johanna war Jens einmal zufällig am Ausgang des Verlagshauses in die Arme gelaufen. Es hatte geschneit, und sie hatte Jens angeboten, ihn nach Hause zu fahren.

Gelegenheit macht Liebe, wenn es draußen naß und kalt ist und der eigentliche Partner nicht einmal mehr telephonisch zu erreichen ist.

Jens hatte sie auf einen Kaffee eingeladen, aber als er sich wieder der kleinen Espressokanne auf seinem Gasherd zugewandt hatte, war diese glühend heiß und alle Flüssigkeit in der Kanne verdunstet gewesen. Den Kaffee hatte Johanna eineinhalb Stunden später allein zu Hause getrunken.

Sie hatte Bruno immer schon anziehend gefunden, mochte seine Bilder, dabei hatte Johanna vor allem die vor Augen, welche er in Begleitung von Henrik gemacht hatte, das Portrait Muammar al-Gaddafis im langen hellen Hemdkleid in seinem Beduinenzelt in der Libyschen Wüste oder später, zwei Jahre vor Gaddafis Tod etwa, beim Afrikanischen Gipfeltreffen. Da hatte er eine goldfarbene Dschalabija mit dazu passender Kopfbedeckung getragen. Von dem Glanz war am Ende nicht mehr viel übrig gewesen, zuletzt hatte er sich in einem Regenwasserrohr versteckt, welches unter einer Straße durchführte. Der gestürzte König hatte auf seiner Flucht elend ausgesehen; vergoldet war nur seine Pistole gewesen, die ihm nichts mehr genützt hatte.

Wenn Johanna bloß schlafen könnte.

Früher hatte sie geglaubt, die Schlaflosigkeit hinge mit ihrem Beruf zusammen, den fehlenden Arbeitsverträgen. Sie hatte gedacht, an den spätabendlichen Energieschüben seien die Existenzängste schuld. Jetzt besaß sie zwar das Geld ihrer Mutter, die monatlichen Mieten zweier Wohnungen, die diese hinterlassen hatte, konnte aber trotzdem nicht schlafen. Die Nächte empfand Johanna wie Spiegel; wenn sie lange genug in sie hineinschaute, sah sie all das, was sie nicht zu sehen wünschte: das zunehmende Alter, verstreute weiße Fäden im Haar, Augenringe – den eigenen Körper in den späteren Jahren. Jens hatte mehr als einmal zu ihr gesagt, sie solle sich einen Liebhaber suchen. Sex wirke beruhigend.

Henrik hatte nach geröstetem Brot gerochen, manchmal nach Minze. In seinen Armen war Johanna zwar sofort eingeschlafen, aber da er geschnarcht hatte, war sie auch wieder aufgewacht. Oder er hatte sie mit seinem Arm ins Gesicht geschlagen, weil er sich im Schlaf ausgestreckt hatte. Oft war er auf ihre Seite gerollt, hatte schnell und laut geatmet wie einer auf der Flucht.

In schlaflosen Nächten wie dieser stellte das Gehirn zu viele Verbindungen her, offenbarten sich zu viele Möglichkeiten.

Am liebsten flog Johanna, es war die einzige Form der Existenz, in der sie sich ungebunden, körperlos fühlte, allem entzogen, trotz Flugangst. Die Aufdringlichkeit der Zukunft schien ihr nur in der Luft aufgehoben. Dort oben gab es keine Straßen und keine Räume, und selten sah man andere Flugzeuge, was Johanna bei dem enormen Flugverkehrsaufkommen, das sie manchmal auf ihrer Flightradar-App beobachtete, immer wieder überraschte.

Leider befand sie sich jetzt nicht zwischen Hamburg und hier oder zwischen Hamburg und irgendwo. Sie war in diesem Zimmer und mußte an Henrik denken. In einem ihrer letzten Gespräche, bei einem gemeinsamen Abendessen im *Gnosa*, hatte Henrik Bruno einen *Voyeur der Gewalt* genannt, ganz so, als sei er selbst stets nur ein barmherziger Samariter gewesen, als habe er immer und überall Mitleid mit den armseligen Kreaturen empfunden.

Wie kann man nur diese schreienden Verletzten photographieren, hatte Henrik gesagt, die nur noch aus undefinierbaren Lauten bestehen, diese brüllenden Tiere. Er, Henrik, habe einer sterbenden Frau das Kind aus dem Arm genommen, um es zu retten; Daldossi habe nur rumgeknipst. Am Ende sei doch kein vernünftiges Bild entstanden. Diese Gier nach Kinderphotos habe er nie verstehen können, hatte Henrik gesagt. Ob Johanna den Katalog von Daldossis letzter großen Ausstellung kenne? Ob sie das Interview gelesen habe? *Wer, wenn nicht wir.* Henrik hatte Brunos Stimme nachgeäfft. *Tränendrüsendrücker* – anders könne man diese Kids-Aufnahmen nicht bezeichnen, *digitale Gefühlsduseldateien.*

Die Geschichte mit dem Kind hatte Johanna noch nie gehört. Oder erinnerte sie sich nicht mehr daran? Vielleicht hatte sich der Vorfall nach ihrer Ehe zugetragen?

Ob es eine Zäsur gegeben habe, einen Moment, in dem Johanna klargeworden sei, daß ihre Beziehung zu Ende sei, hatte Henrik plötzlich von ihr wissen wollen. Er hatte Johannas Antwort gar nicht abgewartet, hatte sich selbst die Schuld gegeben, dem unglückseligen gemeinsamen Sturz in Villa Franca in Apulien. Er habe ihr nicht nur das Bein gebrochen.

Aber es waren nicht seine langen Reisen und Abwesenheiten gewesen, die sie auseinandergebracht hatten, es war nicht die *Pornographie des Krieges* – so nannte er neuerdings seine frühere Arbeit – daran schuld gewesen, sondern seine zunehmende Ungeduld Johannas Geschichten gegenüber, seine Gereiztheit, wenn sie sich mit Freunden verabredet hatten und er einmal nicht der Mittelpunkt des Gesprächs gewesen war.

Er hatte sich nicht anhören können, was er schon kannte, war ihr ins Wort gefallen, hatte sie korrigiert. Vor allem ihre gemeinsamen Erinnerungen hatte er vor den anderen berichtigt: Am Ende hatten weder die von ihr angegebene Jahreszahl noch der Ortsname gestimmt, ja nicht einmal mehr die Farbe des Wagens.

Johanna war wieder einmal eine der letzten; der Kellner hatte schon begonnen, die Tabletts mit den Wurst- und Käsescheiben abzutragen. Ob sie davon noch etwas wolle, fragte er und machte mit dem Kinn eine Bewegung hin zu den Silbertabletts.

Ihre Mutter hätte sich schon um neun Uhr zum Frühstück aufgemacht und alles durchgekostet. Auf ihrer letzten gemeinsamen Reise an den Gardasee war sie schon morgens um acht aus dem Zimmer verschwunden, um genug Zeit zum Probieren zu haben.

Johanna trank für gewöhnlich eine halbe Tasse Espresso mit etwas kalter Milch und aß dazu eine Scheibe getoastetes Brot. Es war nicht so, daß sie wie Henrik das Frühstück völlig verschmähte – er hatte meist geschwiegen, keine Träume erzählt –, aber in ihrer langsamen Art des Kauens und in dem Schluckweise-Trinken steckten ebenfalls noch Reste des Schlafes – sie war, wie ihre Mutter zu sagen pflegte – *noch nicht im neuen Tag angekommen* und ebensowenig aus der Nacht entlassen worden.

Der Kaffee schmeckte säuerlich und war nicht stark genug. Johanna zupfte lustlos an einer Semmel herum und rief ihre Mails ab. Als sie die Nachricht ihrer Chefredakteurin öffnen wollte, klingelte das Handy. Ditha läge mit einer Lungenentzündung im Bett und könne die Reise nicht antreten, ob Johanna an deren Stelle – das Redaktionsbüro übernähme die Umbuchung –, Johanna, sagen Sie nicht nein –

Während die Chefredakteurin auf sie einredete, formte Johanna mit dem rechten Zeigefinger und Daumen lauter kleine Weißbrotkügelchen.

Es seien wieder zwei Boote – das Wetter sei günstig –, der Krieg in Syrien eskaliere, vermutlich gelangten in den nächsten Tagen weitere Fischkutter in den Hafen – schreiben Sie über eine der Frauen – Sie wissen schon, was die Heftlinie vorgibt –, ein Schicksal stellvertretend für alle – Sie sagte: Pars pro toto.

Morgen früh?

Sie sagte: Heute abend. Das Büro habe einen Flug reserviert. Heute nach Rom, morgen nach Palermo, dann –

Ja, sagte Johanna, ich fliege.

Auf einem Feldbett sitzen eine circa dreißigjährige Frau, ihre zwei Söhne und ihre kleine Tochter. Das Mädchen ist etwa ein Jahr alt, es zupft am Haar der Mutter, das unter dem geblümten Kopftuch hervorschaut. Der jüngere der beiden Söhne hat bei einem serbischen Granatangriff den rechten Unterschenkel verloren, er versteckt sein Gesicht halb hinter der Schulter seiner Mutter. Der ältere blickt ernst in die Kamera, die Hand auf dem Pluderrock seiner Mutter. Die vier sitzen vor der geöffneten Ladeklappe eines Lastwagens; sie warten im Lager des Flughafens Tuzla auf die Verteilung von Kleidern. Die muslimische Familie ist nach der Eroberung der UN-Schutzzone durch die Serben von Srebrenica nach Tuzla geflüchtet; der Vater wurde auf der Flucht erschossen.
Muslimische Frau mit ihren Kindern aus dem UN-Flüchtlingscamp Tuzla, *Farbphotographie, Tuzla/Bosnien-Herzegowina, Sommer 1995, veröffentlicht in Estero am 31.7.1995.*

Die Müllcontainer auf dem Platz waren geleert worden und mit dem Geräusch des zersplitternden und ineinanderkrachenden Glases kam der Durst. Daldossi tappte schlaftrunken in die Küche und öffnete den Kühlschrank, aber die Flasche im Seitenfach war leer. Anstatt sie rauszunehmen und zu entsorgen, drückte er die Tür zu. Auf der verchromten Verkleidung war der Abdruck seiner Hand zu erkennen.

Alle fünf Finger habe man im Gesicht dieses Schönlings sehen können, hatte Marlis erzählt. Sie war mit dem Nachtzug nach Tirol gefahren, hatte sich das Sechserabteil mit einem attraktiven Dreißigjährigen geteilt. Um ein wenig schlafen zu können, hatte sie die beiden Sessel am Fenster zusammengeschoben. Der junge Mann war neben ihr sitzen geblieben und hatte es sich nach einer Weile auf den beiden auseinandergezogenen Sesseln in der Mitte bequem gemacht.

Ist dir das nicht seltsam vorgekommen, hatte Daldossi damals gefragt.

Aber Marlis, die an das Gute im Menschen glaubte, war davon ausgegangen, daß der Mann die Sessel in Gangnähe für später dazustoßende Fahrgäste habe frei lassen wollen.

Erst sei nur das Ruckeln des Zuges zu spüren gewesen, der Luftzug der Klimaanlage am unteren Ende des Fensters, Vibrationen, die von den Schienen herrührten, dann ein kaum merkbares Stupsen, so als sei eine dicke Fliege gegen Marlis' Rücken geflogen. Und als sich das Gefühl einer zarten Berührung an einer anderen Stelle ihres Rückens wiederholt hatte und Marlis sicher gewesen war, daß sie in diesem Moment weder von Flöhen noch von Wanzen gebissen, sondern von dem jungen Herrn neben ihr mit einer seiner Fingerspitzen betastet worden war, hatte sie all ihren Mut zusammengenommen und den Mann aufgefordert, sich auf einen der Gangsessel zu setzen.

Eine Weile war es still gewesen, vielleicht zehn Minuten lang, doch dann hatte Marlis in der Dunkelheit dieses unverwechselbare Geräusch vernommen, das entsteht, wenn jemand mit schnellen Handbewegungen die Vorhaut über die Eichel zieht. Sie war aufgesprungen und hatte den Mann laut schimpfend aus dem Abteil geworfen.

Kein einziger Fahrgast aus den anderen Abteilen hatte sich von seinem Platz erhoben, um nachzusehen, was passiert war, und um Marlis zu Hilfe zu eilen.

Daldossi hatte nie verstanden, warum Marlis erst nach einigen Minuten, als habe ihre Wut Zeit zum Wachsen gebraucht, losgezogen war, um den Mann – er hatte das Abteil sofort verlassen, war Richtung Zugende gelaufen – zu suchen und ihm eine Ohrfeige zu verpassen.

Die Fingerabdrücke auf der Kühlschranktür kamen Daldossi kurz vor. Er betrachtete seine Rechte. Sie war blaß, ihre Haut großporig und faltig.

Er strich sich mit der flachen Hand über die Brust. In Tschetschenien hatten er und ein französischer Kollege sich gegenseitig in den Hemdausschnitt gegriffen und dem anderen die Brusthaare ausgerissen. Wer am wenigsten erwischt hatte, zahlte die nächste Runde.

Es sind nicht mehr so viele, dachte Daldossi, und sie sind kaum noch nachgewachsen.

Er hatte jetzt Johannas Stimme im Ohr, sah auf das Handy, ob sie schon angerufen hatte. Das Aufgekratzte am Anfang ihres nächtlichen Telephongesprächs war nach und nach aus ihrer Stimme verschwunden, und je länger Johanna von sich und ihrer verstorbenen Mutter erzählt hatte, desto geschmeidiger hatte sich ihre Stimme angehört. Er fragte sich, ob die Stimmlage eines Menschen bei zunehmendem Vertrauen absank oder ob Johannas Stimme nur tiefer und ruhiger geklungen hatte, weil er müde gewesen war und seine Aufmerksamkeit nachgelassen hatte.

Johanna war erst nach dem Tod ihrer Mutter dahintergekommen, daß Elisabeth einen Freund gehabt hatte. Sechs Jahre lang war die Mutter offiziell auf Kur nach Salzburg und zu Freunden nach Bayern gefahren, hatte aber in dieser Zeit heimlich ihren Giustiniano getroffen, einen verheirateten Pizzeria-Besitzer, der ursprünglich aus Salerno stammte.

Johanna war der gepflegte ältere Herr bereits im Gang des Krankenhauses aufgefallen, wegen der raffinierten Faltung seines Einstecktuches.

Champagnerfarbene Seide, Kronenfaltung, wer trägt schon so was.

Wie jeden Abend war sie gegen 19 Uhr aus dem Krankenzimmer ihrer Mutter aufgebrochen, hatte aber am Ausgang des Spitals bemerkt, daß sie ihren Autoschlüssel nicht dabeihatte.

Als sie ins Zimmer zurückkam, saß dieser *parfümierte Herr* am Bett ihrer Mutter und hielt deren Hand.

Todkranken sei es am Ende auch noch verwehrt, Geheimnisse zu wahren, hatte Johanna gesagt. Es habe ihr leid getan, Elisabeth diesen Wunsch nicht mehr erfüllen zu können. Aus einer Unachtsamkeit heraus.

Giustiniano war aufgesprungen, hatte sich verbeugt. *Ich bin eine große Verehrer von Ihre Mama.* Elisabeth hatte ihre Augen geschlossen gehalten, sie hatte wie eine Schlafende dagelegen und hatte so getan, als ginge sie das alles nichts an.

Daldossis eigene Mutter war mit Anfang vierzig Witwe geworden, es hatte niemanden mehr gegeben in ihrem Leben. Laß mich mit den Männern in Ruhe, hatte sie gesagt, wenn er sie augenzwinkernd nach ihrem Liebesleben gefragt hatte. Ihr Bedarf sei gedeckt. Mit diesem Satz hatte sie jede weitere Debatte unterbunden.

Und mit dir möchte ich auch nicht verheiratet sein, hatte sie einmal im Beisein von Marlis zu ihm gesagt.

Warum nicht? hatte Daldossi gefragt.

Schau dich doch an.

Dann war sie in den Keller gegangen, um Einweckgläser zu holen. Wenig später war der Tisch mit Federklammern und Gummibändern übersät gewesen, und er und Marlis hatten verstanden, daß es Zeit zum Gehen gewesen war.

Seine Mutter war ihm viele Antworten schuldig geblieben. Schon als Kind hatte sie ihn mit irritierenden, unkommentierten Äußerungen stehengelassen.

Es gibt keinen Gott.

Im Jenseits ist nichts.

Der Himmel ist Luft.

Warum?

Weil es so ist.

Und mit dir möchte ich auch nicht verheiratet sein.

Dieser Satz hatte ihn noch lange beschäftigt.

Schau dich an.

Er sah sich jetzt an. Die Nase wird immer größer, dachte Daldossi. Und die Schatten unter den Augen waren bläulich, dunkel. Früher glaubte er, der Schlafmangel und die Angst richteten ihn so zu, jetzt kam es ihm so vor, als seien die Ringe das Resultat eines Mangels.

Wahrscheinlich waren sie einfach das Ergebnis einer größeren Fehlplanung, wie vieles am Menschen. Die Gefäße schimmerten durch, weil die Haut an der Stelle zu dünn war, zu wenig mit Fettgewebe unterfüttert.

Er war einmal mit einer im Bett gewesen, einer Amerikanerin, die morgens Hämorrhoiden-Creme auf ihre Augenringe gestrichen hatte. Die wirke entzündungshemmend, hatte sie Daldossi erklärt. Sie waren beide mehrere Tage im *Holiday Inn* in Sarajevo einquartiert gewesen. Daldossi konnte sich nicht einmal an ihren Namen erinnern. Samanta? Sie hatte beim Sex laut geschrien. Er hatte noch ihre großen, harten Nippel vor Augen und konnte sich vage an ein Gespräch erinnern, in dem sie die Jeans-Latzhosen der siebziger und achtziger Jahre als Folterinstrumente bezeichnet hatte. Im Winter habe sie sich die Brustwarzen an den unnachgiebigen Trägern blutig gerieben, hatte sie erzählt.

Er dachte jetzt wieder an die Bosnierin hinter dem Wellblechverschlag, an die Teetassen, die sie gespült hatte, an Dobrinja und daß er sich bei einem Angriff von serbischen Heckenschützen in die Hose gemacht hatte. Die Kamera hatte er nicht losgelassen, sondern draufgehalten und ein Bild nach dem anderen geschossen.

Wo sind diese Bilder jetzt? Daldossi setzte sich an den Schreibtisch und fuhr den Computer hoch. Er vergaß, was er vorhatte, rief statt dessen seine Mails ab. Es waren keine neuen Nachrichten eingegangen, lediglich der *Republikanische Club* hatte sein Bulletin ausgesendet.

Wieder einmal durchforstete er die Seiten von Kollegen, sah sich preisgekrönte Bilder an, blieb an früheren Aufnahmen eines englischen Photographen hängen, der embedded mit den Truppen unterwegs gewesen war.

Daldossi hatte das immer gehaßt, er wollte nicht mit festen Einheiten der Armee unterwegs sein oder von Milizen begleitet werden. Aber *Estero* war kein Risiko mehr eingegangen. Wie alle großen Blätter hatte auch sein Magazin damals Sicherheitskräfte organisiert, ohne die er in Bagdad keinen Schritt vor die Tür hatte setzen dürfen.

Es war die Zeit, in der auf jeden westlichen Photographen und Journalisten Kopfgeld ausgesetzt gewesen war. Die großen Namen hatten sich nicht mehr im Land blicken lassen. Nur noch die Jungen waren hingeflogen. Oder Unstete wie er selbst. Marlis hatte irgendwo gehört, daß die Embeds gezwungen würden, Verträge zu unterschreiben, und geglaubt, das sei für deren eigene Sicherheit. Daldossi hatte verschwiegen, daß in diesen Verträgen vor allem der Umgang mit dem Photomaterial festgelegt worden war. Daß man den Reportern ständig gesagt hatte, was sie sehen durften und was nicht.

Daldossi war doch nicht in den Irak gefahren, um sich vorschreiben zu lassen, was er zu tun und was er besser zu unterlassen hatte.

Denk an mich, hatte Marlis immer gesagt, wenn sie ihn am Flughafen verabschiedet hatte. Dieser Satz funktionierte nur in Schwechat.

Und nun lebte er ohne diese Sätze. Und dachte doch an nichts anderes.

Er hätte jetzt viel dafür gegeben, mit Marlis im Grau dieses Herbsttages Kaffee zu trinken, in die immer kahler werdenden Platanen zu schauen, deren kackbraune Fruchtkügelchen im Wind zitterten. Marlis hätte von ihrer Arbeit erzählt, von ihren sieben Bären, vor allem von den zwei verhaltensgestörten tschechischen Braunbären, die vor mehreren Monaten aus einer viel zu kleinen Betongrube befreit worden waren. Damit sie nicht trübsinnig wurden, erdachte Marlis immer neue Beschäftigungen, stellte Gefäße mit Löchern ins Gehege, die nicht alle Rosinen auf einmal freigaben, fror Gemüse in Eisblöcke ein – sorgte für immer neues Spielzeug.

Während Daldossi sich vorstellte, wie er Marlis' Nacken kraulte, wie sie ihren Kopf und ihren langen Hals bewegte und so dem Druck seiner Finger entgegenwirkte, blieb er an einem Photo hängen, das von ihm selbst hätte stammen können. Es zeigte vier Kinder; eines weinte mit weit offenem Mund, die anderen drei bewegten sich nicht. Daldossi war von der Tiefenschärfe des Bildes, das in der Nacht aufgenommen worden war, beeindruckt. Das Photo wirkte auf ihn wie inszeniert. Die Kinder standen im Scheinwerferlicht eines Jeeps, neben dem Auto kniete ein US-Soldat und hantierte mit seinem Handy. Der helle Boden war mit Blutstropfen übersät.

Daldossi fielen die Atelierböden ein, auf denen er in jungen Jahren Partys gefeiert hatte. Diese Assoziationen, davon war er augenblicklich überzeugt, zeigten den Abstand an, den er inzwischen zu dieser Art von Bildern gewonnen hatte.

Nein, ein Gewinn war das nicht. Aber einer wie er konnte ohnehin nicht mehr gewinnen.

Wenn man ihn nur ließe.

Er zöge sofort wieder los.

Das kleinste der Kinder, ein etwa fünfjähriges Mädchen, stand mit dem Rücken zu einer Wand rechts vom Jeep. Auch es bewegungslos, beinahe ausdruckslos. Dann bemerkte Daldossi, daß das Mädchen auf Zehenspitzen stand – das war es, was ihn von Anfang an irritiert hatte. Das Kind streckte sich, als wollte es augenblicklich über den älteren, weinenden Bruder hinauswachsen, als wollte es sich davonmachen, mit dieser Realität nichts mehr zu tun haben.

Chris Hondros, der erst vor wenigen Jahren, mit etwas über 40, in Misrata in Libyen durch ein Granatgeschoß von Gaddafi-Anhängern zu Tode gekommen war, hatte ähnliche Bilder gemacht. Daldossi erinnerte sich an ein Mädchen in einem braunen Kleid, dessen Stoff mit roten und schwarzen Blumen bedruckt gewesen war. Die Blutspritzer am Boden und auf den Stiefelspitzen des Soldaten sahen aus, als stammten sie vom Kleid, als hätten die Stoffblumen ihre Blüten verloren. Es war diese Mischung aus Brutalität, abgrundtiefer Verzweiflung und perfekter Komposition, die das Bild zu etwas Besonderem gemacht hatte. Marlis hätte eine solche Beschreibung nie zugelassen. Sie wäre Daldossi ins Wort gefallen, hatte immer nur die Häßlichkeit des Krieges gesehen.

Hondros hatte das Bild in Tal Afar aufgenommen, in einer mittelgroßen irakischen Stadt in der Grenzregion zu Syrien. Daldossi war zu dieser Zeit in Bagdad gewesen, Hondros hatte er nie kennengelernt. Wie sein berühmtes Bild zustande gekommen war, hatte er wenig später von einem Kollegen erfahren. Hondros war mit US-Soldaten unterwegs gewesen. Bei einer nächtlichen Patrouille, während der Sperrstunde, war ein Auto auf sie zugekommen. Die Soldaten hatten schnell reagieren müssen, sie hatten in die Dunkelheit gefeuert. Das Auto war aber nicht stehengeblieben, so daß die US-Soldaten in ihrer Nervosität das Auto weiter beschossen hatten.

In dem Wagen hatte sich eine sechsköpfige irakische Familie befunden, die Eltern waren sofort tot gewesen, ein Kind war durch einen Bauchschuß verletzt worden, alle anderen waren wie durch ein Wunder davongekommen. Hondros hatte die verängstigten, verwirrten, vom Blut ihrer Eltern bespritzten Kinder photographiert, die am Straßenrand gekauert hatten, neben ihnen die ratlosen und entsetzten Soldaten, deren Gesichter bedeckt waren.

Was für ein furchtbarer Fehler. Aber der Lenker des Wagens hätte auch ein Selbstmordattentäter sein können.

Hondros hatte auf den Auslöser gedrückt. Daldossi hätte auch abgedrückt. Etwas anderes wäre ihm nicht in den Sinn gekommen. Wenn man so etwas erlebt und sich um die Kinder kümmert, wenn man Zeuge einer solchen Tragödie wird und kein Bild macht, hat man versagt.

Die Soldaten hatten die toten Eltern und deren Kinder in einem Krankenhaus abgegeben.

Der Film *Bagdad-Café* ist alles, was ich kenne.

Johanna hatte versprochen, sich bei Daldossi zu melden.

Bestimmt kannte sie nicht nur das kalifornische Bagdad, die Geisterstadt an der Route 66. Sie war schließlich mit Henrik Schultheiß zusammengewesen, und auch wenn Schultheiß später, in der wirklich schlimmen Zeit, nicht mehr in den Irak gereist war und sich immer auf die sichere Seite geschlagen hatte, war er auch in Tschetschenien und in Sarajevo gewesen.

Daldossi hatte sich damals in Ghazaliya aufgehalten, im Westen der irakischen Hauptstadt. Da war er auf diesen Dänen getroffen, der die ganze Zeit von Teppichen gesprochen hatte, die er noch besorgen wollte. Und Daldossi hatte Bilder von Leichen mit abgetrennten Köpfen gemacht, die dann noch einmal bearbeitet worden waren.

Bis zur Zumutbarkeit.

Was war mit diesen Männern, hatte Marlis wissen wollen. Daldossi hatte keine Antwort gewußt. Ständig wurden damals Menschen entführt und umgebracht, weil sie der falschen religiösen Gruppierung angehörten. Man erpresste Geld von den Familien, bekam es sogar, schnitt den Entführten aber dennoch den Kopf ab oder schoß ihnen ins Herz.

Die Geköpften hatten auf dem offenen Feld gelegen, mit am Rücken zusammengebundenen Händen.

Er war zurückgekommen nach jenem Zwischenstop in Hamburg, wo er im *Cox* auf den wohlstandsverwahrlosten Hünen losgegangen war, und hatte sich schon am nächsten Abend Marlis' Vorhaltungen anhören müssen, daß er sich von ihr bedienen lasse, kein Brot einkaufe, den Müll nicht entsorge, ungeduscht am Tisch sitze.

Ach, Marlis.

Am Anfang hatte er sich noch bemüht, aber meistens war es das falsche Brot gewesen, das er besorgt hatte, und die Messer waren in der falschen Lade gelandet, weil er nicht richtig zugehört oder an etwas anderes gedacht hatte.

Er stand jetzt auf und ging in ihr Zimmer. Es sah nicht aus, als sei es von einer Frau bewohnt: dunkle Ledersessel, keine Zierkissen, keine Decke, keine Pflanzen, keine Nippes.

Wohnst du hier mit deinem Kumpel, hatte ihn mal ein *Estero*-Reporter gefragt, den er auf der Rückreise aus dem Osten bei sich hatte übernachten lassen. Marlis' Sachlichkeit im Wohnen hatte Daldossi immer als wohltuend empfunden. Frauen, deren Hauptgedanken sich mit Wohnideen beschäftigten, mochte er nicht. Bücher, die nicht mehr im Regal Platz hatten, stapelte sie auf dem Boden, bis sie umfielen. Dann sortierte Marlis die Regale aus, legte Nicht-wieder-Lesbares in Kisten und stellte diese auf die Fensterbank in den Eingangsbereich des Hauses.

Alles verschwand.

Vogel hatte einmal vor der Totalrenovierung seiner Wohnung nachts mit Freunden seine Zimmer und seinen Keller ausgeräumt und für sechs Uhr morgens eine Entrümpelungsfirma bestellt. Als er auf die Straße getreten war, um den Transport abzuwickeln, waren nur noch zwei abgerissene Sockelleisten und ein paar Zeitungen auf dem Gehsteig gewesen. Die motorisierten Stadtameisen hatten fleißig umgeschichtet.

Daldossi hatte es sich angewöhnt, das, was er nicht mehr brauchte, wie alte Stühle, defekte Geräte oder zerschlissene Kleidungsstücke, auf dem Platz vor dem Haus zu deponieren. Manchmal hatte er mit Marlis gewettet, wie viele Minuten diese

Dinge auf der Bank unter der Platane überlebten. Einmal hatte sich eine Nebelkrähe ein Seidentuch geschnappt und war damit auf den Baum geflogen, wo es sich in den Ästen verfangen hatte. Wochenlang fuhr der Wind in die blauweiße Seide. Das flatternde Tuch, bildete sich Marlis ein, hielte die Spatzen und Finken fern. Die Krähen ließen sich davon nicht beeindrucken.

Ich halte es ohne Marlis nicht aus.

Daldossi nahm eine von ihren schwarzen Haarspangen in die Hand, die sie auf einem Bücherregal abgelegt hatte. Er schaffte es nicht, den Metallbügel zu öffnen.

Wozu auch.

Vor zwei Jahren hatte sie ihn schon einmal verlassen. Sie war in das kleine Zimmer in der Nähe des Zwettlburger Geheges gezogen, das sie angemietet hatte, um eine Übernachtungsmöglichkeit zu haben, wenn ihr die Rückfahrt nach Wien im Winter oder an arbeitsreichen Tagen zu beschwerlich erschien.

Marlis hatte sich zehn Tage nicht mehr gemeldet. Daldossi war bestürzt gewesen, er hatte eingesehen, daß er sein Leben von Grund auf ändern mußte: Er wollte weniger trinken, mehr Zeit mit ihr verbringen, öfter einkaufen gehen und für sie beide kochen, das war ihm nur eine Zeitlang gelungen.

Am meisten fehlte Daldossi das Gespräch mit Marlis. Wem sollte er von Schultheiß' Verwandlung in einen dampfplaudernden Kriegsheroen erzählen? Sie hatte jederzeit zugehört, er konnte sie immer anrufen, zu Hause bei jeder Gelegenheit sprechen.

Übertriebene Dramatisierung hatte ihm Schultheiß schon damals vorgeworfen, als sie noch gemeinsam unterwegs gewesen waren.

Er sei einer, der ein Händchen für effekthascherische Ausschnitte habe, einer, der selbst friedliche Straßenszenen so abphotographiere, daß daraus ausdrucksstarke Bilder entstünden, hatte Schultheiß behauptet.

Natürlich hatte Daldossi schon mal brennenden Müll aufgenommen, wenn gerade keine Bombe hochgegangen war, was hätte er denn machen sollen?

Schultheiß hatte damals das *Holiday Inn* in Sarajevo nicht verlassen, er hatte das Photomaterial vor Ort eingekauft und sich die Informationen im Hotel beschafft. Er war nicht vor die Tür getreten, während er, Daldossi, in dem Kellerverschlag in Dobrinja um sein Leben gezittert hatte.

Da gab es doch diesen jungen Italiener, der es sich zur Aufgabe gemacht hatte, mit seinem Projekt *Photojournalism Behind the Scenes* aufzuzeigen, wie harmlos Aufnahmen wirken konnten, wenn man einen Schritt zurücktrat und den Photographen mit aufs Bild nahm. Wie hieß er? Salvadori?

Gab es auch jemanden, der sich mit den entsetzten Gesichtern der Photoreporter beschäftigte, der die Männer und Frauen zeigte, die hinter der Kamera heulten? Die labilen und geschwächten Actionjunkies?

Jemanden, der die vom Krieg beschädigten Seelen sichtbar machte?

Hatte man je über den irre gewordenen amerikanischen Reporter geschrieben, der absichtlich mitten auf der Straße Richtung *Holiday Inn* geschlendert war, in der Hoffnung, daß ihn einer der Sniper von den umliegenden Hügeln durch das Fadenkreuz bemerken und abknallen würde? Der diese *Hölle*, die von allen Seiten beschossen worden war, einfach nicht mehr ertrug, der von diesen auf den Bergen sitzenden Scharfschützen, die auf alles anlegten, was sich bewegte, hatte erlöst werden wollen? Die Amerikanerin, die sich die Hämorrhoiden-Creme unter die Augen gestrichen hatte, war mit ihm bekannt gewesen und hatte Daldossi unter der Dusche erzählt, daß man *the crazy man* ausfliegen würde. Direkt in die Klapse.

Schultheiß konnte es sich leisten aufzuhören. Er war schon damals nur in die ausgesuchten Länder gereist. Sicherheit ging vor. Der Vater war Besitzer einer Hotelkette.

Auch die Journalistenschule war voll von wohlhabenden Söhnen und Töchtern gewesen, deren Empathie ihm wie ein erziehungsmäßig antrainierter Automatismus vorgekommen war. *Für eine bessere Welt kämpfen.*

Nein, jetzt nicht. Jetzt wollte Daldossi nicht an seinen Vater denken. Nicht an den *Adler*, nicht an die *Rose*, nicht an die verstaubten Sakkos und die Schürfwunden in dessen Gesicht, weil er auf dem Heimweg wieder einmal hingefallen war und die Hauswände gestreift hatte.

Daldossi glaubte sich an Schultheiß' Artikel über das Massaker auf dem Markale-Markt zu erinnern, als eine Mörsergranate Hunderte Menschen getroffen hatte; 68 waren getötet worden. Schultheiß war sicher nicht dort gewesen. Er hatte bloß eine Frau interviewt, eine Passantin, die Zeugin gewesen war. Aber die Darstellung der umgestürzten Verkaufstische, der Blutlachen, der schreienden Menschen und verstümmelten Körper war aus dem Blickwinkel eines Betroffenen gewesen. Schultheiß hatte so getan, als sei er selbst nur knapp dem Tod entronnen, als habe er sich just zu jenem Zeitpunkt auf dem Marktplatz in Sarajevo befunden.

Und ihm, Daldossi, hatte Schultheiß *Effekthascherei* vorgeworfen?

Im *Holiday Inn* hatte ihn Schultheiß um die Affäre mit der Amerikanerin beneidet. Mehr als einmal war er in ihre Unterhaltung hineingeplatzt und hatte versucht, Samantas Aufmerksamkeit zu erlangen, indem er von amerikanischer Literatur zu sprechen begonnen hatte, von Philip Roth und John Updike.

Vor dem Hotel hatte es gezischt und gekracht, aber Schultheiß war mit Thomas Bernhards *Auslöschung* durch die Rezeptionshalle spaziert und hatte von der zerstörerischen Kraft des Weiblichen geredet.

Die da draußen herumballern, sind aber nur Männer, hatte die Amerikanerin geantwortet.

Daldossi zog ein Buch aus Marlis' Regal, betrachtete den Umschlag, legte es wieder weg. Neuerdings blickten einem nur noch Frauengesichter entgegen. Selbst historische Romane oder Krimis wurden mit Frauenportraits beworben. Am meisten hatte ihn der Buchumschlag von Elfriede Jelineks chinesischer Ausgabe des Romans *Lust* amüsiert, die ihm Marlis einmal gezeigt hatte. Ihre Freundin, die bei einem germanistischen Kongreß in Shanghai gewesen war, hatte das Cover später auf Facebook gepostet. Die darauf abgebildete Frau mit dem besonders tiefen Ausschnitt und dem wollüstigen Gesichtsausdruck stand im krassen Gegensatz zur ideologisch manipulierten Übersetzung, in der alles getilgt oder abgeschwächt worden war, was an Sexualität oder Pornographie erinnerte. Die Rückübersetzung, die Marlis vorgelesen hatte, war unverständlich gewesen.

Schultheiß, fiel ihm ein, hatte ihm und der Amerikanerin im Hotel in Sarajevo eine Stelle aus der *Auslöschung* vorgelesen, in der Bernhard die Photographie als *Verletzung der Menschenwürde* bezeichnete.

Von *Naturverfälschung* und *Unmenschlichkeit* war auch die Rede gewesen, erinnerte sich jetzt Daldossi. Diese bernhardianischen Zwangsstilisierungen und ausgewälzten Platitüden hatten ihn immer schon geärgert. Erkenntniswert gleich Null. Und Schultheiß hätte er damals am liebsten bloßgestellt, hatte aber aus Rücksicht auf Samanta geschwiegen.

Was kümmerten ihn Schultheiß' Sätze? Warum konnte er sich ihn nicht aus dem Kopf schlagen?

Daldossi setzte sich in Marlis' Lieblingssessel und betrachtete deren Zimmer. Alles sprach von der Vergangenheit: die Billy-Regale, die sie gemeinsam aufgestellt und nicht an der Wand verankert hatten, weil sie müde vom Umzug keine Befestigungsbeschläge hatten besorgen wollen – über seine Angst, die Möbelstücke könnten umkippen, hatte sie nur gelacht –, die mit Eichenholzpulver und Klebstoff vermengte Paste, die sie in die Parkettfugen gestrichen hatten, die Brandspuren der in Rom erworbenen Cafettiera auf der roten Tischplatte – mehr als einmal hatte Marlis die Espressokanne ohne Untersatz abgestellt –, die Decke, die er vor dem Ausmalen nicht genügend abgespachtelt hatte, weshalb sich immer mehr Risse gebildet hatten – alles war in die Jahre gekommen und renovierungsbedürftig wie er selbst.

Daldossi hatte Marlis gefragt, ob Domenico bereits hier in der Wohnung gewesen sei, zum Beispiel vor drei Wochen, als Daldossi seine Mutter in Südtirol besucht habe, aber Marlis war ausgewichen, hatte ihm plötzlich Gefühlsarmut vorgeworfen, Heuchelei, kein ernsthaftes Interesse an der eigenen Mutter. Warum er Martha nie zu sich eingeladen habe, wollte sie wissen, ob er sich für sie schäme –

Nachträglich erschien ihm Marlis' Ausbruch wie ein Ablenkungsmanöver. Wenn er sich vorstellte, daß der Venezianer Marlis in den gemeinsamen vier Wänden gevögelt haben könnte, hier auf dem Ledersessel, in dem er gerade saß, die Beine weit von sich gestreckt, wenn er sich ausmalte, wie sich die Hände dieses Lehrers vielleicht jetzt, in diesem Augenblick, über ihren Körper bewegten und ihre Schenkel auseinanderdrückten, dann bekam er einen heißen Kopf.

Die schönste Haut war immer die von Marlis gewesen, zart und ohne Pickel, glatt und nachgiebig. Er hatte knochige Frauen nie gemocht. Auch Bredica, die er vor einem Jahr bestellt hatte, war nicht dünn gewesen. Sie hatte die Körpergröße von Marlis gehabt und etwa deren Gewicht, nur jünger war sie gewesen, vierundzwanzig Jahre alt.

Er hatte zuviel getrunken; ohne die Flasche Hennessy wäre er nicht imstande gewesen, die Begleitagentur anzurufen. Bredica war kurze Zeit später in die Wohnung gekommen, hatte sich umgeschaut, die einhundertdreißig Euro eingesteckt und gleich telephoniert – es sei alles in Ordnung. Der Fahrer hatte sie nach einer Stunde wieder abgeholt. Daldossi hätte sie die nächste Stunde zum billigeren Tarif buchen können, aber nachdem er sich mit Bredica kurz unterhalten hatte, ging alles schnell. Sie war vor ihm niedergekniet, hatte seine Hose geöffnet und seinen Schwanz in den Mund genommen. Er war gleich gekommen, so tief hatte sie ihn sich hineingesteckt. Danach war immer noch Zeit gewesen, mit ihr über ihren Vater zu reden, einen ehemaligen Leibwächter Nicolae Ceauşescus. Jahrelang hatte der Alte Mutter und Tochter nach Lust und Laune gedemütigt und geschlagen, *wegen nichts*; zuletzt hatte er Bredica und deren Freund Radu beim Kiffen erwischt, ihren Geliebten auf die Straße gesetzt und sie an den Haaren aus dem Zimmer gezogen, daß sie am Ende lauter lichte Stellen auf dem Kopf gehabt hatte.

Daldossi griff nach einer Zigarette. Das Paket war leer. In Marlis' Zimmer war nie geraucht worden; hätte er noch eine in der Schachtel gehabt, er hätte sie sich angezündet.

Die Geschichte mit Bredica hätte Marlis ihm nicht verziehen, die Abenteuer mit den anderen Frauen, die er im Krieg kennengelernt hatte, eher. Etwa zwei Monate, nachdem er Bredica zu sich nach Hause bestellt hatte – Marlis war damals auf Wellnessurlaub gewesen –, war er der Rumänin in einem Supermarkt begegnet. Daldossi hatte einen Termin bei seinem Kardiologen in der Nußdorferstraße gehabt – damals waren die Herzrhythmusstörungen wieder häufiger aufgetreten. Er war auf dem Weg zur Tram noch schnell eine Dose Rasierschaum kaufen gegangen. Bredica hatte in der Schlange an der Kasse gestanden, hatte eine Trainingshose und ein pinkfarbenes, enganliegendes T-Shirt getragen, auf dem ein handtellergroßes, glitzerndes Herz aufgedruckt war. Daldossi hatte sie erst auf den zweiten Blick erkannt. Ihre Augenlider und Tränensäcke waren dunkel gewesen, von Wimperntusche verschmiert. Sie mußte kurz zuvor geweint haben. Er war ihr eine Weile gefolgt. Ohne High Heels und Rock, ohne toupierte Haare und Lippenstift hatte sie das Aussehen einer gestreßten Mutter gehabt, niemand wäre in diesem Moment auf die Idee gekommen, daß es sich bei der jungen, sportlich gekleideten Frau um ein gutbezahltes Escort-Girl handelte. Daldossi hatte sie vor einer Ampel eingeholt und angesprochen.

Ist dir nicht kalt ohne Jacke.

Ich wohn gleich hier.

Es hat bloß zehn Grad.

Sie hatte mit den Schultern gezuckt. Und dann war sie in Tränen ausgebrochen, mitten auf dem Gehsteig unter all den Leuten. Ihre Mutter sei gestorben. Sie habe kein Geld, um zur Beerdigung nach Bukarest zu fahren. Außerdem könne sie unmöglich zu Hause wohnen, brauche auch noch Bares für zwei Übernachtungen in einem Hotel.

Daldossi war zum nächsten Bankomaten gegangen und hatte vierhundert Euro gezogen, und Bredica hatte ihm ihre Privatnummer auf den Kassenzettel geschrieben.

Ihre Nummer stand unter B.

B wie Bredica, Bukarest oder Blowjob.

Er hatte die Telephonnummer nie gewählt.

Gut, ich komme, sagte Daldossi. Das war aber ein kurzer Wien-Aufenthalt.

Noch ist er nicht zu Ende, sagte Johanna. – Du kannst mich ja begleiten.

Das fehlte noch, dachte Daldossi.

Im Stiegenhaus kam ihm der Kaugummi kauende Nachbar entgegen. Novotny saß jeden Nachmittag auf der Bank unter der Platane, meistens war er in Begleitung anderer Pensionisten. Marlis hatte herausgefunden, daß ihn seine Frau nicht vor dem Mittagessen aus dem Haus ließ. Sie wollte sichergehen, daß er nicht trank. Er durfte nur die Post holen.

Und jeden Morgen, wenn er das Postkästchen öffnete, stand

da ein gekühltes Bier, das ihm einer der Kumpel im Supermarkt besorgt und dann reingestellt hatte. Die Frühstücksdosis. Gegen das Morgenzittern.

Manchmal hatte Johanna nicht die Kraft, aufrecht durch die Blickfelder anderer zu gehen. Sie wußte nicht, woran das lag. An solchen Tagen mochte sie in den Köpfen der anderen möglichst nicht vorkommen. Sie mochte nicht einmal die Blicke Fremder auf sich spüren müssen, denen sie in ihrem Leben mit großer Wahrscheinlichkeit nie wieder begegnen würde.

Leider besaß Johanna keine Tarnkappe, keinen Mantel, der sie zum Verschwinden brachte. Sie würde sich jeden Tag für ein paar Stunden aus dem Staub machen. Schon als Kind saß sie abseits und beobachtete die anderen. Die Vorstellung, daß die anderen ähnliche Gedanken über sie haben könnten, wie Johanna über die fremden Leute, vergrößerte den Abstand.

Das Café war voll und verraucht. Es sah jeder jeden.

Fast alle, die nicht mit dem Rücken zur Tür saßen, merkten auf, die anderen beobachteten Johanna im Spiegel. Selbst wenn sie leicht gebeugt einen Raum betrat, war Johanna noch immer größer als die meisten Frauen.

Sie wurde unsicher. Die Augenlider begannen zu flattern, ihre Knie fühlten sich weich an, sie hatte einen trockenen Mund.

Das alles doch nicht wegen Bruno?

Eine Sacher wäre jetzt gut.

Bruno konnte sie nirgendwo erblicken.

Wie er wohl aussah. Bestimmt hatte er zugelegt. Männer seines Alters sublimierten den fehlenden Sex mit Alkohol und gutem Essen. Ditha sagte unlängst beim Mittagessen in der Kantine, Männer über 50 hätten entweder Erektionsprobleme und deswegen keinen Sex oder einen Mangel an Frauen, die sich etwas einfallen ließen. Die 08/15-Nummer funktioniere irgendwann nicht mehr. Und die, welche dem Tod näher seien als andere, gingen sowieso alle fremd. Fremdheit stifte Erotik. Die allergrößte Leidenschaft entstünde aber, wenn man sich nicht sicher sein könne, ob man den anderen je wiedersehen würde.

Ditha mußte es ja wissen. Ditha liebte kreuz und quer. *Nütze den Tag*, stand über ihrem Schreibtisch, *denn es ist möglicherweise dein letzter.* Jemand hatte mit der Hand dazugeschrieben: *oder die Nacht.* Die Schwäche für Kalendersprüche paßte nicht zu ihr.

Nutzte Bruno seine Nächte? Damals in Hamburg war er ihr schüchtern vorgekommen.

Johanna saß nicht gerne mit dem Rücken zur Küche. Die vorbeilaufenden Kellner machten sie nervös. Das Wienerische war auch gewöhnungsbedürftig.

Der letzte Freund ihrer Mutter hatte aus jedem Tag, den er mit Elisabeth verbracht hatte, einen Festtag gemacht. Das behauptete Elisabeth zwei Tage vor ihrem Tod. Dabei hatte Giustiniano bis kurz vor deren Ende nicht gewußt, daß seine Geliebte krank war.

Was wußte Johanna von Bruno. Was Henrik über ihn erzählt hatte, mußte nicht wahr sein.

Damals, nach dem Vorfall im *Cox*, hatte Bruno Johanna im Taxi nach Hause begleitet. Nachdem sie dem Fahrer mitgeteilt hatte, daß sie bei der nächsten Kreuzung aussteigen würde, blieb er bewegungslos und ohne ein Wort zu sagen, neben ihr sitzen und schaute aus dem Fenster.

Photographen seien kalt, kalt wie ihre Kameras, hatte Henrik behauptet. Daß Bruno auf Jens losgegangen war, bewies eher das Gegenteil. Die Kamera mußte kein kaltes Utensil sein, sie konnte auch der Verstand- und Herzerweiterung dienen.

Bruno machte auf Johanna den Eindruck von zu viel Herz. Letzte Nacht war er gewiß betrunken gewesen. Sein Sprechen hatte etwas Unkontrolliertes gehabt, manchmal war ihm ein Wort herausgerutscht, das nicht in den Gesprächszusammenhang gepaßt hatte, so als habe er nebenbei einen Dialog mit sich selbst geführt.

Sie hatten über das Älterwerden geredet. Sie würde manchmal morgens am liebsten vor sich davonlaufen, hatte Johanna erzählt.

Er sehe nicht mehr gut, deshalb hielte sich der Schrecken in Grenzen. Aber die anderen würden vor ihm weglaufen, hatte Bruno gesagt.

Johanna war sich in diesem Augenblick sicher gewesen, er würde nun über seine Beziehung zu Marlis sprechen, daß sie ihn verlassen habe, statt dessen erzählte Bruno von irgendeiner unbekannten Alten, die mit erhobenen Armen und laut schreiend vor ihm Reißaus genommen habe.

Eine alte Frau?

Ja, damals in Ghazaliya.

So schlimm sahst du aus?

Sie dachte, meine Kamera sei eine Waffe. Sie ist aus ihrer Hütte nie herausgekommen. Der Krieg hat sie gezwungen, ihr Haus zu verlassen. Das, was davon noch übrig gewesen war.

Wer noch, hatte Johanna gefragt.

Wer noch?

Du sagtest *die anderen.*

Bruno hatte geschwiegen und dann gemeint, vor alten Männern laufe doch jede davon.

Johanna hatte eine Melange bestellt und Ditha geschrieben, ihr gute Besserung gewünscht und die Bakterien in deren Körper verflucht, die Johanna nun um ein paar Urlaubstage brachten. Ditha hatte mit einem schlichten *Danke* geantwortet.

Die Luft in dem Raucher-Café konnte es mit Dithas Pneumokokken aufnehmen.

Hoffentlich hast du Glück, schrieb Ditha zurück, *und es kommen noch ein paar Schiffe an.* Im November beginne die Zeit der

Lethargie, selbst für eine Nordländerin sei es allmählich zu kalt zum Baden.

Johanna fuhr doch nicht hin, um zu baden. Wie konnte man dort überhaupt ans Baden denken. Das wäre doch so ähnlich, als zöge man einen Friedhof als Campingplatz in Betracht. Außerdem brauchte sie kein Glück. Denen, welche die Insel zu erreichen versuchten, war Glück zu wünschen.

Ditha sprach und schrieb immer im Sinne des Magazins, deswegen war sie stellvertretende Chefredakteurin geworden. Johanna war nicht so ehrgeizig wie sie, und seit dem Tod ihrer Mutter hatte Johannas Tatkraft noch mehr nachgelassen.

Elisabeth war ihre erste Tote gewesen. Johanna hatte an deren Bett gesessen und ihr die Hand gehalten. Überall auf der Welt und in vielen Filmen war die Szene die gleiche: weiße Laken, weiße Bettwäsche, weißes Nachthemd, letzte Sätze.

In Friedenszeiten sterben die Menschen in Weiß, hatte Henrik gesagt.

Weiße Taufe, weiße Hochzeit, weißer Abschied.

Im Bett von Johannas Mutter hatte aber Krieg geherrscht. An ihrem letzten Morgen waren Elisabeths Schreie schon am Gang zu hören gewesen; sie hatte ein geräumiges Eckzimmer in der onkologischen Abteilung bekommen, die Fenster blickten in den Garten.

Elisabeth brüllte unverständliches Zeug, stöhnte, riß am Nachthemd, das ihr über die Schultern gerutscht war. Sie lag auf der mit einer blauen Plastikplane überzogenen Spitalsmatratze, das Laken hatte sie in wilden Bewegungen herausgerissen und mit den Füßen ans Bettende geschoben. Sie war nicht ansprechbar, ihre Augen blickten suchend an die Decke, als erwarteten sie von dort Hilfe. Sie zerrte an Johannas Bluse, hielt sich daran fest, zog an ihrem Haar. Johanna war auf den Gang gerannt und hatte nach einem Arzt gerufen. Wo das Morphium bleibe. Ob er sie nicht schreien höre.

Sie sei erst aufgewacht, hatte die blondierte Oberschwester gesagt. In deren Gesicht hatte sich nichts geregt. *Schmerz* war für die ein Wort gewesen wie *Frühstücksraum*, *Desinfektionsmittel* oder *Sonne*, dachte Johanna.

Man hatte Elisabeth ruhiggespritzt. Einmal war sie noch zu Bewußtsein gekommen und hatte Johannas Hand gedrückt, nachdem sie ihre Mutter gefragt hatte, ob sie sie hören könne. Vielleicht war es auch nur Zufall gewesen. Das Morphium minderte Elisabeths Atemantrieb, sie hustete und stöhnte nicht mehr. Wenig später schlief sie ein.

Ditha hatte ihren Vater tot im Ohrensessel gefunden. Er war erst 68 gewesen. Herzinfarkt am frühen Morgen. Für Ditha und ihre Schwester war es ein Schock gewesen, sie beruhigten sich aber mit den Trostsätzen, daß es schnell gegangen sei, daß er nicht gelitten habe, nie habe leiden wollen. Wer wollte schon leiden? Und woher glaubten die beiden zu wissen, daß er nicht gelitten hatte? Gab denn ein Herz so ohne weiteres auf? Erzeugte es nicht brennende und drückende Schmerzen in der Brust, am Rücken, im Oberbauch, strahlten diese nicht in Arme und Schulterblätter aus? Wie lange hatte Dithas Vater noch gekämpft?

Friedlich habe er ausgesehen, ein Schlafender im Ohrensessel, der zu atmen aufgehört hatte. Friedlich sahen auch die Massakrierten aus, deren Bilder Johanna aus Henriks Berichten kannte. Friedlich, nachdem sie die Tortur hinter sich gehabt hatten. Erleichtert.

Nichts als Alltagslügen. Interpretationen, die von den eigenen Wünschen gelenkt waren. Als Ditha die Kratzspuren an der Armlehne entdeckt hatte, war ihr Vater schon einen Monat tot gewesen. Tagelang war sie immer wieder auf die Spuren im Leder zu sprechen gekommen.

Vielleicht war es die Katze gewesen.

Die Katze? Hatte Ditha ihr nicht die Krallen kürzen lassen, damit sie sich nicht in ihren Kostümen verhakte?

Wo blieb Bruno? Saß Johanna womöglich im falschen Kaffeehaus? Die Chefredakteurin schlug nun vor, daß Rosalia Pasqualotto die Bilder machen solle, weil sie ohnehin in Italien sei.

Johanna kannte Rosalia nur vom Sehen. Sie knipste für die *Kulinarischen Seiten* und für *Interieur*. Lackierte und arrangierte Speisen. Was sollte sie jetzt mit der? Ditha schrieb ihr, die Pasqualotto poste neben ihrer Arbeit ständig Essensphotos, weil sie der Überzeugung sei, sie machten schlank. Angeblich hätten Forscher herausgefunden, daß Essensbilder auf das Gehirn so wirkten, daß man nach der Betrachtung von photographierten Mahlzeiten mehr oder weniger keinen Appetit mehr empfände. Es brauche aber eine optische Überdosis, je mehr Bilder, desto größer die Sättigung.

Den Hunger zügeln mit Bildern von Rosalia Pasqualotto. Ob sie schon Seminare anbot?

Angeblich ist sie die Tochter eines apulischen Landarbeiters, der aber in Dortmund als Lebensmittelhändler gearbeitet hatte. Sie spreche besser Deutsch als der Rest der Photographinnen, behauptete Ditha, was an Rosalias Mann liege, einem erfolglosen Designer, der in Altona Wein verkaufe und sich als Italiener ausgebe, obwohl er aus Stade sei. Die Leute kauften eben lieber bei Pasqualotto als bei Beushausen. Da glaubten sie sich schon mit einem Fuß in Montalcino oder Montepulciano, im Trentino oder in Gargano.

Bruno reagierte nicht auf Johannas Nachricht. Sie überlegte, ihn anzurufen.

Die Pasqualotto hatte nun auch abgesagt. Ihre Tante liege mit Krebs im Krankenhaus, sie habe sich Urlaub für die Pflege ihrer Madrina genommen, es komme für sie nicht in Frage, die letzten Tage, die sie noch mit ihrer Patentante verbringen könne, der Arbeit zu opfern, die nicht mal die ihre sei.

Johanna dachte daran, Bruno zu fragen. Besser nicht. Bruno

war nicht mal imstande, eine Verabredung einzuhalten. Zwanzig Minuten Verspätung.

Sie mußte ständig an die Kleine im *Klick* denken. *Bruno trinke zuviel.*

Wenn er nur tränke.

Dithas Exmann war Säufer. Sie seien fast alle Säufer, behauptete Ditha. Und immer seien es die außergewöhnlichen Männer, die söffen. Am Anfang wollten alle Frauen die verrückten, interessanten. Das Saufen nähmen sie in Kauf, glaubten, es ihnen allmählich abgewöhnen zu können. Ditha habe das auch geglaubt. Aber die Nebenwirkungen – die Nachlässigkeiten in der Kleidung, das laute Schnarchen, der Mundgeruch am Morgen – verdrängten am Ende Esprit, Eloquenz und jede aufkommende Erotik.

Und in den nächtlichen Glanzzeiten, die sich nach dem vierten Wodka oder dem siebten Weinglas an der Bar einstellten, seien die anfangs so begeisterten Frauen spätestens nach ein, zwei Jahren nicht mehr dabei, weil sie alles schon auswendig kannten.

Henrik hatte gelegentlich getrunken, nie gesoffen. Und gegen Mundgeruch hatte er nach solchen Nächten schon am frühen Morgen zur Atemverbesserung Petersilie gekaut – er schwor auf Chlorophyll.

Dithas Ex trank jetzt nur noch Wasser und alkoholfreies Bier. Lebte sein neuerliches Phasenleben. Drei, vier Wochen keinen Alkohol, dann ging's wieder los. Manchmal schon nach zwei. Der Druck war jetzt keine Entschuldigung mehr. Die Angst noch weniger. Es hatte mit ein, zwei Gläschen angefangen, die er gebraucht hatte, um vor seinen Studenten sprechen zu können. Die Zunge war gelöst gewesen, hatte nicht am Gaumen geklebt. Die Sätze waren einer nach dem anderen gefolgt, keiner war ausgeschert, verlorengegangen. Es waren immer mehr Gläser geworden, weil es immer mehr Sätze und immer mehr Studenten gewesen waren. Am Ende hatte er einen Schuß Schnaps in den Frühstücksespresso gegossen. Geschlagen hatte er sie nie, aber Ditha hatte den Geruch nicht mehr ertragen können, nicht die Ausdünstungen, nicht den Schweiß, nicht die Kurzatmigkeit.

Henrik war nicht alkoholabhängig gewesen. Er hatte auf den sicheren Abstand geachtet, war im Krieg gewesen und war es doch nicht. Weniger als die anderen, weniger als Bruno. Henrik hatte immer behauptet, daß sich die Berichterstattung verändert hätte; die trockenen Militärberichte solle wer anderer schreiben.

Er hat doch nie was anderes geschrieben, hatte Bruno gesagt und ihn *Vatersöhnchen* genannt. Oder hatte er *Muttersöhnchen* gesagt? Vermutlich war Henrik beides. Die Arbeit hatte er vor allem als Abenteuer gesehen. Als Abenteuer vor den anderen. Gebraucht hatte er sie nicht.

Wer schrieb, bannte die Angst, konnte sie bannen, solange rundherum Frieden war. Im Krieg wuchs die Angst immer nach.

Aber jetzt war auch Bruno nicht mehr im Krieg. Es gab nichts Ungewöhnliches in seinem Leben, keine Granaten, die von irgendwo mit einem scharfen Pfeifton geflogen kamen und unerwartet in seiner Nähe explodierten. Jetzt hatte er Zeit, seine Studentinnen zu vögeln – die Kleine zum Beispiel, die Johanna im *Klick* kennengelernt hatte.

Bruno war nicht unattraktiv, er war eloquent, hatte eine tiefe, angerauhte Stimme, konnte zuhören und wirkte bestimmt noch aus anderen Gründen auf Frauen.

Weder die Sehnsucht noch das Ersehnte waren einzigartig.

Vielleicht, dachte Johanna, wäre es für sie beide besser, wenn sie sich verpaßten.

Schenkte sie Henriks Sätzen Glauben, hatte Bruno noch jede um den Finger gewickelt, die er sich in den Kopf gesetzt hatte. Johanna neigte nicht zu großer Nachgiebigkeit, nicht einmal unter Alkoholeinfluß, unter dem viele kichernd und mit roten Wangen zu knutschen anfangen.

Auf einem Stahlrohrbett, das mit einem weißen Laken und einem karierten Kopfkissen ausgestattet ist, liegt ein fünfjähriger Junge; er hat dichtes schwarzes Haar und dunkle Augen. Sein Gesicht ist makellos. Ein Blindgänger hat ihm beide Hände und den linken Unterschenkel weggerissen, als er im Garten seiner Großmutter in der Erde gegraben hat.

***Afghanischer Junge im Krankenhaus Ahmad Shah Baba**, Farbphotographie, Kabul/Afghanistan, Juni 2011, unveröffentlicht.*

Früher, in jungen Jahren, hätte sich Daldossi auf eine solche Verabredung gefreut. Er wäre mit allerlei Vorstellungen aufgebrochen, sogar von einer anderen Zukunft, die in jeder neuen Begegnung mitschwang – nicht nur Frauen hatte er ein solches Veränderungspotential zugetraut –; Daldossi war noch gierig nach Unbekanntem und Unerwartetem gewesen, und diese Grundlust hatte ihn euphorisch gestimmt, sie war durch nichts zu erschüttern gewesen, nicht einmal durch Ablehnungen, die er damals als Achtzehnjähriger immer wieder hatte einstecken müssen. Er war nicht sehr attraktiv gewesen, vom Aussehen her eher Durchschnitt, schnell fettende Haare, Pickel am Rücken. Geld hatte er auch nicht gehabt, weil er alles für gebrauchte Kameras ausgegeben hatte. Was also hätte er den Mädchen bieten können außer einem breiten Oberkörper, der damals schon ausgesehen hatte, als sei er das Resultat harten Trainings, aber wenn man dagegen stieß oder sich daran anlehnte, eher weich war.

Sport war Daldossi verhaßt gewesen, er tat, was er für die Schule tun mußte, spielte Volleyball und versuchte sich als Hochspringer, gab aber eine lächerliche Figur ab, denn die hübsche, im deutschen Fernsehen gefeierte Olympiasiegerin Ulrike Meyfarth mit den stufig geschnittenen braunen Haaren war längst mit dem Fosbury-Flop rückwärts über die Latte gesprungen, während Daldossi nur den Rollsprung beherrscht und somit auf wenig ansehnliche Weise die Sprunglatte bäuchlings überquert hatte. Die Mädchen waren am Rand der Leichtathletikbahn gesessen und hatten gelacht, und eine Weile war seine unelegante Bauchlandung, die von einem Tauchwälzer weit entfernt gewesen war, zu einem Running Gag in der Klasse geworden. *Mister Bauchwälzer* hatten sie ihn genannt.

Oft hatte es geheißen, die Mädchen seien weiter, entwickelter, vernünftiger. Dabei waren sie schon bei Sapphos harmlosen Verszeilen in Gelächter ausgebrochen. Ob sie auch ein *zartes Feuer* unter der Haut spürten und nichts mehr sähen, wenn sie die Lust packte, hatte er sie damals in einer der Pausen gefragt. Es hatte noch keine Pornos im Internet gegeben, nur Filme in Kinos, in die sich keiner getraut hatte, aus Angst, von jemandem erkannt zu werden.

Bruno hatte an einem jener verhangenen Spätherbstnachmittage Charlotte im *Adler* getroffen, um mit ihr die Gruppenarbeit durchzusprechen. Es ging um die erschwerten Lebensbedingungen der Hochgebirgspflanzen, um Rasenfragmente und blühende Polsterpflanzen in den schneefreien Nischen auf über 3000 Metern Höhe. Zwar war er nie über 1800 Meter hinausgekommen, aber er hatte bei der Nennung des Vegetationsthemas seinen Arm hochgehalten, weil *sie* sich gemeldet hatte. *Sie* war auf den höchsten Berggipfeln gewesen, weshalb sie sich berufen gefühlt hatte, einen Vortrag über die alpinen Grasheiden zu halten. Daldossi war nur der Materiallieferant gewesen, hatte in der Stadtbibliothek ein paar Kopien gemacht, mit denen sie nichts hatte anfangen können, ebensowenig wie mit Brunos Anspielungen, die sich auf die *windexponierten Steilhänge* bezogen hatten.

Sie waren in einer Ecke des Gasthauses gesessen, das auch in den touristenarmen Monaten, die seine Mutter immer *die tote*

Zeit nannte, geöffnet gewesen war. An der Theke standen die üblichen drei Männer, die ihren hellroten Vernatsch tranken und entweder mit ihren Worten geizten oder schon nicht mehr imstande gewesen waren, die schwergewordene Zunge zu bewegen.

Nachdem Daldossi vier Gläser gekippt hatte, war er auf Charlottes durchtrainierte *Balustraden* zu sprechen gekommen. Aus ihren Beinen könne man klassische Schloßbrüstungen bauen, hatte er zu ihr gesagt – doch als Daldossi ihren Oberschenkel berührt hatte, war sie aufgesprungen und hatte das Gasthaus verlassen.

Diese Blamage hatte ihm schlaflose Nächte eingebracht. Er erinnerte sich jetzt, daß sie ihn nicht nur abrupt sitzengelassen, sondern ihm auch noch auf die Finger geschlagen hatte. Die Geste trieb ihm heute noch die Schamröte ins Gesicht.

Er hatte sich hundert Vorstellungen von der Begegnung am nächsten Morgen gemacht, doch keine war so gewesen, wie er sie erdacht hatte.

Charlotte war erhobenen Hauptes in die Klasse spaziert, hatte erst an ihm vorbeigeschaut und ihm dann in der Pause ein gefaltetes DIN-A4-Blatt zugesteckt, auf dem zu lesen gewesen war, sie habe null Interesse an ihm und verlange, daß er seinen Teil der Gruppenarbeit allein schreibe. Also schrieb er irgendetwas über die Kalkalpenvegetation und die begünstigten klimatischen Verhältnisse und übergab ihr die zwei Seiten ein paar Tage später, nicht ohne das Wort *Wärmerückstrahlung* mit Bleistift zu unterstreichen und *Ich sehne mich nach* in die Leerzeile einzufügen.

Als sie darauf nicht reagierte, beschloß er, sie zu vergessen.

Daldossi konnte sich genau erinnern, mit welchem Gefühl er damals den *Adler* verlassen hatte, wie er sich langsam gegen die vom Nieselregen schwere Luft Richtung Bushaltestelle bewegt hatte. Er spürte jetzt einen Druck auf seinem Brustkorb, fragte sich, ob er der Erinnerung geschuldet war oder auf neuerliche

Herzrhythmusstörungen hinwies, blieb stehen und atmete durch.

Ohne Marlis fehlte es ihm an Gegenwart. Die vielen Bilder und Gedanken aus der Vergangenheit brachten ihn aus dem Gleichgewicht. Er wollte Marlis wieder bei sich haben. In seinen Gedanken nahm er sie in die Arme. Er hörte, wie sie sich entschuldigte, wie sie Domenico einen Irrtum nannte, und Daldossi formulierte schon die Sätze, mit denen er sie beruhigte und ihr verzieh.

Ich fahre nach Venedig.

Warum war ihm das nicht schon früher eingefallen? Hatte er sich an diese längst vergessen geglaubte Charlotte und an den *Adler* erinnern müssen, um zu begreifen, was es bedeutete, jemanden in der Nähe zu haben, der einst durch dieselben Straßen gegangen war, dieselbe milde Luft eingeatmet hatte?

Mit Marlis verband er das Licht südlich der Alpen, auch wenn sie beide schon Jahrzehnte nicht mehr dort lebten, jene *Wärmerückstrahlung*, welche weichere Gesichtszüge und einen federnden Gang bewirkte.

Charlotte hatte einen Meraner Chirurgen geheiratet, den ihr Vater, ebenfalls Arzt, protegiert haben soll; die meisten aus der Klasse waren unter ihresgleichen geblieben. Seine Kindheit war anders verlaufen als die seiner Schulkameraden, deswegen hatte er sich oft gelangweilt, hatte Streit gesucht.

Daldossis Jugendfreunde waren den Sommer über nach Cambridge oder Bristol gefahren, um Englisch zu lernen, er hatte die Tanks der Autos mit Benzin gefüllt oder im Herbst Golden Delicious und Morgenduft gepflückt. Sie hatten von Liebe geredet, Händchen gehalten und waren verdattert gewesen, wenn sie im Schlafzimmer der Eltern Präservative entdeckt hatten, er war mit einer deutschen Touristin ins Bett gesprungen, hatte die Muschi einer holländischen Tramperin geleckt und danach Normalbenzin in einen Dieseltank gefüllt. Daraufhin war er vom Tankstellenbesitzer entlassen worden. Und um nicht bis zur Apfelernte arbeitslos zu Hause herumzuhängen, war er ohne Geld nach Apulien aufgebrochen.

Bei dem letzten Klassentreffen vor einigen Jahren hatte Daldossi alle unter den Tisch getrunken. Keiner aus der Klasse war im Irak oder in Afghanistan gewesen, keiner hatte einen Toten gesehen, aber die meisten hatten Kalenderbilder von bizarren Bergen und schönen, braungebrannten Alten mit Turbanen und langen Bärten im Kopf gehabt und sich bereits eine Meinung über Photoreporter seines Schlags gebildet.

Die größte Enttäuschung war Charlotte gewesen, eine durchtrainierte, mit Botox behandelte erfolgreiche Geschäftsfrau, die ihm nicht von der Seite gewichen war.

Nur wenn du ein Promi bist, vergißt diese verwöhnte Bagage, daß dein Vater ein Alkoholiker und deine Mutter mittellos war, hatte er Marlis geschrieben.

Na, du Weltenbummler, hatte Charlotte beschwipst in Daldossis Ohr geflüstert und ihre Hand auf seinen Oberschenkel gelegt.

Ich bummle nicht, hatte Daldossi geantwortet.

Da waren die anderen, welche noch im Restaurant gewesen waren, schon so betrunken gewesen, daß sie seinen Worten nicht mehr hatten folgen können.

Willst du ficken, hatte Daldossi zu Charlotte gesagt und hinzugefügt, daß sie sich das ehrfurchtsvolle Gerede sparen könne. Ihm gingen Weiber wie sie, die stundenlang über die Schulabschlüsse ihrer Kinder und über Trainingsprogramme sprächen, auf den Wecker.

Zu seiner Überraschung hatte Charlotte ja gesagt und war aufgestanden.

Dann trau dich doch, Mister Bauchwälzer!

Er war ihr in den Garten gefolgt und von dort auf den dunklen Parkplatz. Es hatte nach Laub gerochen. Sie hatten beide den

Mantel an der Garderobe vergessen, fanden aber eine Motorhaube, die noch warm war.

In jener Nacht war die Temperatur zum ersten Mal unter null gefallen. Die Eichenblätter hatten durch den Kälteeinbruch ihre goldgelbe Farbe verloren und hingen am nächsten Morgen rostrot von den Zweigen.

Rostrot wie Charlottes Lippenstift, dessen Spuren er beim Frühstück auf seinem Hemd entdeckt hatte. Er war ins Bad gegangen und hatte die Stelle ausgewaschen und anschließend geföhnt.

Als Daldossi das Haus verließ, um Johanna im *Korb* zu treffen, kamen zwei Frauen auf ihn zu, die sich von der Bank unter den Platanen erhoben hatten. Beide trugen Lederjacke und Jeans. Die eine, eine Afrikanerin, hatte ihre langen glatten Haare im Nacken locker zusammengebunden – Daldossi tippte auf Perücke –, die andere war sehr dünn und schwankte beim Gehen. Daldossi erkannte sie erst, als sie direkt vor ihm stand.

Bist du allein?

Daldossi nickte.

Kann ich dich kurz sprechen? Oben?

Worum geht's?

Bitte!

Er sperrte das Tor auf und ließ die zwei Frauen ins Haus.

Das ist Djamila, sagte Bredica, sie wohnt im selben Stock wie ich.

Bredica hatte stark abgenommen, seit Daldossi ihr das letzte Mal begegnet war. Sie schien nur schwer Luft zu bekommen. Die Haare waren ausgedünnt. Auf der Jeanshose entdeckte Daldossi Rotweinflecken, vielleicht war es aber auch Blut.

Er stieg neben Bredica die Treppen hinauf, Djamila ging dicht hinter ihrer rumänischen Freundin, wie deren Schatten. Möglicherweise hatte Djamila Angst, daß Bredica das Gleichgewicht verlieren könnte.

Er bat die beiden in die Küche, setzte Kaffee auf, stellte jeder ein Glas Wasser hin.

Bredica sank auf den Stuhl. Sie kaute an einem Fingernagel. Daldossi sah, daß etwas mit ihren Zähnen nicht stimmte.

Das konnte nicht die einschneidende Veränderung sein, die sie herbeigewünscht hatte. Bredica hatte nur mehr wenig mit der Frau gemein, die er – wie lange war das her? – zu sich bestellt hatte. Damals hatte er ihr nach dem Blowjob Zigaretten und einen Gin angeboten, und sie hatte von ihrer Jugend zu erzählen begonnen, von Radu, den sie heiraten würde, wenn sie über genügend Geld verfügte.

So weit war *das neue Leben* wohl noch nie von ihr entfernt gewesen. Sie kriegte kein Wort heraus, zuckte am ganzen Körper. Und Djamila schwieg, strich über ihren Arm.

Was ist passiert?

Von Djamila erfuhr Daldossi in einer Mischung aus Englisch, Deutsch und Italienisch, daß Bredica seit zwei Monaten mit der Zimmermiete im Rückstand sei, daß sie rausfliege, wenn sie in den nächsten 24 Stunden nicht zahle.

Madame Buchenwald –

Buchenwald? Daldossi kam es so vor, als lächelte Bredica.

Buchinger, sagte Djamila, nome ist Buchinger, but tutti sagen Buchenwald.

Madame Buchenwald sei der Teufel persönlich, soviel verstand Daldossi. Madame Buchenwald kenne kein Pardon. Nach zwei Monaten waren diejenigen draußen, die nicht zahlten, und den Fahrer verloren sie auch. Blieb nur noch der Straßenstrich.

Warst du in Bukarest? fragte er.

Bredica sah ihn nicht an, sie verbarg ihr Gesicht in der Armbeuge.

Wahrscheinlich lebt die Mutter noch, und die Beerdigung

hatte es nie gegeben, dachte Daldossi. Bredica war auf dem besten Weg, ihre eigene vorzubereiten. Mit Koks, Crystal Meth und Alkohol.

Und wieviel macht das? wandte sich Daldossi an Djamila.

Sie nippte am Wasserglas und schüttelte den Kopf.

Verstand sie ihn nicht?

Wieviel Geld? Money?

Djamila sah Bredica an, zupfte sie am Arm.

Where are you from, Djamila?

Nigeria.

Da war Daldossi noch nie gewesen. Er dachte an Leonardo Zambrottas Photos, die *Estero* gedruckt hatte. Nachdem Zambrotta gestorben war – er war mit seiner Kawasaki in der Nähe von Spoleto gegen einen Baum gefahren –, begann die Agentur seine Bilder, die keiner mehr hatte haben wollen, aufzuwerten, indem sie diesen Unfall als Selbstmord inszeniert und Zambrotta so wieder ins Gespräch gebracht hatte. Andere behaupteten, Zambrotta sei vor einem auf seiner Straßenseite daherkommenden Biker ausgewichen, einem Neapolitaner, der für sein fehlerhaftes und folgenschweres Fahrverhalten nie belangt worden war. Es hatte sogar das Gerücht gegeben, der Süditaliener stamme aus einer bedeutenden Mafiafamilie, weshalb die Agentur angewiesen worden sei, Stillschweigen über die wahre Todesursache zu bewahren.

Der private Mythos von Zambrottas Selbstmord vermochte die Oberfläche der Medienwelt eher zu durchstoßen als das von ihm photographisch dokumentierte Grauen.

Während Daldossi Bredica betrachtete, deren Kopf immer tiefer in der Armbeuge verschwand, überlegte er, wo Zambrottas Bilder zuletzt ausgestellt worden waren. Er erinnerte sich an eine Einladung, auf der ein Schwarzweißphoto von einem Jugendlichen im Überschwemmungsgebiet von Isoko zu sehen gewesen war. Eine vergleichsweise harmlose Aufnahme. Zambrotta hatte viele Feinde gehabt, weil er auch Bilder von Reportern – nicht nur von Einheimischen – gemacht hatte, die in Bagdad bei Plünderungen dabei gewesen waren und wertvolle Antiquitäten mitgenommen hatten.

Wie bist du nach Österreich gekommen, fragte Daldossi Djamila.

Sie schwieg und sah zu Bredica, die jetzt ihren Kopf hob.

Über Lampedusa, antwortete Bredica für Djamila und sah sie an.

Ich haben Papiere, beeilte sich diese zu sagen.

Bredica fing an zu lachen.

Der ist nicht von der Polizei. Und wieder lachte sie auf.

Hehe, I know it, sagte Djamila und zupfte an Bredicas Jacke.

Daldossi konnte seinen Blick nicht von Bredicas Zähnen abwenden. In wenigen Monaten hatten sie sich völlig verändert. Sie waren an vielen Stellen braun, das Zahnfleisch hatte sich zurückgezogen.

Er stand auf und kramte in einer Schublade nach einem Kaugummi. Aber Bredica jetzt aufzufordern, Kaugummi zu kauen, erschien ihm ebenso sinnlos, wie ihr das Geld für die Miete mitzugeben. Vermutlich würde sie damit nur die nächsten Drogen bezahlen. Wenn er ihr Gebiß retten wollte, reichte es nicht, den Speichelfluß anzuregen; er mußte Bredica zum Zahnarzt bringen. Und die Miete übergab er Madame Buchinger besser selbst.

Wo in Nigeria?

I' m from Abuja. Abuja, in the centre of Nigeria.

Sie zahlt noch immer an die Schlepper, sagte Bredica. Sonst drohen sie, jemanden aus ihrer Familie umzubringen.

Über zwei in Wien lebende Nigerianer hätten die Schlepper Djamilas Adresse ausfindig gemacht, erfuhr Daldossi. Djamila habe den Fehler gemacht, Kontakt zu Landsleuten aufzunehmen. Aber nach all den Jahren, die sie nun schon außerhalb Nigerias verbringe, habe sie gehofft, über andere Nigerianer und Nigerianerinnen ihre Sehnsucht nach zu Hause stillen zu können.

There are not meine Leute, sagte Djamila zu Bredica. Nach einer kurzen Pause fragte sie Daldossi, ob sie sein Bad benützen dürfe.

Ich kann rausgehen, sagte Bredica, nachdem Djamila die Küche verlassen hatte.

Rausgehen?

Ja, vielleicht hast du ja Lust mit Djamila –

Hör mal, ich hab weder dich noch Djamila bestellt.

Ich versteh ja, daß ich dir nicht mehr gefalle. Ich seh nicht gut aus, aber Djamila ist jung und – Bredica hielt inne und sah auf den Boden.

Wie schütter ihr Haar geworden ist, dachte Daldossi. Wir fahren jetzt zur Buchinger, sagte er.

Was willst du dort, fragte Bredica. Die will keine Freier im Haus.

Ich komm nicht als Freier. Ich helfe dir, ein letztes Mal. Dafür gehst du zum Zahnarzt. Du kannst dein neues Leben nicht ohne Zähne beginnen.

Ich hab kein neues Leben mehr.

Ein neues hat man immer, solange man nicht tot ist, sagte Daldossi.

Bredica schüttelte den Kopf. Ich nicht. Djamila auch nicht. Sie werden sie noch auf dem Mond finden.

Sie muß weg aus Wien.

Und wohin? Wer will eine nigerianische Nutte? Nicht mal du, sagte Bredica und bohrte ihren Zeigefinger in seinen Hemdstoff.

Radu hat geheiratet, sagte sie nach einer Weile.

Im Taxi roch es nach kaltem Rauch. Daldossi nützte die Gelegenheit und zündete sich eine Zigarette an; Bredica griff auch zu und qualmte eine von Daldossis MS, die er in Südtirol gekauft hatte – eine alte Angewohnheit.

Er besorge sich die italienischen Tschicks doch nur, um beim Rauchen in sentimentalen Erinnerungsgefühlen zu schwelgen, hatte Marlis einmal den Kauf mehrerer Stangen MS kommentiert. Tatsächlich wirkten die Packungen mit dem schwarzen M und dem roten S emotional stimulierend, sie versetzten Daldossi in eine Zeit, die längst vergangen war. Die Buchstaben M und S bedeuteten nicht nur *Monopoli di Stato* oder *Messis Summa*, beste Auslese, sie waren auch die Initialen von Marlis, deren Familie einmal Schneider geheißen hatte, bevor die italienischen Faschisten daraus Sartori gemacht hatten. In jungen Jahren hatte Daldossi auf das verbreitete Bonmot *Morte Sicura* mit *Migliori Sigarette* und später, nachdem er Marlis kennengelernt hatte, mit *Marlis Sartori* geantwortet. Aber mittlerweile fiel ihm, seine eigene Lage betrachtend, nur *Merda Secca* ein.

Die zwei Frauen schwiegen, und als Daldossi Djamila nach ihrer Geschichte zu befragen versuchte, unterbrach Bredica ihn. Hör auf, sie will nicht reden. Merkst du's nicht?

Bredica blies den Rauch in seine Richtung. Probier du doch mal, jahrelang irgendwo zu leben, abgeschnitten von allen. – Ich hab ja niemanden mehr, beeilte sie sich zu sagen, aber sie – Bredica machte eine Kinnbewegung Richtung Djamila – hat vier Brüder, drei Schwestern und ihre Eltern, 4000 Kilometer von hier. – Immer wenn sie glaubt, es ist vorbei, kommen diese nigerianischen Schweine und erpressen sie, sagte Bredica.

Wer sind die Typen? Daldossi blickte kurz auf sein Mobiltelephon, das in der Hosentasche vibriert hatte. Es war nicht Marlis.

Djamila packte Bredica am Arm. Basta!

Sie hat Angst, dachte Daldossi. Angst vor diesen Männern, Angst vor ihren eigenen Sätzen, die ihre Situation verschlimmern könnten.

Sie standen an einer Ampel, vor einem frischrenovierten Gemeindebau.

Erzähl doch, wie du gelebt hast, bevor du hierhergekommen bist, sagte Bredica langsam. Das kannst du doch. Sie ist barfuß mit dem Obst zum Markt gelaufen, fuhr Bredica fort, barfuß zur Wasserstelle. Alles barfuß. Und sie hatte kein Bett, nicht einmal ein Bett. Die schlafen in ihren Hütten alle auf dem Boden. Ist doch Scheiße, sagte Bredica. Es geht ja immer noch tiefer. Wir hatten zeitweise kein Licht in Bukarest, und es zog durch alle Ritzen, aber die hausen in Bambushütten ohne Wasser und Strom und haben nur jeden zweiten Tag was zu essen.

Shut up! Djamila wurde lauter.

Der tut dir nichts, sagte Bredica.

Die Weidenstämme am Kanal waren angenagt. Die hellen Stellen leuchteten bis zur Straße herauf. Kurz nach dem Studium, Anfang der achtziger Jahre, hatte Marlis eine Zeitlang neu angesiedelte Biber beobachtet. Vor fünfzig Jahren galten sie als ausgerottete Spezies; der Katholizismus hatte den Tieren den Garaus gemacht. Sie waren gnadenlos gejagt worden, weil man ihre glatte, unbehaarte Kelle als Fischschwanz interpretiert hatte, um das Fleisch in der Fastenzeit verzehren zu können. Aus den vierzig Tieren, die man Ende der siebziger Jahre im Stadtgebiet ausgesetzte hatte, waren inzwischen über zweihundert geworden. Sie ernährten sich nicht nur von Wasserpflanzen und Schilf oder von Weiden und Pappeln, die Biber machten sich mittlerweile auch über Obstbäume her. Es halfen weder Ablenkungsfütterungen noch Drahtgittermanschetten an den Bäumen.

Man wird sie wieder jagen müssen, hatte Daldossi zu sagen gewagt. Das Bibergeil könne man doch teuer verkaufen. Dazu brauche man keine toten Biber, hatte Marlis gesagt. Man würde in Biberbaunähe Dosen in den Boden eingraben, an denen die Tiere das Drüsensekret ganz von allein abstreiften.

Einer heißt Ekon, mehr weiß ich auch nicht, hörte Daldossi Bredica sagen.

Djamila war kurz davor, die Fassung zu verlieren.

Basta, schrie sie Bredica neuerlich an. Promesso?

Prom – was? Bredica schüttelte den Kopf.

Madame Buchinger saß auf einem Korbstuhl. Sie hatte brüchige Fingernägel und einen großen Bauch. Ihr kurzes Haar war frisch gefärbt, die Lippen hatte sie ohne Spiegel nachgeschminkt, so daß der Mund asymmetrisch aussah, als wolle sich ein Amorbogen Richtung Wange davonmachen.

Das Haus, das Daldossi betreten hatte, war aus den fünfziger Jahren. Neben dem Eingang befand sich ein Wettbüro, vor dem junge Männer herumlungerten. Bredica hatte einen schmächtigen Burschen auf Rumänisch gegrüßt. Er hatte die Figur eines heranwachsenden Jugendlichen, sein Gesicht wirkte aber älter.

Wieviel schuldet sie Ihnen?

Getarnter Bulle oder was? – Und zu Bredica gewandt sagte sie: Wen schleppst du jetzt wieder an?

Er ist ein Freund.

Tolle Freunde, sagte die Buchinger.

Aus dem Nebenraum kam Balkanmusik durch die halboffene Tür. Die Buchinger klopfte mit ihren dicken Fingern den Takt auf die Armlehne.

Sechshundert, sagte sie.

Nachdem ihr Daldossi die Scheine in die Hand gezählt hatte, erhob sie sich. Sinnlose Liebesmüh, sagte die Buchinger und verschwand mit dem Geld im Nebenzimmer. Sie kam mit einer Quittung zurück, einer händisch ausgefüllten Vorlage, wie Daldossi sie zuletzt in den achtziger Jahren gesehen hatte.

Bevor er sich verabschiedete, trat er kurz auf die Straße und telephonierte mit seinem Zahnarzt. Er war wie Daldossi in der Südtiroler Hochschülerschaft gewesen, sie kannten sich seit über dreißig Jahren. Daldossi wußte, daß er gelegentlich Obdachlose und Flüchtlinge gratis behandelte. Er werde sich die Frau ansehen, versprach sein Zahnarztfreund.

Es täte ihm leid, es sei etwas dazwischengekommen. Er hole sie aber abends vom Hotel ab und bringe sie zum Flughafen. Daldossis Stimme hatte gehetzt geklungen, im Hintergrund war Straßenlärm zu hören gewesen.

Johanna würde sich an diese Art von Unzuverlässigkeit nie gewöhnen können. Sie ärgerte sich jetzt, weil sie ihre Zeit hätte anders nützen können.

Doch wie oft war sie in ein Museum gegangen, nur um dann sagen zu können, sie hätte die Munchs in Oslo und die Matisse-Bilder in der Eremitage in Petersburg gesehen? Wie oft war sie nur durchgelaufen und hatte sich erst zu Hause mit den Reproduktionen beschäftigt?

Henrik hatte auch oft Treffen verschoben, Verabredungen im letzten Moment abgesagt, sie auf später vertröstet. Den Vorwurf der Unzuverlässigkeit hatte er nicht gelten lassen, immer war es *höhere Gewalt* gewesen, ein Interview, das plötzlich zu redigieren gewesen war, ein Recherchegespräch, das just in dem Augenblick stattzufinden hatte, in dem er mit ihr ins Kino oder in ein Restaurant hätte gehen sollen. Die verschiedenen Zeitzonen der Erde hatte er ebenfalls als Ausreden benutzt wie unvorhergesehene politische Ereignisse und plötzlich eingetretene Katastrophen.

Auf Johannas Mitleid und Empathie hatte Henrik immer zählen können. Ohne Information sei keine Freiheit möglich, hatte Henrik gesagt. Man müsse die Freiheit der Presse sichern und die Freiheit der Information.

Johannas Unfreiheit war nicht Thema gewesen. Wenn er in Kriegsgebieten unterwegs gewesen war, hatte sie sich wie eine *wartende Angstbraut* gefühlt, wie eine *Witwe in spe*. Wenn sie

Bruno Glauben schenkte, hatte Henrik Gefahren, in die andere geraten waren, gerne als eigene ausgegeben. Sie wußte nicht, was sie davon halten sollte.

Johanna sichtete das Material, das ihr aus dem Redaktionsarchiv zugeschickt worden war. Sie stieß auf eine Notiz über einen jungen Mann aus Mali, der in Bamako als blinder Passagier in den Fahrwerksschacht einer US-Transportmaschine geklettert war. Die Obduktion hatte ergeben, daß er in großer Höhe erstickt war. Eine gute Einstiegsgeschichte, aber erstens war es ein Mann, und zweitens hatte das Unglück in der Luft stattgefunden.

Für das Frauenmagazin brauchte es Frauengeschichten, wie die der syrischen Flüchtlingsfrau Soha, die mit ihren vier Töchtern nach Europa zu fliehen versucht hatte.

Darf es noch was sein, gnädige Frau? Der Kellner hatte den unbesetzten Stuhl näher an den Tisch geschoben.

Danke, die Rechnung.

Vielleicht hieß sie gar nicht Soha. Johanna kramte nach der Geldbörse.

Die Syrerin hatte als einzige eine Schwimmweste getragen, als das Flüchtlingsboot nahe der libyschen Küste unterging. Alle vier Töchter zwischen drei und zwölf Jahren klammerten sich an sie. Soha strampelte wie verrückt, um sich und die Kinder über Wasser zu halten, doch eine einzige Schwimmweste reichte nicht für fünf Menschen. Soha mußte sich entscheiden, wen sie als erstes loslassen würde. Sie schaffte es nicht, wartete ab.

Elf Euro achtzig.

Zwölf fünfzig, sagte Johanna.

Die Dreijährige ließ als erste los, tauchte in der Dunkelheit der Nacht weg, es folgten die zweitjüngste und drittjüngste Tochter. Nur Soha und ihre älteste Tochter konnten von der libyschen Küstenwache aus dem Mittelmeer gezogen werden.

Johanna fuhr zurück ins Hotel. Ihr gegenüber saß ein vierzigjähriger Mann dunkler Hautfarbe mit einer auffälligen Narbe auf der linken Wange.

Der Mann reinigte mit einem roten Tuch sein iPhone, sprach mit dem Tuch, putzte damit an seiner Hose herum und packte dann das Handy in das Tuch ein, welches er zuvor mehrmals übereinandergeschlagen und wieder auseinandergefaltet hatte. Dann strich er wiederholt über seine Oberschenkel und machte schnelle, nervöse Handbewegungen, die Johanna nur aus den Augenwinkeln wahrnahm, weil sie, um den Mann mit ihren Blicken nicht zusätzlich zu irritieren, an ihm vorbeischaute. Sie hörte ihn erst leise lachen, dann sprechen, so als gäbe er einer fiktiven Person Anweisungen. Bei jeder U-Bahn-Station hob er den Kopf, suchte nach deren Namen und buchstabierte die Haltestellenbezeichnungen, als verstünde er nur so, wo er sich gerade befand.

Das rote Tuch behandelte er wie einen Fetisch. Immer wieder packte er das iPhone aus, um das Tuch zu betrachten und es zu besprechen, es neuerlich zu falten und das Handy hineinzustecken.

Als Johanna aufstand, erhob er sich ebenfalls, ging aber nicht zum Ausgang, sondern setzte sich auf den frei gewordenen Platz.

Um diese Zeit hatte Johanna immer ihre Mutter angerufen. Kurz vor oder nach deren Mittagsschläfchen hatten sie sich ausgetauscht. Elisabeth hatte erfahren wollen, was ihre Tochter Vernünftiges zu Mittag gegessen hatte, Johanna wiederum war mit Elisabeth die Liste der Medikamente durchgegangen.

Jetzt saß Johanna am Bettrand und betrachtete den halb gepackten Koffer. Wenn Elisabeth noch am Leben wäre, hätte Johanna sie heute am Telephon angelogen. Denn eine Melange war nichts *Vernünftiges*. Johanna hätte von einer großen Portion Leberknödelsuppe oder von einem *Backhendl mit Vogerlsalat* erzählt, um ihre Mutter zu beruhigen. Und vermutlich hätte auch Elisabeth beteuert, alle Tabletten zum vorgeschriebenen Zeitpunkt eingenommen zu haben, obwohl sie mehr als die Hälfte entsorgt hatte.

Bin um 16.30 Uhr vor dem Hotel, Bruno –

Eigentlich hatte Johanna keine Lust, zum Flughafen zu fahren, keine Lust, nach Rom zu fliegen, keine Lust auf Palermo und Lampedusa, keine Lust zu arbeiten.

Auf der Bettdecke tanzten Lichtpunkte, und jemand im gegenüberliegenden Haus klimperte auf einem Piano.

Nach dem nächtlichen Telephongespräch mit Bruno war Johanna sofort eingeschlafen und wenig später von einem Alptraum wach geworden. Bruno hatte ihr Bilder gezeigt, die sie noch nie gesehen hatte, die niemand hatte abdrucken wollen. Sie stand im Traum am Abgrund eines betonierten Staubeckens und drohte in die Realität der Bilder hineinzukippen. Nicht Wasser war in dem Becken, sondern all das Grauen, das keiner der Chefredakteure hatte zeigen wollen. Bruno hatte hinter ihr gestanden und sie festgehalten.

Wenn sie jetzt von ihrem Koffer aufschaute, zum Hotelfenster hinaus, in ein Stück Himmel, nicht in sich hinein, nicht in die erinnerungsbesetzten Räume, sah sie sich in Brunos Armen, verscheuchte den Gedanken aber sofort wieder.

Ein weißer und ein schwarzer US-Soldat springen in hellblau schimmerndes Poolwasser, das die untere Hälfte des Bildes einnimmt. Ihre Gewehre lehnen unterhalb der Palastfassade an den Steinbänken; dort haben die Männer auch ihre Camouflage-Monturen abgelegt. Rechts vom Haupteingang ist ein Beet mit blühenden Narzissen zu sehen. Die obere Bildhälfte zeigt die zerstörte Fassade; alle Fensterscheiben sind zerborsten. Die Zugänge zum Palast sind offen, Schutt liegt auf den Eingangspodesten.

***Zwei US-Soldaten im Swimmingpool des Palastes von Saddam Husseins Sohn Udai**, Farbphotographie, Bagdad/Irak, April 2003, veröffentlicht in Estero am 14.4.2003.*

Während Daldossi die SMS an Johanna verschickte, wartete er auf die Bestätigung seines Venedig-Fluges. Er hatte eine Verbindung gefunden, die zwar über Frankfurt am Main führte, dafür würde er noch am Abend die Lagunenstadt erreichen.

Ein Hotelzimmer hatte er nicht gebucht, es war nicht Hauptreisezeit. Einer wie er buchte nur selten im voraus, denn er war in seinem Leben mit den widrigsten Umständen fertiggeworden. Von Wien aus ein Zimmer in Venedig zu reservieren, erschien ihm ängstlich und kleinbürgerlich.

Vor über zehn Jahren war Daldossi im *Palestine Hotel* in Bagdad gewesen, einem Moloch aus achtzehn Stockwerken, in dem weitere 1800 Journalisten und Photoreporter gewohnt hatten. Daldossi waren solche Verhältnisse immer verhaßt gewesen. Damals, es war der Beginn des Dritten Irakkrieges, hatte es in der Stadt vermutlich mehr Presseleute als Militärs gegeben, weshalb Daldossi schon bald nach Wien zurückgekehrt war, gleich nach dem Unfall, bei dem ein amerikanischer Panzer auf das *Palestine* geschossen hatte und einen *Reuters*-Kameramann sowie einen spanischen Journalisten getötet hatte, weil ein paar dumme Soldaten die Kameraobjektive auf den Hotelbalkonen für Artilleriegeschütze gehalten hatten.

Und Daldossi hatte sich über die Alte in Ghazaliya gewundert, die mit hocherhobenen Armen vor seiner Kamera davongelaufen war!

2003 hatte er wegwollen aus Bagdad. Weg aus diesem Bilderkampfgebiet. Weg aus diesem häßlichen Land, diesem faden subtropischen Trockengürtel, der auch landschaftlich sowenig hergab. Keine Berge wie in Afghanistan, nur Hitze und Staubstürme über dem öden, versteppten Flachland.

Im Nordosten soll es angeblich besser sein, da wachsen zumindest Eichen, Buchen und Platanen.

Es hatte Daldossi damals gestört, mit unzähligen anderen die Motive teilen zu müssen, aber ein Jahr später, als sich die Situation verändert hatte und fast alle wieder verschwunden waren, hatte er sich erneut in den Irak aufgemacht.

Dazwischen war er mit Schultheiß in Hammelburg gewesen und hatte für den nächsten Krieg trainiert. Das Ausbildungslager der Vereinten Nationen und der Bundeswehr hatte ihm eine Reihe von Déjà-vus beschert, nur Schultheiß hatte das meiste *noch nie gesehen, noch nie gehört.*

Die Beziehung mit Marlis war in eine Krise geraten. Daldossi hatte ihre Bären- und Familiengeschichten nicht mehr ertragen. Er war das Gefühl, etwas zu verpassen, nicht losgeworden. *Das wirkliche Leben*, davon war er auf dem Ledersofa neben Marlis überzeugt gewesen, finde woanders statt.

Das wirkliche Leben waren natürlich auch Zirkus- und Tanzbären, die Dompteure in Österreich zurückgelassen hatten, oder verhaltensgestörte Braunbären, welche von irgendwelchen Übergeschnappten, deren Eltern es versäumt hatten, ihnen als Kinder Plüschbären zu schenken, in viel zu kleinen Verschlägen gehalten worden waren.

Daldossi war aber diese Wirklichkeit *am Arsch vorbeigegangen*. So hatte er sich damals ausgedrückt.

Und diese Wirklichkeit interessierte ihn heute sowenig wie damals.

Seinen Beitrag für den Tierschutz hat er jedenfalls abgeleistet: Marlis zuliebe war er zig Male zu den Zwettlburger Gehegen gefahren und hatte die Bären photographiert. Von Sektor A bis Sektor D hatte er inklusive des Spielplatzes und des Besucherhauses das gesamte Areal dokumentiert. Unentgeltlich. Und er war zu allen Jahreszeiten angereist, um Zotti, Burli, Dora oder den Besucherliebling Charly im Schnee, bei Regen oder im Sonnenschein spielend, schlafend und kletternd aufzunehmen.

Er sei kein Tierphotograph, hatte Daldossi am Anfang klargestellt, aber Marlis war stur geblieben. Sie hatte seine Mitarbeit eingefordert, als Liebesbeweis. Außerdem sei es doch ohnehin seine Domäne, mit langen Teleobjektiven zu arbeiten, hatte sie gesagt.

Seine Domäne sei wohl eher der Menschenschutz, hatte Daldossi gesagt, war aber doch mit ihr nach Zwettlburg gefahren. Gemeinsam hatten sie an mehreren Stellen den Drahtzaun auseinandergebogen, damit Daldossi das Objektiv hatte durchschieben können. Und Burli, der alte Zirkusbär aus dem Safaripark Gänserndorf, hatte sogar posiert und war besonders nahe an den Zaun herangekommen, weil Marlis ihn mit Thunfisch in Öl angelockt hatte.

Immerhin waren es Bären gewesen, die Daldossi photographiert hatte. Für Spinnen oder Käfer brächte er die Geduld nicht auf. Wenn er sich vorstellte, welche Beleuchtungstechniken und Makroobjektive hierfür erforderlich wären.

Leonardo Zambrotta war einst Tierphotograph gewesen, bevor er sich für Menschen zu interessieren begann. Er war zu Abenteuerexpeditionen nach Indien und Afrika aufgebrochen, hatte vom aussterbenden Königstiger berichtet, war in Kenia, Uganda und Ruanda gewesen. Daldossi erinnerte sich an ein Gespräch mit Zambrotta, in dem er von Berggorilla-Aufnahmen in irgendeinem Nationalpark im Norden Ruandas berichtet hatte. Er war genau in dem Moment im Land gewesen, als die Maschine des damaligen ruandischen Präsidenten über Kigali – angeblich von Tutsi-Rebellen – abgeschossen worden war. Das hatte auch den Startschuß für den Völkermord der Hutus an der Tutsi-Minderheit bedeutet.

Zambrotta war Augenzeuge gewesen, wie sich in dem Dorf, in dem er sich aufgehalten hatte, die Hutus in paramilitärischen

Gruppen organisiert hatten. Eine tobende Menschenmenge war auf die letzte, verbliebene Tutsi-Familie losgegangen, hatte mit Keulen, Lanzen und Macheten bewaffnet das Haus gestürmt.

Die Köpfe der Leichen waren in den Fluß geworfen worden.

Man hätte ihm die schönsten und seltensten Tiere aus dem Dickicht des Urwalds hervorzaubern können, hatte Zambrotta gesagt, er sei nicht mehr in der Lage gewesen, seine Finger zu bewegen. Wochenlang war er zuvor in den Bergen unterwegs gewesen, hatte das blauschwarze Fell der Silberrücken inmitten von nassem hellem Bambus photographiert, hatte dabei zugesehen, wie die Gorillas auf dem Rücken liegend den wilden Sellerie zerkauten, doch dann –

Wann hatte dieses *Dann* bei Daldossi begonnen?

Hatte Zambrotta die Köpfe im Fluß treiben gesehen? Dachte er da schon daran, seine Kawasaki zu beschleunigen, mit der er später im umbrischen Spoleto gegen einen Baum rasen sollte? Oder waren die Enthaupteten erst zu Hause, in Italien, vor seinen Augen aufgetaucht?

Ruslan, ein Tschetschene, hatte zu Daldossi einmal gesagt, er könne nicht mehr ohne Menschenfleisch leben. Er sei ein unheilbarer Psycho. Im Krieg merke er es nicht, da seien alle so, aber zu Hause falle es sofort auf. Daldossi hatte den Mann während des tschetschenischen Guerillakrieges gegen die Russen in der Nähe von Grosny kennengelernt und photographiert.

War der Mann zu seiner Frau zurückgekehrt? Und war das überhaupt noch eine Rückkehr? Wer oder was kehrte da zurück?

Daldossi brauchte nur an das Hamburger *Cox* zu denken, an den Hünen, dem er den Mund gestopft hatte. An den Geruch von gebratenem Fleisch am Nebentisch. Er war in der Hansestadt angekommen und war doch noch im Irak gewesen.

Zambrotta hatte nach der Ermordung der Tutsi-Familie alle Filme über die Berggorillas vernichtet. Nie wieder hatte er Tiere photographiert.

Daldossi würde für Marlis sogar Regenwürmer ablichten, wenn er sie damit zurückholen könnte.

Er ging jetzt in die Küche, fand keinen Wein, schüttete etwas Averna in ein Glas und verdünnte den Amaro mit Wasser. Der war viel zu süß, aber die Cynar-Flasche hatte Daldossi gestern geleert. Gleich war ihm wohler, schon zweifelte er an seiner Idee, nach Venedig zu fliegen.

Was wußte er von Domenico? Er kannte die Adresse der Schule, in der er unterrichtete, den Namen des Viertels, in dem er wohnte, und die Hausnummer, eine vierstellige Zahl. Marlis hatte ein Postpaket von Domenico erhalten. Daldossi war zufällig zu Hause gewesen und hatte sich die Daten des Absenders notiert.

Eifersucht stärkt die Erinnerungsfähigkeit. 5304 war in seinem Kopf schon genauso berühmt wie 4711, Kölns bekannteste Hausnummer.

In Venedig sind die Häuser eines Quartiers nach dem Entstehungsalter durchnumeriert. Es wäre also hilfreich, den Namen des Kanals, des Platzes oder der Gasse zu kennen, überlegte Daldossi. Andererseits hatte er immer erreicht, was er sich in den Kopf gesetzt hatte. Er würde auch Marlis finden, sie allein treffen, während Domenico in der Schule war.

Er schenkte sich noch ein Glas Averna ein. Dieses Mal trank er ihn pur, ging aber gleich darauf ins Bad, um sich die Zähne zu putzen. Er mochte nicht nach Alkohol riechen, so nahe bei Johanna im Auto.

Sie erwartete, daß er sie mit seinem Privatwagen abholte und nach Schwechat brachte, daß er anschließend in die Stadt zurückkehrte. Aber er würde wie damals, nach dem verunglückten Abend im *Cox*, neben ihr im Taxi sitzen und die Wärme ihres Oberschenkels spüren. Sie würden gemeinsam durch die Stadt fahren. Daldossi würde ihre Hand halten und beim Blick aus dem Autofenster nicht die glatten Fassaden und sauberen Gehsteige bemerken, er würde auch nicht an jenen Raum denken, in dem sich die Tapeten durch die Erschütterungen der Bombardierungen von den Wänden gelöst hatten; nicht an das sich häutende Zimmer.

Daldossi würde nur Johanna anschauen und ihr sagen, wie gut sie aussehe, wie unverändert, wie anziehend. Hinter den herabhängenden Papierrollen würde kein Schimmel zu sehen sein und in der Ecke jenes Zimmers auch kein kleines Mädchen mit einem verbrannten Körper.

Ich kann dich nicht verstehen, sagte Johanna, sprich bitte lauter!

Wie war der Name? Giuseppe? In der Via Roma. Ja. Das ist die Hauptstraße. Ich weiß. Kannst du mir die Daten schicken?

Ditha hatte eine leise Stimme, klang erschöpft.

Die Sirene eines vorbeirasenden Rettungswagens erschwerte das Zuhören.

Der neue Friedhof der Schiffe sei unten am Hafen neben dem Fußballplatz, fuhr Ditha fort. Es gäbe noch einen anderen, versteckt in der einzigen Talsenke der Insel, in der Nähe der Müllhalde. Sie hätte Bilder von den morschen Fischkuttern gesehen. Zwischen den verlotterten Booten seien Reste aus dem Besitz der Flüchtlinge zu finden, Medikamentenpackungen, leere PET-Flaschen, Turnschuhe, Hosen.

Dann nannte sie noch andere Orte und Informanten, eine Bar am alten Hafen, in der angeblich die Intellektuellen der Insel verkehrten, den Namen einer Krankenschwester, die im *Poliambulatorio* arbeitete.

Da wird vermutlich alles und nichts behandelt, sagte Ditha. Ein Kind darfst du auf Lampedusa nur dienstags kriegen, nur an diesem Tag ist die Gynäkologie besetzt.

Schwangerschaftserhaltungen seien bei eintretenden Komplikationen oft nicht mehr möglich. Es gäbe eine hohe Kindersterblichkeit, viele junge Mütter hätten ihre Föten verloren.

Föten? Ab der 11. Woche spricht man von Kindern, sagte Johanna. Es gibt doch einen Flughafen. Haben die keinen Rettungshubschrauber?

Die Maschinen nach Palermo oder Catania seien oft ausgebucht, erklärte Ditha. Voll mit Carabinieri, Digos, Leuten von der Küstenwache und Finanzpolizei. Voll mit Journalisten und Touristen – was glaubst du, was da los ist. Alle kriegen irgendwann den Inselkoller und wollen zurück auf das Festland.

Kann ich dich anrufen, wenn ich noch etwas brauche? Du hast schon Teile geschrieben? Schick sie mir.

Während Johanna auf der Straße vor dem Hotel auf Bruno wartete, schaute sie einem Zeitungsverkäufer zu. Er hatte sich in eine Nische zurückgezogen, sprach niemanden an, hielt zu viele Zeitungen in der Hand und blickte zu Boden.

Seit dem Tod Elisabeths hatte Johanna häufig schlechte Tage. Von ihrer Wien-Reise hatte sie sich ein paar gute erwartet, aber bis auf das nächtliche Telephongespräch mit Bruno war der kurze Aufenthalt wenig erfreulich gewesen. Der Kleinen im *Klick* war es – mehr noch als Henrik – gelungen, Johannas Bild von Bruno zu beschädigen, und Bruno selbst hatte Johanna noch gar nicht zu Gesicht bekommen. Sie zweifelte jetzt, ob er sie abholen würde. Wenn er so viel trank, wie es die Studentin angedeutet hatte, war er vermutlich extremen Stimmungsschwankungen ausgesetzt und wenig zuverlässig.

Es hatte zu nieseln begonnen. Der Zeitungsverkäufer stand nach wie vor gedankenverloren in der Ecke.

Johanna ging hin und kaufte ihm eine Ausgabe ab.

Es regnet, sagte sie.

Der Zeitungsverkäufer drückte die Zeitungen mit seiner Linken an die Brust, den rechten Arm hob er in den Himmel, öffnete die Hand.

Er nickte, tat aber nichts, um das Papier ins Trockene zu bringen.

Johanna ging zurück zu ihrem Koffer. Sie merkte, daß sie unruhig war, der Bauch meldete sich, zog sich zusammen. Zuviel Kaffee hatte sie getrunken, zuwenig gegessen. Nichts *Vernünftiges*.

Vielleicht hatten die Erregung und Anspannung mit der bevorstehenden Reise zu tun oder mit Bruno, den sie jetzt gleich wiedersehen würde.

Die Zeitungen lagen noch immer ungeschützt im Freien, obwohl die Tropfen nun große dunkle Flecken auf dem Asphalt hinterließen.

Der Verkäufer bewegte sich nicht.

Hoffte er, daß jemand Mitleid mit ihm haben würde? Auf eine größere Spende, die er sonst nicht bekommen würde?

Er ist in Wirklichkeit ein Spieler, dachte Johanna, einer, der alles auf den nassen Stapel setzt. Oder er ist ein Träumer, der sich der natürlichsten aller Drogen hingibt, ein einsamer Mann, der sich ein neues Leben ausmalt und darüber vergißt, daß der Regen in diesem Augenblick Teile seines Einkommens vernichtet und die bessere Zukunft wieder ein Stück weiter von ihm wegrückt.

In diesem Moment eilte ein junger Mann herbei. Marik, rief er, aufwachen! Er rüttelte an den Schultern des Zeitungsverkäufers, der sich nun bückte und nach dem Stapel griff.

Die Passanten, welche keinen Schirm hatten, drängten sich nun auf dem schmalen, durch Dachvorsprünge oder Geschäftsmarkisen regenverschonten Trottoirstreifen aneinander vorbei. Es ging zu wie in einem vollbesetzten Waggon.

Johanna mußte an ihre letzte Italienreise denken. Sie hatte nach der gemeinsamen Zeit mit ihrer Mutter am Gardasee noch ein paar Tage allein in den Dolomiten verbracht. Danach war Johanna mit dem Zug von Bozen nach München gefahren und von dort nach Hamburg zurückgeflogen.

Als sie den für sie reservierten Platz gefunden hatte, lag auf dem Sessel neben ihr ein Taschenbuch Michael Ondaatjes. Wenn sie sich nicht täuschte, war es *Katzentisch* gewesen. Das Abteil hatte sich sofort mit jungen Schwarzafrikanern gefüllt, zwei Männern und zwei Frauen, eine davon hatte ein drei Monate altes Baby im Arm gehalten, die andere den zusammengeklappten, ramponierten Kinderwagen auf der Gepäckablage verstaut. Der Zug war ab Bozen ausgebucht gewesen, viele hatten keinen Platz gefunden, aber die Afrikaner hatten alle Reservierungen, auch der Mann auf dem Gang, der zu der Gruppe gehört hatte. Allerdings, das hatte Johanna sofort begriffen, obwohl sich die Männer und Frauen in ihrer Sprache verständigt hatten, war sein Platz ein paar Abteile weiter hinten gewesen.

Der junge Deutsche, dem das Ondaatje-Buch gehört hatte, war erst an seinen Platz zurückgekehrt, als der Zug bereits den Bahnhof verlassen hatte; er war im Restaurantwagen gewesen und hatte sich mit frischem Bier und einem Sandwich versorgt.

Das Kind, erinnerte sich Johanna, quengelte, und seine Mutter verströmte einen leicht säuerlichen Geruch. Die Gruppe hatte fast kein Gepäck, einen durchsichtigen Nylonsack, in die Wäsche gestopft worden war, und eine Plastiktasche, in der sich die Nahrung und die Windeln für das Baby befunden hatten. Einer der Männer war Besitzer eines alten Mobiltelephons gewesen, alle schienen einander gut zu kennen, als stammten sie aus demselben Ort oder als seien sie schon eine Weile gemeinsam unterwegs. Abwechselnd nahmen sie der Mutter das Baby ab, herzten es, wiegten es, gaben ihm die Flasche. Einmal war die Mutter kurz eingeschlafen, während das Kind in ihrem Schoß weiterstrampelte. Johanna hatte den Blick nicht von dem Baby lassen können, aus Angst, die Mutter würde im Schlaf ihren Griff lockern und das Baby könnte zu Boden fallen.

Sie waren noch nicht lange gefahren, als der Afrikaner, dessen reservierter Platz zwei Abteile weiter hinten gewesen war, die Abteiltür geöffnet und den Deutschen in gebrochenem Englisch gefragt hatte, ob er mit ihm den Platz tauschen würde.

Haben Sie eine Reservierung? hatte der Deutsche wissen wollen.

Der Mann hatte genickt.

Ob es auch ein Fensterplatz sei.

Yes, sure.

Der Deutsche, ein kräftig gebauter Mann von etwa 25 Jahren, hatte einen Augenblick gezögert, und Johanna war sich sicher gewesen, daß er nun aufstehen und das Abteil verlassen würde, stattdessen hatte er den Schwarzafrikaner gefragt, ob es sich bei dessen Platz auch um einen Sessel in Fahrtrichtung handele.

No, I'm so sorry.

Dann, hatte der Landsmann gesagt, tausche er nicht.

Auf dem Ring stockte der Verkehr. Zur Rush-hour kam der Regen dazu. Daldossi hatte lange überlegt, was ins Handgepäck sollte. Er hätte noch einen starken Kaffee gebraucht, aber dafür war keine Zeit mehr gewesen.

Im Stiegenhaus war ihm die Hausbesorgerin entgegengekommen, vermutlich hatte sie ihm aufgelauert, denn sie war nicht wie gewöhnlich grüßend an ihm vorbeigegangen, sondern sogleich stehengeblieben und hatte ihn nach Marlis gefragt. Ob er heute schon Besuch gehabt habe?

Besuch?

Na ja, die beiden Damen –

Daldossi hatte im ersten Moment nicht verstanden, wen sie meinte. Er war dieser Frau, die ansonsten jeden Vorfall sofort der

Hausverwaltung meldete, anstatt zuerst mit den Beteiligten zu sprechen, immer aus dem Weg gegangen.

Sie wohnte mit ihrem Mann im Parterre, in der feuchten Hinterhofwohnung, fuhr aber einen Audi und besaß ein Haus an der kroatischen Küste, eine weiß gestrichene Villa im amerikanischen Kolonialstil, mit Portikus. Marlis hatte immer wieder die Geduld aufgebracht, sich die Photos dieser *häßlichen Hütte* anzusehen, dafür hatte Frau Ustascha, wie Daldossi die Hausbesorgerin insgeheim nannte, regelmäßig für Daldossis unversehrte Heimkehr aus den Kriegsgebieten gebetet.

Noch vor einigen Monaten hatte die Ustascha eine Halskette mit einem Anhänger getragen, auf dem die Mutter Gottes von Medugorje zu sehen gewesen war. Aufgeregt hatte sie von einer im Dunkeln leuchtenden Madonnenstatue erzählt, von einem Wunder, das sich in ihrer Heimat zugetragen habe.

Anhand von Photos hatte man nachgewiesen, daß die 15 000 Gläubigen, die herbeigeeilt waren, um die leuchtende Maria anzubeten, Betrugsopfer geworden waren. Die Himmelskönigin verdankte ihren Schein der Lichtspeicherkapazität des Strontiumaluminats; die Statue war mit Leuchtfarbe bepinselt worden und zeigte auf den Bildern das hierfür typische Farbspektrum.

Immerhin war das Dekolleté der Ustascha jetzt madonnenfrei, wie Daldossi hatte feststellen können.

Die zwei Damen, hatte Daldossi geantwortet, seien seine Freundinnen.

Aber in unserem Haus wollen wir kein Etablissement, hatte die Ustascha Daldossi hinterhergerufen.

Er war noch einmal zurückgegangen und hatte sie freundlich gebeten, ihre Phantasien im Zaum zu halten. Nicht alles, was glänze, sei göttlich, hatte er ihr ins Ohr geflüstert.

Unverschämt, hatte die Ustascha gesagt.

Hunderte, tausende Köpfe, freudige Gesichter, geöffnete Münder, erhobene Fäuste; auf den Schultern eines Mannes sitzt ein schmächtiger Jugendlicher und schwingt die rot-weiß-schwarze Flagge mit dem goldenen Adler Saladins in der Mitte. Ein schmaler Streifen grauen Winterhimmels schließt das Bild nach oben ab. Am linken Bildrand sind Palmen zu sehen.

***Tag des Zorns auf dem Tahrir-Platz**, Farbphotographie, Kairo/Ägypten, 28.1.2011, veröffentlicht in Estero am 31.1.2011.*

Das grüne Duftbäumchen baumelte an einem dünnen Faden vom Rückspiegel und verströmte den Geruch von Äpfeln. Selbst auf der Busspur kam der Fahrer nur langsam voran, dennoch lief hier alles in geordneten Bahnen ab: Öffentliche Verkehrsmittel und Taxis sowie vereinzelte Motorradfahrer hielten sich rechts, Autofahrer links. Es tauchten keine Esel zwischen den Fahrzeugen auf, keine Pferde und keine dreirädrigen Piaggios, auf deren Ladefläche sich unbefestigte Transportkisten mit Geflügel stapelten, die bei abrupten Bremsmanövern auf der Straße landeten.

Und bei Rot blieben hier alle stehen.

Die Ordnung in Palermo und Kairo war das Chaos, und in Teheran oder Peking hatte Daldossi nur spätnachts fahrende Autos gesehen. Tagsüber hatten mit Ausnahme der Radfahrer alle im Stau gesteckt, und wenn sich irgendwo ein kleiner Freiraum aufgetan hatte, war der Wachste losgefahren, als gelte es, ein Rennen zu gewinnen, und hatte sich hupend in die Lücke gezwängt, um von neuem zu stehen und zu lauern.

Aber was war das alles schon im Vergleich. Was waren die Hitze, das Warten, die schlechte Luft oder jetzt der Regen außer kleinen Geduldspielen. Was war die zäh vorankommende Autoschlange im Vergleich zu diesem Konvoi damals in Afghanistan.

Der Fahrer hatte plötzlich gewendet, weil er vor sich einen

Wagen erblickt hatte, in dem keiner saß. Die Taliban hatten mehrere 155-Millimeter-Granaten unter das Auto gelegt und ferngezündet. Daldossi hatte nichts mehr gesehen. Durch die Wucht der Explosion war die Autotür aus der Verankerung gerissen worden, ihn hatte es aus dem Wagen geschleudert. Er war kurz bewußtlos gewesen, dann den anderen hinterhergelaufen, nur einen Gedanken im Kopf: Marlis.

Wegen Marlis hatte er alles darangesetzt weiterzuleben, hatte nicht getroffen werden wollen. Erst war vor seinen Augen alles orange gewesen, dann schwarz. Farben und Formen hatte er sich wieder mühsam zusammensetzen müssen. Da ein Soldat. Dort Deckung.

Hoffentlich schießen sie nicht auf mich.

Wo sind die Schweine.

Was war dieses Leben ohne Marlis.

Ohne sie konnte er auch jetzt jederzeit getroffen werden. Aus der Erinnerung heraus schossen sie ihm hinterher.

Sie war die Dauerdeckung gewesen.

Nun fühlte sich Daldossi, da sie nicht mehr an seiner Seite war und er ihr nichts mehr erzählen konnte, wie das letzte Blatt am Baum.

An der nächsten Kreuzung links, sagte er zum Taxifahrer.

Er fragte sich, wie es wäre, ein Duftbäumchen-Fabrikant zu sein und mit einem derart sinnlosen Produkt sein Geld zu verdienen. In einem Auto-Magazin hatte er gelesen, daß die Gase der Duftbäume in Verbindung mit Zigarettenrauch eine krebserregende Mischung ergaben. Duftbäume seien Risikomultiplikatoren.

Vor einigen Wochen hatte er mit Sarah im *Engländer* zu Abend gegessen und einen ihrer Kollegen von der Akademie kennengelernt, der statt Bäumchen Duftmännchen produzierte. Er hatte vorgehabt, die *baumelnden Erhängten* mit den Duftmolekülen Cadaverin und Putrescin zu besprühen, damit sie beißenden Leichenfäulnisgeruch freisetzten; das Kunstprojekt scheiterte an den fehlenden finanziellen Mitteln.

Was hatte der Mann damit bewirken wollen? Vorsichtiges und rücksichtsvolles Fahren?

Vogels Exfreundin Marianne war gegen alle Maßnahmen, welche die Geschwindigkeit von Fahrzeugen drosselten. Je sicherer der Straßenverkehr würde, desto weniger Organe stünden zur Verfügung, hatte sie gesagt und dabei gelacht. Man dürfe die Schwerkranken nicht diskriminieren und ihnen die letzten Hoffnungen rauben.

Und da behauptete Marlis immer, er sei ein Zyniker!

Zuletzt hatte Vogel einem Anästhesisten die Frau ausgespannt. Daldossi fiel der Name der Südtirolerin nicht ein, Mara oder Clara. Wie alle seine Lieben hatte auch diese nicht lange gehalten. Dabei hatte Vogel von der Frau nur geschwärmt. Der beste Sex aller Zeiten. Die geilsten Küsse der Welt. Keine Sekunde langweilig. Er hatte sogar seine römische Wohnung weitervermietet und war nach Wien zurückgezogen.

Diese Mara oder Clara hätte Daldossi auch gerne kennengelernt, bevor sie zu ihrem Arzt und zu ihrer Tochter zurückgekehrt war. Aber die Beziehung zwischen ihr und Vogel war schon zu Ende gewesen, als Daldossi von einer längeren Reise nach Hause gekommen war. Er hatte die Frau nur einmal auf einem Photo gesehen. Vogel hatte ein Bild von ihr an seiner Pin-Wand befestigt gehabt und mit der Kamera des iPads abgefilmt, während sie miteinander skypten. Daldossi erinnerte sich an ein schmales Gesicht, an aufgestecktes, aus der Ordnung geratenes, kastanienbraunes Haar und an häßliche Ohrringe, die viel zu groß gewesen waren. Das Photo war in einem römischen Park aufgenommen worden, ziemlich dilettantisch im Gegenlicht.

Vogel und seine Frauengeschichten.

Wie oft hatte Daldossi seinem Freund erklärt, er müsse sich rar machen, das wecke die Neugierde. Vogel hatte stets den Fehler gemacht, zu schnell heiraten zu wollen. Diese Absolutheitsansprüche waren immer ungut gewesen. Wenn er liebte, wurde Vogel panisch. Von Verlustängsten verfolgt, wurde er selbst zu einem Verfolger, bis seine Traumgestalten entsetzt das Weite suchten und die Stoffe der Idealkleider, die er seinen Geliebten auf den Leib geschneidert hatte, plötzlich nicht mehr leuchteten, sich als brüchig und verschlissen erwiesen.

Daldossi hatte seine Frauen nie eingekleidet. Er war mehr am Körper interessiert gewesen, kalkulierte die Enttäuschungen mit ein.

Bald wird alles sein wie früher, dachte Daldossi. Er mußte nur die Gelegenheit bekommen, mit Marlis zu sprechen.

Er sah schon das Hotel und vor dem Eingang eine Frau mit einem Koffer. Sie war zur Hälfte von einem Laternenpfahl verdeckt.

Daldossi hatte keine Zweifel, daß dies Johanna war.

Mit einem Taxi? Das kostet ein Vermögen!

Bruno war trotz des Regens ausgestiegen. Während der Fahrer den Koffer im Gepäckraum verstaute, umarmten sie einander.

Laß dich anschauen, nach so langer Zeit.

Hatte er ein Taxi genommen, weil er schon zuviel getrunken hatte? Alt war er geworden. Grau.

Aber seine Stimme klang noch so wie damals, unbelastet, fest, hatte nicht an Kraft und Volumen verloren. Die Haut war zwar faltig, aber nirgendwo waren Narben zu sehen, als hätten all die Anschläge, Unfälle und Kollisionen mit der Welt keine Spuren hinterlassen. Vielleicht war er unverletzt geblieben, oder die Stellen waren von der Kleidung bedeckt. Johanna betrachtete seine Jeans, das gut geschnittene weiße Hemd unter dem dunkelgrauen Sakko, suchte nach Zeichen.

Er drängte sie einzusteigen, weil der Regen stärker wurde. Als

Kind hatte Johanna schlechtes Wetter geliebt, weil sie dann zu Hause bleiben konnte. Elisabeths ausgeprägter Bewegungsdrang war ihr schon als kleines Mädchen lästig gewesen, und die Wochenendausflüge in die Lüneburger Heide hatte Johanna verabscheut. Jetzt sehnte sie sich manchmal nach den Birken-, Eichen-Wäldern und Kiefernforsten, nach den Sandböden und Mooren, und sie hätte sich gerne noch einmal von ihrer Mutter die Kormorane, Bekassinen und Wacholderdrosseln zeigen lassen.

Brunos Gesicht glänzte, er wischte mit einem Papiertaschentuch seine Stirn und sein Kinn trocken, lächelte sie an.

Gut siehst du aus, sagte er, schlanker als früher.

Ich war immer so. Sie sah auf ihren Bauch, strich über ihr Kleid unter dem Trenchcoat.

Die geschlossenen Autofenster und die vom Regen beschlagenen Scheiben riefen in Johanna ein Gefühl von Nähe und Geborgenheit hervor, das sie schon lange nicht mehr empfunden hatte und sie jetzt irritierte. Sie rückte etwas von Bruno ab und bemühte sich beim Sprechen um einen neutralen Ton, der ihre Stimmung nicht verriet. Sie erzählte von ihrem Zimmer in dem viel zu teuren Hotel, von dem Pianospieler im Hinterhof, vom *Klick* und der Kuratorin, die sich lobend über Brunos Arbeiten geäußert habe, und verhaspelte sich, als sie von der Studentin zu erzählen begann.

Ach, die.

Es war still im Fond des Taxis. Sie hätte jetzt gerne erfahren, was Bruno dachte. Er sah zum Fenster hinaus, an dem die Verkaufsstände des Naschmarktes vorbeizogen.

Hat sich verändert, sagte er.

Johanna verstand nur *Fressmeile* und *laute Musik*, da der Fahrer in diesem Moment über die Taxifunkzentrale neue Aufträge durchgesagt bekam.

Er sei nie auf Lampedusa gewesen. Einmal – es mußte Mitte

der achtziger Jahre gewesen sein – habe man in der Redaktion überlegt, jemanden hinzuschicken. Libyen sei damals von den Amerikanern angegriffen worden, sagte Bruno, Gaddafi habe daraufhin zwei Raketen auf die Insel abgefeuert, die aber mehrere Kilometer vor Lampedusa ins Wasser gestürzt seien.

Ein Vergeltungsschlag ohne Tote.

Das klingt, als seist du darüber enttäuscht gewesen, sagte Johanna.

Bruno sah sie an und blickte dann zum Fenster hinaus. Ich wäre gerne hingefahren. Ich war noch jung. Sehr jung. Aber ohne Tote kein Auftrag. Vielleicht haben die Lampedusaner diese Raketen erfunden, um Werbung für sich und ihre Insel zu machen. Es ist jedenfalls nicht belegt, daß die Angriffe tatsächlich stattgefunden haben. Der Vorfall habe Touristen angezogen, die vorher nichts von Lampedusa gewußt hätten.

Er wischte mit dem Ärmel über das beschlagene Autofenster, schwieg kurze Zeit.

Es wird auch jetzt jede Menge schaulustige Multikultitrottel und krankhafte Altruisten geben, die nur wegen der Flüchtlinge auf die Insel fahren. – Was wirst du schreiben? Bruno wandte sich Johanna zu. Über die Toten, die das Meer gefressen hat? Oder über die Harragas, die es geschafft haben?

Keine Ahnung, dachte Johanna, wer diese Harragas waren. Eine Ethnie aus irgendeinem nordafrikanischen Land? Sie sagte lieber nichts. Die Art, wie Bruno sie jetzt ansah, erinnerte sie an Henrik. Auch er hatte oft mit so einem gelangweilten Gesichtsausdruck darauf gewartet, was sie auf eine seiner Fragen entgegnen würde, selbst wenn ihm längst klar gewesen war, daß sie die Antwort schuldig bleiben würde.

Nie gehört? Bruno lachte. In den Staaten des Maghreb gibt es kein Schengener Abkommen, die Leute können nicht raus ohne Visum, und das Visum kriegen sie nicht. Sie brennen aber für Europa. *Harga* steht für die Möglichkeit einer veränderten Realität. Und *Harragas* sind Männer, die ihre Papiere verbrennen, die Gesetze brechen, junge, unverheiratete, arbeitslose Libyer, Tunesier, Algerier, Marokkaner, welche die Gelegenheit nutzen, um aus ihrem Land zu verschwinden. Sie tun es, obwohl eine Ausreise ohne Visum in all ihren Herkunftsländern strafrechtlich geahndet wird.

Aber jetzt kommen doch hauptsächlich Eritreer und Syrer übers Meer, sagte Johanna, Leute, die den Polizeistaat hinter sich lassen wollen. Kriegsflüchtlinge.

Jetzt ja. Auch.

Viertausend, sagte Johanna, verlassen jeden Monat Eritrea. Sie erzählen ihren Familien nicht einmal von ihren Fluchtplänen, aus Angst, daß der Geheimdienst was mitkriegt. Am schlimmsten ergeht es den christlichen Eritreern, denen zwar, sobald sie die Grenze zum Sudan passiert haben, drei Monate Asyl gewährt wird, aber sie erhalten im Gegensatz zu den muslimischen Eritreern keine Arbeitserlaubnis. Und die Frauen werden meist vergewaltigt. Wer es dann bis nach Libyen schafft, läuft Gefahr, in den Lagern dort mißbraucht oder gefoltert zu werden.

Während Johanna sprach, fiel ihr Blick auf Brunos Hand, die auf seinem Schenkel lag. Mit der anderen hielt er sich am Haltegriff über der Tür fest.

Diese Finger haben die Verschlüsse von Objektiven für das Grauen der Welt geöffnet; sie haben die Zeit angehalten, und sie haben sie für die Zukunft gespeichert, dachte sie und blickte aus dem Fenster. Die Regentropfen auf der Fensterscheibe zitterten im Fahrtwind, gleich würden sie die Scheibe hinunterlaufen.

Seine Finger waren aber auch in der Nase und in fremden Körperöffnungen gewesen. Sie hatten Blut und Scheiße weggewischt und womöglich nicht nur die Belichtung von Aufnahmen gestartet, sondern auch Abzüge getätigt und Schüsse ausgelöst. Sie waren Lichtfänger und Drecksfinger gleichermaßen.

Johanna hätte Bruno jetzt gerne berührt.

Schon verrückt, sagte Bruno, jahrelang kämpfen wir für die Freiheit der Menschen und sind am Ende wieder beim Nationalismus.

Wie meinst du das? Johanna wischte jetzt ihrerseits mit dem Ärmel über die Fensterscheibe.

Alles ist an die Staatsbürgerschaft gebunden. Wer die nicht hat, dem werden Rechte und Freiheiten verwehrt, sagte Bruno. Er kratzte sich am Nacken. Hier hab ich auch die falsche.

Das verstehe ich nicht.

Ich bin nicht wahlberechtigt, bin ja Italiener.

Das wäre den Eritreern egal, sagte Johanna.

Sag ich doch. – Du siehst wirklich immer noch aus wie damals, sagte Bruno.

Die Art, wie Bruno sie betrachtete, verunsicherte sie.

Warum hast du nicht beide Staatsbürgerschaften?

Das österreichische Recht erlaubt Ausländern keine doppelte Staatsbürgerschaft. Mein italienischer Cousin, der in Innsbruck lebt, hat vor dreißig Jahren eine Österreicherin geheiratet, die hat den italienischen und den österreichischen Paß, obwohl sie keine drei Sätze Italienisch spricht.

Und Marlis? Hat sie beide Staatsbürgerschaften?

Wir sind nicht verheiratet, sagte Bruno, außerdem ist sie doch auch Südtirolerin.

Wollte sie nicht oder du nicht?

Die ist mit ihren Bären verheiratet.

Jetzt im Winter wird sie nicht viel davon haben.

Da täuschst du dich. Die machen auch im Winter Arbeit, sagte Bruno. Wenn's nicht kalt genug ist, sind sie wach und buddeln herum. Und wenn zuviel Schnee auf die Elektrozäune fällt, geht die Alarmanlage los. Es muß immer jemand da sein. – Schreibst du über Bären oder über Flüchtlinge?

Johanna zupfte einen Faden von ihrem Mantel.

Henrik wollte unbedingt heiraten damals, sagte sie.

Wozu das denn?

Falls etwas passiert.

Was sollte dem schon passieren, sagte Bruno. Der war doch immer auf der sicheren Seite. Sogar beim Journalistentraining in Hammelburg hat er erst mich auf die verminte Wiese geschickt.

Als Kind hatte Daldossi mehrere Modellflugzeuge und einen Miniaturflughafen besessen, aber keine Fluggastbrücken, welche die Maschinen mit dem Terminal verbanden. Er war darüber betrübt gewesen. Flugzeuge hatten ihn von Anfang an fasziniert, aber auch beunruhigt. Denn die ersten wirklichen Maschinen waren aus dem Nichts gekommen, sie hatten ihn aus seiner ruhigen Kindheit herausgerissen, waren unangekündigt übers Tal gedonnert.

Kaum hatte Daldossi seinen Blick erhoben, waren sie schon auf der anderen Talseite gewesen, hatten mit einer unbegreiflichen Geschwindigkeit den blauen Streifen zwischen den Bergketten durchschnitten und waren nur noch als ein paar im Sonnenlicht aufblitzende Punkte zu erkennen gewesen, die sich am Horizont sogleich in Luft aufgelöst hatten.

Doch der Spuk, erinnerte sich Daldossi, war damit nicht zu Ende gewesen, denn das Donnern und Krachen hatten noch Sekunden später das Tal erfüllt und allen einen Schrecken eingejagt. Den explosionsartigen, wandernden Doppelknall und das Klirren der Fenster hatte man noch hören können, als die Jagdbomber bereits den Luftraum über dem Tal verlassen hatten. Alles war in Aufruhr gewesen: Der Nachbarshund hatte gejault, als sei er geschlagen worden, die Hühner im Verschlag waren durcheinandergeflattert, und die kleinen Kinder hatten ihre Köpfe eingezogen und waren zu den Erwachsenen gelaufen. Der Lebensmittelhändler, der vor seinen Laden getreten war, um zu sehen, was los war, hatte den Arm nach oben gereckt und die Faust geballt. Kommt zurück, ihr Feiglinge, hatte er gerufen.

Als Luftfahrtwunder hatte die Überschallbomber niemand wahrgenommen; die sich durchs Tal ziehende Knallschleppe war sofort als Belästigung durch die Besatzer, als militärische Machtdemonstration der Italiener interpretiert worden.

Daldossi hatte schon damals nicht gewusst, was in ihm überwog: die Angst oder die Neugierde. Letztere war jedenfalls so groß gewesen, daß er die Regenrinne zur Terrasse hinaufgeklettert war, in der Hoffnung, von dort oben noch etwas erspähen zu können, was er vom Hof aus nicht mehr hatte sehen können. Daß ihm die Großmutter den Kletterweg über die morsche Rinne untersagt hatte, war ihm in diesem Augenblick egal gewesen. Er hatte sich immer schon mit eigenen Augen überzeugen wollen, auch wenn sie nichts zu taugen schienen, nicht schnell und nicht scharf genug waren.

Die Regenrinne, erinnerte er sich, war aus der Verankerung gerissen, Daldossi hatte den Halt verloren und war mit dem Rücken auf den gepflasterten Garagenvorplatz gefallen.

Du hättest dir das Genick brechen können, hatte ihn die Großmutter angebrüllt und ihm eine Ohrfeige gegeben.

Schade, daß du nicht mitkommst, sagte Johanna, als das Taxi vor dem Terminal anhielt.

Vielleicht doch, sagte Daldossi. Er sprang aus dem Auto, nahm ihren Koffer und seine Reisetasche aus dem Gepäckraum, zahlte.

Johanna stand an seiner Seite, zeigte auf seine Tasche.

Es hatte den Anschein, als freute sie sich. Daldossi sah ihr in die Augen, aber Johanna wandte sich ihrem Trolley zu, zog am Haltegriff.

Ich fahre mit, hörte er sich sagen.

Er wollte wissen, wie sie darauf reagierte.

Glaub ich nicht.

Solltest du aber.

Sie ging kopfschüttelnd vor ihm her. Der Saum ihres Trenchcoats wellte sich im Wind.

Ich hasse Karusselltüren, sagte sie, nachdem ihr Koffer beinahe zwischen Türflügel und Gehäuse eingeklemmt worden war. Und sich nach ihm umdrehend: Dann kannst du ja die Photos machen.

Er ließ sie noch immer im Glauben, er begleite sie.

Mitten in der Halle blieb sie stehen. Wie schön, sagte sie und gab ihm einen Kuß auf die Wange.

Er hielt ihren Arm fest, wußte aber nicht, was er sagen sollte. Er fürchtete, sie zu enttäuschen. Noch bevor er die Situation richtigstellen konnte, war sie zum Alitalia-Schalter aufgebrochen. Da er sich nicht von der Stelle bewegte, blieb auch sie nach wenigen Schritten stehen.

Was ist? Doch nicht?

Ich fliege mit einer anderen Maschine, sagte Daldossi. Über Frankfurt. Ich hab noch etwas zu erledigen.

In Frankfurt?

Er hätte jetzt gerne ihre Neugierde in einem Bild festgehalten, die leichte Drehung ihres Kopfes, die vom Haar durchbrochenen Linien der Stirnfalten. Es wäre ein gutes Photo geworden, davon war er überzeugt, kein aufsehenerregendes, aber ein einprägsames. Um damit Erfolg zu haben, hätte etwas Rätselhaftes dazukommen müssen, das die Einbildungskraft der Betrachter in Gang setzt, ein Schatten im hellen Stoff des Trenchcoats, der die Umrisse eines Männerkopfes zeigt, eine dunkle angeschnittene Figur, die unerkannt bleibt, die aber bedrohlich wirkt und so das Bild zu einem begehrten Interpretationsobjekt macht.

Da Daldossi nicht antwortete, stellte sich Johanna in die Schlange vor dem Schalter; es waren nicht viele Leute da.

Er dachte noch immer an das verpaßte Photo, daran, daß seine Bilder immer häufiger ohne Kamera entstanden.

Vielleicht war er selbst dieser Schatten auf ihrem Mantel.

Er brauchte ein Glas Wein, bald. Sein Mund war trocken. Er spürte ein Kribbeln in den Fingern. Eine Zigarette hätte ihn jetzt beruhigt, aber die nächste Raucherlounge kam erst nach der Sicherheitskontrolle am Gate.

Johanna stellte ihren Koffer auf das Gepäckband.

Er schaute ihr aus einer Entfernung von etwa fünfzehn Metern beim Einchecken zu.

Das Interesse, das sie ihm entgegengebracht hatte, gefiel ihm, auch daß sie ins *Klick* gegangen war und die Kuratorin erwähnt hatte, die ihn immerhin noch zu schätzen schien, trotz des Streits.

Wir wären ein gutes Team, dachte Daldossi, könnten frei arbeiten. Ich würde die Bilder zu ihren Texten liefern. Und in meinem Alter wäre es ohnehin besser, ein paar Flüchtlinge auf Lampedusa oder auf Malta zu photographieren, als mich in Situationen zu begeben, in denen alles außer Kontrolle geraten ist und jederzeit eine Bombe hochgehen kann.

Marlis hatte längst angefangen, ihn für seine *Knipserei* zu verachten. Sie hatte nicht einmal mehr *Photographiererei* gesagt. *Knipserei* war bar jeder Wertschätzung. Das Wort war im Streit gefallen.

So lange er sich den Gefahren ausgesetzt hatte, war da ihre Angst gewesen und in der Angst eine Art Bestätigung. Marlis hatte es gemocht, wenn er ihr nach seiner Rückkehr aus einer der Höllen seine Geschichten erzählt hatte. Zwar hatte sie im Moment besonders großer Spannung *Hör auf!* gerufen, aber dieses *Hör auf!* war nur eine Aufforderung gewesen, noch ausführlicher und detaillierter zu berichten, was auf den Bildern nicht zu sehen gewesen war. Im ersten Jahr ihrer Beziehung waren sie bereits hinter der Wohnungstür übereinander hergefallen, hatten sich die Kleider vom Leib gerissen und gierig nach allen Öffnungen und Erhebungen getastet. Manchmal war Daldossi schon im

Flur am Boden in sie eingedrungen, und danach waren sie beide dort liegen geblieben, erschöpft und zufrieden. Sie hatte irgendeine Jacke von dem Garderobenständer zu sich heruntergezogen und seinen Kopf darauf gebettet. Sag, wie war's. Erzähl schon. Und er hatte geredet und geredet, als müsse er ihr auf diese Weise die Zeit zurückerstatten, die er ihnen beiden durch seine Reisen genommen hatte.

Er konnte sich nicht erinnern, wann sie ihn das letzte Mal ermuntert hatte zu erzählen; so lange war das schon her.

Die Geschichten haben ja nicht aufgehört, dachte Daldossi.

Sie wurden nur kleiner, unscheinbarer. Auch größer, monströser. Manche kehrten wieder, wie diese schwarzen, lichtlosen Nächte, die es in Wien gar nicht gab. Daldossi versank manchmal darin, wartete, daß sie verschwanden, aber sie gingen nicht vorbei wie andere Nächte. Er saß dann mit jungen tschetschenischen Soldaten in einem konturlosen Dunkel, in dem man nur auf seine Ohren angewiesen war. Für Daldossi, der als Kind ein Dutzend Mittelohrentzündungen durchlebt und deshalb ein eingeschränktes Hörvermögen davongetragen hatte, war tiefe Finsternis die schlimmste aller Orientierungslosigkeiten.

Manchmal durchzuckte es ihn in der U-Bahn oder in einem Aufzug: Was, wenn jetzt der Strom ausfiele? Dann hatte er Mühe, sich abzulenken. Denn sie waren sofort wieder da: die langen Stunden, in denen er damals Seite an Seite mit Khamid, Ruslan und Tamerlan auf den Angriff der Russen gewartet hatte, ohne auch nur das geringste zu sehen.

Der eigene Atem hatte sich wie lautes Rasseln angehört, und Daldossis Körper war vom Stillsitzen und Horchen so angespannt gewesen, daß ihm jede Körperstelle Schmerzen bereitet hatte. Mit jeder Pore hatte er zu erfühlen versucht, was um ihn herum geschah. Wenn irgendwo ein Tier geschrien oder sich im Wald bewegt hatte, war er so erschrocken, daß er zu zittern begonnen hatte. Die Tschetschenen hatten sofort nach ihrem Maschinengewehr gegriffen; es hatte die Ahnung von einem Geräusch genügt – das Wetzen eines Kleidungsstoffes, ein unterdrücktes Räuspern –, und sie hatten alle ihre Köpfe gedreht. Aber es war lange nichts geschehen, sehr lange. Auch die Gegenseite hatte erst einmal gewartet, in der Dunkelheit gelauert, in der Stille ausgeharrt.

Nichts zu sehen, das war für Daldossi der Inbegriff der Sinnlosigkeit. Die Abwesenheit von Licht bereitete ihm Unbehagen.

Dort in Tschetschenien hatte er am eigenen Leib erfahren, warum in so vielen Kulturen die Farbe Schwarz für das Böse und für den Tod stand. Die Abwesenheit von sichtbarem Licht bedeutete nur Unheil und Bedrohung.

Das schwärzeste Schwarz, hatte ihm damals Marlis erklärt, sei die Farbe des Rußes. Für Daldossi waren es immer diese kalten, nassen Nächte neben den Leuten von der tschetschenischen Bürgerwehr gewesen, auch wenn er damals schon gewußt hatte, daß das nicht stimmte.

Später hatte ihn Marlis auf einen Schmetterling aufmerksam gemacht, der zu den Schwarz-Rekordhaltern zählte. Papilio ulysses habe auf seinen Flügeln Nanoröhrchen, die wie ein dichter Wald angeordnet seien, so daß sich das Licht in den Minilücken zwischen den Röhrchen verfange und nicht mehr herauskönne. Das Licht gerate so in Tausende kleine Fallen.

Daldossi hatte sich auch in einer Falle befunden. Dort auf dem offenen Feld war alles maßlos geworden. Selbst die Gedanken waren ihm plötzlich laut und polternd erschienen. Er hatte mit sich selbst zu sprechen begonnen; es war ihm auf einmal alles gleichgültig gewesen. Ruslan hatte ihm in der Dunkelheit den Mund zuzuhalten versucht, war ihm aber mit den nassen, dreckigen Fingern in die Augen gefahren. Der Regen hatte sie alle aufgeweicht. Sie waren mürbe und unvorsichtig geworden, hatten sich sogar Zigaretten angezündet.

Wenn Daldossi später jemanden sah, wie er einem anderen nachts Feuer gab, wenn plötzlich über der Flamme des Feuerzeugs ein Gesicht erschien, erblickte er darin die verschwommenen Züge Ruslans oder Tamerlans. Die Erinnerungen leuchteten mit dem Feuer auf, Daldossi erkannte ein paar Details, die mit dem Ausblasen der Flamme sogleich in der Dunkelheit verschwanden. Aber beim nächsten nächtlichen Zigarettenanzünden waren sie wieder da: Ruslans müder Kopf, seine rotzige Nase, sein teilnahmsloser Blick auf die Kalaschnikow, seine leblosen Augen. Ruslan hatte aufgegeben, nicht mehr reagiert. Das tagelange Warten im Regen und die vielen dunklen Nachtstunden hatten ihn innerlich entwaffnet. Das Maschinengewehr lehnte an ihm, war aber ein nutzloses Utensil geworden. Sie hatten ihn gezwickt, geschlagen, Ruslan war nicht mehr wach zu kriegen gewesen, dabei hatte sein Körper keinen einzigen Kratzer aufgewiesen.

Vielleicht hatte Marlis Mitleid mit Daldossi empfunden oder Mitleid mit all den Kreaturen, die in ihren Stellungen lagen und warteten, die wie Ruslan längst vergessen hatten, was Alltag war, was die einfachste Form eines zivilen Lebens ausmachte.

Vielleicht hatte sie ihn nur aus dieser Anteilnahme heraus lieben können. Es half alles nichts, er mußte es wissen, mußte sie sprechen.

Nie hatte er kapituliert, nicht einmal in jenen tschetschenischen Nächten, in denen den meisten irgendwann fast alles gleichgültig geworden war, aber eben nur *fast*; Daldossi würde auch jetzt nicht aufgeben, er würde um Marlis kämpfen, er würde alles tun, um sie zurückzugewinnen.

Johanna stand vor ihm, fächerte sich mit der Boardingkarte Luft zu. Was für eine Hitze, sagte sie. Alles überheizt. Aber vielleicht ist es etwas anderes. Sie lachte. Darf ich fragen, was du in Frankfurt machst?

Umsteigen, sagte er. Ich flieg nicht nach Palermo, sondern nach Venedig.

Als er ihre Enttäuschung sah, fügte er hinzu: Ich würde gerne mit dir fliegen, aber – er zögerte einen Augenblick – es geht nicht. Ich hab zu tun.

Gibt es wieder Krieg gegen die Osmanen? Oder gegen die österreichischen Belagerer? Hat die Serenissima gar die Krim zurückerobert? Sie blickte auf ihre Boardingkarte.

Nein, sagte Daldossi. Es ist eine private Friedensmission.

Er zog die Schultern hoch, spitzte die Lippen. Ich werde nur Tauben photographieren.

Der eine ist zu den Jungveteranen gewechselt, der andere zu den Tierphotographen – ist das übriggeblieben von euch Haudegen?

Haudegen? Wir haben immer die anderen für uns kämpfen lassen. – Wieviel Zeit bleibt dir bis zum Abflug?

Johanna hatte Hände, die ihm gefielen, schmucklose Hände mit kräftigen langen Fingern und nicht zu kurzen Nägeln. Seine Mutter hatte ähnliche Hände gehabt, als sie jung gewesen war. Inzwischen waren sie faltig, die Nägel brüchig. Die Hände wirkten nicht mehr so selbstsicher wie früher, aber sie waren noch immer geschickt, wenn es darum ging, einen Faden durch das Nadelöhr zu ziehen oder Zwiebeln fein zu hacken. Und sie hatten ihn, im Gegensatz zu Vaters Händen, nie geschlagen. Mutters Hände waren hilfreiche Hände gewesen, die sich nicht zu affektierten Gesten hatten hinreißen lassen. Wenn Daldossi seiner Mutter das nächste Mal einen Besuch abstattete, würde er ihre Hände photographieren, nur diese.

Eineinhalb Stunden, sagte Johanna, auf die Armbanduhr blickend.

Sie begleitete ihn zum Lufthansa-Schalter, dann passierten sie die Sicherheitskontrolle.

Und was ist unter einer *privaten Friedensmission* zu verstehen? Sie steckte Paß und Ticket in das Seitenfach ihrer Handtasche.

Marlis hat mich verlassen. Es gab unschöne Szenen, bevor sie abreiste. Ich will noch mal mit ihr reden.

In Venedig, der Stadt der Liebe? Wie romantisch!

Machte sie sich lustig? Fand sie ihn lächerlich? Oder war da neuerlich Enttäuschung herauszuhören?

Sie ist mit einem Venezianer durchgebrannt.

Oh, das tut mir leid.

Tat es ihr leid?

Johanna hatte ihren Trenchcoat ausgezogen, ihn halb in ihre Tasche gestopft. Ihr Kleid saß gut.

Was sie wohl für sexuelle Vorlieben haben mochte?

Schultheiß hatte ihm damals am Flughafen von Tripolis gestanden, daß er noch nie Analverkehr gehabt habe. Lag es an Johanna oder an Schultheiß?

Er hatte Offenheit vorgetäuscht, ihm aber nicht den Grund verraten wollen, warum er von Johanna verlassen worden war. Sie seien doch füreinander bestimmt gewesen, hatte Schultheiß gesagt. Er habe sich ihr seelenverwandt gefühlt. Sie stammten beide aus ähnlichen Verhältnissen.

Schultheiß' Gerede hatte Daldossi entnervt. Vielleicht war Daldossi deshalb so lange bei Marlis geblieben: Er mußte nicht bluffen, mußte ihre Beziehung nicht mit romantischen Erklärungen zustellen. Oder lag einer seiner Fehler gerade darin, daß er dies unterlassen hatte?

Johanna betrat einen Duty-Free-Shop, Daldossi folgte ihr, obwohl er solche Läden nicht mochte.

In wenigen Wochen ist Heiligabend, sagte sie. Ich hab immer mit meiner Mutter gefeiert. Du?

Daldossi griff nach einem After-Shave, besprühte damit seinen Handrücken. Wie findest du das?

Zu säuerlich.

Ich weiß nicht, was ich dieses Jahr mache. Er stellte die Flasche wieder ins Regal. – Als Kind träumte ich immer von einem großen Lichterbaum mit Lametta und Sternspritzern, von schönen, fetten Butterkeksen und duftenden Vanillekipferln, aber die Bilder aus den Kinderbüchern wurden nie Wirklichkeit.

Warum nicht?

Vielleicht fehlte der Glanz, sagte Daldossi, der ein Ergebnis der Freude ist. Wir hatten natürlich einen Baum. Wir hatten auch Kekse, aber wir waren eine traurige Familie, und Weihnachten war eine traurige Angelegenheit.

Wenig Geld?

Auch, aber daran lag es nicht. Mit einem maulfaulen, betrunkenen Vater läßt sich schwer feiern.

Eigentlich ging es gar nicht um den Weihnachtsbaum, dachte Daldossi, es ging um Vater. Alle Hoffnungen und Erwartungen bezogen sich auf ihn. Er kam zu Heiligabend nie rechtzeitig nach Hause, nie, wie Mutter und er ihn sich herbeigewünscht hatten, und sie glaubten immer in irgendeiner Form daran schuld zu sein, daß er getrunken hatte.

Marlis und ich haben gekocht, sagte Daldossi. Oft bin ich gar nicht da gewesen, das hat sie mir meistens übelgenommen.

Hätt ich dir auch, sagte Johanna.

Sie war nicht Zeugin der Demütigungen und Verletzungen geworden, die sich zwei Liebende oder Entliebte einander antun können. Von Bruno war über dessen Beziehungsende mit Marlis nichts zu erfahren gewesen. Zweimal hatte er ihren Namen genannt; einmal hatte er beiläufig festgestellt, daß Marlis ebenfalls zu jeder Tages- und Nachtzeit Espresso ohne Zucker – allenfalls mit etwas kalter Milch – trinke, ein anderes Mal hatte er deren Geduld und Höflichkeit Bediensteten gegenüber gelobt. Frauen, die sich vor Kellnern aufspielten, seien ihm ein Greuel. Johanna hatte den Barmann vergeblich gebeten, den Stehtisch zu säubern. Sie hatte schließlich ein Taschentuch hervorgezogen und die Spuren der Vorgänger selbst beseitigt.

Bruno war ihr gegenübergesessen und hatte in der kurzen Zeit, die ihnen am Flughafen verblieben war, vier Gläser Weißwein getrunken. Erst unkonzentriert, fahrig wirkend, war er ihr nach jedem weiteren Glas sicherer und gewandter erschienen. Johanna hatte während des Gesprächs, das sich mehr und mehr zu einem Monolog auswuchs, Zeit gehabt, sein Gesicht zu betrachten: da waren keine harten Falten auf der Stirn gewesen, keine bitteren Züge um den Mund, eher Lach- und Sonnenspuren oder Vertiefungen, die auf Konzentration und Ernsthaftigkeit schließen ließen.

Hinter Bruno im Fenster hatten Flugzeugschlepper immer wieder Airbusse Richtung Startbahn gezogen, und an den Nebentischen hatten die Pilger mit den rotweißroten Hütchen und Namensschildern gesessen, die sich schon am Alitalia-Schalter vorzudrängen versucht hatten, als fürchteten sie, zu spät zu Gott zu kommen.

Bruno hatte von Südtirol erzählt, von ersten *wichtigen Bildern*, die er bei einer Leichtathletikveranstaltung in Bozen geschossen hatte. Man lerne viel für die Kriegsphotographie, wenn man Sportphotos mache. Aber er sei später nie wieder zur Sportphotographie zurückgekehrt. Es solle ja Leute geben, die erst Massaker und Gefechte ablichteten und zwischendurch von den Krisengebieten nach Europa zurückflögen, um Tennisturniere aufzunehmen und so Abstand zu gewinnen.

Beim Photographieren der Kurzstreckenläufer habe er gelernt, schnell zu sein, an der richtigen Stelle zu stehen. Man könne nicht herumprobieren, hatte Bruno gesagt. Im Sport, aber auch bei Gefechten an der Front zählten Bruchteile von Sekunden. Eigentlich mache man nur gute Bilder, wenn man an der Ziellinie stehe. Bei internationalen Bewerben seien diese Plätze von einigen wenigen Agenturphotographen besetzt.

Ob er sie langweile, hatte Bruno gefragt.

Johanna war froh gewesen, daß er die Toten weggelassen, daß er von früher und von seiner Kindheit erzählt hatte. Im Gegensatz zu ihr schien Bruno das Gefühl des Vermissens nicht zu kennen oder nicht zuzulassen. Sein Vater war in den achtziger Jahren gestorben, aber Bruno war sein Leben deswegen nie schwer geworden. Johanna hingegen spürte die Abwesenheit Elisabeths bei jedem Schritt, sie hatte das Gefühl, ihre Mutter werfe ihren Schatten auf sie, und dieser Schatten begleite und verdunkle sie.

Es war ein unangenehmer Flug gewesen. Der Sitzplatz hatte dieselbe Nummer wie das Gate gehabt, so daß beim Einsteigen zweimal jemand behauptet hatte, Johanna habe sich auf den falschen Platz gesetzt. Eine Signora hatte sogar den Steward herbeigerufen.

Neben Johanna war laut gekichert worden. Der junge Mann aber, der sein Mobiltelephon erst nach der zweiten Ermahnung ausgeschaltet hatte, war nach dem Start der Maschine sofort in einen tiefen Schlaf gefallen. Er hatte den Mund weit offen gehabt, und es hatte ein wenig ausgesehen, als lache er im Traum weiter.

Auf einem schmutzigen Steinboden, von Leintüchern notdürftig bedeckt, liegen die Leichen von zehn Menschen, die neben tausend anderen bei der Massenpanik während eines schiitischen Pilgerstroms ums Leben gekommen sind. Auslöser der Panik war ein Gerücht gewesen, unter den Pilgern des Imam Mussa al-Kasim befände sich ein Selbstmordattentäter. Ein junger Mann in einem dunkelblauen Hemd kniet am Kopfende der Leiche seiner Mutter, er greift mit beiden Händen nach deren Schultern, als wolle er sie wach rütteln.

Tote Pilger vor der Leichenhalle in Kadhimiya, *Farbphotographie, Kadhimiya/Irak, August 2005, veröffentlicht in Estero am 5.9.2005.*

Daldossi trank im Flieger noch einen Wein, dann war er müde. Erleichtert hatte er festgestellt, daß er neben einem Japaner saß. Die Gefahr, in ein Gespräch verwickelt zu werden, war gering. Er schloß die Augen. Wenn er sie wieder öffnete, fiel sein Blick jedes Mal auf die Hand des Japaners. Die ruhte auf dessen Oberschenkel, als sei sie etwas Eigenständiges, nicht zum Körper Dazugehöriges. Vielleicht entstand dieser Eindruck, weil Hemd und Hose aus einem ähnlichen, anthrazitfarbenen Stoff waren.

Daldossi dämmerte, döste. Die Hand ließ ihm keine Ruhe. Immer wieder schaute er sie an. Einmal verglich er sie sogar mit Johannas Händen.

Sie war übriggeblieben. Jetzt erinnerte er sich. Er war zufällig dazugestoßen, nach einer Autoexplosion. Die Leute hatten sich um das Wrack und den Krater versammelt, die Frauen schrien, drückten die Kleinkinder gegen ihre Körper. Daldossi hatte das Menschengewirr photographiert. Nein, es war ein anderer Ort gewesen. Da hatte es keine Frauen gegeben.

Die Hand des Japaners bewegte sich noch immer nicht, der Mann war aber wach. Vielleicht war die Hand eine Attrappe, eine Prothese, lebensecht nachmodelliert wie Silikonpuppen. Die Japaner waren doch die Erfinder der Gummipuppen, diese sollten den Männern im Zweiten Weltkrieg in den U-Booten durchzuhalten helfen. Wer perfekte Real Dolls produzierte, konnte auch täuschend echte Hände herstellen.

Die Hand blieb unbewegt. Daldossi unterdrückte den Impuls, sie zu berühren, draufzuschlagen.

Er schloß wieder die Augen. Ihm war heiß, das Gebläse über ihm kühlte nicht genug.

An der Stelle, an der das Attentat verübt worden war, hatten sich nur Männer aufgehalten. Sie standen im Halbkreis um das völlig ausgebrannte Autowrack; es qualmte nicht mehr, der Anschlag war schon eine Weile her. Ein Polizist überreichte einem alten Mann eine Schachtel, zwei jüngere Männer, wohl dessen Söhne, flankierten ihn. Daldossi ging hinter den drei Männern her, als sie sich von der Unglücksstelle entfernten. Er folgte ihnen bis zum Friedhof. Da hatten sich bereits die anderen Familienmitglieder versammelt, sie standen um einen Holzsarg herum, weinten. Der Alte trat zu ihnen, öffnete die Schachtel und legte eine Hand auf den Sarg.

Johanna saß auf dem Flughafen in Rom neben der *Pasticceria Venchi* und aß ein Eis. UNHCR-Unterstützer in hellblauen Westen mit dicken Mappen unterm Arm keilten um Spender.

Nicht mal hier habe man seine Ruhe, sagte ein älterer Herr zu Johanna. Überall wolle man den Leuten etwas verkaufen.

Die verkaufen nichts. Das Flüchtlingshochkommissariat der Vereinten Nationen hilft Flüchtlingen.

Bin selber ein Flüchtling.

Aber bevor Johanna eine Frage stellen konnte, war der Alte aufgestanden und gegangen.

Johanna hatte sich mit Bruno nicht gelangweilt. Sie hätte sich nicht einmal gelangweilt, wenn er einen Vortrag über chemische Prozesse beim Photographieren gehalten hätte. Alles war neu, was Bruno erzählt hatte. Oder war der Abstand zwischen der Begegnung damals und heute so groß, daß selbst das Alte in neuer sprachlicher Verkleidung nicht wie eine Wiederholung wirkte?

Einmal hatte Bruno ein Bild von Elisabeth betrachtet, das Johanna in ihrem Terminkalender aufbewahrte. Johanna war dabei von ihrer Trauer überwältigt worden und hatte nichts zu dem Photo sagen können. Ohne Erläuterungen war ihr das Portrait leblos erschienen, wie ein kalter Beweis für Elisabeths vergangenes Leben – Johanna hatte ihre Mutter nicht in die Gegenwart zurückholen können, weil sie damit beschäftigt gewesen war, gegen ihre Tränen anzukämpfen. Aber konnte man das Verlorene überhaupt durch ein Bild zurückholen?

Bruno hatte ihren Arm gedrückt, mehr nicht. Was hätte er zu ihr sagen sollen? Der Tod von Elisabeth war ein natürlicher Vorgang gewesen. Wer mit so vielen unnatürlichen Todesarten konfrontiert gewesen war wie Bruno, würde wohl kaum Mitleid für einen normalen Sterbeprozeß aufbringen können.

Doch auch Elisabeths Tod war kein schöner Tod gewesen, dachte Johanna.

Dieses Aufbäumen, die Schreie.

Vor ihr standen Geschäftsleute, in dunkelblaue Anzüge gekleidet; die meisten Männer trugen gestreifte Krawatten. Johanna sah Menschen in Winterstiefeln und Pelzmänteln und Touristen in kurzen Hosen und in Sandalen. Eine Frau trug ein Trägerkleid, als käme sie in diesem Moment vom Strand. Sie alle schienen in unterschiedlichen Empfindungswelten zu leben, nur die Business-Leute waren uniformiert.

Wärst du doch mitgekommen, schrieb sie an Bruno, nachdem sie das Kaffeeeis aufgegessen hatte. Wie ein Echo folgten dem Wunsch erinnerte Sätze, die sie früher zu Henrik gesagt hatte: Wärst du doch jetzt bei mir. Könntest du doch früher kommen.

Ein Leben im Irrealis, ein Leben, das sie sich immer nur ausgedacht und herbeigesehnt hatte, das aber nur selten wirklich gewesen war – nein, das wollte sie nicht mehr.

Sie schickte den Satz an Bruno nicht ab, beobachtete eine Frau, glaubte in dem theatralischen Staunen – sie machte große Augen, hatte den Mund halb geöffnet – etwas typisch Italienisches zu erkennen. Die kleine, stämmige Frau mit den kurzen schwarzen Haaren blieb in der Nähe von Johanna stehen, verzog ihre Mundwinkel. Boh, sagte sie laut zu ihrem Begleiter. Mehr verstand Johanna nicht. Der Mann war auch stehengeblieben und begann, seine Reisetasche zu durchwühlen. Von einem Moment auf den anderen gerieten sich die beiden in die Haare. Er suchte. Sie fluchte, riß an seiner Tasche. Er schubste sie weg.

Johanna dachte an die Streitereien mit Henrik, an ihr hilfloses Schweigen, das nicht von Hamburg bis nach Sarajevo gereicht hatte, das sich in Rauschen verwandelt und zu unsicheren Fragen geführt hatte: Hörst du mich? Hast du etwas gesagt? Hallo? Eine abwartende oder klärende Stille war über das Telephon nicht möglich gewesen. Und wie oft waren die Worte gar nicht angekommen, oder Johanna hatte nicht die richtigen Worte gefunden, die von ihrer Wohnung, von ihrer *heilen Welt*, bis in sein *Krisenhotel* gereicht hätten.

Was soll ich mit deinen Friedensphrasen in meinem Kriegszimmer, hatte Henrik einmal zu ihr gesagt. Johanna hatte von der neu erworbenen Bettwäsche erzählt, deren eingewobenes Muster nur bei schrägem Lichteinfall sichtbar werde. Sie hatte *Damast* gesagt, und Henrik hatte *Damaskus* verstanden. Immer wieder waren ihre Gespräche unterbrochen worden, nur Versatzstücke angekommen. Verstehst du mich? Bist du noch da? Und wenn es zwischendurch möglich gewesen war, länger miteinander zu reden, hatten sie beide angefangen, von der Zukunft zu träumen: von einer gemeinsamen Wohnung, einem Leben mit Kindern und Gartenfesten, bis Henrik diesem *Teekannenkitsch* wieder ein Ende gemacht hatte. Die glückstrahlenden Familien in den Werbespots des Teehandelsunternehmens paßten nicht zu ihnen beiden, erklärte er ihr. Keiner hatte sich schneller von einem hoffnungsfrohen Glücksversprecher in einen gnadenlosen Zukunftsabwürger verwandeln können als Henrik.

Auf dem Weg zu ihrem Gate ging Johanna an beleuchteten Litfaßsäulen vorbei, die mit Schwarzweißbildern von römischen Sehenswürdigkeiten bedeckt waren. Lange hatte sie nicht mehr am Trevi-Brunnen oder vor dem Pantheon gestanden. Im

Ferrari Spazio Bollicine saßen drei Geschäftsleute und tranken Champagner, nur wenige Meter entfernt, vor der Kasse des *Acafé*, bildete sich eine Menschenschlange, die um Getränke, Pizzen und Piadine anstand.

Ditha schien sich als Kranke zu langweilen, denn sie schickte Johanna laufend neue Nachrichten, die Material zu Lampedusa und Links zu interessanten Artikeln enthielten. Lampedusa sei immer schon ein Stützpunkt für Schiffsbrüchige und Durchreisende gewesen, schrieb Ditha. Lange Zeit habe die Insel den Fürsten Tomasi di Lampedusa gehört. Der gleichnamige Schriftsteller, erfuhr Johanna, sei ein Nachfahre gewesen.

Sie las ein paar Seiten über die Besiedlung der Insel nach dem Verkauf an das Königreich beider Sizilien, wunderte sich darüber, daß man einst Bäume abgeholzt und mit Holzkohle gehandelt hatte, denn die Bilder, die sie von der Insel gesehen hatte, zeigten eine karge, kahle Landschaft, bei deren Anblick man nie auf die Idee käme, es habe hier einmal Wald gegeben. Die Bodenerosion hatte die Insel weitgehend unfruchtbar gemacht, blieben also nur der Fischfang und der Tourismus. Daß um 1880 sogar einige Inselbewohner nach Tunesien ausgewandert waren, weil sie dort auf bessere Lebensbedingungen gehofft hatten, konnte Johanna kaum glauben.

Die Sessel am Gate waren alle besetzt. Johanna stand neben einer verriegelten Tür, die ins Freie führte, und löste, halb gegen die Tür, halb gegen die Mauer gelehnt, unabsichtlich einen Alarm aus.

Normalerweise passiere das nur den Extracomunitari, erklärte ihr ein Flughafenbediensteter, die könnten nämlich nicht lesen. *Extracomunitari*, das hatte Johanna aus den Unterlagen erfahren, waren eigentlich definitionsgemäß Nicht-EU-Bürger; die Italiener verwendeten den Begriff aber nicht etwa für Schweizer oder Japaner, sondern für alle mittellosen und rechtlosen Einwanderer vorwiegend aus Afrika.

Die kommen doch illegal mit den Schiffen und nicht mit dem Flieger, sagte Johanna.

Haben Sie eine Ahnung, sagte der Mann, die kommen mit allem, was sich bewegt.

Der Streifen Wiese zwischen den Pisten war voller pickender grauschwarzer Tauben. Man hatte gerade das Gras gemäht.

Johanna saß am Fenster und schaute wenige Minuten später auf Ostia hinunter, dann auf das Meer. Aus dieser Höhe erinnerte dessen fein gerippte Oberfläche an ein Schneefeld. Digital, hatte Bruno gesagt, sei Schnee immer weiß. Sie hatte ihn gefragt, was er für eine Kamera benütze. Er besaß eine Leica, eine Nikon, sogar eine Hasselblad. Die zarten Töne an einem Morgenhimmel seien digital nicht hinzukriegen, da verwende er nach wie vor Diafilme. Mit Digitalkameras könne man keine Farbtiefen erreichen, rosa Wölkchen wirkten sofort kitschig.

Während sie an Bruno dachte, stieg die Maschine immer höher. Er rede normalerweise nicht so viel, hatte er sich bei Johanna entschuldigt. Schließlich habe er sich doch auch für die Photographie entschieden. Das habe er schon als Kind gelernt: schweigend zuzuschauen, wie seine Mutter die Demütigungen seines Vaters ertrug, wie sie die Schimpftiraden des Familienoberhauptes, das diese Bezeichnung nur aufgrund seiner alle um einen Kopf überragenden Größe verdient habe, wortlos über sich ergehen ließ.

Johanna hätte gerne mehr erfahren, aber Bruno hatte sofort von etwas anderem gesprochen und ihr gar nicht die Gelegenheit gegeben, nachzuhaken.

Das Flugzeug wackelte, Johanna drückte die flache Hand gegen ihren Bauch. Es war das erste Mal, daß sie flog, ohne vorher eine letztwillige Verfügung verfaßt zu haben. Früher hatte sie sich vor ihren Reisen hingesetzt und notiert, was zu passieren habe, wenn sie nicht lebend zurückkehrte, wer welche Erstausgaben, Bilder und Porzellantassen erben, wo man sie begraben und welche Musik man dabei spielen solle. Dieses Mal hatte sie es vergessen, sie hatte nicht einmal daran gedacht, das frühere Testament zu aktualisieren. Dabei wäre es gerade jetzt, wo ihre Mutter nicht mehr lebte, notwendig gewesen, ein paar Regelungen zu treffen.

Das Anschnallzeichen blieb eingeschaltet, der Pilot bat die Passagiere sitzen zu bleiben. Das Flugzeug wurde von Turbulenzen angehoben und sackte dann wieder ab. Johanna war schon oft geflogen, aber so heftig war noch keine Maschine durchgeschüttelt worden. Ihre Sitznachbarin, eine ältere Signora, schlief, oder war sie schon tot? Johanna mußte zweimal hinschauen, erst dann sah sie, daß sich der Brustkorb der Frau hob und senkte. Im Gesicht des weißhaarigen Stewards, der auf seinem Klappsessel am Eingang zum Cockpit saß, war nichts Auffälliges zu erkennen. Er trug eine markante Brille, dessen obere Hälfte schwarz und dessen untere weiß war; die Bügel verjüngten sich zum Ohr hin und sahen so windschnittig aus. Johanna wunderte sich über die Disziplin der anderen Reisenden; keiner stöhnte auf, niemand schrie.

Sie selbst umklammerte die Armlehnen; das Meer unter ihr sah gleichgültig aus. Daß sie noch nie von einem durch Turbulenzen herbeigeführten Flugzeugabsturz gehört hatte, beruhigte sie nicht. Vielmehr erschien ihr diese Regelhaftigkeit erst durch eine Ausnahme bestätigt, und diese – da war sie sich sicher – würde nun eintreten.

Johannas Furcht wurde durch das hörbare Ausatmen einer Passagierin in der Reihe hinter ihr verstärkt. Der Steward hatte die Augen geschlossen. Betete er? Aber dann öffnete er sie und lächelte Johanna an.

Auf dem Flug nach New York, vor mehreren Monaten, hatte sich Johanna Unterhaltungsfilme angesehen, doch dann war ihr von einem Moment auf den anderen der Gedanke gekommen, daß diese miserablen, anspruchslosen Filme im Falle eines plötzlichen Absturzes das letzte gewesen sein würden, was sie in ihrem Leben zu sehen bekommen hätte. Sie hatte sofort den Bildschirm ausgeschaltet und dann auf das dunkle Rechteck gestarrt.

Noch einmal sackte die Maschine ab, und Johanna, die sonst in solchen Augenblicken an ihre Mutter gedacht hatte, ertappte sich dabei, daß sie Bruno um Hilfe rief. Ausgerechnet Bruno, der selbst in der Luft war.

Daldossi träumte von einer Kneipe, einer heruntergekommenen Spelunke, die sich aber verwandelte wie ein beweglicher Raum. Einmal glich sie eher dem *Kaffee Alt Wien* mit den vielen vergilbten Plakaten an den Wänden, dann schrumpfte sie plötzlich auf die Größe des *Nags Head-Pub* im Londoner Westminster zusammen. Am Ende saß Daldossi in einer holzverkleideten Western Bar, die er nie zuvor betreten hatte.

Es war heiß, draußen ging die Sonne unter, aber er konnte über dem Wüstensand die Luft flimmern sehen. Seine Kameraausrüstung lag in einem schwarzen Koffer unter dem Tisch. Er hatte ein Bier bestellt und seine müden Beine auf den Sessel gegenüber gelegt. Die Schirmmütze tief in der Stirn, nickte er kurz ein, als plötzlich mehrere US-Marines hereinkamen, die von Frauen in kurzen Röcken und High Heels begleitet wurden.

Jemand mußte sie hierher getragen haben, denn mit solchen Schuhen blieb man im Sand stecken. Das Licht kam und ging, die Stimmen wurden lauter, Stühle fielen um.

Daldossi sah aus den Augenwinkeln, daß ein betrunkener Soldat einer der Frauen den Lauf des Sturmgewehrs zwischen die Beine schob, zwei GIs hielten sie fest. Gebrüll. Schrille Schreie. Die übrigen Frauen versuchten, zu Hilfe zu eilen, wurden aber zurückgehalten.

Daldossi sprang auf und fiel über den Mann her, welcher der Frau das Gewehr in den Schoß rammte.

Hey, hey, schrien die anderen. Verpiß dich, Schwuchtel. Ist eh nicht geladen.

Das Geladene ist hier, schrie der besoffene GI und griff sich in den Schritt. Gelächter.

Dann war Daldossi nur noch beschäftigt gewesen, seine Kameraausrüstung zu suchen. Den schwarzen Koffer hatte jemand mitgenommen oder versteckt.

Er hatte in Frankfurt zwei doppelte Cognac getrunken und den Weiterflug nach Venedig schlafend verbracht. Nicht einmal die Landung am Marco-Polo-Flughafen hatte er mitbekommen. Aufgewacht war er erst, als die Stewardess ihn am Ärmel gezupft hatte. Das Tischchen war nach oben geklappt gewesen. Er hatte keine Ahnung, ob er im Flugzeug noch etwas getrunken hatte, ob die Stewardess den Becher entsorgt und seinen Sitz in die senkrechte Position gebracht hatte. Er hatte jedenfalls seine Tasche dabei.

Benommen war er ausgestiegen, hatte im letzten Moment den Autobus zum Piazzale Roma erwischt, und obwohl die Sessel unbequem gewesen waren und bei jeder Haltestelle feuchtkalte Luft durch die Tür hereingekommen war, hatte er weitergedöst.

Es roch nach Seetang und Diesel. Die Schiffsschrauben der Vaporetti zerstörten die glatte Wasseroberfläche, zersplitterten die Lichtspiegelungen.

Als der Bus über den Ponte della Libertà gefahren war, hatte Daldossi auf das Meer hinausgesehen, auf eine ruhige, dunkle Fläche.

Er folgte den Schildern Richtung Bahnhof, der ihm als Orientierungspunkt diente. Früher, vor bald dreißig Jahren, war er regelmäßig nach Venedig gefahren. Die Schwester eines Schulfreundes hatte bei Emilio Vedova an der Akademie der Bildenden Künste studiert. Sie hatte eine kleine Wohnung im Ghetto gehabt, nicht weit vom *Paradiso perduto*, in dem sie sich fast jeden Abend zu mehreren getroffen hatten. Da waren noch andere in Venedig lebende Südtiroler zusammengekommen, eine gewisse Rita, die mit einem Venezianer verheiratet gewesen war, eine Professorin für Deutsch und zwei angehende Schriftstellerinnen, die einen Lehrauftrag an der Universität Ca' Foscari innegehabt hatten – er konnte sich im Augenblick nicht an deren Namen erinnern. Die eine lebte schon viele Jahre in der Stadt, hatte mit dem Geld ihres Erbes eine Wohnung gekauft, die andere wohnte zur Miete, zahlte mehr als die Hälfte ihres Einkommens an eine ältere Signora. Einmal im Monat, erinnerte sich Daldossi, war sie zum Piazzale Roma gegangen. Die Hausbesitzerin, die auf dem Festland gewohnt hatte, war mit ihrem Auto kurz auf dem Platz neben den Bussen stehengeblieben, hatte das Fenster heruntergekurbelt, das Schwarzgeld in Empfang genommen und war wieder davongefahren.

Daldossi hatte Rita damals auf deren ausdrücklichen Wunsch hin in ihrer Wohnung in Castello besucht; ihr Mann, der Fischhändler, hatte zu dieser Tageszeit unter den Arkaden der Pescheria gestanden und Seezungen und Muscheln verkauft. Daldossi bedauerte, daß er Ritas Anhänglichkeit ausgenützt hatte. Die Küche war eng und klein gewesen, es hatte nach Bratfett gerochen. Nach einer halben Flasche Weißwein hatten sie am hellichten Vormittag auf der eingeschalteten Waschmaschine gevögelt. Rita war gekommen, nachdem der Schleudergang eingesetzt hatte.

Das seien tausend Umdrehungen gewesen, hatte sie gesagt, während sie in ihren Slip geschlüpft war.

Es hatte immer zu seinen Prinzipien gehört, auf keinen Fall eine Ehe zerstören zu wollen. Zumindest darin war er konsequent gewesen, wenn er auch sonst von Konsequenz nicht sehr viel hielt. In seinen Augen konnten nur die Wankelmütigen und

Unsicheren die Welt vor Mord und Totschlag bewahren. Wer die Durchsetzung seiner Werte skrupellos vorantrieb, mußte sich den anderen gegenüber zwangsläufig überlegen fühlen. So etwas ging nie gut.

Ich mag dich, bitte komm wieder. Das sagten damals nicht viele Frauen.

Ritas einfache und klare Vorgaben hatten ihm gefallen, aber er war nicht mehr hingegangen, hatte keine Gefühle aufkommen lassen wollen.

Die eine Schriftstellerin, die für die Finanzierung ihres Lebens im historischen Zentrum dieser *korrupten Kitschkloake* Zusatzjobs hatte annehmen müssen, war ihm böse gewesen. Er solle die Finger von Rita lassen. Mit so einer spiele man nicht.

Mit so einer hatte er eh nicht spielen wollen. Mit der Schriftstellerin auch nicht. Er hatte nicht als Phantasieanreger dienen wollen. Und mit der Akademiestudentin, welche Vedovas *Dischi* kopiert hatte, war wiederum nichts anzufangen gewesen.

Wenn sich Daldossi richtig erinnerte, stammte Rita aus einer Südtiroler Bauernfamilie; sie hatte einen deutschnationalen Tyrannen zum Vater gehabt und einen italienischen Hochstapler zum Mann genommen, einen redegewandten *Galantuomo*, der am Ende in schmutzigen Klamotten gelallt haben soll. Die Schwester seines Schulfreundes hingegen war damit beschäftigt gewesen, künstliche Probleme zu kreieren und diesen Prozeß in eine bedeutende Lebensaufgabe zu verwandeln.

Marlis machte etwas Ähnliches: Sie dachte sich ständig neue Probleme für ihre Bären aus. Damit sie sich nicht zu Tode langweilten, versteckte sie ihnen ihr Futter an schwerzugänglichen Stellen. Aber immerhin sah sie darin keine Berufung.

Eigentlich sollte man sich der Stadt mit dem Zug nähern, dachte Daldossi, denn es gab auf der ganzen Welt keine einnehmendere Ankunft. Trat man vor das Bahnhofsgebäude, wähnte man sich mitten in Venedig: Man sah einen Kanal, eine Brücke,

Kirchenkuppeln und Dächer und hörte schon das Wasser der Bugwellen gegen die Häuser und Fundamente klatschen, bevor man die Boote ausmachen konnte.

Daldossi hatte immer davon geträumt, mit einem Rivaboot durch die Kanäle und über die offene Lagune zu rasen. Damals hatte er sich geschworen, so berühmt zu werden, daß er sich irgendwann einen Rolls-Royce des Meeres aus tiefrotem Mahagoni würde leisten können. Nun saß er auf den Treppen vor dem Bahnhofsgebäude und hatte weder Zugang zu einem dieser erotischen Bootskörper mit weißem Steuerrad und weißen Ledersesseln, noch zu seiner geliebten Marlis.

Ich hätte am Grab des Autobombenopfers, von dem nur mehr die Hand übrig gewesen war, photographieren müssen, dachte Daldossi. Dieses Motiv hätte ich mir niemals entgehen lassen dürfen.

Ein Idiot war er gewesen, unfähig, das Bild aller Bilder zu schießen.

Daldossi konnte nicht genau sagen, was ihn damals zurückgehalten hatte. Die abgerissene Hand war alles gewesen, was der Familie von dem getöteten Mann noch geblieben war. Daldossi hatte sich an jenem leicht bewölkten Tag – ja sogar das Licht war ideal gewesen – nicht von der Stelle gerührt. Dabei hatte er die Kamera bei sich gehabt, hätte nur den Reißverschluß seiner Umhängetasche öffnen müssen.

So war die Hand undokumentiert in der Erde verschwunden.

Er stand auf, brauchte etwas zu trinken. Die Bahnhofsbar war leer. Er zahlte an der Kasse, ging zur Theke, trank einen Espresso und einen Schnaps, fragte den Kellner, ob er wisse, wo Cannaregio 5304 zu finden sei.

Er sei kein Venezianer, sagte der Mann, rief aber sogleich einen anderen Barista herbei, der damit beschäftigt war, Gläser einzuräumen.

5304? – Cannaregio.

Das weiß ich selber.

Warten Sie. Er ging nach hinten, holte sein Mobiltelephon.

Auf Google-Maps sind nur vereinzelt Hausnummern zu finden, sagte Daldossi.

Ein dritter Kellner mischte sich ein. 5304 sei irgendwo zwischen Campo San Zanipolo und den Fondamenta Nuove.

Calle del fumo, sagte der Mann mit dem Mobiltelephon.

Daldossi zahlte noch ein Bier, ließ sich den Weg erklären, trank aus und brach auf. Als er ins Freie trat, packten die schwarzafrikanischen Händler ihre nachgemachten Designertaschen in Tücher und rannten los, die einen über die Brücke, die anderen Richtung Strada Nova.

Dort würde auch er gleich einbiegen und dann der langen und einzigen Straße Venedigs bis an deren Ende folgen. Auf dem Campo dei Santissimi Apostoli würde er dann weitersehen.

Er scannte jede Passantin, die an ihm vorbeiging. Entdeckte Daldossi auch nur entfernte Ähnlichkeiten mit Marlis, schaute er so lange hin, bis die Frau zurückblickte. Er drehte sich sogar nach mehreren Frauen um, lief einer, die genauso groß und schlank war wie Marlis, ein Stück weit hinterher.

Und wenn sie gar nicht in Venedig war? Wenn sie mit Domenico eine kleine Reise unternommen hatte, vielleicht nach Padua oder Rovigo?

Sie war hier, Daldossi spürte es. Er ging schnellen Schrittes, obwohl ihm viele Menschen entgegenkamen, vorwiegend Studenten und Pendler, die in der Stadt die Universität besuchten oder hier arbeiteten, er erkannte es an ihren Taschen und Aktenkoffern.

Vermutlich war eine Mietwohnung inzwischen unerschwinglich geworden, schon in den achtziger Jahren waren berufstätige, erwachsene Menschen in Venedig aus Kostengründen in eine Wohngemeinschaft gezogen; die anderen liefen – wie diese

Leute hier – abends Richtung Bahnhof, um die Züge zu besteigen, die sie in ihre billigeren Quartiere aufs Festland brachten.

Einen Teil der geflohenen Händler traf Daldossi wenig später vor dem Palazzo Labia wieder, dort warteten sie mit ihrer Ware, bis die Luft rein war. Im Winter verkauften sie hauptsächlich gefälschte Taschen, CD- und DVD-Raubkopien, im Sommer gingen sie bis zu zehn Stunden unter der prallen Sonne die Strände entlang, um ihre Handtücher und Sonnenbrillen loszuwerden. Ihr Tagesumsatz betrug zehn, maximal zwanzig Euro, den Rest kassierte die Organisation, welche die Ware aus China importiert und an die jeweilige Verteilerstelle geliefert hatte.

Vor zwei Jahren war Daldossi mit Marlis ans Meer gefahren. Er war nie ein Sonnenanbeter gewesen, hatte aber ihrem Drängen nachgegeben und war mit ihr an die Adria gereist. Die meiste Zeit hatte er im Schatten der Pinien oder unter den Schilfschirmen an der Bar verbracht.

Im Schnitt zehn Mal pro Stunde waren er und Marlis beim Lesen oder Dösen von afrikanischen Händlern gestört worden. Etwa siebzig Mal pro Tag hatte Daldossi in ein fremdes, meist junges Männergesicht gesehen, ohne die Kamera zu zücken, bis er beschloß, die *Vu' cumprà* zu portraitieren. Ausgerechnet die Italiener, die kaum Fremdsprachen beherrschen und mehr gestikulieren als reden, nennen die Händler abschätzig *Willst kaufen*, dachte Daldossi.

Zwei Dutzend der Portraitaufnahmen waren ein halbes Jahr später im Foyer des Bezirkstheaters gezeigt worden. Anlaß war ein Stück über kenternde Flüchtlinge gewesen. Vor der Premiere hatte der Intendant ein paar Sätze zu Daldossis Photos gesagt, er hatte von der *Würde der Überlebenden* gesprochen, von *Gesichtern als Erlebniswelten*. Daldossi hätte kotzen können. Diese Hängung – *Ausstellung* wäre dafür ein zu großes Wort gewesen – hatte er Marlis zu verdanken gehabt. Sie war hinter seinem Rükken zum Intendanten gegangen, um mit ihm zu verhandeln. Den schmalbrüstigen Norddeutschen kannte sie noch aus Studienzeiten, damals war er mit einer ihrer Freundinnen liiert gewesen.

Daldossi haßte Gegengeschäfte, ein solches nämlich – auch wenn Marlis dies leugnete – war diese Photo-Hängung gewesen, denn der Bezirkstheaterintendant hatte kurz davor einen Ausflug nach Zwettlburg unternommen, um unter Marlis' Führung mit einem *bärigen Erlebnis* den Zusammenhalt seiner Theatergruppe zu stärken. Doch sein andauernd bellender Chihuahua hatte das aufkommende Gemeinschaftsgefühl von Anfang an auf eine harte Probe gestellt.

Obwohl Marlis den Mann mehrfach aufgefordert hatte, das Hündchen frei herumlaufen zu lassen, hatte der Intendant seinen keifenden und kläffenden Hund nicht loslassen wollen. Nach gutem Zureden hatte er ihn dann doch auf den Boden gesetzt, und Marlis war es endlich gelungen, ein paar wichtige Informationen über die Geschichte des Geheges und dessen Bären loszuwerden, die an jenem Nachmittag friedlich hinter den Maschendrahtzäunen geschlafen hatten.

Minihundus, so der Name des Chihuahuas, hatte erst noch einen Moment am Boden weitergebellt, aber nach einer Weile war es ruhig gewesen. Sehr ruhig.

Und dann begann das Schoßhündchen wieder zu kläffen, nicht zwischen den Beinen der Theaterleute, die schon erleichtert aufgeatmet hatten, sondern im Gehege vor der Braunbärin Dora, die inzwischen wach geworden war und jetzt dasaß wie ein überdimensionaler handgefertigter Steiff-Teddy in einer Spielzeugladenvitrine.

Der Bezirkstheaterintendant, der schon die ganze Zeit suchend herumgeschaut hatte, weil ihm die Stille verdächtig vorgekommen war, schlug mit der flachen Hand gegen den Maschendrahtzaun und rief laut nach Minihundus. Vor lauter Kläffen schien dieser jedoch nichts zu hören. Er stand vor der Bärin und bellte sie frech an, sein kleiner Körper vibrierte.

Marlis hatte indes, während der Theaterintendant sie beschimpfte, den Tierpfleger Konrad im Haupthaus angerufen, er möge Bärin Dora mit Thunfisch in den nördlichen Teil von Sektor B locken.

Eine Weile hatte die Bärin überrascht auf ihren Besuch herabgesehen, dann nahm sie das Hündchen zwischen die Pfoten und hob es in die Höhe, als wollte sie den Störenfried erst einmal aus der Nähe betrachten. Die weit aufgerissene Schnauze ließ aber noch auf andere Absichten schließen. Es sah ganz so aus, als würde diesen Chihuahua, dessen Rasse einst bei aztekischen Prinzessinnen besonders beliebt gewesen war, auch die Bärin zu schätzen wissen. Sie wäre jedenfalls nicht die erste gewesen, denn die mexikanischen Indianer hatten Chihuahuas ebenfalls auf ihrem Speiseplan gehabt.

Ich kann nicht hinsehen, ich kann nicht hinsehen. Der Intendant hatte sich vom Zaun weggedreht und die Augen zusammengekniffen.

Marlis hatte hinterher erzählt, er habe ihr mit einem Gerichtsverfahren gedroht, wenn die Braunbärin seinen Liebling zwischen ihren Backenzähnen zermalmen würde. Sie sei schuld, hatte er geschrien, sie allein hätte für einen lückenlosen, sicheren Zaun sorgen müssen.

Der Bezirkstheaterintendant verhielt sich wie ein Kind im Kino, das sich fürchtete und die Hände vors Gesicht schlug, dann aber doch zwischen den Fingerritzen auf die Leinwand schaute. Auch der Intendant öffnete seine Augen immer wieder einen Spaltbreit, um ausschnittsweise mitzukriegen, was im Gehege vor sich ging.

Die Bärin hielt das Hündchen, das inzwischen keinen Ton mehr von sich gab, noch immer in die Höhe und knurrte es an. Einer der jüngeren Schauspieler bekam einen Lachanfall und bemühte sich, es niemanden merken zu lassen. Aber nicht nur Marlis hatte sein krampfartiges Zucken und leises Gluckern bemerkt, sondern auch der Intendant. Darauf verlor er völlig die Fassung: Ich geh da rein. Wenn keiner reingeht, werde ich reingehen. Er machte Anstalten, über den Zaun klettern zu wollen.

Es ist ein Hund, sagte eine der Schauspielerinnen, nur ein Hund!

Noch während die Schauspielerin den Intendanten noch am Arm festhielt, setzte die Bärin Minihundus ab; sie hatte den Thunfisch gewittert. Langsam entfernte sie sich von dem reglos daliegenden Chihuahua.

Konrad konnte die Braunbärin in ihren Überwinterungsraum locken. Marlis hingegen holte den Hund aus dem Gehege, von dem sie dachte, er wäre tot.

Minihundus aber lebte, ihm war kein Härchen seines Fells gekrümmt worden. Er schwieg vor Schreck, soll – so erzählte der Schauspieler, der den Lachkrampf bekommen hatte – auch die darauffolgende Woche kaum gebellt haben. Inzwischen kläffte er wieder und brachte die Mimen bei den Proben aus dem Konzept. Der Schauspieler war im nächsten Stück nicht besetzt worden.

Daldossi betrat die erstbeste Bar nach dem Ponte delle Guglie. Einmal, erinnerte er sich, war der Wasserstand so hoch gewesen, daß die Vaporetti nicht unter der Bogenbrücke hindurchkamen. Seine Freunde und er waren damals in Ermangelung von Gummistiefeln barfuß durch das Hochwasser gewatet, bis sich einer – war es Paul Vogel gewesen? – an einer Blechdose verletzt hatte. Vogel, der Träumer. Auch Daldossi war ein Träumer, vielleicht hielt diese Freundschaft deshalb schon so lange.

Als Kind war Daldossi häufig hingefallen, weil er Menschen und Landschaften betrachtet und dabei vergessen hatte, auf den Boden zu schauen. Später rannte er gegen parkende Autos und Laternenpfähle, weil er in Gedanken bei seinen Reportagen gewesen war.

Vogels Grauen war angelesen. Es war in seinen Körper gesickert, die Sedimente hatten sich in kleine spitze Pfeile verwandelt, die sein Liebes- und Lebensglück verletzten. Und bei Daldossi? Nicht einmal das, was er nicht photographiert hatte, schien für alle Ewigkeit zu verschwinden. Es würde erst vergehen, wenn er selbst verlorenging.

Er glaubte nicht an eine höhere Macht, er glaubte an gar nichts. Nur an Marlis. Daldossi hatte keinen Ort, wo er zu Hause war. Nur sie. In jeder ihrer Poren wohnte er. Hatte er gewohnt.

Er suchte nach helleren Gedanken. Ihr erleichtertes Lachen, als sie von Minihundus erzählt hatte!

In Tschetschenien damals hatte auch einer zu lachen angefangen. Jenseits von Frauen, Frieden und Familie war einem jungen Tschetschenen die Situation derart irreal erschienen, daß er losgeprustet hatte. Die Stille der lauernden Russen hatte den Mann für einen Augenblick den Verstand gekostet. Die Anspannung war so groß geworden, daß nur noch Lachen zu helfen schien, auch wenn es alle anderen in Gefahr brachte.

Schnauze! Und hinterher hatten sie ihn fertiggemacht.

Daldossi blieb beim Schnaps und bestellte dazu Caffè corretto. Und noch einen. Er tüftelte an einer Gesprächsstrategie. Das Problem war nicht, die richtigen Worte zu finden, sondern Marlis überhaupt erst zu treffen. Und wenn er sie erwischte, war sie möglicherweise in Begleitung Domenicos, und sie würde gar nicht erst einwilligen, sich mit Daldossi allein zu unterhalten.

Die Frau hinter der Theke sah wie Dorothea Langes *Migrant Mother* aus. Die Barfrau trug Mittelscheitel, ansonsten war die Ähnlichkeit mit Langes Frauenportrait verblüffend: die gleiche gerunzelte Stirn, die gleiche bedrückte Mundpartie. Fehlten nur die zwei abgewandten Köpfe der Kinder und das Baby in ihrem linken Arm.

Daß es so etwas gab. Fast achtzig Jahre später. Kurz hatte

Daldossi überlegt, die Barfrau zu fragen, ob sie Verwandte in den Staaten habe.

Dorothea Lange hatte in den dreißiger Jahren die verarmten Landarbeiter dokumentiert, war mit einem Auto vorgefahren und hatte bestens gekleidet und mit einer Riesenkamera ihre Bilder geschossen. Angeblich hatte sie der Migrantenfrau versprochen, sie werde die Photos nie veröffentlichen.

Sie sehen jemandem ähnlich, sagte Daldossi zur Barfrau. Einer Frau auf einem berühmten Photo aus den Dreißigern. Er hatte Durst und bestellte noch ein Bier, wollte sich nicht so schnell von diesem Gesicht entfernen.

Aus den dreißiger Jahren? Dann hab ich mich gut erhalten. Sie hieß Laura und war aus Palmanova. Wenn die Barfrau lachte, war eine Zahnlücke zu sehen.

Und wer war die Frau auf dem Bild?

Eine Wanderarbeiterin während der Großen Depression in Amerika.

Das bin ich auch, sagte Laura. Depressionen kann ich mir aber nicht leisten. Sie reinigte mit einem Lappen den Milchaufschäumer an der Espressomaschine.

Daldossi erfuhr, daß sie jeden Tag von Palmanova nach Venedig pendelte, daß ihr Mann seit drei Jahren arbeitslos war und daß sie zwei Kinder hatten, sieben und elf Jahre alt. Während sie erzählte, betrachtete er ihre kaputten Fingernägel, das billige Armband an ihrem Handgelenk.

Ob er schon mal in Palmanova gewesen sei, fragte sie, die einzige sternförmig angelegte Stadt Italiens. Bis heute, fügte sie hinzu.

Sternförmig von oben, sagte Daldossi.

Auch von unten. Sie lachte.

Wie aus dem Gesicht geschnitten, dachte Daldossi. Er starrte Laura an, aber wenn sie fröhlich war, glich sie der Migrantenmutter kaum noch.

Er schwitzte ein wenig, strich sich übers Haar.

Das Photo habe es sogar auf eine amerikanische Briefmarke geschafft, sagte Daldossi. Die Black-Panther-Bewegung habe es als Vorlage für eine Zeichnung benützt. Da trugen die Frau und die Kinder afroamerikanische Züge. Poverty is a crime, sagte Daldossi.

Das Mobiltelephon klingelte. Während Laura telephonierte, redete es in Daldossi weiter. Lange, die Schlange. Die wußte, wie's geht. Erst portraitierte sie die Boheme von San Francisco, und dann tat sie auf Sozialreportage. Das Bild ist von vorne bis hinten gestellt. Die vagabundierende Proletin als Madonna! Und als Muttertagsbild hatte es später auch noch herhalten müssen. In einem südamerikanischen Staat hatten sie es aufgemotzt, aber in welchem? Día de la Madre mit Gänseblümchen und gut ernährten Kindern, schön und bunt.

Er googelte das Photo, zeigte es Laura, während diese noch telephonierte. Sie gab einem ihrer Kinder Anweisungen, welches Essen wie aufzuwärmen sei.

Na ja, sagte sie wenig überzeugt zu Daldossi und zu ihrem Kind: Hör auf, es gibt heute nichts anderes mehr. Dann iß Brot.

Als Daldossi die Bar verließ, stolperte er über das Eingangspodest.

Eine sechsköpfige Familie läuft nur wenige Meter vor einem Panzerfahrzeug auf den Betrachter zu. In der vorderen Reihe ist links außen der Vater in einem weinroten Hemd zu sehen, neben ihm laufen die drei Kinder, zwei Mädchen mit karierten Röcken und beigen Blusen und ein Junge mit einem weißen T-Shirt. Sie halten sich an den Händen. Dahinter sieht man die Mutter mit dem ältesten Sohn. Ihr weißes Kopftuch kontrastiert mit dem anthrazitfarbenen Rauchhimmel über ihr. Die Familie hat die zerstörte Stadt Basra verlassen, ohne jedes Gepäck. Die Iraker haben auf ihrem Rückzug das Rumaila-Ölfeld in Brand gesetzt.

***Irakische Familie flüchtet aus dem brennenden Basra**, Farbphotographie, Basra, Irak, März 2003, veröffentlicht in Estero am 31.3.2003.*

Fast am Ende der Strada Nova betrat er die *Trattoria Alla Vedova*, die er noch von einem seiner früheren Venedig-Besuche in Erinnerung hatte, und trank ein Glas Tocai. Die Kneipe war voll mit Touristen, die auf einen freien Tisch warteten. Daldossi stand neben der Glasvitrine und hörte einem Deutschen zu, der auf die Erbsen in einer ovalen Schüssel zeigte, die ihm zu schrumpelig waren. Hier, sagte der großgewachsene, kahlköpfige Mann, esse er auf keinen Fall.

Aber sie habe einen Tisch reservieren lassen, sagte die Frau.

Damals, während der Großen Depression, hatte ein katastrophaler Regen die gesamte Erbsenernte vernichtet. Lange hatte den Auftrag gehabt, für die Roosevelt-Administration in dem kalifornischen Landstrich nicht weit von der Pazifikküste die leidenden Erbsenpflücker zu photographieren. Die *Migrant Mother* war gar nicht aus einer Erbsenpflückerfamilie gewesen. Sie hatte sich nur zufällig in der Nähe der Camps aufgehalten, weil ihr Mann damit beschäftigt gewesen war, den Kühlventilator des Wagens zu reparieren.

Eine einzige falsche Erbsenmadonna hätte Daldossi in seinem Leben gebraucht, ein einziges gelungenes archetypisches Mutter-Kind-Bild, eine Art Pietà mit den richtigen Untertiteln zur richtigen Zeit, dann wäre er heute ein gefragter Photograph.

Der Erbsenverweigerer war vor die Tür getreten, die Frau folgte ihm nach kurzem Zögern. Durch das Milchglas der Schwingtür konnte Daldossi erkennen, wie sich die beiden vor dem Lokal stritten. Als er sie wenig später auf dem Campo dei Santissimi Apostoli wiedersah, ging die Frau schweigend hinter dem Mann her.

Daldossi schritt an der Kirche vorüber und bog in eine Gasse ein, die sich schon bald zu einem kleinen Platz öffnete. Er rekonstruierte in Gedanken die Wegbeschreibung des Kellners aus der Bahnhofsbar, aber das *Geradeaus* bereitete ihm in Anbetracht der vielen verwinkelten Gassen Schwierigkeiten.

In manchen Häusern brannte Licht, und die Läden waren noch nicht zugezogen. Jetzt lag Marlis wohl in einem großen gußeisernen Bett mit einem teuren Überwurf von Frette. War es das, was sie insgeheim erträumt hatte? Alte Stiche an den Wänden? Silberbesteck? Kissen mit venezianischer Spitze? Muranolüster an den Decken?

Oder breitete sich auch bei Domenico Schimmel in den Ecken des Badezimmers aus wie ehemals bei Rita?

Daldossis Vorstellungen wanderten von einem gut beheizten Salotto mit teuren Teppichen zu einer kleinen Küche, an deren Decke sich ein Wasserfleck ausbreitete. Die erhellten Fenster machten ihn mutlos, wenn er dahinter teure Gemälde zu erkennen glaubte. Dann sah er seine Marlis an einem langen Mahagonitisch sitzen und ihrem Domenico zulächeln, während die Hausangestellte das Essen auftrug. Kotzbrocken. Da stimmte doch etwas nicht. Hatte sie das nicht begriffen? Ein Mann im Alter von Domenico war nicht ohne Grund frauenlos.

Daldossi schaute sich um. Er brauchte noch einen Schluck, bevor er in die Nähe des Hauses kam.

Der Himmel war schon dunkel. Bruno Daldossi sondierte seine Umgebung, als säße er mit den GIs oder mit den Tschetschenen in Deckung, als gelte es für die Soldaten, rechtzeitig den Kopf einzuziehen oder im richtigen Moment zu schießen. Er nahm jedes Detail wahr, speicherte jede Hausnummer. Erst bewegte er sich in einer Gegend, wo die Häuser Nummern um die 4400 hatten, dann wiederum geriet er in Gassen mit Hausnummern um die 5400.

Daß jetzt nur nichts Unvorhergesehenes geschah. Daldossi

durfte nicht die Kontrolle verlieren. Durfte nicht auffallen. Spiel ich eben einen Touristen. Er holte die Kamera hervor. Dahinter konnte man sich verstecken, das wußte Daldossi nur zu gut. Er bückte sich nach seiner Tasche, als ihm ein Mann entgegenkam, der Domenico hätte sein können. Einmal drehte sich Daldossi zu einem Schaufenster hin und lächelte, als er bemerkte, daß darin Grabsteine ausgestellt waren. In diesem Viertel hatten sich Bestattungsunternehmen niedergelassen, die Friedhofsinsel konnte nicht weit sein. Die Toten hatten Marlis auch hier wieder eingeholt. Das hatte sie nun davon.

Je näher Daldossi der Nummer 5304 kam, desto ärmlicher sahen die Häuser aus. Domenico schien keiner angesehenen Patrizierfamilie zu entstammen. Hier fehlten Paläste mit Marmorfassaden und eigener Anlegestelle vor dem Portal. Hier gab es nicht einmal einen Kanal.

Er war der gesuchten Hausnummer schon sehr nahe gekommen, hätte nur noch nach rechts abbiegen müssen, lief aber erst mal die Calle del Fumo bis an deren Ende.

Auf den Fondamenta Nuove wehte der Wind stärker, er kam von der Lagune her. Vielleicht bliesen Daldossi die Toten ins Gesicht, sie ruhten gegenüber, in dieser quadratischen hochwassersicheren Ziegelsteinfestung, kamen nicht mehr aus ihr heraus, rauchten nachts ihre Zigaretten und unterhielten sich in ihren Sprachen. Und alle verstanden einander. Amerikaner und Russen. Pound und Brodsky. Selbst die monolingualen Italiener konnten endlich mitreden.

Viele Tschetschenen hatten nach den Angriffen geglaubt, daß die Geister bei den jeweiligen Toten waren, sie hatten behauptet, diese zu spüren. Die GIs im Irak hatten ähnliche Vorstellungen gehabt. Jeder Windhauch wurde zur Berührung mit einem Dämon. Männer, die mit Sturmgewehren hantierten, die sich mit Kokain vollpumpten, um ein Gefühl der Unverwundbarkeit zu erreichen, fürchteten sich vor Gespenstern. Männer, die triumphierten, die größenwahnsinnig wurden, wenn die Russen oder die Iraker ihrem Feuer nichts mehr entgegenzusetzen hatten, die ihre Wut über die eigene Angst bis zur vollständigen Zerstörung des Gegners auslebten, die vor Grausamkeiten nicht zurückschreckten, hörten nach dem Ende des Gefechts, wenn die Stille zurückgekehrt war, den Gesang der Geister!

Auch Daldossi gelänge es jetzt, hier am Wasser, das Flüstern zu vernehmen, doch er wollte es nicht hören. Er hätte sich mit dem russischen Dichter über dessen Herzleiden unterhalten können. Sie waren Leidensgenossen, beide Spaziergänger am *Ufer der Verlorenen*.

Venedig sei ein guter Ort für Flitterwochen, hatte der Russe einst geschrieben, aber man sollte ihn auch einmal für Scheidungen ausprobieren. War Daldossi deswegen hier auf dieser naßkalten Insel? Wenn er sich umschaute, bemerkte er nur abblätternden Putz, Wasserflecken an den Hausmauern. Ausgerechnet in dieser Gegend hielt sich Marlis auf, umgeben von niedrigen einfachen Häusern, nahe bei den Toten.

Ich kann das alles nicht mehr ertragen, hatte sie zu ihm gesagt.

Was?

Das abgerissene Fleisch. Die Geköpften. Die verstörten Kinder.

Die zeig ich dir doch gar nicht mehr.

Ich meine nicht die Photos. Man braucht die Bilder gar nicht zu sehen, um zu ahnen, was ein großkalibriges Panzer-MG an Verwüstungen anrichtet. Allein die Begriffe.

Welche Begriffe?

Ach. Panzer-MG, Dragunow, Pumpgun, Kalaschnikow und so weiter.

Sie hatte an ihm vorbeigesehen, mit dem Zeigefinger ihren Mund berührt. Ich will manchmal träumen, hatte sie gesagt.

Kannst du ja.

Nein. Du bist ein Traumvernichter.

Ein andermal hatte Marlis ihm vorgeworfen, er würde seine

Energie und seine Konzentration lediglich dafür verwenden, die Wirklichkeit in Bilder zu verwandeln. Er verstehe es gar nicht, die Wirklichkeit als Wirklichkeit zu leben, seine sei immer nur ein Nacheinander der Bilder, die er im Kopf habe.

Ich bin auch nur ein Bild in deinem Kopf, hatte sie gesagt. Schau sie dir doch an – all diese Portraits von mir. Sie hatte den Deckel von der Schachtel genommen und die Photos auf den Tisch gekippt, Bilder von früher, von der ersten bis zur späteren Verliebtheit. Vom ersten Glück bis zur Gewöhnung.

Und, hatte sie ihn angeschrien, kannst du mich hier etwa fühlen oder gar hören? Sie hatte ein paar Bilder in die Hand genommen und daran gerochen. Bin das etwa ich? Ist das alles?

In der *Bar Al Cupido* verkaufte ein Schwarzer Feuerzeuge. Er hatte nichts bei sich als ein paar bunte BICs. Daldossi beobachtete den Mann durch die Tür. Er war erfolglos. Die Touristen schüttelten den Kopf, der Kellner winkte ab. Also ging er wieder.

Ein Schiff legte an, ein anderes pflügte beinahe lautlos durch das dunkle Wasser.

Mali, sagte der Mann, nachdem Daldossi ihn nach seiner Herkunft gefragt hatte. Er war vor den Tuareg-Rebellen geflüchtet. Die Stationen: Niger, Libyen, Lampedusa, Rom, Venedig. Er wolle zu seinem Bruder nach Frankreich.

Mit diesen hier? Daldossi zeigte auf die BICs.

Der Malier sah ihn verständnislos an, zog die Schultern in die Höhe und runzelte die Stirn. Borse, sagte der Mann. Wenn Daldossi wolle, könne er ihm morgen Taschen verkaufen.

Ich brauche keine Taschen, sagte Daldossi. Er kaufte ihm zwei Feuerzeuge ab, gab ihm zehn Euro. Buona fortuna.

Glück ist die Lücke im Schicksal, durch die einer durchrutschen konnte.

Als das Fährschiff die Anlegestelle verließ, klatschten die Wellen gegen die Fundamente. Fondamenta Nuove, Neue Ufer.

Warum wohnte sie nicht in der Nähe der Fondamenta agli Incurabili? Bei den Unheilbaren, wie er selbst einer war? Daldossis Hände waren feucht. Die Träger der Reisetasche verursachten ein lästiges, dauerhaftes Ziehen. Er ging in die Bar, setzte die Tasche ab und bestellte zu trinken, denn er mußte sich sammeln, ehe er vor Marlis trat. Er würde einfach an der Haustür klingeln und sie bitten, für einen Augenblick herunterzukommen. Erst für einen Augenblick, dann für ein Leben.

Nach all den Turbulenzen, die den Gleichgewichtssinn im Innenohr derart gereizt hatten, daß Johanna schwindelig geworden war, hatte der Pilot die Maschine auf der schmalen Landzunge zwischen Wasser und Felsen, zwischen Mare Tirreno und Montagna Longa, auf die Piste setzen können. Johanna hatte geglaubt, das Flugzeug rase ins Meer, dann – als die Gefahr gebannt schien –, es donnere nun gegen die roten Felsen, doch weder das tiefblaue Wasser noch die Montagna Longa waren zum endgültigen Hindernis geworden. Ihr halblauter Angstschrei war von einem *O dio mio!* ihrer Sitznachbarin übertönt worden. Die hatte sich das Taschentuch vor den Mund gehalten.

Nachdem die Maschine gelandet war, erzählte die Signora, daß die Tante ihres Cousins bei dem Flugzeugunglück am 5. Mai 1972 ums Leben gekommen sei. Damals sei der Flieger an der Felswand zerschellt. Und sechs Jahre später, einen Tag vor Weihnachten, sei ein Flugzeug ins Meer gerast. Punto Raisi werde von den Piloten *La trappola d'Europa* genannt, *Die europäische Falle.*

Dieses Mal sind wir ihr entkommen, hatte die Signora gesagt und Johanna einen Kaugummi angeboten. Vermutlich seien nicht die richtigen Leute an Bord gewesen, hatte sie ihr ins Ohr geflüstert. Der gute De Gregori habe damals sein Ticket verfallen lassen und so überlebt.

Sie wisse nicht, wer De Gregori sei? Schon hatte die Signora ein Lied angestimmt, das der Cantautore seiner Lebensgefährtin gewidmet hatte, die in dieser Unglücksmaschine gewesen war. *Buonanotte fiorellino … Gute Nacht, kleine Blume …*

Sie solle das nächste Mal einen Platz über den Tragflächen buchen, da ruckele es am wenigsten. Und Ingwer kauen, der sei besser als Kaugummi.

Und dann hatte sie noch die Geschichte von Giovanni Falcone zum besten gegeben, der mit seiner Frau auch hier gelandet sei und kurz darauf – sie wisse schon.

Die Geschichte, hatte Johanna geantwortet, kenne sie. Nach ihm und Borsellino sei ja auch der Flughafen benannt.

Ein Glück, daß die Frau während des Fluges geschlummert hatte. Johanna fragte sich, ob sie unter Drogen gestanden und ein Mittel genommen hatte, das ihr trotz heftiger Turbulenzen einen ruhigen Schlaf bereitet hatte.

Sie sei Sizilianerin, sie hätte nie zugelassen, daß man einem Flughafen den Namen von Mafia-Opfern gebe. Das bringe Unglück.

Unter uns gesagt: Die Falle wird wieder zuschnappen! Und wenn sie nicht zuschnappt, heißt das nicht – die Signora hatte im Zubringerbus wieder zu flüstern begonnen –, daß sie ausreichend ermitteln. Eine geschwächte Cosa Nostra? Niemals.

Ob sie hier Ferien mache. Kinder habe. Wo sie übernachten werde.

Johanna war vorsichtig gewesen, hatte nichts gesagt. Ein paar Tage ausspannen, das wolle sie.

Der Flughafen war voll von Menschen. Johanna bestellte an der Bar ein Reisbällchen, das mit faschiertem Fleisch und Erbsen gefüllt war, aber es schmeckte merkwürdig.

In der unteren Etage, in der die kleinen Fluglinien ihre Gates hatten, saßen etliche Passagiere auf dem Boden. Kleinkinder quengelten. Den Einheimischen, die auf die Inselflüge nach Pantelleria und Lampedusa warteten, sah man ihre Armut an.

Einige übergewichtige Männer trugen Trainingshosen, anderen fehlten Zähne. Sie reisten entweder mit Koffern aus chinesischen Billigläden oder mit festeren Einkaufstaschen, aus denen Jacken, Schuhe und notdürftig verschnürte Eßpakete hervorlugten. Die meisten schienen einander zu kennen. Johanna fühlte sich verloren neben diesen Männern, die zu mehreren in ein Magazin namens *Volante* schauten und über Autopreise diskutierten. Hin und wieder klopfte der attraktivste unter ihnen mit dem Zeigefinger auf ein Bild, das Johanna nicht sehen konnte.

Elisabeths letzter Gefährte hätte sich gewiß auch über das Hochglanzmagazin gebeugt. Eine Isetta hatte Giustiniano besessen, einen Sportwagen, den er sich Mitte der sechziger Jahre von einem Totocalcio-Gewinn gekauft hatte. Lange war der Wagen nicht in seinem Besitz geblieben.

Johanna hatte den Namen Isetta als Verkleinerungsform von Isa interpretiert, sie hatte erst geglaubt, Giustiniano spreche von seiner früheren Frau, so zärtlich hatte er ihn ausgesprochen.

Allein die Vorstellung von dem jungen Giustiniano, der mit dem schnittigen Iso Rivolta die Küste entlanggefahren war, mußte Elisabeth in freudige Erregung versetzt haben. Sie war anfällig für Träumereien gewesen, ihre Form von Neugierde auf das Leben. Vermutlich hatte Elisabeth gehofft, daß Giustiniano irgendwann mit ihr diesen Teil der italienischen Westküste abfahren und ihr die Orte seiner Kindheit zeigen würde. Amalfi. Positano.

Auch wenn es ungewiß war, ob der ehemalige Pizzabäcker überhaupt noch aus Salerno herausgekommen war, weil ihm der Sportwagen schon wenige Tage nach dessen Kauf gestohlen worden war, hatte Elisabeth von diesen möglichen Ausfahrten gesprochen, als hätten sie tatsächlich stattgefunden, als sei sie selbst dabeigewesen. Ausgerechnet in diesem Modell, das Ferrari und Maserati das Fürchten gelehrt haben soll.

In den letzten Tagen ihres Lebens erweckten diese Träumereien den Anschein einer Lebensverlängerung. Jede Vorstellung war ein kleines Stück Zukunft gewesen. Alles hatte ihrem wachsenden Verlangen nach Zerstreuung gedient.

Sie hatte unter Morphium zu fabulieren begonnen, war sogar mit Vittorio Gassmann und Jean-Louis Trintignant im Auto unterwegs gewesen, hatte Meeresluft geatmet und gelacht.

Es sei ein Glück für Giustiniano gewesen, daß sich die Mafia die Isetta unter den Nagel gerissen habe, hatte Elisabeth in einem lichteren Moment gesagt, denn die Welt sei voller Bruno Gassmanns, die an gefährlichen Stellen überholten und andere damit ins Verderben führten.

Er heißt Vittorio, Mama.

Im Film heißt er aber Bruno.

Welchen Film meinst du?

Da war sie schon wieder eingeschlafen, ganz zerzaust, als hätte der Fahrtwind ihre Haare durcheinandergebracht.

Neugier sei die schönste Gier, war einer ihrer Lieblingssprüche gewesen. Sie könne sogar andere Laster wie die Habgier oder die Raffgier vergessen machen. Neugierde, hatte Elisabeth gesagt, bringe einen der Verwirklichung von Träumen näher.

Ja, dachte Johanna, aber sie hat uns auch aus dem Paradies vertrieben.

In der Maschine kam sich Johanna wie bei einem Familienausflug vor, nur daß sie nicht Teil des Inselclans war. Wo waren all die Carabinieri, Digos und anderen Männer der Küstenwache und Finanzpolizei, von denen Ditha gesprochen hatte? Fand im Augenblick kein Wechsel statt? Es waren sogar Plätze frei.

Hinter Johanna saßen zwei junge Männer mit ihrem Großvater. Vielleicht hatten sie ihn aus einem Krankenhaus in Palermo abgeholt. Oder sie waren mit ihm bei seiner Frau gewesen, hatten ihre Großmutter besucht, für deren Leiden das *Poliambulatorio* auf der Insel nicht genügend ausgestattet gewesen war.

Auch in diesem Miniflugzeug zeigte die Stewardess mit eingeübten Bewegungen, wie sich die Passagiere im Notfall zu verhalten hatten.

Und wenn die Sicherheitsmaske nicht herunterfiele, nur die des Nachbarn? Wenn dichter Qualm den Blick auf den Leuchtstreifen im Kabinenboden verschwimmen ließe, die Augen tränten? Die Mitreisenden einen niedertrampelten? Über die Sessel kletterten? Zum Beispiel die jungen Herren hinter Johanna? Würden sich die beiden noch um ihren Großvater kümmern, wenn es darum ginge, möglichst schnell das Flugzeug zu verlassen?

Johanna blickte zwischen den Kopfstützen nach hinten. Der Alte strich sich über das schlecht rasierte Kinn.

War er ein Fischer, der nicht nur Meeresgetier, sondern auch Flüchtlinge aus dem Wasser geholt hatte? Oder der Inselbäcker? War er als Kind schon auf Lampedusa gewesen, als die Alliierten die Insel eingekreist hatten? Konnte er sich noch an die Flugzeuge erinnern, die auf der nackten Erde gelandet waren und riesige Staubwolken aufgewirbelt hatten? An die nächtliche Dunkelheit? Die Zeit vor der Elektrifizierung? Wie alt mochte er 1951 gewesen sein? So alt wie jetzt seine Enkel?

Ditha hätte jetzt ein Gespräch begonnen und erste wichtige Kontakte geknüpft, und sie hätte in dem Alten bestimmt den Sohn eines Verbrechers vermutet, wenn sie keine oder wenig Auskunft über dessen Familiengeschichte erhalten hätte. Ab 1872 war die Insel als Verbannungsort genützt worden, man hatte politisch unangenehme Menschen, aber auch Kriminelle und Mafia-Leute hierhergebracht.

Johanna schloß die Augen, es war ein ruhiger Flug. Nach den Turbulenzen über Mittelitalien hatte sie mit weiteren Schlechtwetterfronten gerechnet. Sie schlief ein, erwachte während des Landeanflugs.

Der Alte wollte auf die Toilette; die Stewardess verbot ihm aufzustehen. Einer der Enkel erklärte der Flugbegleiterin, der Großvater werde sich anpinkeln, wenn sie ihn nicht ins WC ließe. Die Stewardess blieb hart.

Es geht ihm schlecht, sehen Sie das nicht? Der Enkel war aufgestanden, zeigte auf seinen Großvater.

Der Alte rutschte auf seinem Sessel hin und her, er war nicht angeschnallt.

Johanna sah auf das schwarze Meer hinaus.

Kaum hatte die Maschine aufgesetzt, erhob sich der Alte und ging torkelnd Richtung Cockpit.

Der jüngere Enkel hielt ihn am Arm, sonst wäre der Alte bei dem abrupten Bremsmanöver hingefallen.

Die Flughafenhalle sah neu aus: Marmorboden, himmelblaue Stellwände vor der Sicherheitskontrolle, graue, pulverbeschichtete Metallsessel. Es gab zwei Gates, was Johanna erstaunlich fand für eine Insel mit weniger als 6000 Einwohnern.

In der Empfangshalle gab es eine Bar und ein Geschäft, in dem T-Shirts mit Schildkröten-Logo verkauft wurden.

Die Insel, hatte Bruno im Taxi nach Schwechat erzählt, mache ein riesiges Theater um die wenigen, letzten Meeresschildkröten, welche sich noch nicht in den Fischerei-Schleppnetzen verfangen und noch keine Angelhaken geschluckt hätten.

Einmal sollen sogar Schildkröten am Flughafen durchleuchtet worden sein, weil der Röntgenapparat des Schildkrötenzentrums kaputtgegangen sei.

Die Fischer hätten inzwischen gelernt, mit dem Schildkrötenzentrum zu kooperieren, sie brächten die Tiere zum Hafen, wo sie von Tierpflegern abgeholt würden.

Woher hast du das?

Seine Freundin sei Zoologin. Exfreundin, hatte Bruno sich leise verbessert.

Marlis habe schon die Karettschildkröten auf Zakynthos

retten und alle Badegäste auf den Mond schießen wollen, die sich auch nur in der Nähe jenes Strandes aufhielten, wo die Tiere ihre Eier im Sand versteckten.

Johanna hatte Bruno widersprechen wollen, aber Bruno war nicht zu bremsen gewesen.

Ausgerechnet auf Lampedusa, das kein richtiges Krankenhaus besitze, gäbe es Operationssäle und eine Intensivstation für Schildkröten, sagte Bruno.

Es wäre sinnvoller, das Wanderverhalten von hungernden und politisch verfolgten Migranten zu erforschen, statt die Routen dieser Karett- und Suppenschildkröten zu analysieren und auf den Niststränden zu patrouillieren, um den Bestand zu sichern. Artenschutz! Wenn er dieses Wort schon höre.

Auf einer Insel im Oman, den Namen habe er vergessen, legten 30 000 Meeresschildkröten jedes Jahr ihre Eier in den Sand. Also bitte, hatte Bruno gesagt und dann das Thema gewechselt. Er wollte wissen, wovon Henrik jetzt lebte. Wohl kaum von seinen Heldengeschichten.

Als Johanna ihm erzählt hatte, daß Henrik ein größeres Erbe zugefallen sei, hatte Bruno kurz gelacht. Dieses unfröhliche Auflachen hatte sie irritiert.

Ein gewisser Giulio holte Johanna vom Flughafen ab.

Ich dachte, Sie seien zu zweit.

Hatte das Büro zwei Zimmer gebucht? Kam die Pasqualotto nun doch?

Johanna ging hinter dem Fahrer her; er trug dünne Jeans, ein kurzärmliges T-Shirt. Erst bei der Betrachtung seiner Kleidung wurde Johanna bewußt, daß es warm war.

Giulio verstaute Johannas Koffer im Gepäckraum seines Jeeps.

Journalistin?

Nein. Ihr gefiel sein Tonfall nicht.

Eine junge, dunkelhaarige Italienerin umarmt ihren Mann, der im September 2009 bei einem Selbstmordanschlag der radikal-islamischen Taliban gegen einen Konvoi im Osten Kabuls schwer verletzt worden ist. Der Italiener hat zur Internationalen Schutztruppe gehört und ist mit anderen UN-Soldaten auf dem Weg zum Flughafen gewesen. Der Mann, von dem nur der Rücken und der Hinterkopf zu sehen sind, trägt ein Unterhemd mit Feinripp, Nacken und Kopf sind vernarbt und deformiert. Die junge Frau hält ihn umschlungen, ihre Hände hat sie über seinen Rücken gefaltet. Sie trägt eine weiße Bluse, hat hell lackierte aufgeklebte Fingernägel. Der Hintergrund besteht aus dem unscharf aufgenommenen Mobiliar eines kleinbürgerlichen Wohnzimmers. Neben dem Fernsehbildschirm liegt ein Stapel gebügelter Wäsche.
Zu Hause in Lecce. *Schwarzweißphotographie, Lecce/Apulien, 2.3.2010, veröffentlicht 2010 in War and suffering, Katalog zur gleichnamigen Ausstellung in der Galerie Klick.*

Der Mann neben Daldossi zog etwa zwanzig Münzen aus seiner Hosentasche und stapelte sie der Größe nach zu einem Turm. Daldossi nahm sein Glas von der Theke und trat vor die Bar. Der Mann war ihm unangenehm, obwohl er nichts Auffälliges an sich hatte.

Daldossi trank schluckweise seinen Cognac. Er umspülte sein Zahnfleisch, die kräftigen Schlucke glätteten das Gesicht, ließen seine Hände zur Ruhe kommen. Es schien Daldossi, als flachten auch die Bugwellen hinter den Fährschiffen schneller ab und als pendelten sich die Lichter auf angenehme Schaukelbewegungen ein.

Das Bild von den aufgetürmten Münzen ließ ihn nicht mehr los, gleichzeitig blickte Daldossi auf die Lagune, die damals, in einem kalten Winter in den achtziger Jahren, mehrere Tage zugefroren gewesen war – ein seltenes Schauspiel. Schultheiß hatte später von dem dicken Eis auf der Alster erzählt, das sogar Autos getragen habe.

Wenn sich Daldossi umdrehte, sah er noch immer den Münzenturm auf der Theke. Die Lust, die penible Ordnung mit einer Handbewegung zu zerstören, war groß.

Es war aber weniger der Stapel, der Daldossi störte, weniger der Spieltrieb dieses müde erscheinenden Mannes, der seine ganze Konzentration auf den Turm vor ihm gerichtet hatte, sondern die Erinnerung, die allmählich in Daldossi hochkam. Mit jedem weiteren Schluck Cognac sah er sie deutlicher vor sich: Er war in Falludscha gewesen, als die US-Marines Phosphorbomben eingesetzt hatten. Wo die Artillerie nicht hingereicht hatte, sollten die feindlichen Kämpfer mit Bomben aus ihren Verstekken getrieben werden. Daldossi durfte damals nicht photographieren, die hatten keine Bilder von Verbrannten veröffentlicht sehen wollen, hatten stur behauptet, sie hätten die Rauchbomben nur als Täuschungsmanöver und zum Zwecke der Verdunkelung und Vernebelung eingesetzt. Aber nach dieser *Operation* war Daldossi mit einem Marine zusammengesessen, der nach einer halben Flasche Whiskey von verbrannten Körpern geredet hatte. Und nach einer weiteren halben Flasche war er derart angetrunken gewesen, daß er über die fehlenden Nutten zu jammern begonnen hatte. Nichts zum Ficken in Islamistan, hatte er gesagt.

In Vietnam habe es Nutten *in Hülle und Fülle* gegeben.

Aber du bist doch nicht in Vietnam gewesen.

Ich nicht, aber mein Onkel.

Und dann hatte er eine Geschichte erzählt, die Daldossi nicht hatte glauben können, die er nicht einmal Marlis zur Gänze weitererzählt hatte, obwohl Marlis immer für ihn dagewesen war, sogar mitten in der Nacht, wenn er nicht mehr hatte schlafen können.

In Vietnam hätten sich die Nutten neben den Kasernen

niedergelassen, es habe Nutten für die Weißen und solche für die schwarzen Marines gegeben. Wenn eine für die weißen Marines vorgesehene Nutte mit einem Schwarzen gebumst habe, sei sie erschossen worden.

Und dein Onkel hat zugesehen?

Sein Onkel sei nicht einverstanden gewesen. Das habe aber keinen interessiert. – Ich würde meine Fatima hier auf Händen tragen, selbst wenn sie vorher von zehn Niggern durchgefickt worden wäre!

Daldossi ging zurück in die Bar und holte sich ein neues Glas Cognac. Der Münzenstapel stand unbeschadet auf der Theke. Vielleicht war der Mann an der Bar ein Zwangsneurotiker, denn er war jetzt damit beschäftigt, mit dem gestreckten Zeigefinger die Münzen exakt übereinander in Position zu bringen.

Daldossi trat neuerlich vor die Bar und erschrak, als er in einer Frau, welche in diesem Augenblick das Vaporetto verließ, Marlis zu erkennen glaubte.

Wir sind alle angespannt, weil wir nichts zu ficken kriegen, hatte der Marine in Falludscha gesagt.

Trinken entspannt auch.

Schon. Sein Onkel sei öfter in eine Spelunke gegangen, in der die Nutten auf den Tischen getanzt hätten. Ohne Höschen, versteht sich. Und die Marines hätten Münzen aufgetürmt. Und die Nutten hätten sich auf die gestapelten Münzen draufgesetzt. Und was in der Möse geblieben sei, hätte am Ende den Frauen gehört. Und –

Daldossi kippte den Rest seines Cognacs runter. Auf der Wasseroberfläche spiegelte sich der Himmel. Weiter draußen war das Meer dunkler als in der Nähe der Fondamenta Nuove.

Bis hierher hatte er Marlis die Geschichte erzählt. Er hatte sogar einmal überlegt, Münzen zu sammeln, sie zu waschen und Bredica zu bitten, sich auf so einen Turm zu setzen – nicht, weil ihn das erregt hätte, sondern weil er gerne ein solches Photo geschossen hätte. Ein Vietnam-Photo, das keines war. Und weil er wissen wollte, ob dieses Spiel funktionierte.

Er hätte Bredica die Geschichte erzählen müssen, doch die wollte er auch ihr nicht zumuten.

Ohne eine Erklärung hätte die Rumänin ihn aber für pervers gehalten. Es war Daldossi immer wichtig gewesen, im Rahmen zu bleiben.

Er stellte das Cognacglas auf dem Boden ab, fast hätte er beim Bücken das Gleichgewicht verloren. Er zündete sich eine Zigarette an und hockte sich auf seine Reisetasche.

Beim Klassentreffen hatte Charlotte von der Tochter einer Freundin erzählt, die bei der Anatomie-Prüfung gefragt worden war, ob es sich bei der Muskulatur der Scheidenwand um eine willkürliche oder unwillkürliche Muskulatur handele. Um eine willkürliche, hatte die angehende Medizinstudentin gesagt.

Na, dann klatschen Sie mal, hatte der Professor geantwortet.

Vielleicht hatten die Vietnam-Nutten in ihrer Freizeit geübt.

Der US-Marine in Falludscha war ein starker Raucher gewesen. Er hatte Daldossi sein Zippo gezeigt, das er von seinem Onkel geschenkt bekommen hatte. *Wenn du meine Leiche findest. Fuck you!* hatte der Onkel eingravieren lassen. Das Feuerzeug habe den Vietnamkrieg überstanden, jetzt werde es auch den Irak-Krieg überstehen, hatte der Marine gesagt und wieder zur Whiskey-Flasche gegriffen. Auf die *Zippo-Mission*!

Welche *Zippo-Mission*?

Wir werden sie alle abfackeln!

Mit Phosphorgranaten?

Der Marine hatte nicht reagiert, war schon zu betrunken gewesen. Daldossi erfuhr, daß Zippos unter den Vietnam-Soldaten beliebt gewesen waren, daß die Mär ging, ein Zippo in der Brusttasche habe einem Soldaten das Leben gerettet, weil die Kugel an dem metallischen Quader abgeprallt sei. Die Zippos hätten immer funktioniert, selbst im feuchtwarmen Klima, und man habe sie leicht nachfüllen können, indem man sie, an einem Draht befestigt, in einen Panzer- oder Flugzeugtank getaucht habe.

Die Amis hatten mit Zippos die Hütten der Vietcong in Brand gesetzt, sie hatten alles zerstört, was nach Partisanenverstecken ausgesehen hatte. War diese *Zippo-Mission* gemeint?

Oder die andere, die er dann zum besten gegeben hatte?

Ficken, ich will ficken, hatte er gerufen, bevor er wieder von den Vietnam-Nutten seines Onkels zu sprechen begonnen hatte.

Daldossi drehte sich um, der Münzenturm stand unverändert auf der Theke, er war sogar etwas höher geworden, weil der Mann ein neues Bier bestellt hatte.

Jener Onkel hatte in der Spelunke, in der die Vietnam-Nutten getanzt hatten, nicht bemerkt, daß ein Marine mit seinem Zippo die Münzen heiß gemacht hatte. Der hatte sich an der unbesetzten Theke über den Münzenturm gebeugt und die Dollars – oder waren es Dongs gewesen? – zum Glühen gebracht und dann die erstbeste Frau, die in seine Nähe gekommen war, aufgefordert, sich draufzusetzen.

Selbstvergessen griff Daldossi nach seinem abgestellten Cognacglas. Er wollte noch einen Schluck nehmen; es war leer. Gerne hätte er weiter daran genuckelt, mit der Branntweinzunge seine Lippen befeuchtet. Noch einen bestellen?

Er mußte zu Marlis.

Einmal hatten sie während eines gemeinsamen Urlaubs irgendwo an einer europäischen Küste aufs Meer hinausgeschaut. Ein stiller Moment. Sie lagen allein auf zwei zusammengeschobenen Liegestühlen, unter ihnen der glattgezogene, gesäuberte Sand. Die Leute waren beim Abendessen gewesen. Marlis hatte von den Farben des Meeres zu schwärmen begonnen.

Das Wasser wäre so dunkel, hatte Daldossi gesagt, weil sie beide am Ufer nur das Licht zu sehen bekämen, das auf die ihnen zugewandte Wellenseite falle. Das Licht, das auf die Rückseite der Wellen einstrahle, wäre verloren.

Warum verloren, hatte sie gesagt. Das auf der Rückseite sei doch für die Menschen am gegenüberliegenden Ufer.

Saß er noch in der Maschine? Bruno war zwar später abgeflogen, aber jetzt müßte er längst in Venedig gelandet sein. Johanna versuchte es noch einmal. Das Mobiltelephon war eingeschaltet, Bruno reagierte nicht. Wahrscheinlich war die *private Friedensmission* erfolgreich.

Johanna war umgezogen. Das Zimmer, welches das Redaktionsbüro für sie hatte reservieren lassen, ging nach hinten raus, das WLAN funktionierte nicht.

Nun wohnte sie einen Stock tiefer und sah auf den alten Hafen. Der Netzempfang war in der Nähe der Balkontür stark genug, um Informationen abrufen und Nachrichten empfangen und versenden zu können. Sie hatte die Tür geöffnet; die gelbe Markise flatterte im Wind.

Johanna befand sich in Afrika, obwohl sie in Italien war. Lampedusa ruhte auf der afrikanischen Kontinentalplatte, und die geduckten einfachen Häuser mit ihren flachen Dächern auf der anderen Seite des Hafens sahen aus, als stünden sie in Tunesien oder Algerien. Einige waren unverputzt und erdfarben. Die orangefarbene *Pescheria* und das dunkelrote *Centro Vela* fielen sofort auf. Von einigen Fischkuttern konnte Johanna die Namen ablesen: *Flavia*, *Alice*, *Francesca madre*, *Sibilla*, *Maria-Elisabetta Candida*, aber auch *Charone*.

Johanna hatte den von Michelangelo gemalten monströsen Alten vor Augen, der in der Sixtinischen Kapelle am Tag des Jüngsten Gerichts die Verdammten mit einem Stock aus seinem Boot in die Hölle treibt. Ein Charon mit Teufelsohren und krallenhaften Zehen.

Die meisten Boote trugen den Namen der Mutter oder Ehefrau, der Tochter oder – seltener – der Geliebten. Ein Fischer in Apulien hatte Johanna erklärt, daß man den Namen eines Bootes oder Schiffes niemals verändern dürfe, auch wenn der Besitzer wechsle oder die persönlichen Verhältnisse andere geworden seien. Neue Namen brächten Unglück. Und schon hatte der Mann die Geschichte von einem Fischer erzählt, dessen Kutter *Onda di luna, Mondwelle,* geheißen habe. Der Sohn habe diesen Namen nicht leiden können. Nachdem er den Fischkutter nach der Haarfarbe seiner Freundin umbenannt habe, sei er in einer Vollmondnacht gekentert. *La biondina* habe ihm auch sonst kein Glück gebracht.

Blondchen. Johanna warf einen Blick in den Spiegel, während sie ihre Toilettensachen auspackte. Sie betrachtete die hängenden Lider und ihre fahle Gesichtsfarbe. Heute würde sie früh ins Bett gehen und morgen nach den überlebenden Flüchtlingen fragen. Auf dem Weg hierher hatte sie keinen einzigen gesehen, aber auch sonst erschien ihr der Ort wie ausgestorben.

Seit sie Bruno wiedergesehen hatte, mußte Johanna nicht nur an ihn, sondern auch häufiger an Henrik denken und daran, wie schnell sie dessen Artikel über die damaligen Krisenherde, über Tschetschenien und den Balkan beispielsweise, vergessen hatte.

Mit den Bildern war es anders. Wenn sich Johanna noch an Inhalte erinnern konnte, dann weil sie die Photos dazu im Kopf hatte. Ihr fiel die junge Frau ein, die breitbeinig auf einem mit dünnem Plastik überzogenen Bett saß, die Hände in den Schoß gekrallt. Die Sechzehnjährige war aus Srebrenica entkommen, sie hatte ihren Vater und zwei ihrer Brüder beerdigen müssen und wurde von Alpträumen heimgesucht. Johanna sah die festgefrorenen Züge, großen Augen und den zusammengekniffenen Mund, der so aussah, als versuchte er, die brutalen Erfahrungen zurückzuhalten.

Vor ein paar Jahren hatte Henrik ein ausführliches Stadtportrait verfaßt. Johanna erinnerte sich an das Aufmacherbild, an die friedlich wirkenden Hügel, von wo aus die Serben Anfang der neunziger Jahre Sarajevo angegriffen hatten. Selbst von der Anhöhe des jüdischen Friedhofs aus hatten sie auf die Eingeschlossenen gezielt.

Es war einer der letzten Artikel gewesen, die Henrik geschrieben hatte, bevor er seinen Journalistenberuf aufgab. Das zauberhafte, multikulturelle, alte Sarajevo – konnte es überhaupt als europäisches Vorbild fungieren? Sprach der nachfolgende Krieg nicht dagegen? Und wie lange würde das gutgehen: Burkas neben Miniröcken, strenge Muslime neben Homosexuellen?

Johanna dachte an den Tunnel aus Brettern und Holzpfählen, der während der Belagerung Sarajevos von der Stadtbevölkerung gebaut worden war. Über ihn flüchteten die gefährdeten Menschen an einen nichtbelagerten Vorort Sarajevos und deckten sich dort mit Nahrungsmitteln und Medikamenten ein. Einer hatte eine Kuh in die Stadt bringen wollen, aber das Tier war zu breit für die geheime Unterquerung gewesen. Also pinselte der Mann *UNO* auf deren Rücken und trieb sie unter den Augen der Scharfschützen in die Stadt. Mann und Kuh hatten durch diese List überlebt.

Hatte Henrik damals darüber berichtet?

Oder war es Denzel gewesen, kurz vor seinem Tod?

Henrik und Denzel hatten sich Anfang der neunziger Jahre in Hamburg kennengelernt. Denzels Freund, ein Österreicher, der gelegentlich Bilder für das deutsche *Estero* gemacht hatte, war mit einem Photo-Preis ausgezeichnet worden. Ein Zimmer an der Front war abgebildet gewesen, eine Wand voller Granateinschläge. Auf dem Bett, dessen Kopfende die durchlöcherte Wand berührte, lag eine ausgezehrte, schlecht gekleidete Frau, die an ihrer entblößten Brust ein Kind säugte, kein Baby, sondern einen vierjährigen Buben, dem ein Arm fehlte.

Johanna war erst nach der offiziellen Preisverleihung zur Feier dazugestoßen. Vorher hatte sie sich mit Ditha *Der veilchenblaue Tod* im Kino angesehen.

An Vorbestimmung hatte Johanna nie geglaubt, aber an jenem Abend hatte Denzel ein veilchenblaues Hemd getragen. Der Titel des Films las sich rückwirkend wie ein Orakel.

Es sollte Johannas einzige Begegnung mit Denzel bleiben. Wenig später hatte Henrik die Fax-Nachricht *Denzel was killed by a sniper* erhalten.

Johanna hatte geweint.

Du kanntest ihn doch kaum, hatte Henrik gesagt.

In der Nacht nach der Preisverleihung hatten Johanna und Denzel am selben Tisch gesessen. Henrik hatte Johanna seinen Platz überlassen, weil er an den Tisch des Chefredakteurs gewechselt war.

Denzel hatte kaum geredet. Er hatte Johanna angeschaut, ihr fast die ganze Zeit ins Gesicht gesehen.

Erst war es Johanna so vorgekommen, als sähe er durch sie hindurch, aber er war alles andere als abwesend gewesen.

Liebe auf den ersten Blick traf es nicht. Auch nicht *Begehren.* Denzel hatte Johanna mit Blicken in seine Stille geholt. Johanna konnte diesen Ort nicht fassen, nur ahnen. Ihre beiden Leben waren so weit fortgeschritten gewesen, daß sie nicht einfach aufstehen und miteinander etwas Neues hatten beginnen können. Aber darauf wäre es hinausgelaufen, dessen war sich Johanna sicher.

Sie war nach draußen gegangen, er ihr ins Freie gefolgt. Wir werden uns nicht wiedersehen, hatte er nach einem kurzen Spaziergang im Garten gesagt und einmal schnell mit dem Zeigefinger über ihren Nasenrücken gestrichen.

Henrik passe nicht zu ihr, hatte er plötzlich gemurmelt. Als sie hatte wissen wollen, warum er das glaube, war er schweigend vor ihr hergegangen.

Erst als sie beschlossen hatten, in den Speisesaal zurückzukehren, hatte er sie noch einmal mit seinen Fingern an ihrem Handgelenk berührt.

Er geht nicht weit genug, hatte er zu Johanna gesagt.

Aber deswegen lebte Henrik noch. Langsam massierte sich Johanna die Nachtcreme in ihre Gesichtshaut. Wahrscheinlich war auch Bruno einer, der zu weit ging.

Der fünfjährige Emad liegt auf einem blumenverzierten Tuch auf einer Pritsche. Ein Bein ist in eine dicke, dunkelgraue Decke gehüllt, das rechte, viel kürzere, einbandagiert. Der Körper des Jungen ist von dunklen Flecken übersät. Was wie Leberflecken unterschiedlicher Größe aussieht, sind Verletzungen, die der Blindgänger einer Streubombe angerichtet hat. Solche Sprengsätze bleiben oft in Gewässern oder in weichen Sandböden liegen, da sie für Explosionen auf hartem Untergrund gedacht sind. Emads Bruder Laith ist auf den Blindgänger getreten und im «Stahlregen» gestorben; Emad, der in seiner Nähe war, hat den rechten Fuß verloren.
***Emad im «Stahlregen»**, Al-Hillah/Irak, April 2003, veröffentlicht in Estero am 7.4.2003.*

Daldossi hatte sich aufgerafft und war die Calle del Fumo bis zum Ramo del Figo zurückgegangen. Die schmale, ein paar Schritte lange Abzweigung lief direkt auf das Haus zu. Seine Kopfhaut fühlte sich an, als hätte sie sich in ein Nadelkissen verwandelt. Wenn seine Mutter fernsah, lag immer solch ein Kissen auf dem Tischchen vor ihr; sie besserte sich ihre Pension mit gelegentlichen Schneiderarbeiten auf, kürzte Hosen, arbeitete Röcke um.

Du siehst gar nicht hin, hatte er schon öfter zu ihr gesagt.

Sie sehe alles, was sie sehen müsse. Und was sie nicht sehe, höre sie. Die eigenen Bilder seien ohnehin die besseren.

Es war nicht ihre Art, viel zu reden, sie überraschte ihn aber immer wieder mit ihren Bemerkungen und Einsichten.

Jetzt stach es in Daldossis Kopfhaut, er war zu schnell aufgestanden, zu flott gegangen.

Die Läden der Fenster im ersten Stock waren verschlossen, im zweiten Stock brannte irgendwo ein Licht.

Ohne lange zu überlegen, drückte er auf den Klingelknopf. Dann ein zweites, ein drittes Mal. Er setzte sich wieder auf seine Reisetasche, den Rücken gegen die Mauer des Nachbarhauses gelehnt. Er würde hier auf Marlis warten.

Das also war *ihr* Venedig, kein Kanal in der Nähe, das Meer außer Sichtweite. Wenn sie aus dem Fenster blickte, waren Dächer und feuchte, vom Salz zerfressene Fassaden zu sehen. Ein paar kreischende Lachmöwen. Spatzen. Immerhin Himmel. Das Haus ragte höher auf als die anderen. Sonnenlicht.

Johanna hatte ihn angerufen. Daldossi sah es erst jetzt. An den Fondamenta Nuove hatten die Geräusche der anlegenden Fähren das Klingeln des Mobiltelephons überdeckt. Er würde sie später zurückrufen, Marlis könnte jeden Moment kommen.

Und wenn sie nicht kam?

Die Zeit verging. Hie und da hörte Daldossi Schritte, das Klappern von Stöckelschuhen, Gesprächsfetzen von Passanten, die zu den Vaporetti eilten, um nach Feierabend Murano oder Burano zu erreichen.

Mit dem Warten kamen die Zweifel. Marlis war die einzige Frau, die ihn hatte festhalten können. Und die Sprache war ihnen füreinander nie ausgegangen. Er hatte die schweigsamen Paare nie verstehen können, die immer dicker wurden, weil sie die Worte mit dem Essen hinunterschluckten.

Sie wird zu dir zurückkehren, hatte Paul Vogel gesagt. Daldossi würde ihm gerne glauben. Allein der Gedanke an dieses Versprechen wirkte für ein paar Sekunden wie ein doppelter Cognac.

Dann folgte die Ernüchterung. Daldossi brauchte nur an die Schnarchaufnahme und an Domenico zu denken.

Er hatte keine Ahnung, wie viele unterschiedliche Schrittgeräusche er in der Zwischenzeit wahrgenommen und wie oft er gedacht hatte, das sei nun sie. Nachdem fast eine Stunde vergangen war, beschloß er, für Nachschub zu sorgen. Unmöglich, so lange auf dem Trockenen zu sitzen, mit der Feuchtigkeit des Mauerwerks im Rücken.

Der Barmann überließ Daldossi die halbe Flasche Hennessy zum Preis einer ganzen und legte die dreißig Euro nicht in die Kasse, sondern in eine Lade.

Es gibt etwas zu feiern, sagte Daldossi.

Warum rechtfertigte er sich vor dem Mann hinter der Theke? Der Gast mit dem Münzenturm war schon nach Hause gegangen, und die anderen drei Besucher waren vor die Bar getreten, um zu rauchen.

Wenig später saß Daldossi wieder gegenüber dem Eingang. Er zog die Flasche aus der Tasche, nahm einen kräftigen Schluck und steckte sich hinterher einen Kaugummi in den Mund.

Wie sie ging, kein lautes Auftreten, das würde ihre Tiere erschrecken, keine übermäßigen Armbewegungen, alles an Marlis war dezent, dachte Daldossi, nur den Kopf trug sie hoch, was ihr aber Respekt verschaffte. Darauf angesprochen, hatte sie ihre Haltung als Versuch, den Überblick zu behalten, verteidigt. Ich mache mich größer, als ich bin. Ich muß über die Büsche sehen. Über die Zäune.

Der Maschendraht um das Bärengehege war vier Meter hoch. Eine gitterlose Freianlage mit Wasser- und Trockengräben, wie sie in manchen Zoos errichtet worden war, konnten sie sich in Zwettlburg nicht leisten.

Daldossi hatte Marlis' Großmutter ein knappes Jahr vor deren Tod kennengelernt. Sie hatte gewellte, grauviolett schimmernde Haare gehabt und war kerzengerade gegangen. Im Dorf war einmal eine alte Frau stehengeblieben und hatte sich nach Marlis umgedreht. Na so was, der gleiche Gang, die gleiche Kopfhaltung wie die Resi! hatte sie ihr nachgerufen.

Auch sonst bewegte sich Marlis selbstbewußt, hatte im Gegensatz zu Bruno nichts Nervöses, nichts Ruckartiges an sich. Ihre Handgriffe waren überlegt, ihre Körperbewegungen gleitend.

Was hast du?

Ich schau dich an. Diese Ruhe.

Tiere mögen keine Hektik, hatte Marlis gesagt.

Ihre Art zu gehen hatte nichts Anmaßendes. Sie mußte sich nicht zur Schau stellen, mußte sich nicht erhöhen, nicht auftrumpfen. Sarah hingegen tat alles, um nicht übersehen zu werden. Auf der Sommerakademie war sie immer ein paar Minuten zu spät gekommen und hatte klackernde Schuhe getragen.

Daldossis Rücken schmerzte. Er hatte noch nicht darüber nachgedacht, wo er übernachten würde. Was für eine Idee, hierherzufliegen.

Die Armbanduhr und das Mobiltelephon zeigten verschiedene Uhrzeiten an. Daldossi glaubte dem Telephon.

Ein Mann aus einer Erzählung fiel ihm ein, der seine Uhr zu Hause unter dem Kopfkissen vergessen und sich daraufhin eine billige Nickeluhr besorgt hatte, die einmal nachgegangen, dann wieder vorwärtsgaloppiert war und sein ganzes Leben durcheinandergebracht hatte.

Daldossi trug die Armbanduhr seines verstorbenen Vaters. Er trug sie nicht als Erinnerung an ihn, sondern weil seine Mutter die Vorstellung von der Uhr ihres Mannes am Handgelenk ihres Sohnes glücklich machte. Sie hatte sich eingebildet, daß ihn diese aus den sechziger Jahren stammende, aufziehbare Uhr mit dem dunkelbraunen Lederband schützen werde.

Vater habe sie auch nicht retten können, hatte Daldossi zu seiner Mutter gesagt.

Die Zeit, die man ihrem Mann und seinem Vater weggenommen habe, würde man ihm, Bruno, gutschreiben, so hatte sie sich das gedacht.

Man – wer soll das sein?

Hör auf, du Ungläubiger!

Offenbar schien das mit der Gutschrift zu funktionieren. Daldossi lebte noch immer, obwohl er Bilder geschossen hatte, für die er sich in große Gefahr gebracht hatte.

Soviel Glück wie Daldossi konnte man eigentlich gar nicht haben. Kriegsphotographen, die ein höheres Alter erreichten, seien keine richtigen Kriegsphotographen gewesen, hatte Schultheiß einmal gesagt. Daldossi hätte ihm am liebsten die Faust ins Gesicht geschlagen.

Es war still in der Gasse; keine nahenden Schritte. Er nützte die Ruhe, um noch etwas Hennessy zu trinken.

Alles ist noch dran, sagte er sich und klopfte sich mit der flachen Hand auf den Oberschenkel. João Silva riß eine sowjetische Antipersonenmine in Afghanistan beide Unterschenkel weg, zerstörte seinen Unterleib, Harnröhre, Anus, Blase. – Der fickt nicht mehr. Wenn ich nicht mehr ficken kann, will ich nicht mehr leben. Silva geht jetzt auf Prothesen und schluckt Morphium. Ich könnte das nicht.

Daldossi nahm noch einen Schluck, dann verstaute er die Flasche in seiner Reisetasche und steckte sich eine Zigarette an.

Auch so ein Möchtegern-Capa. Aber immerhin noch am Leben.

Silva war ursprünglich Schaufensterdekorateur gewesen. Schildermaler. Hätte er weiter die Auslagen und nicht die Zeitungen dekoriert, er hätte seine Beine noch.

Genau das sind wir: Medienausstatter, Dekorateure für Hochglanzmagazine, billige Mitleidsproduzenten. Daldossi fiel die Zigarette aus der Hand. Als er sie aufhob, verbrannte er sich daran.

Wie Daldossi hatte auch Silva bei einer Lokalzeitung angefangen. Silva hatte die Rotarier bei ihrer Weihnachtsfeier in Johannesburg abgelichtet. Bei Daldossi waren es die betrunkenen Mitglieder des Männergesangsvereins gewesen, die er hatte photographieren müssen. Stille Nacht, heilige Nacht. Und er hatte Bilder von Sportwettbewerben, Geburtstags- und Hochzeitsjubilaren angefertigt. Von Schützenaufmärschen, Vereinsmeiern und Verdienstkreuzträgern.

Aber dann, als Bozen bei den Gemeinderatswahlen im Mai 1985 die faschistischste Stadt Italiens geworden war, als der Movimento Sociale Italiano mit fast 23 Prozent die Democrazia Cristiana überrollt hatte, war Daldossi auf die Idee gekommen, ein paar der kleinen Südtiroler Mussolinis vor die Kamera zu holen. Es war nicht einfach gewesen, junge, gewaltbereite Schläger auszukundschaften, die keine Protestwähler gegen die deutschsprachige Übermacht waren, sondern rassistische Bandenmitglieder. Er hatte die Tragweite des Neofaschismus damals überschätzt. Trotzdem war er nur knapp einer Rauferei entkommen, weil er, ohne sich im Verborgenen zu halten, zwei tätowierte Postfaschisten photographiert hatte, welche die Fahnen mit dem Emblem der brennenden Flamme in die Höhe gehalten hatten.

Silvas Geschichte war besser als seine, dachte Daldossi. Bei der vorweihnachtlichen Hauptversammlung des Rotary Clubs in Johannesburg waren am späten Abend Glückskekse verteilt worden, nicht die mit den Zettelchen und Sinnsprüchen, sondern Cracker, die kleine Figuren enthielten, welche die Zukunft vorhersagen sollten.

In Silvas Keks hatte ein Miniaturmaschinengewehr aus Plastik gesteckt. Kurze Zeit später hatte er für *Reuters* den aufkeimenden Bürgerkrieg in Südafrika dokumentiert und war dann Mitglied des *Bang-Bang-Clubs* geworden, einer Gruppe von Photographen, die gemeinsam die Konfliktschauplätze besuchten. Für *The Bang-Bang-Paparazzi*, wie sie das Lifestyle-Magazin *Living* einmal genannt hatte, galt das Motto: Ein nicht dokumentierter Tod ist ein vergessener Tod.

Zur Gruppe hatten Greg Marinovich und Ken Oosterbroek gehört; letzterer war bei einem Kreuzfeuer zwischen dem African National Congress und den nationalen Friedenstruppen getötet worden. Marinovich war ebenfalls schwer verletzt worden. Silva und der Vierte der Gruppe, dessen Namen Daldossi nicht sofort einfallen wollte – Carter hieß der, wie der Erdnußfarmer und amerikanische Ex-Präsident –, waren zunächst unversehrt geblieben. Unversehrt? Carter war aufgrund von Drogenproblemen aus Südafrika geflüchtet. Und hatte dann den Pulitzer-Preis gewonnen. Daldossi drückte die Zigarette aus.

Keiner bleibt unversehrt.

Bang-Bang. Daldossi zielte mit seiner Fingerpistole auf die Eingangstür gegenüber. In seiner Vorstellung öffnete er mit einem gezielten Schuß die Tür. Bang-Bang. Vermutlich benötigte man für eine solche Aktion ein Sturmgewehr und mindestens zwanzig Schuß. Er sah sich die Treppen hochlaufen, die Wohnungstür eintreten und Marlis entführen.

Nein, keiner bleibt unversehrt.

Carter hatte dann das berühmte Sudan-Photo geschossen, über das sich alle Jahre lang das Maul zerrissen hatten. Ein Aasgeier sitzt hinter einem, auf dem Boden kauernden, fast verhungerten kleinen sudanesischen Mädchen.

Man hatte Carter unterstellt, er habe, um ein besseres Bild zu kriegen, zwanzig Minuten lang vor den beiden gelauert und gehofft, der Geier würde die Flügel ausbreiten. Erst, nachdem nichts passiert sei, habe Carter den Vogel vertrieben, um das Kind zu schützen.

Was für eine Logik. Warum sollte er nach zwanzig Minuten den Geier verscheuchen, wo der doch das Kind gar nicht attackiert hatte?

Silva, der Carter in den Sudan begleitet hatte, der dabeigewesen war, hatte den Vorfall anders erzählt. Sie waren im März

1993 mit einer Maschine der Vereinten Nationen im Südsudan gelandet, um Lebensmittel zu verteilen. Die Mitarbeiter der *Operation Lifeline Sudan* waren mit der Ausgabe von Getreide beschäftigt gewesen; die Photographen, die gerade einmal eine halbe Stunde Zeit gehabt hatten, bevor das Flugzeug wieder abgehoben hatte, waren ausgeschwärmt: Silva hatte nach Guerilla-Kämpfern Ausschau gehalten, Carter war in der Nähe der Hilfsmaschine geblieben. Offenbar hatte ihn das Aussehen der geschwächten, dickbäuchigen Kinder, welche die Mütter während der Nahrungsausgabe kurz allein gelassen hatten, so mitgenommen, daß er stehengeblieben war und nur die Kinder photographiert hatte. Eines davon war dieses Mädchen gewesen, hinter dem ein Aasgeier gelandet war. Carter habe sich, so Silva, langsam genähert und aus etwa zehn Metern Entfernung ein paarmal abgedrückt, dann sei der Geier weggeflogen.

Wieder ballerte Daldossi mit seiner Fingerpistole Richtung Eingangstür und hielt dann den Zeigefinger an seine Schläfe.

Mannomann, was für ein Bild. Nutzt sich nicht ab. Der lauernde Geier und das vom Hungerödem entstellte Mädchen mit den knochigen Ärmchen. Die Hautfarbe des Kindes. Und die Gefiederfarbe des Aasgeiers. Das gleiche Braun. Und dieser Boden, der nichts hergibt. Sand. Verdorrtes Gras.

Aber die Neider gönnten ihm den Pulitzer nicht. Carter sei ein Opfer-Profiteur! Dabei war ihr *Opfer-Profiteur* dermaßen traumatisiert gewesen, daß er aufgehört hatte, als Photoreporter zu arbeiten. Er beschloß, nur mehr Blumen und blaue Himmel abzulichten.

Bang-Bang. Daldossi blickte die Fassade hoch. Gleichbleibendes Dunkel. Wo blieb sie?

Hatte er einmal mit ihr über Carter geredet? Und über diejenigen, die ihn fertiggemacht hatten? Über die selbsternannten Empathie-Experten, die Carter vorgeworfen hatten, er habe die Situation für seinen Ruhm ausgenutzt?

Die Situation. Als sei Carter schuld am Hunger dieser Kinder gewesen, schuld am südsudanesischen Sezessionskrieg. Als ihn die Auslandsphotoredakteurin von der *New York Times* angerufen hatte, war Carter wieder einmal auf Mandrax und Dagga gewesen, er hatte sich vollständig weggeschossen und nicht verstanden, was die Frau am Telephon zu erklären versuchte. Es war das erste Mal gewesen, daß die *Times* einen Pulitzer-Preisträger hatte, aber der konnte kein Interview geben. Selbst Bill und Hillary Clinton schickten ein Glückwunschschreiben. Gegen ein Präsidentenkärtchen von Mattarella, Fischer oder Gauck hätte Daldossi auch nichts einzuwenden gehabt.

Bang-Bang. Entschuldigung! Daldossi nickte einer älteren Frau zu, die in diesem Moment mit ihrem Dackel das Nachbarhaus verließ. Der Hund kläffte kurz, war aber sofort still, als ihn die Frau anherrschte und ihn enger an die Leine nahm.

I'm really, really sorry … The pain of life overrides the joy to the point that joy does not exist. Aus war es mit der Lebensfreude gewesen. Da hatten auch die Drogen nicht geholfen. Und schon gar nicht die Naturbilder. Von wegen unversehrt.

Sie hatten alle einen Dachschaden.

Daldossi zog wieder den Hennessy aus der Tasche. Prost, Carter!

Siehst du da drüben den Schatten? Bang-Bang. Hier hättest du dich nicht umbringen können, lieber Carter! Hier gibt es nämlich keine Autos. Das geht hier gar nicht, weißt du. Venedig ist die Rettung.

Die Rettung, sag ich doch.

Prost, Carter. I have gone to join Marlis if I am that lucky.

Pst!

Sollen sie sich doch alle aufregen. Ich bin auch ein Opfer-Profiteur. Gut gelebt von den Toten. Nutten gefickt. Prost.

He! Der Lauf ist verbogen. Daldossi zog an seinem Finger.

Bang-Bang.

Johanna war erschöpft eingeschlafen und kurze Zeit später wieder aufgewacht. Sie wußte aber nicht, ob sie das knatternde Motorengeräusch eines auffrisierten Mopeds oder das Rumoren in ihrem Bauch geweckt hatte. Wenig später entlud sich ihr Darm unter Krämpfen.

Sie hatte Durst, traute sich aber nicht, das Wasser aus dem Hahn zu trinken. Auf der Insel gab es kein eigenes Trinkwasser, es mußte wie vieles andere aus Sizilien importiert werden. In regelmäßigen Abständen starteten von Porto Empedocle aus die Fähren mit allem Lebensnotwendigen. Doch bisweilen blieben die sizilianischen Schiffe aus. Im Winter konnten die Stürme heftig sein; das aufgewühlte Meer verhinderte dann tagelang die Versorgung. Blieb nur noch der Flieger.

Während Johanna in kreisenden Bewegungen ihren Bauch massierte, fiel ihr Elisabeth ein. Sie hatte am Ende nicht mehr schlucken können. Mit ins Wasser getauchten Wattestäbchen hatte Johanna ihrer Mutter die Lippen befeuchtet.

Die Fischerboote neigten sich sanft. An die Balkontür gelehnt, blickte Johanna auf den alten Hafen und begann zu weinen.

Sie sehnte sich nach ihr. Nicht nach der alten, kranken, sondern nach der jugendlichen Mutter, die mit ihr vom Zweimeterturm ins Schwimmbecken gesprungen war, sie erst in das zitronengelbe Handtuch gewickelt und anschließend abgerubbelt hatte. Die ihr einen Kuß auf das noch feuchte, nach Chlor riechende Haar gedrückt hatte.

Sie wünschte die braungebrannte, junge Frau herbei, die nachts lange an ihrem Bett gesessen hatte, um sie zu beruhigen, wenn Johanna schlecht geträumt oder ein Gewitter zu toben begonnen hatte.

Jene gutaussehende, wohlriechende Mutter, hinter deren

frisch epilierten, kräftigen, langen Beinen sie sich vor Fremden hatte verstecken können.

Johanna fühlte sich hintergangen, verwaist. Elisabeths letzte, geheime Liebesbeziehung beschäftigte sie doch mehr, als ihr lieb war: Sie konnte sich ihre Mutter nicht in den Armen dieses Pizzabäckers vorstellen.

Johanna war das Zeitgefühl abhanden gekommen. War die Insel dafür verantwortlich? Das ungewöhnliche Licht? Die plötzliche Wärme? Oder die Vergangenheit, die sich hier in diesem Zimmer, fernab aller bekannten Erinnerungsorte, in die Gegenwart drängte?

Sie lauschte in die Nacht, glaubte das Meer atmen zu hören, schlief wieder ein.

Gegen drei Uhr früh wachte sie neuerlich auf. Es knallte mehrmals hintereinander, als feuerte jemand Leuchtraketen ab. Johanna sprang aus dem Bett, trat auf den Balkon. Der plötzlich aufgekommene Wind hatte die Markise vom Nachbarbalkon aus der Verankerung gerissen; sie schlug nun in schneller Abfolge gegen die Fassade. Der Gast nebenan war ebenfalls aufgestanden, um nachzusehen. Er hielt jetzt die Markise fest und sah zu Johanna herüber. Ihr Nachthemd flatterte im Wind, sie hatte Mühe, den Stoff zu bändigen. Sie kam sich wie eine Karikatur der Monroe in *Das verflixte 7. Jahr* vor.

Der Mann trug lediglich Boxershorts, die Haare fielen ihm ins Gesicht.

Buona sera.

Die Boote schaukelten wie wild im Hafenbecken. Johanna nickte und verschwand im Zimmer.

Früher hatte sie sich nach einer solchen Begegnung eine Lovestory ausgemalt. Das, was nicht in Erfahrung zu bringen gewesen war, weil Elisabeth alles getan hatte, um eine *frühzeitige Entjungferung* zu verhindern, hatte sie als Mädchen mit Phantasie ausgefüllt; sie war gedanklich in immer neue Liebesleben gereist. Inzwischen waren so viele von Johannas Beziehungen gescheitert, daß sie das Tag- und Dämmerträumen aufgegeben hatte.

Dabei hatte es nichts Schöneres gegeben, als mit Elisabeth an der Elbe zu sitzen und jungen Männern beim Federball- oder Fußballspielen zuzusehen und Studenten aus höheren Semestern anzuhimmeln. Johanna fand immer einen, den sie sich als künftigen Ehemann vorzustellen vermochte. Einem Doktoranden hatte sie sogar einmal einen anonymen Brief geschrieben, nachdem sie zufällig seinen Namen erfahren hatte. Aber er war auf ihre versteckten Hinweise nicht eingegangen, hatte sie vielleicht nicht zu enträtseln vermocht.

Seit dem Ende der Beziehung mit Henrik wollte Johanna nichts mehr gelingen. Sie hatte einige Affairen gehabt, auch One-Night-Stands. Am schlimmsten war das Verhältnis zu Sebastian gewesen, mit dem sie eine mehrere Monate währende Wochenendbeziehung gelebt hatte. Hinterher hatte Johanna die Menschen auf der Straße und in den U-Bahnen unter dem Aspekt der immer unvermeidlich zu Ende gehenden Liebe betrachtet. Wer nicht scheiterte, hatte sich in Johannas Augen abgefunden. Die meisten wußten gar nicht, daß sie längst klein beigegeben hatten. Es waren Paare, die sich äußerlich einander angepaßt hatten, den gleichen Haarschnitt oder Trenchcoat trugen, sich anschwiegen oder anschrien, Paare, die sich trotz eines gemeinsamen Schlafzimmers wieder woanders paarten, sich ständig nach neuen, fremden Zimmern sehnten, in denen sich das Außergewöhnliche alsbald wieder als gewöhnlich erwies, so daß sie nach einer gewissen Zeit wieder auszubrechen wünschten.

Sebstian, der wenig erfolgreiche Börsenspekulant, war auch ein Schlafzimmerwanderer gewesen, zu lange hatte Johanna gebraucht, um dahinterzukommen. Er sah gut aus, hatte sich deswegen seine Sehnsüchte erfüllen können. Um seinen Körper sehnsuchtsbereit zu halten, arbeitete er hart, lief mehrmals die Woche um die Außenalster und zog im Finkenwerder Bad seine Bahnen.

Vom Balkon nebenan drangen Stimmen ins Zimmer, wahrscheinlich hatte der Nachbar Hilfe geholt. Ein paarmal knallte die Markise noch gegen die Fassade, dann war nur mehr das Pfeifen und Heulen des Windes zu hören.

Wohin mit all den Gefühlen?

Es fehlte an sinnvollen Aufgaben.

Elisabeth war tot. Johanna mußte nicht einmal mehr arbeiten, das Erbe reichte für ein bescheidenes Nichtstun. Aber was wäre das für ein Leben ohne Zerstreuungen, ohne eine Beschäftigung? Hatte sie deshalb der Reportage zugestimmt, die gar nicht in ihren Arbeitsbereich fiel? Weil sie diesen Zustand der Untätigkeit nicht ertrug?

Sie dachte an Bruno, an sein weiß gewordenes Haar. Auf die Frage, was er mit seinen lebensgefährlichen Reisen am Ende erreicht hätte, war ihm als erstes eine Gegenfrage eingefallen.

Ob sie ein Ziel vor Augen habe?

Hinter Bruno hatten die Pilger mit den rotweißroten Hütchen laut über einen Blondinen-Witz gelacht.

Ziel sei ein großes Wort, hatte Johanna geantwortet. Sie habe Vorsätze gehabt. Träume. Viele seien nicht realisierbar gewesen.

Bruno hatte nicht nachgefragt, hatte sie nur angesehen und weiter monologisiert. Er habe versucht, die Flüchtigkeit im Krieg, dieses Vergehen aufzuhalten. Mit einigen Photos sei ihm das immerhin gelungen.

Woher er diese Gewißheit habe, hatte Johanna wissen wollen.

Marlis habe eine Frau beobachtet, die nach der Eröffnung seiner Ausstellung *War and suffering* geweint habe. Wenn ein paar seiner Aufnahmen das Verschließen der Augen verhindern konnten, sei er schon zufrieden. Nasse Augen in der Komfortzone, das sei doch schon mal ein Anfang.

Warum trank er dann?

Sie trinken doch alle, hatte Henrik Johanna einmal erklärt, so lange, bis ihnen die Kamera aus der Hand fällt. Nicht alle, hatte er sich verbessert. Einer der Starphotographen, Don McCullin, habe die Erinnerungen eine Weile mit Wodka vertrieben, aber dann einfach mit dem Trinken aufgehört, ohne Entzugshilfen.

Er hatte in Uganda im Gefängnis gesessen, war dort geschlagen und getreten worden, hatte Hinrichtungen mit angesehen. In Biafra hatte er Verletzte im Dschungel zurücklassen müssen, um sich nicht selbst in Gefahr zu bringen. So einer, hatte Henrik gesagt, leide unter seinen Schuldgefühlen und gewiß auch darunter, nicht genug geholfen zu haben.

In den letzten Jahren sei McCullin nicht mehr in Kriegsgebiete gereist; er sei inzwischen Vater eines kleinen Sohnes, habe eine achtundzwanzig Jahre jüngere Frau. Grund genug, sich bloß im friedlichen Europa herumzutreiben.

Diese Gründe hatte Johanna nicht liefern können, sie war gleich alt wie Henrik, ihre Beziehung hatte bereits an Attraktivität verloren gehabt. Ein Kind hatten sie auch nicht gehabt.

Henrik hatte sich durch Johannas Bitten nicht von seinen gefährlichen Reisen abhalten lassen. Wenn Freunde sie beide zum Essen eingeladen hatten, war Henrik immer der Hauptredner gewesen, als habe er sich durch seine Kriegserfahrungen und Reportageerlebnisse eine Art Dauersprechrecht erworben.

Bruno war da anders; Johanna hatte ihn in Hamburg eher schweigsam und zurückhaltend erlebt, nur im Taxi und am Wiener Flughafen hatte er geredet, was aber auch daran gelegen hatte, daß sie selbst seit dem Tod von Elisabeth stiller geworden war. Der Schmerz und die Trauer hatten noch keine Linderung in der Zeit erfahren. Daß das überhaupt jemals so sein könnte, daran zweifelte Johanna im Augenblick noch.

Eigentlich hatte Bruno sie nicht angesehen. Ein russischer Airbus, erinnerte sich Johanna, war zur Startbahn gezogen worden. Wie behäbig sich die Maschinen doch am Boden bewegten und wie leicht in der Luft, hatte sie gedacht, während Bruno die Zugangsdaten für sein Online-Archiv in sein iPhone getippt hatte, um Johanna ein paar seiner Photos zu zeigen.

Auf einem war das unverletzte, wunderschöne Gesicht eines afghanischen Jungen zu sehen gewesen, dem ein Blindgänger die Hände und einen Unterschenkel weggerissen hatte. Johanna hatte keine persönlichen Erfahrungen mit dem Tod gehabt, bis Elisabeth gestorben war.

Vielleicht hatte Johanna Bruno in Wien gesucht, weil sie von ihm Trost erhofft hatte, keine Allerweltsfloskeln, keine hohlen Beileidsbekundungen, sondern eine Einordnung ihres Schmerzes in den Schmerz der Welt.

Andererseits wußte sie, daß alles auf eine Relativierung hinauslaufen würde. Sie war in Zeiten des Wirtschaftswachstums aufgewachsen, der Kalte Krieg hatte auf sie und ihre Familie keine nachteiligen Auswirkungen gehabt. Es gab immer zu essen, Urlaube, Erbschaften und mit Ausnahme des Herzinfarkts ihres Vaters keine familiären Unglücksfälle zu verzeichnen, wobei auch sein Tod ein vorhersehbarer gewesen war, ihr Vater hatte vierzig bis sechzig Zigaretten pro Tag geraucht und hauptsächlich Fleisch verzehrt.

Johanna hatte Bruno auf McCullin angesprochen, sie war, als Bruno von der Unvereinbarkeit einer dauerhaften Beziehung mit dem Beruf des Kriegsphotographen gesprochen hatte, auf Don McCullins glückliches Familienleben zu sprechen gekommen.

Bruno hatte nur gelacht. Ein toller Photograph, dieser McCullin, hatte er gesagt, er besitzt ein Haus auf dem Land, ich glaub, in Somerset. Ob sie etwa an den Rückzug in die Idylle glaube?

Wenn Henrik früh genug aufgehört hätte, wäre sie wohl noch mit ihm zusammen, hatte Johanna geantwortet.

Jetzt ist er doch dort, wo du ihn haben wolltest, hatte Bruno gesagt. Vor Ort. Auf, auf ins neue Liebesglück!

Es ist zu spät.

Man kann es euch nie recht machen. – McCullins Rückzug sei übrigens nur vorübergehend gewesen. Es täte ihm leid, sie enttäuschen zu müssen, hatte Bruno gesagt. Weder sein hohes Alter, noch seine junge Liebe hätten McCullin davon abhalten können, auch nach Syrien aufzubrechen.

Johanna hatte zwei Stunden wach gelegen, bevor sie wieder einschlief. Gegen vier Uhr früh öffnete sie erneut die Augen, weil sich ihr Magen zusammenzog. Sie lief ins Bad, um sich ein weiteres Mal zu übergeben. Aber außer ein wenig gelblichgrüner Flüssigkeit konnte sie nichts mehr hervorwürgen. Erschöpft saß sie auf dem kalten Fliesenboden neben der Toilette und preßte ein Frotteehandtuch gegen den Mund. Schließlich zog sie sich an dem Handtuchhalter hoch, spülte das Erbrochene hinunter, putzte sich die Zähne und legte sich aufs Bett.

Wenn McCullin trotz einer sehr jungen Frau in das syrische Kriegsgebiet zurückgekehrt war, was konnte diese Herren dann überhaupt noch davon abhalten, immer wieder in Konfliktregionen zu reisen?

Bruno war zwei Jahrzehnte jünger als McCullin – weshalb hatte er aufgehört? Am Alter allein konnte es nicht liegen. War Marlis der Grund gewesen? Auch für sie schien Brunos Entschluß zu spät gekommen zu sein. Der Alkohol? War es Frustration über den ausgebliebenen Ruhm?

Es hatte sich Johanna nur in den seltensten Fällen erschlossen, warum der eine irgendeinen *Photo Award* bekommen hatte und der andere nicht.

Henrik war einmal von einer seiner Reisen nach Hause gekommen und hatte erzählt, wie wütend Bruno gewesen war, weil Zambrotta, sein italienischer Freund, der die Plünderungen in Bagdad photographiert hatte, bei einer wichtigen Preisverleihung leer ausgegangen war. Dabei sei diesem Zambrotta ein Bild mit Ikonenpotential gelungen.

2003 waren einige Galerien und Lagerräume des irakischen Nationalmuseums zerstört und geplündert worden. Auf dem besagten Bild waren mehrere einheimische Männer zu sehen gewesen, die gerade kostbare Artefakte entwendet hatten; das amerikanische Militär hatte dabei zugesehen, ein Marine sogar gegähnt. Auf einem anderen Bild hatte Zambrotta Reporter festgehalten, die mit Statuen und Vasen unterm Arm aus dem Museum hinausmarschiert waren.

Diese Aufnahmen, hatte Bruno behauptet, seien lauter Beweisstücke, daß den Amerikanern die Verwüstungen und Diebstähle in den Museen und Krankenhäusern egal gewesen seien, daß sie die Plünderungen forciert hätten, weil die Zerstörung von nationalen Identifikationsgegenständen ihre eigene imperialistische Politik im Irak zementierte. Henrik war nicht der gleichen Meinung gewesen, er hatte Bruno damals einen *linken Agitator* genannt. Über die entschuldigenden Worte bei der Pressekonferenz des amerikanischen Verteidigungsministers Donald Rumsfeld hatte er dann auch grinsen müssen. Freiheit sei unordentlich, hatte Rumsfeld gesagt. Daß diese *Unordentlichkeiten* die amerikanische Wirtschaft ankurbelten, lag auf der Hand. Die neuen medizinischen Geräte, die wieder angeschafft werden mußten, waren angeblich von amerikanischen Firmen geliefert worden.

Zerstören, um am Aufbau zu verdienen, dachte Johanna. Eine Beziehung beenden, um von einem Neuanfang zu profitieren. Kein guter Analogieschluß. Einen Liebesprofit konnte sie nicht erkennen. Jetzt war sie auch noch geschwächt und kränkelte. Allein das Wort *kränkeln* verursachte ihr Brechreiz. Sie brauchte etwas zu trinken, damit der Flüssigkeitshaushalt wieder ins Gleichgewicht kam, aber die Rezeption war noch nicht besetzt.

Das Display am Mobiltelephon leuchtete auf, doch Johanna fand weder eine Nachricht noch einen unbeantworteten Anruf vor. Offenbar gab es Störungen im Telephonnetz, oder Johanna wurde abgehört, ihr Standort ausgekundschaftet.

Bruno hatte auch nicht geantwortet, sie hatte ihn am Abend angerufen. Ihre Nummer stand bestimmt unter *Verpasst* in seiner Anrufliste. Erst hatte Johanna überlegt, ihm von den Bauchkrämpfen zu erzählen, dann war ihr die Unpäßlichkeit lächerlich erschienen, und sie hatte aufgelegt. Gleichzeitig war ihr Henriks Auftritt in *Talk bei Annika Wildner* eingefallen, und sie hatte sich für ihre Problemchen geschämt.

Schaust du, hatte Henrik noch kurz vor der Sendung gesimst.

Wildner hatte sogar Henriks Begleiterin im Publikum begrüßt, eine Dreißigjährige mit pinkfarbenen Lippen. Der war Johanna noch nie begegnet, den meisten anderen aber auch nicht. Einen Stich hatte ihr die junge Schauspielerin dennoch versetzt, die angeblich bereits in einer prominent besetzten *Kirschgarten*-Inszenierung mitgespielt hatte.

Henrik erzählte von der Einkesselung Sarajevos und dem Attentat auf den Markale-Markt, das er nur knapp überlebt habe. Thema der Sendung waren Kriegstraumatisierungen gewesen. Eine Frau, die bei dem Anschlag im Februar 1994 im Zentrum ihre Mutter verloren hatte, war in Tränen ausgebrochen. Sie war nach dem Krieg zu ihrer Schwester nach Deutschland gezogen.

Möglicherweise, hatte die Wildner, sich an Henrik und an die Bosnierin wendend, eingeworfen, seien sie sich damals auf dem Marktplatz begegnet.

Henrik redete vom Durcheinander, von den vielen Toten, dem Blut, den umgestürzten Tischen und den heruntergefallenen Obst- und Gemüsekisten, er schilderte die ohrenbetäubende

Stille, die unmittelbar nach dem Anschlag eingetreten war, die Schreie, die gleich danach in der halben Stadt zu hören gewesen waren – die Frau hingegen sah ihn mit ihren nassen Augen einfach nur an und schwieg. Johanna war es so vorgekommen, als staunte sie über Henriks Ausführungen, die er sogleich zum Anlaß genommen hatte, um über Tschetschenien zu reden, wo er danach hingeschickt worden sei.

Hingeschickt – einer wie Henrik mußte nirgendwohin, er hätte auch in Hamburg bleiben und seinen Bernhard weiterlesen können, mit dessen Büchern er sie all die Jahre traktiert hatte.

Der Anschlag sei über zwanzig Jahre her, hatte Henrik in der Talk-Show gesagt und die Schultern hochgezogen. Er erkenne nach so langer Zeit nicht einmal alle seine Klassenkameraden wieder, geschweige denn Menschen, die er nur für ein paar Sekunden oder Minuten in einer Extremsituation erlebt habe.

Brannten sich Bilder nicht gerade deswegen ins Gedächtnis? Wildner hatte die Frau angesehen, die mit dem Kopf genickt und mit tränenerstickter Stimme von einem jungen Mann erzählt hatte, der sie vor dem Verbluten gerettet habe. Ihr hatte sich eine Stange durchs Gesicht gebohrt, sie hatte Splitterwunden an den Armen und im Brustbereich gehabt, außerdem waren beide Trommelfelle durchlöchert gewesen.

Es hätte sich damals alles angehört, als befände sie sich unter Wasser, sagte die Bosnierin, die längst Deutsche war. Das Blut an ihr habe sie im Schock nicht mehr als ihr eigenes identifizieren können. Als man ihr mitgeteilt habe, daß ihre Mutter tot sei, habe sie nur noch gebrüllt. Das hätten ihr andere erzählt, sie selbst habe sich an ihre Schreie nicht mehr erinnern können.

Ohne abzuwarten, ob die Bosnierin noch etwas hinzufügen wollte, hatte Henrik von seinen Erfahrungen in Grosny zu erzählen begonnen. Johanna hätte Henrik, wenn sie neben ihm gesessen hätte, in den Arm gezwickt, sie hätte leise in sein Ohr gesagt *Laß sie ausreden!*, so aber war er in Fahrt gekommen, und er wäre ohne die abrupte Unterbrechung durch die Talkmasterin nicht mehr aufzuhalten gewesen.

Er sei damals in Tschetschenien unter Beschuß geraten, habe direkt vor sich ein fünfzehnjähriges Mädchen sterben sehen, die mit einem grünen Haarband und einer kleinen Maschinenpistole, einer Tulpe – ja, das sei tatsächlich der Name der Waffe –, für Grosny gekämpft habe. Wäre da nicht die blutjunge Soldatin mit den schönen langen Haaren gewesen, wäre er, Henrik Schultheiß, in der Schußlinie gestanden. So aber sei das Mädchen ungewollt zu seinem lebendigen Schutzschild geworden. Es könne aber auch durchaus sein, daß Busana, so habe die mutige Kämpferin geheißen, aus Angst vor einer Zwangsverheiratung diesen lebensgefährlichen, eigentlich aussichtslosen Kampf vorgezogen habe.

Kennen Sie die tschetschenische Tradition des Brautdiebstahls? Henrik wartete nicht auf die Antwort der Wildner, sondern redete weiter: Er habe erlebt, wie Frauen auf offener Straße niedergeschlagen und in ein Auto gezerrt worden seien; wenig später erwachten diese Mädchen im Haus ihres zukünftigen Gatten.

Busana – er sei sich sicher – sei anders gewesen. Sie habe sich dieser *kaukasischen Sitte* zu entziehen versucht und ihm dabei das Leben gerettet.

Er fühle sich schuldig, hatte Henrik mit leiser Stimme in die Kamera gesagt, denn eigentlich wäre es seine Aufgabe gewesen, die Frau rechtzeitig zu Boden zu reißen, sich auf sie zu werfen, um sie zu beschützen, ja seinen eigenen Kopf hinzuhalten.

Die Geschichte war Johanna neu gewesen; nie zuvor hatte Henrik von dieser Busana erzählt.

Sie kroch aus dem Bett, setzte sich an dessen Fußende, so daß sie auf den Alten Hafen sehen konnte. Noch immer tanzten die Boote auf dem unruhigen Wasser, aber der Wind hatte deutlich nachgelassen. Heute nacht hatte Johanna wieder bunte Muster vor Augen gehabt. Schon als Kind war sie häufig mit dreidimensionalen, farbigen, sich in einem riesigen Raum bewegenden Formen aufgewacht und hatte nach dem Lichtschalter gesucht, um sie zum Verschwinden zu bringen. Elisabeth, der sie manchmal davon erzählt hatte, war nicht beunruhigt gewesen. Nimm sie als bunte Träume, hatte sie immer gesagt und ihr die Stirn geküßt.

Durch die Dunkelheit werde der Schwellenwert für eine Aktivierung der Nervenzellen in der Retina und in der Sehrinde herabgesetzt, hatte Ditha das Phänomen erklärt. Auf diese Weise seien spontane Erregungen in der Lage, Bilder zu erzeugen, die ansonsten von anderen Zellen, die mit der Verarbeitung echter Informationen beschäftigt seien, unterdrückt würden. Ach Ditha, dachte Johanna, so viele Sätze, um mir zu sagen, daß ich halluziniere.

Der eigentliche Halluzinator war aber Henrik gewesen. Busana? Hatte er die erfunden? Ein guter Name für einen Fischkutter. Oder für ein Milchprodukt? Busana, der milde Käse. Busana-Joghurt. Es war besser, Johanna dachte an ihre bunten Träume, denn beim Gedanken an Eßbares zog sich wieder ihr Magen zusammen.

In einem Bombenkrater sitzt ein fünfjähriger Junge und spielt mit einem Plastikauto, das, von seiner rechten Hand gesteuert, den Kraterrand entlangfährt. Man sieht nur den oberen Teil seines Kopfes, sein Gesicht bis zur Nase, seine rechte Hand und das rote Spielzeugauto. Im Hintergrund stehen zwei völlig zerstörte Häuser. Der Himmel ist tiefblau.

Spielender irakischer Junge. *Farbphotographie, Bagdad/Irak, April 2003, veröffentlicht in Estero am 14.4.2003. Ein Schwarzweißabzug wurde 2010 in War and suffering, Katalog zur gleichnamigen Ausstellung in der Galerie Klick, publiziert.*

Sch. Sch. Sch. Daldossi wurde von einem Geräusch geweckt, das er nicht einordnen konnte. Er lag angezogen in einem kleinen Zimmer auf einem französischen Bett. Ein Schuh hing mit offenen Schnürsenkeln und geknickter Schuhlasche an seinem Fuß, den anderen sah er nicht. Als sich Daldossi aufsetzte, wippte die weiche Matratze auf dem schmiedeeisernen Bettgestell; er kämpfte mit Übelkeit, stand auf und eilte ins Bad, das nicht größer als eine Fahrstuhlkabine war. Der Chlorgeruch gab ihm den Rest. Eine Weile kniete er vor der Kloschüssel.

Er hatte keine Ahnung, wie er hierhergekommen war.

Sch. Sch. Sch. Stimmen von draußen. Eine Signora gab Anweisungen. Als Daldossi aus dem Fenster blickte, sah er eine Chinesin, die den Hof kehrte.

Es war nicht das erste Mal, daß er nicht mehr genau wußte, was geschehen war. Die Abfolge der Ereignisse ließ sich nicht wiederherstellen, schon gar nicht ohne die Hilfe von jemand anderem, ohne die Unterstützung von Marlis.

Daldossi sprach halblaut ihren Namen aus, atmete tief.

Er war in Venedig. Ihretwegen. Über dem Bett hingen schlecht gemalte Landschaftsbilder. Wie war er in das Zimmer gelangt? An diese Zeitbrüche und -sprünge konnte und wollte er sich nicht gewöhnen. Er setzte sich an den Bettrand und starrte seine Reisetasche an.

Früher war es ihm manchmal passiert, daß er mit dem Auto irgendwohin gereist war und sich am Ziel nicht mehr hatte erinnern können, wie und welche Strecke er gefahren war. Diese Filmrisse waren lediglich von Erinnerungen an Lastwägen unterbrochen worden, deren Firmenlogos und -namen bei ihm Assoziationen zu wecken vermocht hatten. *Transportunternehmen Denzel. Internationale Spedition Vogel.* Denzel war von serbischen Heckenschützen in Sarajevo erschossen worden. Daldossi hatte den Kriegsreporter nicht persönlich gekannt, aber sie hatten in derselben Stadt gelebt, man hatte voneinander gewußt.

Und Vogel kam ihm sowieso immer wieder in den Kopf. Zu diesem Namen brauchte Daldossi keine Gedächtnisstützen. Mit der nachträglichen Erinnerung an derartige gedankliche Verknüpfungen hatte sich Daldossi über die beunruhigenden Aussetzer hinweggetäuscht.

Eine Weile hatte er sich eingeredet, das zunehmende Alter führe zwangsläufig zu einer verminderten Speicherfähigkeit. Daher sei es sinnvoll, Unwichtiges auszublenden, Banalitäten zu ignorieren. Er war mit seinem Auto ans Ziel gelangt, warum also sollte er sich mit der Rekonstruktion einer Wegstrecke quälen, die er offenbar problemlos zurückgelegt hatte?

Doch die letzten Stunden in Venedig waren schwarz wie die tschetschenischen Nächte. Er konnte sich noch an die Bar an den Fondamenta Nuove erinnern, aber ab einem gewissen Zeitpunkt waren alle Ereignisse und Personen verschwunden. Nur Marlis stand da. War sie wirklich dagewesen? Oder sah er sie jetzt nur vor sich?

Sie hatte anders gesprochen. Daldossi wußte nicht, was es gewesen war. Als hätte sich das Italienische bereits eingenistet. Er hatte Domenico in ihrem Tonfall gehört. Daldossi konnte es nicht an Einzelheiten festmachen, am ehesten am Buchstaben Qu. Es war eine andere Melodie gewesen. Ein leises Singen. Wenn er sie betrachtet hatte, war da etwas von früher gewesen, an dem er sich hatte festhalten wollen. Aber sobald Marlis ihren Mund aufgemacht hatte, war sie vor Daldossi zu einer anderen geworden. Sein Vorstellungsvermögen hatte nicht ausgereicht, um gegen ihre Sprache anzukommen, gegen den neuen Ton.

Hirngewebeschrumpfung. Warum fiel ihm das jetzt ein? Er zog sich aus, stellte sich unter die Dusche. Es rann nur wenig Wasser aus dem Duschkopf, und es roch wie im Schwimmbad seiner Kindheit. Das Trinkwasser wurde noch immer gechlort.

Hatte Marlis ihn beschimpft? War sie allein gewesen oder in Begleitung von Domenico? Daldossi hatte nur die Umrisse eines

Männerkörpers vor Augen, der in der Eingangstür gestanden war. Es konnte auch sein, daß er von seinem Rivalen geträumt hatte.

Du wirst in ein paar Stunden nichts mehr wissen, hatte Marlis ihn schon vor Monaten einmal gewarnt. Die Informationsübertragungen vom Kurzzeit- ins Langzeitgedächtnis würden durch übermäßigen Schnapskonsum unterbrochen. Aber Daldossi hatte am darauffolgenden Tag ihre Befürchtungen detailliert wiedergeben können. Siehst du, hatte er zu ihr gesagt, ich habe nichts vergessen.

Aber jetzt mußte er in der engen Duschkabine zugeben, daß alles, was ihm gestern widerfahren war, alles, was ihm durch den Kopf gegangen war, während sie gesprochen hatte, gelöscht zu sein schien. Es wollte ihm nicht gelingen, die Vorfälle abzurufen.

Daldossi hatte kein Zimmer gebucht, war auf den Fondamenta Nuove noch ohne Schlafadresse gewesen. Marlis mußte ihn hierhergebracht haben. Er stieg aus der Duschwanne, sah auf das abgenutzte Plastik.

Lange, die Schlange, fiel ihm ein. Dann die Barfrau, die ausgesehen hatte wie Langes Migrantenmutter. Bei der hätte er bleiben sollen. Die hatte ihm gefallen. Da wäre vielleicht etwas möglich gewesen. Besser wäre gewesen, Laura nach Palmanova zu begleiten, als sich hier vor Marlis und Domenico lächerlich zu machen.

Noch besser, mit Johanna nach Lampedusa zu fliegen.

Er übergab sich nochmals und setzte sich anschließend aufs Bett. Das karg eingerichtete Zimmer verstärkte sein Gefühl von Verlorenheit. Er hatte nie verstanden, wie man in durchgestylten leeren Wohnungen leben konnte, in denen alles hinter weißen Schränken verschwand, kein Gegenstand Geschichte bezeugte. Er brauchte Bücher, Zeitungen, Kissen, Decken. Sich mit solchen Gegenständen zu umgeben, gab Halt. Auch die Photos gaben

Halt. Sie waren Zeitanker. Sie erleichterten das Zurückdenken. Sie überlebten einen. Sie hatten die besseren Voraussetzungen.

Daldossi dachte an zurückgelassenes Kinderspielzeug in Kriegsruinen, an ein Bild von Anja Niedringhaus, auf dem drei US-Marines in Falludscha zu sehen sind; einer trägt einen Glücksbringer am Rücken, GI-Joe, die Spielzeugfigur zum gleichnamigen Action-Film. Der kleine Joe hatte die besseren Karten als der Mann, der ihn im Rucksack trug. Und die besseren als die Niedringhaus. Auch sie war nicht mehr am Leben. Ein Polizist hatte das Feuer eröffnet, als sie im April 2014 im Osten Afghanistans unterwegs gewesen war, um von der Präsidentschaftswahl zu berichten.

Manchmal hatte Daldossi das Inventar seiner und Marlis' Wohnung betrachtet und darin all die Vergeblichkeit seiner Existenz gesehen. Es war ein Skandal, daß dieses ersetzbare Gerümpel bessere Überlebenschancen hatte als er selbst. Er hatte gelegentlich Genugtuung empfunden, wenn eine Tasse zerbrochen oder ein Gerät nicht mehr funktionsfähig gewesen war. Die Rage vieler Randalierer speiste sich womöglich auch aus dem Ärger über die eigene Zerbrechlichkeit und dem Neid über die Robustheit der Gegenstände.

Er mußte raus aus diesem Hinterhofzimmer; das Kehrgeräusch machte ihn nervös. Und seinem Katzenjammer war nur mit einem starken Kaffee und einem Reparaturbier beizukommen. Daldossi hatte das Bedürfnis nach frischer Luft, nach Bewegung.

Das Zimmer habe schon die Signora gezahlt, sagte die Hotelbesitzerin.

Welche Signora?

Die ihn herbegleitet habe. Sehr sympathisch. Sie habe selbst mal hier übernachtet. Das sei schon ein paar Monate her.

Die junge Chinesin stand jetzt neben ihrer Chefin.

Was ist? Was stehst du hier herum?

Typisch Marlis, dachte Daldossi, sie hatte immer Vorsichtsmaßnahmen getroffen, die Lage inspiziert, bevor sie sich für oder gegen etwas entschieden hatte.

Als Daldossi auf die Gasse trat und in den Himmelsstreifen über ihm blickte, beschattete er sofort die Augen. Er hatte keine Ahnung, wie spät es war.

Die Anrufliste seines Mobiltelephons zeigte mehrere verpaßte Telephonate an. Johanna. Vogel. Marlis. Er rief seine Mailbox ab, schlug währenddessen den Weg zu den Fondamenta Nuove ein.

Warum nimmst du jetzt nicht ab? Ich möchte, daß du zurückfliegst. Dein Zustand heute war erbärmlich. Dazu gibt es nichts mehr zu sagen. Sieh dich an, wenn du noch dazu in der Lage bist. Du wußtest nicht einmal mehr –

Daldossi drückte sein iPhone fester ans Ohr.

– wo du bist. Wie bist du überhaupt hierhergekommen? Woher hast du die Adresse? Warum quälst du mich?

Sie hustete. Daldossi kannte diesen Husten, damit überspielte Marlis ihre Unsicherheit, ihre Traurigkeit. Früher hatte sie manchmal gehustet, bevor sie in Tränen ausgebrochen war. Er hatte sie schon lange nicht mehr weinen gesehen.

Ich habe mich vor Domenico für dich geschämt. Du hast auf dem Boden gekauert wie der letzte Penner. Die Flasche neben dir.

Und hör auf, mit deiner Luftpistole rumzuballern. Du machst dich lächerlich.

Sie hatte aufgelegt. Die Nachricht war um drei Uhr morgens aufgezeichnet worden. Es gab zwei weitere Anrufe von ihr. Daldossi stand wieder am Wasser, blickte zur Friedhofsinsel.

Vogel wollte wissen, wo er sei. Er werde es später noch mal versuchen.

Das Wasser war dunkel, von den anlegenden und abfahrenden Fähren in Unruhe versetzt. Mußten die Italiener immer so laut sein? Das Ciao-Miau, wie Marlis die Begrüßung immer genannt hatte, war an allen Ecken zu hören. Gelächter. Nachgeschriene Beteuerungen, daß man sich melden, daß man zurückrufen werde. Als sollten das Meer und die Toten mithören, alles bezeugen.

Wie hast du dir das vorgestellt? Dachtest du, es reicht, hierherzukommen und *Hallo dear, how are you? Can we be friends?* zu sagen?

Warum sprach sie plötzlich Englisch? Was war in sie gefahren? Daldossi entfernte sich von der Anlegestelle, suchte nach einem Ort, wo es ruhiger war.

Es gibt einen anderen, und ich werde den auch nicht so schnell wieder aufgeben. Er respektiert mich. Er trinkt nicht.

Daldossi strich sich mit der Linken über die Augen. Warum nannte Marlis nicht dessen Namen?

Du bist zu weit gegangen. Du hast kein Maß. Deine Photos waren auch zu weit gegangen. So ist das eben. Damit bist du nie fertig geworden. Dafür kann ich nichts.

Sie holte tief Luft.

Ich hab das Zimmer im voraus bezahlt. Aber das wirst du inzwischen bemerkt haben. Ich hoffe, du hast nicht auch noch das Bett vollgekotzt.

Wahrscheinlich weißt du gar nicht, was passiert ist. Du weißt auch nicht, was du gesagt hast.

Ich träume gerne. Vielleicht bin ich deswegen in Venedig. Hier kann ich besonders gut träumen, ich kann mich sogar freiträumen. Ins Leben träumen. Warum sollte ich damit aufhören?

Es klang trotzig. Die Lautstärke ihrer Stimme war beim zweiten Anruf deutlich höher als beim ersten. Domenico, mutmaßte Daldossi, war schon in der Schule gewesen, als sie telephoniert hatte. Marlis hätte sogar schreien können, aber das tat sie nie. Und dann kam wieder diese alte Geschichte, die Daldossi nicht mehr hören konnte.

Daß er endlich begreifen müsse, daß seine Arbeiten nicht nur

Entsetzen hervorriefen, sondern auch die Leute verrohten und enthemmten. Daß es doch verständlich sei, daß die Redaktionen nicht alles druckten. Daldossi hörte einen verächtlichen Ton in ihrer Stimme, der ihn schmerzte.

Aber – ich hab doch auch wegen dir aufgehört, Marlis. Es geschieht doch weiter. Jeden Tag berichten die Medien. Es passiert in unserer Zeit – er fuhr fort, auf sie einzureden und vergaß, ihr zuzuhören, vergaß, ihren Sätzen nachzulauschen. Sie hatte das alles vor ein paar Stunden auf den Voicerekorder gesprochen. Plötzlich wurde Daldossi klar, daß Marlis ihn – selbst wenn er laut spräche – gar nicht hörte.

Gleichzeitig beobachtete er die Passanten, die zur Anlegestelle eilten, sah einer Mutter zu, die ihrem Kind mit dem Papiertaschentuch die Schokolade aus den Mundwinkeln wischte, betrachtete einen überfütterten Spitz an der Leine eines ebenso überfütterten Herrchens, folgte mit seinen Blicken den langsamen Schritten zweier alter Frauen mit Blumen und Kerzen in Händen, die Richtung San Michele wollten. Alle hier hatten doch das Privileg wegzuschauen.

Marlis konnte das, was ihn ausmachte, nur ignorieren, weil sie die Kraft einer neuen Liebe besaß.

Die Bären haben dich doch nie interessiert, hörte er sie plötzlich sagen. Daß sie dich jetzt dauern, ist rührend. Aber es ist ein bißchen spät. Sie machte eine Pause. Meine Bären sind keine Eisbären. Sie hinterlassen zwar auch Duftspuren, sie verteilen sie aber vor allem an Bäumen.

Hatte Daldossi letzte Nacht von Bären gesprochen? Er erinnerte sich, unlängst gelesen zu haben, dass in der südlichen Arktis das Eis im Frühling schneller schmelze und im Herbst später zufriere, deswegen hätten die Bären weniger Zeit, um auf dem Packeis Robben zu jagen und sich ihr Winterfett anzufressen.

Aber gut, sagte sie, wenn du meinst, die Liebe sei eine zugefrorene Eisfläche und die Erderwärmung am Ende schuld, daß wir nicht mehr zueinanderfinden können, geschenkt! In einem Punkt hast du natürlich recht: Bären sind Einzelgänger, sie wandern riesige Gebiete ab, und sie treffen sich nur zur Paarung mit Artgenossinnen. Wir haben uns auch jahrelang nur zum Bumsen wiedergesehen; du warst auf der ganzen Welt unterwegs, und ich habe auf deine Rückkehr gewartet. Gehofft, daß du kommst. Warum wiederhole ich überhaupt dieses Zeug? Sogar jetzt schaffst du es noch, daß ich mich auf dein Alk-Niveau begebe. Sie blies ins Telephon.

Sauf weniger. Dann schnarchst du auch nicht, und niemand kommt auf die Idee, dich dabei aufzunehmen.

Sie setzte ihre Bärenlitanei fort, schien mit jedem weiteren Vorwurf wütender zu werden. Sie könne nichts dafür, wenn die Tierpfleger selbst zahnlos seien. Wenn es den Bären besserginge als den Menschen. Zotti habe die ersten Jahre seines Lebens in einem Bukarester Hochhaus verbracht und sei dann für Hundekämpfe mißbraucht worden. Er sei mangelernährt gewesen und habe sich durch das Nagen an den Gitterstäben seines viel zu engen Käfigs die Zähne ruiniert. Hätte sie ihn unbehandelt lassen sollen, nur weil seine Pfleger ebenfalls eine Zahnsanierung benötigten? Weil sie weniger hatten als die Bären?

Daldossi fiel ein, wie traurig Marlis gewesen war, als die Zwettlburger Filiale in Transsilvanien hatte geschlossen werden müssen, weil die Pfleger große Mengen an Bärenfutter für die eigenen Familien abgezwackt hatten und die zwei Scooter, die für die schnelle Umrundung des Geheges gedacht gewesen waren, schon nach zwei Tagen unfreiwillig ihre Besitzer gewechselt hatten.

Ich muß Bredica anrufen, dachte Daldossi, ich muß sie nochmals daran erinnern, die Zahnarztpraxis aufzusuchen.

Daldossi lehnte an einer Hausmauer unweit der Bar, wo der Abend seinen unglückseligen Verlauf genommen hatte. Er wollte nicht zurück in die dunklen Gassen, in denen sich das Gefühl des Verlorengehens nur verstärkte.

Wenn er seinen Blick über die Lagune schweifen ließ, sah er im Norden die verschneiten Bergspitzen der Kalkalpen. Dort war der Winter bereits eingezogen, auf Lampedusa konnte man noch baden.

Früher, dachte Daldossi, hatte sein Leben aus kleinen Einsamkeiten bestanden, doch allmählich waren sie immer größer geworden. Nur Marlis hatte er hereingelassen. Ihm zuliebe hatte sie sich manchmal darin aufgehalten. Sie war mit ihm in Schützengräben gesessen, hatte erlebt, wie die nahen Explosionen die Erde von den Wänden lösten, sie hatten sich aneinander festgehalten und waren beide zusammengezuckt, wenn ein Luftzug die Zimmertür zufallen ließ. Marlis hatte geahnt, was es für ihn bedeutet haben mochte, stundenlang zu warten, nichts zu hören, keine Bewegungen wahrzunehmen, ausgeliefert zu sein. Wenn dann eine Granate abgefeuert worden war, deren Mündungsfeuer keinen sichtbaren Ausgangspunkt hatte, wenn sie mit diesem Pfeifen, das immer in seinem Gedächtnis bleiben würde, plötzlich neben ihm einschlug, war sie ebenso still gewesen wie er. Sie hatte sich zuweilen mit einer derartigen Intensität seinen Schilderungen ausgesetzt, daß ihr übel geworden war. Damals hatte sie es als ihre Pflicht gesehen, ihn aufzufangen, ihm den Übergang vom Krieg in den Wiener Alltag zu erleichtern. Das war ihr manchmal mit einfachen Handgriffen gelungen; sie, die nicht gerne kochte, hatte für ihn Speck- und Spinatknödel gerollt, hatte seine Musik aufgelegt, John Coltrane, Charlie Haden, Oliver Nelson – später machte sie das *Gedudel* nur noch nervös.

Noch immer sprach sie von den Bären, daß er an deren Leben zu wenig Interesse gezeigt habe. Daß er sich über die Rettungsaktion eines jungen Eichhörnchens, das nach einem Sturm im Schönbrunner Park unter einem Baum gelegen sei, lustig gemacht habe.

Das Tier war von Marlis mit Katzenaufzuchtmilch, in die sie Fencheltee gemischt hatte, großgezogen worden. Ständig hatte sie ihm mit dem Finger das Bäuchlein massiert, um die Verdauung anzuregen. Und zum Auswildern hatte Marlis dem Eichhörnchen eigens eine große Voliere bauen lassen. Dabei hatten diese Nagetiere gerade mal eine Lebenserwartung von drei Jahren! Und wie angewidert war sie gewesen, als Daldossi von seinem Großonkel erzählt hatte, der die Eichhörnchen in den siebziger Jahren gefangen, getötet und ausgestopft hatte, um sie dann teuer an die *Herrischen* in den Städten zu verkaufen, die den Bauern erst ihre alten Stuben abgeluchst und dann für diese *heimeligen* sentimentalen Rückzugsorte, die aus abgelegenen Bergbauernhäusern in ihre Villen verpflanzt worden waren, dekorative Tierpräparate gesucht hatten. Da waren dann Hirsch-, Reh- und Springbockgeweihe neben Fasanen, Bussarden, Häuptern von Gemsen und Wildschweinen, ganze Murmeltiere, Wiesel und Ziesel und eben auch Eichhörnchen zu finden gewesen. Jene *Herrischen*, die keinen Jagdschein besessen hatten, waren immer schon die größten Sammler von ausgestopften Alpentieren gewesen.

Du bist immer weniger geworden, hörte er Marlis sagen. Etwas von dir ist an den Schreckensorten zurückgeblieben, und dieses Etwas ist immer größer geworden. Ich brauche einen, der hier und jetzt mit mir lebt, der mich jetzt liebt.

Sie hustete wieder. Daldossi mußte daran denken, daß ihr Husten ein aufgezeichneter Husten war. Vielleicht kaufte sie in diesem Moment auf dem Markt ein, scherzte mit den Burano-Brüdern, die zumindest in den achtziger Jahren den besten Fisch verkauft und die Rezepte mündlich dazugeliefert hatten, vielleicht plauderte sie jetzt mit einem Zeitungsverkäufer oder einem Barmann.

Noch einmal zurückgehen? Klingeln? Marlis um Entschuldigung bitten?

Und wenn Domenico heute seinen unterrichtsfreien Tag hatte?

Daldossi unterbrach Marlis' Redeschwall; er hatte genug von ihren Vorwürfen, ging hinüber zum Ticketschalter. Wenig später stand er, eingepfercht zwischen Venezianern und Touristen, auf dem Deck des Vaporetto, das Richtung Piazzale Roma ablegte.

Du bist immer weniger geworden, hörte Daldossi Marlis sagen.

Wie viele Szenen hatten sich ihm eingebrannt, hatten ihn nie mehr verlassen?

Glaubte er sie aus dem Gedächtnis verschwunden, tauchten sie in den eigenen Photos oder in denen seiner Kollegen wieder auf. So vieles von ihm war wirklich an Ort und Stelle geblieben, bei dem Mädchen in Kabul, das in einem dunklen Raum die Schuhe ihres Großvaters umschlungen hielt, als steckten noch die Beine darin, oder bei dem verwaisten Buben, der sich mit einem roten Spielzeugauto in den Bombenkrater zurückgezogen hatte, in dem seine Eltern zerfetzt worden waren. Etwas von ihm war noch immer bei dem Mädchen in Grosny und etwas bei dem beinlosen Buben in Tuzla. Etwas bei der stumpfsinnigen Bosnierin, die hinter ihrem Verschlag Tassen gespült hatte. Etwas in Falludscha. In Bagdad. In Basra.

Ohrwürmer kann man verscheuchen, indem man Kaugummi kaut. So überlistet man das auditive Gedächtnis. Das Kauen täuscht dem Gehirn Sprechen vor und unterdrückt auf diese Weise Melodien und Musikstücke, die sich hartnäckig festgesetzt haben. Und was ließ sich gegen *Sehwürmer* machen? Blinzeln? Die Augen schließen? Dem Gedächtnis suggerieren, daß man schläft?

Doch im Schlaf kehrten die Alptraumbilder erst recht zurück.

Bilder unterbrechen nicht den Zeitfluß, sie machen ihn nur reißender. *Reißerischer* würde Marlis sagen. Mag sein, daß die Photos bleibende Präparate von Querschnitten durch die Zeit waren, sie fraßen einen aber auch von innen auf, waren Würmer, die sich fortpflanzten.

Torturen dauerhafter Wiederbelebung.

Die Möwen schrien, flogen dem Vaporetto hinterher.

Daldossis Mund fühlte sich trocken an. Wüstengeschmack mitten auf dem Wasser.

Er schaukelte barwärts. Mit jeder Anlegestelle kam er seinem Bier näher. Er war weit davon entfernt, das Kühlwasser eines Wagens oder die Säure aus der Batterie trinken zu müssen. Mancher, der es nach Lampedusa geschafft hatte, war erst durch das *Meer ohne Wasser* gefahren, wie die Araber die Sahara nannten.

Damals, als Daldossi mit Schultheiß auf einen Termin mit Gaddafi gewartet hatte, war es nicht ganz so heiß gewesen.

Wer hatte Daldossi von den Flüchtlingen erzählt, die nichts mehr zu essen und zu trinken hatten, die ihren Kindern die leeren Wasserkanister vorsetzten, damit sie im *Meer ohne Wasser* gegen die Stille antrommelten? Den Regen herbeitrommelten? Und wenn schon nicht den Regen, dann ein paar Hoffnungen, die in diesen Rhythmen mitschwangen?

Wer hatte ihm von dem Pick-up erzählt, der im Sand verendet war? Von den zwölf Skeletten, die in der Nähe des Toyota gefunden worden waren? Von den Toten im Niemandsland?

Oder war es ein Photo gewesen? Das Bild von verdursteten Frauen und Kindern mitten in den Dünen? Schwarze Körper im hellen Sand?

Wüstengeschmack. Das könnte ein Wort von Schultheiß sein, der sich gewiß nicht vorzustellen vermochte, wie das Delirium einsetzt: Schwindel, Muskelkrämpfe, Erbrechen, anschwellende Zunge, schmerzende Schluckreflexe, rissig werdende Haut, ansteigende Körpertemperatur, Zuckungen. Wer zehn Prozent seines Körpergewichts verliert, ist verloren. Allahu akbar. Gott hat es so gewollt. Verdurstet für einen europäischen Photoapparat.

Neben Daldossi redete ein Mann laut und aufdringlich. Sagte seine Begleiterin etwas, fügte der Mann jedesmal *Certo, certo!*, *Sicher, sicher!* hinzu, als bräuchten die Worte der Frau einen Schwimmreifen. Sie hatte die gleiche Haarfarbe wie Vogels frühere Gefährtin Marianne. Daldossi fragte sich immer wieder, warum Vogel diese Frau verloren, so schnell den Rückzug angetreten hatte. Vielleicht war es Angst vor Mariannes Krankheit gewesen, vor ihrer Nähe zum Tod, vor ihrer Offenheit. Viele fürchteten sich vor ihr. Je kränker sie war, desto schärfer wurden ihre Worte. Gefangen in einem Aufmerksamkeit fordernden Körper, legte sie andererseits jede Form der Befangenheit ab. Sie ließ sich den Mund nicht verbieten, schon gar nicht aus Höflichkeit.

Daldossis Zustand war nicht mit Mariannes zu vergleichen, aber er hatte sich damals in sie hineinfühlen, hatte ihre Wut über die anwesenden Herren – die meisten davon Historiker und Journalisten – verstehen können, die über den Freiheitsbegriff diskutiert und bedauert hatten, daß sich keine Empfindung für diesen Begriff einstellte, die von den Unfreiheiten in westeuropäischen Systemen gesprochen hatten. Marianne hatte sie als *gesunde, gefühllose Wohlstandsäffchen* beschimpft, die ihre Elendsinformationen nur aus den Büchern und Zeitungen bezögen. Sie war aufgestanden und hatte die Tischgesellschaft verlassen. Vogel war sitzen geblieben, er war von Marianne überfordert gewesen.

In seinem Alter, hatte Vogel Daldossi einmal verraten, sei man manchmal müde. Einer Frau wie Marianne könnten selbst die gesundheitlichen Probleme nur wenig anhaben. Vielleicht wurzele das Verlangen in der Krankheit; je näher der Tod rücke, desto stärker blühe ihre Lust. Manchmal sei sie von der Blutwäsche nach Hause gekommen und habe mit der Hand ihres einbandagierten Arms seinen Hosenschlitz geöffnet, als habe sie den Arm sofort vergessen machen wollen, daß er ganze vier Stunden lang an den Nadeln gehangen hatte, die Mariannes einzige Verbindung in die Zukunft waren.

Es habe immer alles sofort passieren müssen. Mariannes Ungeduld sei von Jahr zu Jahr, von Monat zu Monat, anstrengender geworden. Schnell reizbar sei sie gewesen, zuweilen unleidlich.

Damals im *Engländer* war ihr Daldossi als einziger an die Theke gefolgt.

Lauter Lebenszeiträuber, hatte sie zu ihm gesagt. Lachhafte Lackaffen. Dann hatte sie ein Glas Wein bestellt und das Thema gewechselt.

Was er zuletzt auf dem Balkan erlebt habe, hatte sie wissen wollen und Daldossi immer wieder am Oberarm und an der Schulter berührt, wenn er von Sarajevo, von der Straße der Brüderlichkeit und Einigkeit erzählt hatte, die von serbischen Scharfschützen dauerbeschossen worden war.

Die Kinder hatte man damals eingesperrt, sie waren in Schränke und unter ihre Betten gekrochen, während es draußen geknallt hatte. Und dort, wo sie ins Freie gehen konnten, waren sie keine Kinder mehr gewesen. Daldossi hatte ernste und freudlose Gesichter photographiert, manche Buben waren aufeinander losgegangen, hatten mit Holzspistolen auf die Nachbarskinder und Freunde gezielt.

Bang-Bang, hallte es in Daldossis Kopf, als habe er gestern an den Fondamenta Nuove schon einmal diese Gedanken gehabt.

Selten hatte Daldossi in letzter Zeit an den Bosnienkrieg gedacht, an die fast vier Jahre andauernde Belagerung Sarajevos, an die Kinder, die in Kellerlöchern zur Schule gegangen waren, die kilometerweit Plastikkanister mit Wasser angeschleppt hatten, immer im Visier der paramilitärischen Verbände und der serbisch dominierten Jugoslawischen Volksarmee.

Er hatte noch Monate danach jenes seltsame Geräusch der Mega-Granaten im Ohr gehabt, die eigentlich für Flugzeuge gedacht gewesen waren. Sie hatten Löcher in der Größe eines Schwimmbeckens in den Boden gerissen. Der Bub, den Daldossi im Koševo-Krankenhaus photographiert hatte, der ihm stolz von seiner privaten Sammlung von Schrapnellen und anderen Projektilen erzählt hatte, war vielleicht zwölf Jahre alt gewesen, ein Jugendlicher, der nur aus Rippen und Narben zu bestehen schien.

Pig-Grenades würden er und seine Kumpels diese Granaten nennen, weil sie sich wie Schweine anhörten, die sich im Dreck suhlten, hatte Mirsad erzählt. Daldossi war seither an keinem Schweinestall mehr vorbeigekommen, ohne an Mirsad und an seine dürren langen Beine mit den riesigen Kniescheiben denken zu müssen, er hatte an keinen, sich auf der Erde wälzenden Hängebauchschweinen vorbeischauen können, ohne Mirsads schmallippigen Mund und seine dunklen, ungewöhnlich breiten Augenbrauen vor sich zu sehen, die den Anschein erweckt hatten, als überwucherten sie Mirsads Augen, als sei es deren Aufgabe, die Sicht auf die Welt ein für allemal so einzuengen, daß der Krieg nicht mehr ins Blickfeld zu geraten vermochte. Und immer, wenn Theo Waigel auf dem Bildschirm erschienen war, der Politiker mit den breitesten und dichtesten Augenbrauen Deutschlands, katapultierte Daldossi dieses Ministergesicht augenblicklich ans Krankenhausbett von Mirsad, dem einzigen Sohn einer siebenköpfigen bosnischen Familie, in den die Mutter – eine Balkanschönheit mit Mandelaugen und prägnanter Nase – all ihre Hoffnungen gesetzt hatte, weil der Vater an Pankreaskrebs erkrankt war.

Mirsad war Fan von Mirsad Baljić gewesen, der beim SFR Jugoslawien gekickt und Ende der achtziger Jahre in die Schweiz gewechselt war.

Fußballspieler hatte der schwerverletzte Bub werden wollen,

wie die meisten Buben seines Alters. Sein Vorbild Baljić war immerhin einmal Schweizer Pokalsieger und einmal Schweizer Meister geworden, bevor er 1994, mitten im Bosnienkrieg, seine Karriere in Zürich beendet hatte. Mirsad hatte nicht nur von einer ähnlichen Fußballerkarriere geträumt, sondern auch von der Flucht in das reiche Alpenland, von dem er überzeugt gewesen war, daß es für seinen Vater die Rettung bedeutete.

Wenn er seine schweren Bauchverletzungen überlebt hatte, dachte Daldossi, dann war Mirsad jetzt ein erwachsener Mann, und vor den Häusern wuchsen vielleicht wieder Bäume. 250 000 waren während der Belagerung zu Brennholz verarbeitet worden. Alles hochragende Grün war aus dem Stadtbild verschwunden. Am Ende hatten auch die Holztische, -schränke und -böden daran glauben müssen.

Die Kälte vermag einem ebenso den Verstand zu rauben wie die Hitze. Ein kleines Feuer schon vermochte Hände, Füße und Gesicht zu wärmen, und das flackernde Licht Bewegung in die erstarrten Gedanken zu bringen.

Damals, Seite an Seite mit den Tschetschenen, in jener naßkalten, schwarzen Nacht, hatte sich Daldossi dabei ertappt, daß er daran dachte, sich selbst anzuzünden. Er wäre mit seinen klammen Fingern nicht in der Lage gewesen, ein Feuerzeug zu bedienen. Auch die Kamera hatte er erst am nächsten Morgen ausgepackt.

Als er nach Wien zurückgekehrt war, endlich wieder die tschetschenische Kälte, das Dunkel und die Angst hinter sich gelassen hatte, war ihm alles nichtig und uninteressant erschienen. Die Leere war überall gewesen, in den Fernsehkanälen, im Geplapper über den Tischen, in den Gesichtern der Passanten. Daldossi war es so vorgekommen, als träfe er auf batteriebetriebene Spielzeugfiguren, selbst Marlis war ihm gleichgültig gewesen. Da erst hatte er Khamids Worte verstanden: Erst träumst du von deiner Frau und deinen Kindern, willst nichts sehnlicher, als nach Hause zu kommen. Aber dann sind dort alle so kleinlich, wissen nichts vom Leben.

An der Endstation Piazzale Roma eilte Daldossi in die Bar, kippte ein Bier hinunter und kaufte eine kleine Flasche Mineralwasser. Er dachte an seinen Nachbarn Novotny, an dessen Morgenbier. Der Geldschein zitterte zwischen Daldossis Fingern.

Er beschloß, sofort zum Flughafen zu fahren. Seit Marlis ihn verlassen hatte, nahm seine Orientierungslosigkeit zu. Er mußte etwas dagegen tun, mußte handeln. Zu Hause war er in den letzten Tagen oft planlos hin und her gelaufen, hatte sich nicht entschließen können, aufzubrechen, genausowenig war er überzeugt gewesen, in der Wohnung bleiben zu sollen. Und wenn er endlich die Tür hinter sich zugeworfen und das Haus verlassen hatte, war er ratlos auf der Straße gestanden.

Er buchte ein Flugticket nach Rom, ein weiteres von Rom nach Palermo und noch eins von der sizilianischen Hauptstadt zum Inselflughafen von Lampedusa. Die Summe, die ihm hierfür vom Konto abgezogen wurde, interessierte ihn nicht. Geld hatte ihm nie etwas bedeutet. Meistens war davon ausreichend dagewesen, um es auch in kleineren Summen verteilen zu können. Viele würden nie erfahren, daß er der Spender gewesen war. Sarah hatte er schon öfter über einen Boten anonym Geldbeträge zukommen lassen. Auch Stephanie, als sie noch von niemandem zu Vorträgen eingeladen worden war, hatte er auf diese Weise beschenkt. Dankbarkeit haßte Daldossi, sie verbog die Menschen.

Wenig später war Daldossi wieder in der Luft, blickte auf die zerfranste kroatische Küste hinunter. In ihrer Nähe sah das Meer aus, als habe die Hand eines Riesen Milch hineingerührt.

Ghaski Chak hatte ihn in Grosny ein von den Russen gefangengenommener Tschetschene angeschrien, *russisches Schwein*. So oder so war Daldossi oft auf der falschen Seite gestanden.

Der Magen schmerzte noch immer. Johanna hatte kaum etwas gefrühstückt. Es war nicht das übliche Sodbrennen, unter dem sie nach den langen Redaktionssitzungen litt, in denen ständig Kaffee nachgeschenkt wurde, die Muskeln ihres Bauches zogen sich anfallsartig zusammen. Im Aufzug hatte sie eine gebückte Haltung eingenommen, bis die Schmerzen vorüber gewesen waren. Aber jetzt, vor all den Gästen, bemühte sich Johanna, sich nichts anmerken zu lassen.

Die Tür zur Terrasse stand offen, der Himmel war wolkenlos. Neben einer tropfenförmigen gelben Stehlampe wuchs eine Palme aus einem Betontopf. Johanna bestellte eine Tasse Tee und trat vom Speisesaal ins Freie hinaus. Die Tische draußen waren zur Hälfte belegt, die meisten Hotelgäste schienen Bootstouristen zu sein, Segler, die nur kurz auf der Insel haltmachten.

Lampedusa war eben nicht Capri. Es gab hier keine teuren Geschäfte, keine Nachtlokale, keine besonderen Sehenswürdigkeiten. Soviel hatte Johanna nachts auf ihrem iPad recherchieren können. Dafür aber Strände von einer Schönheit, daß man alles andere entbehren konnte. Strände, an denen jetzt immer wieder Tote oder Schwimmwesten angeschwemmt wurden.

Auch die Zahl der Touristen hatte abgenommen, weil die Bilder, die in den Medien publiziert wurden, die Vorfreude auf ein unbeschwertes Bade- und Tauchvergnügen trübten.

Es gibt für diese Insel keine Erholungspausen, dachte Johanna, während sie auf den Hafen hinunterschaute. In den ersten Jahren waren die Flüchtlingsboote in den Wintermonaten ausgeblieben, das hatte sich längst geändert. Sie kamen inzwischen auch bei schlechteren Witterungsbedingungen. Viele Flüchtlinge wurden zu diesen gefährlichen Unternehmungen von ihren Schleppern gezwungen.

Nach den Tsunamis an den Küsten des Indischen Ozeans, die über 230 000 Menschen das Leben gekostet hatten, war Johanna nicht mehr in der Lage gewesen, sich vorzustellen, daß an jenen verwüsteten, mit aufgeblähten Leichen gesäumten Stränden noch jemals Touristen Urlaub machen würden.

Sie hatte in Apulien und auf Naxos im Liegestuhl gelegen und, auf das Meer blickend, Monate und noch Jahre später eine Flutwelle auf sich zukommen sehen, hatte dabei überlegt, wer von den Strandbesuchern überleben würde, wie der kleine, touristisch aufgerüstete Küstenstreifen in Santa Maria di Leuca mit seinen Kiosken, Restaurants, Schirmen, abgestellten Zweirädern und Autos nach einem solchen Megabeben aussehen würde.

Trotz der Bilder und Filme waren Touristen nach Indonesien, Sri Lanka und Thailand zurückgekehrt. Wenn die Medien sie nicht mehr erinnerten, vergaßen die Menschen. Die Photos lagerten auf Festplatten, lagen in Archiven und in privaten Schränken.

Lampedusa war ein Dauerbrenner. Jede Geschichte, jedes Bild waren Zeichen künftiger Tode.

Johanna mußte sich am Geländer festhalten, so sehr krampfte sich ihr Bauch zusammen. Sie schwitzte, obwohl es nicht besonders heiß war.

Ein Fischerboot erreichte in diesem Augenblick das Hafenbecken, der Motor war lauter als bei einem Traktor.

Der Hotelangestellte, der Johanna vom Flughafen abgeholt hatte, fragte, wo er den Tee abstellen solle. Giulios Arme und Beine waren tätowiert; das Tattoo am linken Unterarm sah aus, als trüge er ein vier Zentimeter breites, einfarbiges Armband.

Stellen Sie ihn hier ab, danke.

Alles okay, fragte Giulio.

Wie sollte Johanna jemandem, der nur drei Sätze Englisch sprach, erklären, daß sie fröstelte, obwohl ihr der Schweiß auf der Stirn stand? Schon im Wagen vom Flughafen hierher hatte Giulio sie nicht verstanden. Oder nicht verstehen wollen.

Sie setzte sich an einen freien Tisch und wartete darauf, daß der Tee abkühlte. Die Feuchtigkeit hatte ihre Haare gewellt. Johanna haßte Locken, sie waren das genetische Erbe der Familie ihres Vaters. Seit ihrer Jugend fönte sie ihre langen Haare über eine Rundbürste oder glättete sie mit einem Glätteisen. Hier würde sie herumlaufen wie Janis Joplin.

Bruno hatte sich nicht gemeldet. Wahrscheinlich hatte Marlis sich mit ihm versöhnt. Einen Mann wie ihn ließ man nicht so schnell stehen. Man verpaßte ihm einen Denkzettel, aber man verabschiedete sich nicht für immer. Eigentlich kannte Johanna Bruno nicht gut genug, um das behaupten zu können, aber ein Gefühl sagte ihr, daß er einer war, den man nicht vergessen konnte.

Mußten sich so viele junge Leute außen beschriften und bezeichnen lassen, weil sie innen nichts mehr zu entziffern vermochten, ihnen nichts mehr unter die Haut ging? Und wie, fragte sich Johanna, während sie Giulio betrachtete, erkannte man unter all den Rosen, Kreuzen und chinesischen Schriftbildern überhaupt noch ein Melanom? Giulio hatte sich nach einer heruntergefallenen Gabel gebückt, so daß sein T-Shirt nach oben gerutscht und ein Streifen seines tätowierten Rückens sichtbar geworden war.

Wie paßte das alles zusammen – China, Christentum und Flora?

Nachdem sie den Tee ausgetrunken hatte, ließ sich Johanna den Weg ins Zentrum erklären. Giulio lächelte. Es gäbe kein Zentrum, sagte er. Vielleicht die Via Roma.

Gleich neben dem Hotel befand sich das Gebäude der Finanzpolizei; mehrere Männer in grauer Uniform standen rauchend vor der Tür und musterten Johanna, als sie an ihnen vorbeiging. Der *Spugnificio* daneben war verriegelt. Hier gab es während der Touristensaison Meeresschwämme und Muscheln zu kaufen. Aber vielleicht war das Geschäft auch in den Sommermonaten zu, denn seit die Lampedusaner die Schwämme nicht mehr vorsichtig vom Felsen schnitten, sondern mit Schürfeisen abkratzten, wurden auch die Schwammbänke – einst zählten sie zu den größten Italiens – immer kleiner. Außerdem – wer will sich noch mit toten Tieren waschen, wenn es auch synthetisch hergestellte Schwämme ohne herausgeschnittene Organe gibt?

Johanna hatte Mühe, die ansteigende Via Sbarcatoio hochzugehen, die den Alten Hafen mit der Via Roma verband. Die meisten Restaurants, Bars und Läden, in denen Kleinmotorräder gemietet werden konnten, waren geschlossen. Dazwischen standen ärmliche Häuser, die entweder ganz verfielen oder nur teilweise verputzt und fertiggebaut worden waren. Jetzt, am späten Vormittag, waren fast alle Jalousien heruntergelassen, die Wäscheständer lehnten zusammengeklappt an der Hausmauer. Abends, das ahnte Johanna von ihren Urlauben in Süditalien, würde sich auf den straßenseitigen Balkonen und Terrassen das Familienleben abspielen: Kinder, die plärrten, Frauen, die mit ihren Söhnen und Töchtern schimpften, Männer, die, über ihre üppig gefüllten Teller gebeugt, alles vergaßen, was ihnen tagsüber Sorgen bereitet hatte.

Und Nonno und Nonna – so sie noch lebten – würden schweigsam auf einer Bank neben dem Hauseingang sitzen.

Familienbande dieser Art waren Johanna immer fremd geblieben. Sie hatte selten den Wunsch nach einer Ehe mit Kindern gehabt, doch seit ihre Mutter tot war, verspürte sie manchmal die Sehnsucht nach einem Partner und nach einer Tochter oder einem Sohn, mit denen sie die Trauer hätte teilen können. Ein einziges Mal war Johanna schwanger geworden, von einem verheirateten Liebhaber, einem Hamburger Dermatologen, mit dem sie sich nach Dienstschluß in seiner Praxis getroffen hatte. Das ungeplante Kind hatte sich von selbst verabschiedet. Mitten in einer Redaktionssitzung hatte Johanna zu bluten begonnen; Ditha war mit ihr ins Krankenhaus gefahren. Sei froh, hatte Ditha damals gesagt. Johanna hatte sich entschieden gehabt, gegen den Mann, für das Kind. Das hatte sie niemandem mehr erzählen können, nicht einmal Elisabeth, so schnell hatte die Fehlgeburt ihre wachsende Vorfreude abgewürgt.

Der Dermatologe war ihr noch wochenlang hinterhergelaufen, hatte sie erst in Ruhe gelassen, als Johanna einen neuen Freund erfunden hatte.

In der Via Roma lagen mehrere Hunde im Schatten der Häuser, dreckige, abgemagerte Mischlinge. Einer leckte an den Resten eines zerlaufenen Speiseeises.

Johanna fragte eine ältere Frau nach der Apotheke. Die Signora verstand kein Englisch oder hörte schlecht. Ein junger Mann kam zu Hilfe und zeigte mit dem Finger auf ein zweistöckiges Haus mit einem Uhrturm in der Mitte. Dort sei das Rathaus. Ebenerdig befände sich rechter Hand die *Farmacia*.

Vereinzelt erblickte Johanna Touristen; sie trugen Flip-Flops, ärmellose T-Shirts, kurze Hosen, während einige Einheimische bereits in langen Hosen und langärmeligen Kleidern ihren Alltagsgeschäften nachgingen.

Auf dem Mobiltelephon war noch immer keine Nachricht von Bruno eingegangen. Statt dessen hatte Henrik sich gemeldet. Sie sahen sich im Abstand von drei, vier Wochen im Hamburger Rathausviertel, oft im *Café Paris*, das Johanna nicht mochte, weil es meistens überfüllt war. Alle gingen ins *Paris*, die auf sich hielten. Henrik hielt besonders auf sich, seit er bei *Annika Wildner* aufgetreten war.

Zu den Bauchkrämpfen kam erneut Übelkeit hinzu; Johanna blieb stehen, atmete durch.

Wie das Treffen mit seinem alten Freund Daldossi verlaufen sei, hatte Henrik per SMS gefragt. Woher wußte er davon? Hatte er in der Redaktion angerufen? Hatte Ditha ihm davon erzählt?

Johanna setzte sich auf eine Steinbank, strich sich über die schweißnasse Stirn. Konnte sie sich hinlegen, ohne Aufsehen zu erregen? Wenn sie erst mal lag, würde sie nicht mehr zusammenbrechen, dachte Johanna.

Tutto bene?

Gar nichts war gut. Johanna sah in das Gesicht einer Passantin. So viele kleine, schlichte Häuser. Markisen über den Auslagen. Hunde vor den heruntergelassenen Geschäftsrollos. Springende Kinder vor einer Bar. Carabinieri. Hausfrauen mit Obst in den Nylontaschen. Ein alter, dicker Weißhaariger, der stehenblieb.

Ha bisogno d'aiuto?

Was sagte der?

Der Himmel sah aus, als saugte ihn jemand ab. Die Wolken zerfielen in quadratische Flecken. Vielleicht waren das die Häuser.

Signora?

Zwischen den Gräbern und Mausoleen spielen zwei ägyptische Jungen Fußball. Der eine steht auf einem Grabstein und blickt dem Ball hinterher, den der andere mit dem Kopf in seine Richtung gestoßen hat. Am linken Bildrand hängt eine alte Frau Wäsche auf einen Ständer, den sie vor dem Grabmal aufgestellt hat, in dem sie mit ihrer Tochter und drei Kindern wohnt. Am rechten Bildrand sitzen drei Männer in ihren beigen Djellabas und rauchen Shisha.
***Spielende Kinder auf dem Friedhof El Arafa**, Farbphotographie, Kairo/Ägypten, 1.2.2011, unveröffentlicht.*

Daldossi hatte es mehrere Male versucht, bis er Bredica erreicht hatte. In Rom, am Flughafen, war es zu laut gewesen, um zu telephonieren. Aber hier an der *Sky Lounge Bar* hatten sich nur ein paar Männer vor den Bildschirmen versammelt und sahen Fußball. Ein Kleinkind schlief in den Armen seines Vaters, der auf seinem iPad gleichzeitig ein Tennisspiel verfolgte.

Bredica hatte versprochen, den Zahnarztfreund aufzusuchen, gleich am nächsten Tag hatte Daldossi ihr einen Termin verschaffen können.

Nein, du zahlst nichts.

Ob er da sicher sei.

Sein Freund behandle öfter Menschen gratis.

Auch Nutten?

Auch Freundinnen von mir.

Bredicas Langsamkeit beim Sprechen war Daldossi auf die Nerven gegangen. Es hatte geklungen, als ginge sie beim Telephonieren verloren, als entwickelte sie sich bei jedem Wort zurück. Am Ende würde sie nur noch brabbeln.

Geduld war keine seiner Tugenden. Eigentlich war er stolz, sie nicht zu besitzen. Sie war etwas für religiöse Kleingeister, die an ein ewiges Leben glaubten.

Schultheiß, erinnerte sich Daldossi, hatte sich manchmal zwischen den Sätzen so viel Zeit gelassen, daß Daldossi angefangen hatte, sich eine Zigarette nach der anderen anzustecken oder mit den Fingern auf die Tischplatte zu trommeln, und er hatte das von Schultheiß langsam Formulierte mehrmals mit *Ja, ja* bestätigt, aber es hatte nichts genützt.

Wie es Djamila gehe, fragte Daldossi noch. Bredica war plötzlich aufgeregt, was er ihrem Atem anmerkte.

Olabukonola –

Ola… – was?

Ola-buko-nola, Djamilas Lieblingsbruder, sei von zu Hause abgehauen, er sei noch minderjährig. Er wolle zu Djamila, habe er zu einem Freund gesagt. Seither schlafe Djamila nicht mehr. Sie gebe ihr ganzes Geld für Telephongespräche aus. Einer der Typen wisse angeblich, wo sich Olabukonola aufhalte.

Welcher Typ?

Der immer Geld verlangt. Ekon.

Hinter der Theke der *Sky Lounge Bar* stritten sich zwei Kellner. Einer preßte Orangen aus, der andere warf das Geschirrtuch über die Kaffeemaschine und verschwand in der Küche.

Sie habe schon genug Probleme.

Wer?

Djamila. Olabukonola würde sie nur noch vergrößern.

Zambrotta hatte vor seinem Motorradunfall noch Nigerianerinnen in Süditalien photographiert: junge Frauen am Straßenrand oder auf dem Gehsteig, in knappen Röcken, Mädchen, die auf nackten Terrazzoböden schliefen, von kahlen Wänden umgeben. Gesichter hinter einem Maschendrahtzaun. Daran mußte Daldossi jetzt denken. Daß diese Bilder einmal Gegenwart gewesen waren und als unmittelbare Gegenwart wahrgenommen worden waren. Daß es gar keine Gegenwart gab. Daß die immer woanders war. Zambrottas Nigerianerinnen in Bari waren möglicherweise wieder nach Nigeria abgeschoben worden oder hatten die Stadt gewechselt. Bari war jetzt in Mailand oder München. Es war alles schon vorbei und geschah doch jetzt.

Sag schon, was hat sie für Probleme. Steht sie neben dir?

Nein.

Also.

Djamila sei in Italien geschlagen worden, wenn sie weniger als zweihundert Euro nach Hause gebracht habe.

Bredica hatte *nach Hause* gesagt. Um sie halbwegs zu verstehen, hatte Daldossi die konfusen, disparaten Erzählteile erst einmal zusammenfügen und in eine chronologische Ordnung bringen müssen. Es war ihm ein Rätsel, wie Bredica andererseits Djamilas Mischmasch aus Englisch, Italienisch und Deutsch hatte folgen können.

Manchmal hatte sie Djamilas Sätze in deren Sprache wiedergegeben, vielleicht, weil sie nicht genau wußte, was einzelne

Wörter bedeuteten, oder um die Geschichte ihrer nigerianischen Freundin glaubhaft erscheinen zu lassen.

Offenbar war Djamila während der Wüstendurchquerung und an verschiedenen Polizeikontrollpunkten in Libyen vergewaltigt worden. Der Pick-up mit den Flüchtlingen war immer wieder angehalten worden. Die Grenzposten hatten als Zahlungsmittel für die Weiterfahrt ein paar nigerianische Jungfrauen verlangt.

They are all assassini, hatte Bredica Djamila zitiert. Wer sich wehre, bleibe in der Wüste liegen.

Eine der Frauen, die mit Djamila aus Abuja aufgebrochen war, hatte sich in Zuwara, wo die Nigerianerinnen zusammen mit unzähligen anderen Flüchtlingen auf die Weiterreise gewartet hatten, Baumwollfetzen in die Vagina gesteckt, um nicht schwanger zu werden. Eine andere war wenige Tage nach einem Abtreibungsversuch, den sie mit chinesischen Eßstäbchen vorgenommen hatte, gestorben.

Ob Johanna auch darüber schreiben würde?

Während seiner Studienzeit in den achtziger Jahren hatte Daldossi eine Zeitlang türkischen Nachbarskindern beim Lernen geholfen. Er war sogar zu den Schulsprechstunden gegangen. Von einer seiner Mitbewohnerinnen hatte Daldossi erfahren, daß die Schwester der Türkin in der Wohnung über ihnen in ihrem anatolischen Heimatdorf mit Stricknadeln abgetrieben hatte und bei dem heimlichen Eingriff verblutet war. Mit Daldossi hatte die Türkin nur geredet, wenn ihr Ehemann bei der Arbeit gewesen war. Sie hatte weder Lesen noch Schreiben gelernt. Wenn sich das Aussehen einer Verpackung geändert hatte, war sie nicht mehr in der Lage gewesen, ohne Hilfe einzukaufen.

Das Martyrium, hatte Bredica erzählt, habe auch bei der Ankunft in Europa nicht aufgehört.

Djamila und die anderen hätten geglaubt, dort würde der Himmel beginnen.

Ha! Aber dieser Himmel auf Erden sei die Vorhölle. Für sie als Rumänin ebenso wie für die Afrikanerinnen.

Hinter den Zäunen der angeblich sicheren Auffanglager und in den Lagern selbst hätten die nächsten Peiniger gewartet, Nigerianer und Nigerianerinnen, die mit Italienern das große Geschäft machten. Aber vorher hätten sich die Vermittler als nette Begleiter gezeigt und den Frauen ein besseres Leben, Arbeit, Klamotten und Kontakt zur Familie versprochen.

Blablabla, hatte Bredica ins Telephon gerufen, nichts davon sei wahr gewesen. – Sind nicht alle so wie du.

Djamila sei von Lampedusa mit der Fähre nach Sizilien gebracht worden, dann habe man sie nach Minerva begleitet.

Mineo, hatte Daldossi Bredica korrigiert. In diesem Dorf seien ursprünglich die Familien der NATO-Soldaten untergebracht gewesen.

Bredica hatte Daldossis Einwurf nicht beachtet. Sie hatte fast die normale Sprechgeschwindigkeit erreicht.

Die Vermittler hätten Djamila von Mineo nach Lecce gebracht und sie sogar aufgefordert, um Asyl anzusuchen.

Es sähe immer alles normal aus am Anfang, hatte Bredica gesagt. Aber dann sei Djamila fünfzehn Stunden auf die Straße geschickt worden. Von sechs bis einundzwanzig Uhr, kontrolliert von einer Frau, einer Nigerianerin.

Geschlafen habe sie auf dem Küchenboden eines kleinen, mit jungen Schwarzafrikanerinnen überfüllten Appartements. Sie hätte die Reisekosten abarbeiten müssen, außerdem habe sie einhundert Euro fürs Essen und zweihundert fürs Wohnen gezahlt. Zweihundert Euro für ein Stück Boden! Und dreihundert für den Gehsteigplatz.

Sie waren unterbrochen worden. Die Akkukapazität hatte für einen letzten Rückruf gereicht, bei dem Daldossi Bredica nochmals bat, seinen Zahnarztfreund aufzusuchen.

Und wie ist Djamila von Lecce nach Wien gekommen?

Sie habe Bauchkrämpfe gehabt und sei deswegen ins Appartement zurückgefahren. Das hätte sie besser nicht gemacht. Einer der Männer habe ihr mit einem Messer den Rücken geritzt, ein anderer hätte sie krankenhausreif geschlagen.

Und dann? Hallo? Bredica?

Die Scheiben waren verdreckt, wegen des Staubes hatte das Licht Ähnlichkeiten mit Neonlicht, die Farben kamen nicht durch.

Daldossi hatte versucht, Bredica zurückzurufen, nachdem er den Akku an einer mit Steckdosen versehenen Säule aufgeladen hatte. Die Telephonverbindung war jedoch sofort wieder abgebrochen.

Eine Weile stand er neben einem Glaskasten, in dem ein weißes Fahrrad mit roten Reifen, rotem Ledersattel und roten Griffen ausgestellt war. Fahrradwerbung erschien ihm hier in Palermo wie eine Aufforderung zum Selbstmord, gab es doch nicht einmal die Möglichkeit, vor dem Autoverkehr auf den Gehsteig auszuweichen, der wie jede freie Fläche in allen süditalienischen Städten von Autos zugeparkt war.

Vor wenigen Jahren war er mit Marlis hiergewesen, hatte damals – wie so oft – gehofft, sein Leben im Urlaub ordnen und nebenbei eine Photoreportage über die Märkte Palermos machen zu können, über die Vucciria zum Beispiel, die er bunt und belebt von einem Bild Renato Guttusos in Erinnerung gehabt hatte. Aber die wahre Vucciria war zu einem Schrumpfmarkt geworden, daran war auch der Montag nicht schuld gewesen. Er war mit Marlis noch an anderen Tagen hingegangen, die mickrigen Stände waren dieselben geblieben.

Am interessantesten hatte er noch den Messerschleifer gefunden. Er stand die meiste Zeit vor seinem Geschäft, ein weißhaariger Mann in einer kurzärmeligen blauen Arbeiterschürze. In der kleinen Werkstatt waren alte Gerätschaften und eine Vitrine mit unterschiedlichen Fleischermessern zu sehen gewesen. Daldossi hatte an Irma Svetly denken müssen, an eine Bekannte Vogels, die an einem Projekt über aussterbende Berufe gearbeitet und ihn vor mehreren Jahren als Photographen angefragt hatte. Aber damals war Daldossi immer wieder im Irak unterwegs gewesen, und in den wenigen Wochen, die er in Wien verbracht hatte, konnte und wollte er sich nicht mit ehemaligen Schriftsetzern, Bandlkrämern oder Futteralmachern beschäftigen.

Die Woche in Palermo hatte Daldossi in keiner guten Erinnerung. Marlis und er hatten sich nicht viel zu erzählen gehabt, ihre Körper noch weniger. Vielleicht war Marlis bereits in einen anderen Mann verliebt gewesen. Daldossi war nie dahintergekommen, auf wen sich ihre Gedanken und ihre Zuneigung konzentriert hatten.

Domenico hatte sie damals noch nicht gekannt.

Einmal war er allein auf einen Drink in eine Weinbar gegangen. Das von zwei blonden, stark geschminkten Transen besuchte Lokal befand sich gegenüber von einem Grandhotel, dessen Fensterläden alle verschlossen waren. Die europäische Fahne, die über dem Eingang von der Fahnenstange hing, schien neu zu sein. Auf dem Platz, der den Namen einer Bank trug, regelten von der Mafia bezahlte Parkplatzeinweiser den Verkehr.

Daldossi hatte an jenem Abend zwei Flaschen von dem Catarratto Bianco getrunken und sich auf dem Rückweg zur Wohnung, die er und Marlis im Zentrum angemietet hatten, mehrmals verlaufen. Erst war er in der Nähe der Bar auf ein von der Sonne aufgehelltes *Blow-up*-Filmplakat gestoßen, dann hatte er um die Ecke den Palazzo Valguarnera-Gangi entdeckt, in dessen Spiegelsaal der Gran ballo gedreht worden war, jene lange, beinahe schon langweilig anmutende Filmszene aus Viscontis *Gattopardo*, in der Burt Lancaster mit Claudia Cardinale tanzt.

Die Cardinale mit den langen schwarzen Haaren und dem trotzig wirkenden Mund war einmal sein Idol gewesen, was sein

Großonkel, der Tierpräparator und *Eichhörnchenmörder* – wie ihn Marlis zu nennen pflegte –, damals nicht hatte verstehen können. Denn die CC, hatte der Großonkel bei einem Weihnachtsessen zu bedenken gegeben, sei nicht einmal Sizilianerin! Für einen Rechtskonservativen, der trotz seines italienischen Familiennamens *Daldossi* stets auf seinen Südtiroler Wurzeln beharrt hatte, war eine in Tunesien geborene Frau wie die Cardinale, deren Großeltern von Sizilien nach Nordafrika ausgewandert waren, eine nicht zu übertreffende Steigerung der in Südtirol ohnehin unbeliebten Italiener und noch unbeliebteren Süditaliener gewesen.

1957 gewann die Cardinale den Wettbewerb der *reginetta italiana*, der italienischen Schönheitskönigin in Tunesien, und erhielt als Preis eine Schärpe und eine Reise zu den Filmfestspielen in Venedig, was ihr Einstieg ins Filmgeschäft gewesen war.

Wie vergeßlich ein Volk doch sein konnte, dachte Daldossi. Casa Pound und Forza Nuova hetzten gegen Flüchtlinge aus Afrika, dabei hatten schon früh Genueser die tunesische Insel Tabarca besetzt und ab 1868 massenhaft italienische Migranten vor allem aus Sizilien ihr Glück in Tunesien versucht. Zum damaligen Zeitpunkt war Amerika noch schwer zu erreichen gewesen. Handlanger, Tagelöhner, Fischer, Hafenarbeiter und Bergarbeiter hofften auf bessere Lebensbedingungen in Nordafrika. La Goulette wurde zur italienischen Kolonie und hatte sogar einen Stadtteil mit dem Namen *Piccola Sicilia*. Ehen zwischen Katholiken und Muslimen waren keine Seltenheit gewesen.

Spät war Daldossi damals in die palermitanische Wohnung zurückgekehrt. Um Marlis nicht aufzuwecken, hatte er vorsichtig die Tür geöffnet, nicht einmal Licht gemacht. Eine Weile war er im Vorzimmer gestanden, weil ihn ein Geräusch irritiert hatte. Nachdem sich seine Augen an das Halbdunkel gewöhnt hatten, war er ins Schlafzimmer getreten. Ob sie noch wach sei, hatte er Marlis leise gefragt. Keine Antwort.

Er hatte sich ihrem Bett genähert und gesehen, daß Marlis ihre Beine unter dem Leintuch gespreizt hatte. Den Kopfhörer auf, die Augen geschlossen, hatte sie sich ihrer Musik und den Reibbewegungen ihrer rechten Hand hingegeben, ohne Daldossi zu bemerken.

Hörst du mich, Bredica? Hallo? – Ja, jetzt klappt's.

Daldossi entfernte sich von der *Sky Lounge Bar*, von den lauten Kühlmotoren der Getränkeautomaten, dem Geschirrklappern, von den diversen Piep- und Klingeltönen, welche die Kellner darauf aufmerksam machten, daß die Toasts, die Piadine oder die Arancini heiß genug waren, um serviert zu werden.

Hörst du mich? Lauter!

Bredica sprach noch langsamer als sonst. Nach und nach erfuhr Daldossi, daß man Djamila einen Job als Kindermädchen in Europa versprochen habe, daß sie vor ihrer Abreise gezwungen worden sei, sich einem Ritual zu unterziehen.

Jojo – nein, Juju, irgend so ein Voodoo-Zauber, hatte Bredica gesagt. Am Anfang habe sie gar nicht verstanden, was Djamila meinte; da habe sie ja nur Italienisch und drei Brocken Englisch gesprochen. Aber man könne auch mit Händen reden.

Djamila habe auf die Zehen und ihre Scham gezeigt und den ausgestreckten Zeige- und Mittelfinger so bewegt, daß Bredica darin eine Schere habe erkennen können. Erst habe sie angenommen, Djamila sei beschnitten worden, aber inzwischen wisse sie, daß ihre Freundin beim Blut eines Huhnes und ihren abgeschnittenen Nägeln und Haaren habe schwören müssen, alles zu befolgen, was die Schlepper von ihr verlangten.

Die glaubt noch immer an diesen Unsinn, hatte Bredica gesagt. Ich hab ihr geraten, in die Kirche zu gehen und sich mit Weihwasser zu bespritzen, aber sie versteht *Weihwasser* nicht.

Und Ekon, hatte Daldossi gefragt, was spielt der für eine Rolle?

Der erinnere sie an den Schwur.

Den Voodoo-Zauber?

Ja. Und was es bedeutet, ihn zu brechen.

Und Olabukonola?

Djamila hat Angst, daß ihr Bruder stirbt, weil sie den Schleppern entkommen ist, damals in Lecce. Sie hat sich schuldig gemacht. Dieser Juju-Priester hat ihr mit dem Tod von Familienangehörigen gedroht, wenn sie den Schwur brechen sollte.

Ich komme auch in die Hölle, sagte Bredica und lachte.

Daldossi erfuhr, daß Djamila aus dem Krankenhaus von Lecce geflüchtet war, daß sie sich bis nach Österreich hatte durchschlagen können.

Einmal habe eine Pilzinfektion gereicht, um sie aus der Fassung zu bringen. Sie hätte die Aufregung verstanden, wenn es Tripper gewesen wäre, sagte Bredica. Oder Syphilis. Die Buchinger habe Djamila ausgelacht und sie eine *naive Busch-Liese* genannt.

Djamila hätte damals Antibiotika geschluckt, Bredica wisse den Grund nicht mehr. Gezogene Weisheitszähne? Eine Angina? Als Folge habe sie diese Infektion bekommen, so was komme doch öfter vor. Aber Djamila habe geglaubt, sie sei das Opfer einer Verfluchung geworden.

Ihr Schicksal sei in Nigeria besiegelt worden, sagte Bredica. Dort habe es angefangen. Sie sei sich sicher, daß Ekon und die anderen mit den Juju-Priestern gemeinsame Sache gemacht hätten.

Dann erzählte Bredica wieder ihre eigene Geschichte, die Daldossi schon kannte. Und während sie von dem rumänischen Ehepaar redete, das seit drei Jahrzehnten unbehelligt in Wien lebte und jungen Rumäninnen einen lukrativen Job in der gehobenen Gesellschaft versprach, der sich erst in Wien als Escort-Service herausstellte, schweiften seine Gedanken ab. Er konnte sich vage an einen Voodoo-Zauber erinnern, bei dem eine nackte Frau an den intimsten Stellen berührt worden war. Es war eine Sendung auf Arte oder einem anderen Kanal gewesen, den Marlis meistens eingeschaltet hatte. Tagelang war die Frau unter lautem Trommeln und Rasseln mit Flüssigkeiten bestrichen und mit Kräuteressenzen eingerieben worden. Daldossi hatte diesen Kult als Gefügigmachen und Manipulation des Mädchens empfunden. Tatsächlich war die Priesterin für ihre Dienste bezahlt worden. Im Gegenzug hatte sie versprochen, daß die Geister das verunsicherte und angstvolle Mädchen reich und gesund machten.

All die Jahre hatte Daldossi Oberflächen photographiert, das Resultat von gewaltsamen Unterdrückungen und Zusammenstößen, er war zu wenig eingedrungen in die Motive. Er hatte Dinge und Details entdeckt, die kein anderer gesehen hatte, doch wozu?

Eine Photographie verlangt nach schnellen Entscheidungen. Hatte er nicht zumeist im Sinne seiner Auftraggeber entschieden? Wäre es nicht besser gewesen, etwas gänzlich anderes abzubilden, das Unerwartete, Unspektakuläre, das Übersehene?

Aber wo waren die anderen gewesen? Schultheiß zum Beispiel? Über die Extremzeichnungen war auch er nicht hinausgekommen. Gut – schlecht. Opfer – Täter. Weiß – schwarz. *Estero* hatte stets nach konkreten politischen und historischen Erscheinungen verlangt, allenfalls ein paar Stimmungen und Affekte zur Auflockerung waren zulässig gewesen.

Schultheiß hatte so vieles aus der Distanz beschrieben. Deshalb war er auf Aussagen und Material anderer angewiesen gewesen. Nicht mit den Ereignissen direkt in Berührung gekommen zu sein, hatte ihn arrogant werden lassen. Vor allem war er ungenau gewesen.

Klarheit und Präzision sind ein Unterpfand der Zeugenschaft, der Annäherung, Wertschätzung, akribischen Beobachtung und Recherche, dachte Daldossi. Er war mit Schultheiß nicht mehr zurechtgekommen, der vom *Holiday Inn* aus die Gefechte in Sarajevo beschrieben hatte.

Daldossi ging es darum, das Schicksal der Leute zu teilen. Es ging um deren Würde. In so vielen Bildern und Reportagen seiner Kollegen steckte Verachtung.

Nachdem Denzel in Sarajevo erschossen worden war, hatten dessen Kollegen, auch Schultheiß, widerliche Nachrufe verfaßt, Mini-Nekrologe, in denen sie sich über den Kleidungsstil des Toten lustig gemacht hatten, über seine zu breiten Schuhe oder die zu großen Jacken.

Das war auch ein Grund, warum Daldossi noch lebte. Er wollte diesen Leuten keine Möglichkeit bieten, seinetwegen Krokodilstränen zu vergießen.

In Tschetschenien war er noch einmal davongekommen. Er hatte in die Berge oberhalb von Grosny aufbrechen wollen, wo sich angeblich ein paar Übriggebliebene zu einer Partisanenarmee zusammengeschlossen hatten, war eben am Bahnhof von Tscherwljonnaja angekommen, etwa dreißig Kilometer von der Hauptstadt entfernt. Die Russen waren damit beschäftigt gewesen, Minen entlang des Bahndamms zu entschärfen. Alle waren auf die Detektoren an den langen Stangen konzentriert gewesen und hatten nicht bemerkt, daß eine Lokomotive heranrollte. Aus dem Lokführerstand wurde wie wild geschossen. Im letzten Moment hatte sich Daldossi in einen Graben retten können. Für den tschetschenischen Selbstmordattentäter war er genauso ein *Ghaski Chak* gewesen wie der Rest der Minenräumtruppe.

Danach hatte sich Daldossi mit zwei anderen Journalisten nach Grosny durchgeschlagen, wo das Wasser knapp geworden war. Frauen hatten Schnee gesammelt und über dem Feuer geschmolzen.

Daldossis Kindheitsschnee hatte oft den Beigeschmack von Eisen gehabt. Er hatte ihn auf dem Schulweg von den Zäunen geholt und damit seinen Durst gelöscht – vielleicht war der Maschendraht schon rostig gewesen. Das tschetschenische Schneewasser hatte wohl auch nicht nach frischem Bergschnee geschmeckt, dachte Daldossi, sondern nach Verbranntem. Von der Großmutter des Mädchens mit dem olivgrünen Kopftuch und dem leeren Aluminiumteller, das er photographiert hatte, war ihm Tee angeboten worden. Grauer Schneetee. Er hatte ihn nicht getrunken.

In El Arafa, Kairos größtem Friedhof, hatte er die Einladung zum Tee nicht ausschlagen können. Eine alte Frau, die mit ihrem Mann und ihrem Sohn in einem Mausoleum gewohnt hatte, war hinter den Sarkophag getreten und hatte ihm Tee gebracht: schwarzes Wasser in einem schmutzigen Glas, das von Dutzenden Fliegen angeflogen worden war. Die Familie und hunderttausend andere Obdachlose hausten unter Planen zwischen Gräbern oder im Glücksfall in monumentalen Mausoleen, schliefen, aßen und vögelten mitten unter den Toten. Daldossi war vom Tahrir-Platz gekommen, hatte seinen Auftrag erfüllt gehabt und aus Langeweile nach weiteren verwertbaren ägyptischen Motiven gesucht. Er hatte kurz überlegt, nach Alexandria zu fahren, aber dort hielten sich die Krawalle in Grenzen.

Fahren Sie doch in die Slums der Nekropolis, hatte die neue Chefin des *Estero* geraten. Ich hab hier einen Text liegen, den können wir mal einschieben, wenn wir sonst nichts haben.

Der Totentee war süß und sehr heiß gewesen. Die Fliegen auf Daldossis Händen und Ärmeln hatten darauf gewartet, daß er abkühlte.

Marlis hatte vor dem Fernseher gesessen und in der Menschenmenge nach ihm gesucht.

Was hast du denn, war er ihr am Telephon ins Wort gefallen. Ist doch nichts. Ein paar Steine sind geflogen. Harmlose Zusammenstöße mit der Polizei. Eine Demo eben.

Er hatte hinterher erfahren, daß sie die Nachrichten gespeichert und in Zeitlupe durchgesehen hatte, daß sie *halb verrückt* geworden war, als die Polizisten mit Tränengas und Wasserwerfern auf die Menge losgegangen seien.

Komm zurück, es wird Krieg geben, hatte sie gesagt.

Ich bin immer im Krieg gewesen.

Marlis war mit den Nerven am Ende gewesen, er hatte es nicht verstanden. Jahrelang hatte er sich immer wieder in Krisengebieten aufgehalten, in denen die Wahrscheinlichkeit umzukommen höher gewesen war. Der Protestmarsch gegen Mubarak war Daldossi als Anlaß für Marlis' Panik nicht plausibel erschienen. Er hatte sie ausgelacht.

Mach kein Theater.

Wütendes Schweigen.

Als er wieder in Wien gewesen war, hatte sie ihn gemieden. Sie war in Zwettlburg geblieben, auch über Nacht, hatte mit ihren Bären zu tun gehabt, vor allem mit Charly, den irgendeine jordanische Prinzessin vor Jahren in Pflege gegeben hatte. Der mit einem Privatjet aus Amman eingeflogene syrische Braunbär war der Star des Geheges geworden. Sein ausgeprägtes Spielverhalten lockte immer mehr Besucher an. Wenn er sich mal durch Scheuern eine kahle Stelle zugezogen hatte, waren alle alarmiert gewesen. Daldossi erinnerte sich nicht, was ihm damals gefehlt hatte, sicher nichts Ernstes. Da Charly keiner der alten Zirkusbären war, hatte er weder an einem Nasenscheidewanddefekt durch einen ausgerissenen Nasenring, noch an fehlenden oder abgefeilten Krallen zu leiden gehabt.

Am Anfang hatte Marlis fast täglich die Prinzessin am Telephon gehabt, die sich nach ihrem Liebling erkundigt hatte. Ob er genug fresse. Nüsse knacke. Ob sie ihn auch beschäftigten. Wie er das Baden vertrage. Ob er sich ausreichend entspanne.

Daldossi war aus Kairo zurückgekommen und hatte einen leeren Kühlschrank vorgefunden.

Erst nach Tagen hatte Marlis die Einwilligung gegeben, mit ihm essen zu gehen. Sie erklärte ihre wachsende Angst mit dem zunehmenden Arbeitsstreß in Zwettlburg, sagte dann aber, daß sie keine Gelassenheitsreserven mehr habe.

Daldossi hatte ihr dabei zugesehen, wie sie das Weiße vom Rohschinken gezupft und an den Tellerrand gelegt hatte; er war in Gedanken nicht bei Marlis, sondern bei der Alten auf dem El-Arafa-Friedhof gewesen, hatte an deren rissige Fingernägel und den schwarzen Fliegentee gedacht.

Mach mir jetzt keinen Vorwurf.

Warum.

Ich weiß, was du denkst, hatte Marlis gesagt und sich die Finger an der Serviette abgeputzt.

Nein, weißt du nicht.

Wortlos hatten sie weitergegessen.

Marlis hatte als erste das Schweigen durchbrochen und von ihrer Arbeit erzählt. Einer der Bären sei kastriert worden, die Wunde hätte sich entzündet. Deswegen seien sie und Konrad abwechselnd damit beschäftigt gewesen, den Zaun entlangzugehen und den Bären mit Leckerbissen abzulenken, damit er sich nicht ständig kratzte. Mehrmals hätten sie das Tier in eine Schleuse gesperrt und die Wunde mit Malventee besprüht – ein probates Mittel gegen Juckreiz. Es seien zwei anstrengende Tage und Nächte gewesen, an denen sie das Tier rund um die Uhr hätten beobachten müssen. Glücklicherweise hätten sie den Tierarzt nicht mehr gebraucht, denn eine neuerliche Wundversorgung sei nicht mehr notwendig gewesen, die Naht nicht wieder aufgegangen.

Wenn man nicht aufpasse, hatte Marlis gesagt, lecke sich der Bär auch den Tee wieder herunter.

Sie war auch früher öfter in Zwettlburg geblieben, hatte ihn aber immer angerufen. Einmal, erinnerte sich Daldossi, war ein neuer Bär in die Anlage überstellt worden, der von einem Tier im Nachbargehege in Panik versetzt worden war. Es gab Bären, die im Laufe ihres Käfiglebens noch nie einen Artgenossen gesehen hatten. Der Neuankömmling hatte trotz Stromschlägen immer wieder zu türmen und den Zaun zu untergraben versucht und war deswegen eine Zeitlang in seine Höhle gesperrt worden, bis er sich beruhigt hatte. Marlis war damals stündlich zu ihrem Kontrollgang aufgebrochen, hatte aber immer auch die Zeit gefunden, mit Daldossi zu telephonieren.

Das war nach seiner Rückkehr aus Ägypten anders gewesen. Da hatte sie ihn drei Tage lang kein einziges Mal angerufen und auf keine seiner einlenkenden Nachrichten reagiert.

Er war in diesem Moment überzeugt gewesen, daß sich auch Marlis' Liebesreserven dem Ende zuneigten.

Sie bringen uns zu viele totgefahrene Rehe. Was sollen wir mit denen. Die können die Bären gar nicht fressen, hatte sie nach einer Weile beim Essen gesagt.

An einem der hinteren Tische hatte Daldossi Marianne entdeckt, Vogels Ex. Sie war in Begleitung einer Freundin gewesen, hatte ihm zugewinkt.

Zwischen ihnen beiden gäbe es Ähnlichkeiten, hatte Marianne zu Daldossi damals an der Theke des *Cafè Engländer* gesagt. Sie hatte von der Beschwörung von Bildern nach dem Krieg gesprochen, vom Zurückholen des Krieges in Friedenszeiten; das sei wie das Zurückholen der Krankheit in Zeiten des Wiederhergestelltseins. Dabei war sie gar nicht *wiederhergestellt* gewesen, mußte immer noch zur Nierenwäsche ins Krankenhaus.

Marlis hatte während des Essens in ihr iPhone getippt. Gehen wir nach Hause, hatte sie nach der Hauptspeise gesagt.

Daldossi hätte den weiteren Abend gerne an der Seite von Marianne verbracht, war das Gefühl nicht losgeworden, Leben zu versäumen.

Marlis hatte keinen seiner *Todesorte* wirklich gesehen, sie konnte sie nur vor ihrem geistigen Auge rekonstruieren und imaginieren. Trotzdem hatte sie genug gehabt von seiner *moralischen Augenöffnerei*, von seinen *ständigen Relativierungen*.

Trägt er eigentlich eine Krone, dein Prinzessinnenbär? hatte er sie gefragt.

Verarsch mich nicht. Sie hatte daraufhin den Ober gerufen und gezahlt.

Einmal hatte sie ihn angebrüllt, er solle sich nicht über die Yellow Press lustig machen. Es sei hundertmal gesünder, irgendwelche Promis zu verfolgen, ihnen an Tankstellen und hinter Büschen an privaten Seegrundstücken aufzulauern oder sich die Nase an Schaufenstern platt zu drücken, als dem Tod hinterherzujagen.

Die eigentliche Herausforderung war es nicht, mit dem Krieg, sondern mit dem Frieden fertigzuwerden.

Als Johanna zu sich kam, kotzte sie sogleich auf den Steinboden. Eine Kellnerin der nahe gelegenen *Bar Isola delle Rose*, aus der laute italienische Musik zu hören war, reichte Johanna einen Becher mit Wasser, nachdem sie sich den Mund abgewischt hatte. Ein junger Schwarzafrikaner eilte mit einem Kübel herbei. Offenbar arbeitete er in der Bar. Ohne Kübel hätte Johanna ihn für einen Flüchtling gehalten, worüber sie – nach ein paar Schlucken aus dem Plastikbecher und wieder ganz bei Sinnen – nur den Kopf schütteln konnte. Eher wirkte der Jugendliche wie ein adoptiertes Kind, das bei italienischen Zieheltern aufgewachsen war.

Die Kellnerin bot Johanna den Arm an und begleitete sie zu einem Tisch. Das letzte Mal war Johanna so schlecht gewesen, als sie von dem Dermatologen schwanger gewesen war. Damals hatte sie geglaubt, die Übelkeit rühre von verdorbenem Essen oder von einem Virus her, den sie sich in seiner Praxis eingefangen hatte. Sie und der Arzt hatten auf der Behandlungsliege miteinander geschlafen. Im Arztzimmer hingen Abbildungen von Melanomen, Kontaktekzemen und verschiedenen Formen allergischer Hautreaktionen. Johanna hatte nur einmal flüchtig hingesehen, während der Mann zur Eingangstür gegangen war, um sie abzusperren. Danach hatte er das grelle Licht an der Decke durch das einer kleinen Lampe ersetzt. Johanna hatte damals das Gefühl gehabt, es reichten allein die Gedanken an all die Kranken, die vor ihr auf der Liege Platz genommen hatten, um sich zu infizieren.

Was bestellte man, wenn man sich kurz davor übergeben hatte? Selbstbehandlung war Johanna immer schwergefallen. Für Ratschläge war stets Mutter zuständig gewesen oder ihre gemeinsame Hausärztin. Johanna bat um ein stilles Mineralwasser, vermied den Blick zu den Hunden, die am Erbrochenen rochen.

Ob sie einen Arzt rufen solle, fragte die Kellnerin. Der Jugendliche war in der Bar verschwunden und kam mit dem Kübel wieder zurück; er hatte ihn mit Wasser gefüllt und verscheuchte nun die Hunde, indem er den Kübel vor ihnen ausleerte.

Nachdem sie sich etwas erholt hatte, war Johanna in die Apotheke gegangen und hatte sich verschiedene Medikamente besorgt. Danach war ihr nichts Besseres eingefallen, als die Insel mit dem Bus abzufahren. Einen Roller wollte sie sich später mieten, wenn es ihr wieder besserginge.

Sie war erst der roten Buslinie auf überwiegend löchrigen Straßen von der Piazza Brignone über das *Poliambulatorio* zur Kreuzung Cala Creta und weiter zum Mare Morto gefolgt, dann der blauen bis zum Colle Albero Sole.

Bei schönem Wetter, hatte der Busfahrer gesagt, sähe man von diesem Punkt aus Linosa und Lampione. Er bleibe kurz hier stehen, sie solle aussteigen und einen Blick auf die Steilküste werfen.

Da stand Johanna nun am westlichen Ende der Insel, mitten im Kreischen der Möwen, die über sie hinwegflogen und sie auszulachen schienen. Dunst verhinderte die Sicht auf die Nachbarinseln.

Wenige Minuten zuvor war der Kleinbus noch an der ehemaligen NATO-Station vorbeigefahren, und hätte nicht ein plaudernder Pensionist bis zur Endstation neben dem Fahrer gestanden, Johanna hätte sich in der Einöde gefürchtet. Unter ihr, in der Tiefe, war nichts als Wasser, kein Schiff weit und breit; das Meeresrauschen und Pfeifen des Windes wurden nur von Vogelschreien durchbrochen. In den Klippenvorsprüngen und Felsennischen lebte eine Möwenkolonie. Einige Vögel segelten zum Wasser, schaukelten auf den Wellen, als hätten sie sich vor Johanna in Sicherheit bringen wollen.

Auf der Rückfahrt fielen Johanna die Augen zu. Die Landschaft empfand sie als langweilig, sie war nur von niedrigem Buschwerk bewachsen; da und dort standen alte Mauern und vereinzelt Steinhäuser, die Hirten als Unterschlupf gedient haben mochten.

Der Piepton einer SMS riß Johanna aus dem Dämmerschlaf. Rosalia Pasqualotto komme nun doch. Deren Patentante gehe es wider Erwarten besser. Sie lande heute mit der Abendmaschine.

Immerhin sprach Rosalia Italienisch, dachte Johanna erleichtert, auch wenn sie keine Reportage-Photographin war. Kurz ärgerte sich Johanna über die Sparmaßnahmen der Redaktion, dann beruhigte sie sich wieder. Lange würde sie ohnehin nicht mehr bei diesem Blatt arbeiten.

Die Menschen, die in den Bus stiegen, waren schlicht gekleidet, ihre Füße steckten in billigen Sandalen oder Turnschuhen. Jeder kannte jeden. Der Pensionist mit den zerschundenen Händen und dem von der Sonne verbrannten Gesicht war die ganze Strecke im Bus geblieben und stieg auch dann nicht aus, als sie wieder die Piazza Brignone erreicht hatten. Schon auf dem Weg zur Via Roma war Johanna an der Hafentankstelle aufgefallen, daß die Menschen hier viel Zeit hatten. Die Anzeigen auf den Zapfsäulen wiesen nur geringe Beträge auf. Man wollte vermutlich möglichst oft mit dem Tankwart und anderen Inselbewohnern ins Gespräch kommen, fuhr ohne Notwendigkeit in der Gegend herum.

Immer noch fühlte sich Johanna krank. Zwar war die Übelkeit verflogen, die Stirn jedoch heiß. Hatte Ditha sie angesteckt?

Nur keine Lungenentzündung, nicht auf dieser abgelegenen Insel, dachte Johanna.

Sie ging ins Hotel und legte sich aufs Bett. Auf dem Rückweg war sie wieder keinem Flüchtling begegnet. Am Hafen hatte Johanna eine Weile zwei Fischern beim Säubern der Netze zugesehen. Der Fang lag in Kisten, viel war es nicht. Vielleicht konnte man damit zwei oder drei kleine Restaurants mit frischer Ware versorgen.

Manchmal, hatte Ditha geschrieben, würden sich in den Netzen Leichenteile verfangen. Wurden die Fische dann wieder ins Meer geworfen? Johanna hatte die beiden alten Männer mit einem Kopfnicken gegrüßt und war schweigend weitergegangen.

Der Steward hatte die Passagiere umverteilt, damit es keine Balanceprobleme gab. Daldossi saß zusammen mit acht weiteren Fluggästen in einer kleinen Propellermaschine und flog über das Meer.

Vor einer Stunde hatte er noch geglaubt, den Flug stornieren zu müssen. Er war zum Gate gegangen und hatte plötzlich Herzrasen und Atemprobleme gehabt. Die Anfälle vor einem halben Jahr hatten genauso unerwartet wieder geendet, wie sie begonnen hatten, dieser aber hatte mehrere Minuten gedauert. Das schnelle Klopfen war bis zur oberen Halspartie zu spüren gewesen, Daldossi hatte in Panik nach dem Mobiltelephon gegriffen und die Notarztnummer eingetippt, aber den Anruf nicht abgeschickt.

Was sollte schon passieren? Seine Halsschlagadern waren etwas belegt, das Elektrokardiogramm hatte zuletzt keine Unregelmäßigkeiten aufgewiesen. Daldossi erinnerte sich, daß sein Arzt von einer uneffektiven Kontraktion der Vorhöfe und von einer erhöhten Thrombosegefahr gesprochen hatte. Als Raucher und Trinker sei er ohnehin ein Risikokandidat, daher solle er regelmäßig Blutgerinnungshemmer schlucken.

Hatte Daldossi nicht. Die lagen in Wien in der Schublade.

Es war diese innere Stille eingetreten, die er schon gekannt hatte. In höchster Gefahr hatte er sich schon öfter mucksmäuschenstill und bewegungslos verhalten.

Vor ihm hatte eine korpulente fünfzigjährige Frau gestanden, auf deren T-Shirt das Photoportrait einer Fünfzehnjährigen zu sehen gewesen war – vermutlich deren Tochter.

Der Mund der Portraitierten hatte sich auf der Höhe des Bauches der Frau befunden. Beim Gehen hatte er gewabbelt und schien so die Lippen des abgebildeten Mädchens in Bewegung zu versetzen. Daldossi war es so vorgekommen, als spräche das Mädchen. Die letzten an ihn gerichteten Worte würden also von einer Unbekannten sein, hatte er gedacht. Von einer Photographie.

Sein Herz war dahingaloppiert. Aus dem Nichts heraus hatte es angefangen davonzulaufen.

Dann war ihm noch Bredica eingefallen, ihr Tattoo auf der linken Brust. Als sie auf ihm herumgeturnt war, hatte es ausgesehen, als würde der blaurote Schmetterling davonflattern.

Es gab nichts Schöneres als die Unerreichbarkeit in der Luft. Alles war auf Flugmodus. Die Warterei hatte ein Ende. Es hatte ihm nie einer geglaubt, daß viele Kriege öde waren, langweilig, daß sein Beruf vor allem aus Warten bestanden hatte. Warten auf die Gelegenheit. Warten auf einen Fahrer, auf einen Übersetzer, auf den Grenzschmuggler. Auf eine Schießerei oder einen Anschlag. Auf das Sterben der anderen. Warten und hoffen, daß man nicht selbst getroffen wurde.

Am Gate hatte Daldossi gefleht, daß das Herzrasen vorübergehen möge. Das Photo-Gesicht auf dem Wabbelbauch hatte ihn abgelenkt, die Erinnerung an das Schmetterlingstattoo ebenfalls. Und der Tunnel war wieder nicht zu sehen gewesen, erst recht kein gleißendes Licht an dessen Ende.

Man muß die Gedanken spazieren schicken, hatte seine Mutter gesagt, wenn er sich als Kind verletzt hatte, denn die sind schlimmer als der Schmerz, sie setzen sich in die Wunde.

Aber wie verscheuchte man die Gedanken aus der Marlis-Wunde?

Eine Zeitlang, fiel Daldossi ein, hatte Marlis ihm nur neonfarbene T-Shirts geschenkt. Darunter waren ein hellgrünes und ein türkisfarbenes gewesen, auch ein cyanfarbenes. Er fand sie alle gräßlich, hatte sie nur zum Schlafen angezogen.

Bevor er wieder in den Irak aufgebrochen war, hatte sie heimlich eines in seinen Rucksack gesteckt.

Was soll ich mit dem Leuchtleibchen, hatte er sie am Telephon gefragt.

Es bringe Glück.

Wieder zu Hause, hatte Daldossi erfahren, daß Marlis ein Interview mit einer berühmten Photographin gelesen hatte, in dem von einem irakischen Übersetzer in einem pinkfarbenen Lacoste-Shirt die Rede gewesen war. Der Iraker war mit der Photoreporterin, an deren Namen Marlis sich nicht hatte erinnern können, über die Frontlinie gegangen. Zwei Tage später habe ein aufständischer Scharfschütze der Photographin erzählt, daß er nur wegen des pinkfarbenen Shirts nicht auf sie und den Übersetzer geschossen habe. Er sei in diesem Moment überzeugt gewesen, daß ein amerikanischer Soldat so ein Shirt niemals tragen würde.

Überlebt, hatte Marlis gerufen.

Zufall, hatte Daldossi gesagt.

Are you a photographer? Es war die Frau hinter Daldossi, die zwischen den beiden Sesseln zu ihm nach vorn schaute.

Yes and no.

Also was jetzt, sagte die Langhaarige und lachte. Hab die Kamera gesehen. Und Sie sind Deutscher, nicht wahr?

Ich *war* Photograph, sagte Daldossi.

So was bleibt man doch.

Sie hieß Rosalia und lebte in Hamburg, ein Gastarbeiterkind zweiter Generation, mit einem Deutschen verheiratet.

Gastarbeiterkind? Wohl eher ein Dauergast, sagte Daldossi.

Der Vater sei zurückgekehrt, um zu Hause zu sterben.

Zuhause, erfuhr Daldossi, war in Apulien, in der Nähe von Ostuni.

Wo jetzt die Olivenbäume sterben.

Ja, die Zikaden übertrügen den Erreger. Es sei unklar, wie das Bakterium auf die Bäume gelangt sei. Die wunderschönen, uralten Olivenbäume vertrockneten innerhalb kurzer Zeit. Zum Glück habe ihr Vater nicht mehr mit ansehen müssen, wie die Bäume verreckten. – Die Mafia sei schuld, sagte sie leise. Sie glaube nicht, daß das Bakterium mit einem aus Amerika importierten Oleander ins Land gekommen sei. Angeblich hätten Wissenschaftler in der Nähe des Ausbruchsorts mit dem Feuerbakterium herumexperimentiert. Wissenschaftler! Sie schüttelte den Kopf. In Italien stecken immer noch andere Interessen dahinter. Vielleicht wollte die Chemieindustrie Geld machen, oder ein paar Unersättliche hatten vor, weiteres Land für den Tourismus zu gewinnen. Rosalia strich mit der Fingerkuppe über einen abgebrochenen Fingernagel.

Ob er sich nach hinten setzen könne, fragte Daldossi den Steward.

Hauptsache, Sie wechseln nicht die Seite.

Daldossi zählte die Passagiere, es waren links und rechts jeweils vier Fluggäste.

Hübsche Frau, dachte er, als er neben Rosalia Platz nahm.

Eigentlich sei sie Food-Photographin, sagte sie.

Marlis hatte sich öfter über den Food-Porn in den sozialen Netzwerken beklagt. Jedes gegrillte Würstchen und jeder Kuchen werde gepostet und kommentiert.

Dann schalte den Dreck nicht ein, hatte Daldossi zu ihr gesagt.

Ob Marlis die Vorwürfe, die sie ihm auf der Mobilbox hinterlassen hatte, schon bedauerte? Bestimmt würde er nach der Landung eine neue Nachricht vorfinden, eine freundliche SMS oder ein paar einlenkende, mit sanfter Stimme auf die Box gesprochene Sätze. *Komm, laß uns wieder gut sein. Ich hab es nicht so gemeint.*

Rosalia schwieg jetzt und sah aus dem Fenster. Sie hatte eine kleine, schmale Nase. Wahrscheinlich knipste sie kalorienarmes Essen für Schlankheitskuren. Dann lieber Bären, die vor dem Winter um die Wette fraßen, dachte Daldossi. Sie nahmen in nur einer Woche bis zu fünfzehn Kilo zu.

Welche Gerichte sind denn nun typisch für die Insel, fragte er Rosalia.

Es war schon dunkel. Daldossi konnte von seinem Sitzplatz aus nicht erkennen, ob das Licht, das er im Fenster sah, von einem Stern oder einem künstlichen Beleuchtungskörper herrührte. Es tanzte, wenn er blinzelte.

Keine Ahnung. Rosalia sah nach draußen. Schwertfisch-Gerichte? Knurrhahn? Zackenbarsch mit viel Petersilie? Nach einer Weile wandte sie sich Daldossi zu. Couscous? Wir sind ja in Afrika, so gut wie. Ich war noch nie auf dieser Insel, was soll ich sagen.

Er fand, daß ihr Gesicht im Profil jünger aussah.

Eine originäre Küche sei auf Lampedusa, wo die Verbannten oft zahlreicher gewesen seien als die Einheimischen, wohl kaum zu erwarten. Aber sie sei nicht wegen des Essens hier, sagte

Rosalia. Sie photographiere ausnahmsweise für eine Reportage. Habe sie früher auch schon mal gemacht.

Es solle vorkommen, daß Kriegsphotographen zur Entspannung Essen photographierten, aber umgekehrt? Daldossi blickte Rosalia an.

Wieso, ist hier Krieg? Ich bin keine Kriegsphotographin, sagte sie.

Nein, natürlich nicht. Er dachte an die Niedringhaus, die zwar nicht Essen, aber Sportveranstaltungen photographiert hatte, sogar einmal direkt von Afghanistan zum Wimbledon-Turnier geflogen war. Weil es wichtig sei, auch mal Abstand zu gewinnen, einen anderen Blick, hatte sie in einem Interview gesagt.

Sie hatte es *Abstand* genannt, für Daldossi war es eine typische Antiobsessionsmaßnahme. Wie Sex. Wie die Rückkehr ins Hausfrau- oder Hausmann-Leben. Nicht mehr mit einem Schutzhelm und einer schußsicheren Weste im Dreck und Geröll des Bombenhagels ausharren, sondern, mit einer Küchenschürze um die Lenden, Ragù alla Bolognese kochen und sich dann das Abendprogramm anschauen.

Sugospritzer statt Blutspritzer, dachte Daldossi. Aber letztlich erinnerten die einen unweigerlich an die anderen.

Damals in Sarajevo hatte er von einer Deutschen gehört, die ihr Büro im Keller einer leerstehenden Pizzeria direkt an der Frontlinie eingerichtet hatte, in der sogenannten Sniper Alley, auf der dieser verrückt gewordene amerikanische Journalist herumspaziert war. *The crazy man.* Später hatte Daldossi erfahren, daß es sich bei der mutigen deutschen Frau um die Niedringhaus gehandelt hatte. Begegnet war er ihr nie. Eigentlich schade. Er hatte mehrere Portraits von ihr in den Zeitungen gesehen, nachdem sie in Afghanistan getötet worden war – ein schönes Gesicht mit zwei senkrechten Stirnfalten zwischen den Augenbrauen, die ihr etwas Strenges verliehen. Anja Niedringhaus hatte so vielen Nonames dieser Welt ein Gesicht und eine

Geschichte gegeben. Sie war von der Germanistik gekommen und hatte die Diskussionen darüber, *ob das Haar golden, gülden oder einfach nur blond sei,* satt gehabt. Schultheiß schien gerade das nun brennend zu interessieren. Daldossi konnte noch immer nicht glauben, was Johanna über ihn erzählt hatte. Henrik Schultheiß sei ein besessener Leser geworden und verbreite überall seine Überlebensgeschichten, nicht ohne ihnen passende Zitate voranzustellen!

Die wird Augen machen, wenn ich auf der Insel auftauche. Daldossi hatte Johanna absichtlich nicht zurückgerufen, ihr nur eine kurze Nachricht geschickt. *Viel Erfolg bei deiner Recherche, melde dich, wenn du wieder in Hamburg bist.* Erst hinterher war ihm eingefallen, daß sie doch nach Lüneburg gezogen war.

Sie sind also Food-Stylistin, sagte Daldossi zu Rosalia.

Sie lachte.

Bestimmt war alles *superlecker*, was sie vor ihrer Kamera aufbaute. Deutschlands Buchladentische bogen sich unter der Last der Kochbücher und kulinarischen Magazine. Dabei war es bisher kaum einem von Daldossis deutschen Freunden gelungen, eine passable Pasta zu kochen.

So könne man es auch sehen, sagte Rosalia, aber eigentlich mache und sammle sie spezielle Essensbilder, die den Heißhunger zügeln sollten.

Sie erzählte von einem wissenschaftlichen Korrespondenten des National Public Radio, der herausgefunden habe, daß das Betrachten von Food-Photos Sättigungsgefühle auslösen könne.

Wie diese Bilder aussähen, wollte Daldossi wissen. Ohne Rosalias Antwort abzuwarten, entwarf er lauthals Photoserien von Salaten, auf denen Käfer herumkrabbelten, und von verschiedenen Käselaiben, aus denen Würmer krochen.

Er nähme sie nicht ernst.

So einen Blödsinn habe er schon lange nicht mehr gehört, sagte Daldossi.

An der Brigham Young University sei eine Studie durchgeführt worden, die das bestätige, sagte Rosalia.

Daß man vom Anschauen solcher Bilder satt werden kann? Daldossi runzelte die Stirn.

Es müssen Bilder bestimmter Essensgruppen sein – ich unterteile in salzig, süß und sauer, sagte Rosalia. Wenn Sie zum Beispiel Lust auf Schokolade haben, sehen Sie sich am besten Photos an, auf denen Schokodesserts abgebildet sind. Nicht nur eines, es müssen viele sein. Sie werden feststellen, daß nach einer gewissen Zeit ein Sättigungsgefühl eintritt und daß Sie danach, wenn Sie Schokolade essen, weniger davon haben wollen.

Geht das auch mit Wein?

Rosalia ging auf Daldossis Frage nicht ein. Das Ganze betrifft nur Leute mit Heißhunger, sagte sie.

Schade, ich dachte schon, ich könnte Afrika mit Photos füttern, es wäre meine einzige Chance gewesen, noch einmal Millionär zu werden.

Vor dem Hintergrund eines zur Hälfte ausgebrannten Hochhauses liegt die Leiche eines fünfjährigen Mädchens auf dem von Panzerketten zerstörten Straßenbelag, um sie herum sind leere Patronenhülsen, Ziegel und Steine zu sehen. Neben dem auf dem Rücken liegenden Kind, dessen Gesicht vom Betrachter abgewandt ist, stehen mehrere naßgewordene, eingerissene Kartonkisten. Am rechten oberen Bildrand sieht man die Beine einer ins Bild laufenden Gestalt.
***Totes Mädchen auf der Straße**, Schwarzweißphotographie, Grosny/Tschetschenien, veröffentlicht 2010 in War and suffering, Katalog zur gleichnamigen Ausstellung in der Galerie Klick.*

Im Bad roch es nach Frittiertem; Daldossi schloß das Fenster und trat auf die Terrasse, um eine Zigarette zu rauchen. Er hatte das Zimmer am oberen Ende bezogen und sah, wenn er sich über die Brüstung beugte, den schmalen Durchgang zwischen dem Hotel und der Guardia di Finanza, in dem sich der Eingang zur Hotelküche befand. Man hörte das Surren der Dunstabzugshauben und Ventilatoren, das Scheppern von Geschirr und Besteck, das jemand eilig aus einer Maschine zu klauben schien oder in die Spüle warf.

Am Hafen war Ruhe eingekehrt, es war Essenszeit. Mit Ausnahme von ein paar Jugendlichen, die rauchend auf der Mole saßen und ihre Beine von der Hafenmauer baumeln ließen sowie eines auf der Hafenstraße dahinkriechenden weißen FIATs, war nichts los.

Kurz vor der Landung hatte Daldossi von Rosalia erfahren, daß sie eine oder mehrere Flüchtlingsfrauen portraitieren solle.

Sie arbeiten mit Johanna Schultheiß?

Woher er das wisse, hatte sie ihn gefragt.

Der Zufall habe es ihm ins Ohr geflüstert.

Rosalia war eine Weile eingeschnappt gewesen, weil Daldossi sich über ihre Sättigungsbilder lustig gemacht hatte, aber die Tatsache, daß Daldossi Johanna kannte, hatte sie milde gestimmt.

Er war Rosalia in dieses Hotel gefolgt, hatte gehofft, auch Johanna zu treffen, aber an der Rezeption erfahren, daß Signora Schultheiß sich aufgrund einer Unpäßlichkeit bereits hingelegt habe und nicht gestört werden wolle.

Rosalia war sofort verschwunden; weder sie noch Daldossi hatten Lust verspürt, sich für später zu verabreden.

Auf dem Terrassengeländer landete eine Möwe, flog aber sogleich wieder weg, als sie Daldossi bemerkte. Sie glitt durch die laue Luft, landete auf dem Wasser. Er schaute ihr hinterher, betrachtete dann die leeren Kisten und Schachteln, die zu Beginn des Durchgangs gestapelt waren. Auf einer verriet der Aufdruck, daß die Ware aus Südtirol gewesen war. *Aus der Heimat* hätte Marlis gesagt. Dieses Wort hatte Daldossi nie in den Mund genommen, es blieb ein klebriges Blutwort. Es löste aber auch Bilder aus, die er nicht kontrollieren konnte: blühende Apfelbäume und in Dämmerungsrot getauchte Bergspitzen, ein romanisches Kirchlein am Waldrand, Kühe, alte Holzzäune, fette Dotterblumen.

Komm schon, Feigling! Hier sieht uns keiner. Sie waren lachend über einen Zaun geklettert und bis zum Lärchenwald vorgelaufen; auf einer karierten Decke hatte Marlis ihn ausgezogen und abgeschmust, bis die blutsaugenden Bremsen, die es auf der Braunviehweide in großen Mengen gegeben hatte, auf ihrer feuchten Haut gelandet waren.

Daldossi griff nach dem Mobiltelephon und hörte abermals die Box ab. Marlis' Stimme tat ihm körperlich weh, trotzdem blieb er dran: *Die Bären haben dich doch nie* – Er spulte vor und zurück und wieder vor: – *auch jahrelang nur zum Bumsen wiedergesehen; du warst auf der ganzen Welt unterwegs, und ich –*. Zwischen all den herausgefischten Sätzen suchte Daldossi vergeblich nach einem, der schmerzstillend wirkte. Also rief er sie noch einmal an, aber ihr Mobiltelephon war noch immer ausgeschaltet.

Die Zierpflanzen in den Terrakotta-Töpfen raschelten im Wind, der vom Meer herüberwehte. Daldossi ging zurück ins Zimmer, steckte eine volle Schachtel Zigaretten in die Hosentasche, schulterte die Kamera und verließ das Hotel.

Erst trank er zwei Bier an der Restauranttheke nebenan, dann zwei Gläser Weißwein in der *Bar Sbarcatoio* oberhalb der Hafentankstelle.

Die Luft war mild, der Wind noch erträglich. Seine Eltern hatten ihn als Kind zur Erholung ans Meer schicken wollen, in die Ferienkolonie der Caritas, aber Daldossi hatte sich schon damals gegen diese Art von Kollektivurlauben gewehrt. Ein asthmakranker Schulfreund, der wegen der guten, staubfreien Luft jedes Jahr nach Cesenatico geschickt worden war, hatte

Daldossi von den langweiligen Strandspaziergängen und den kurzen Badezeiten erzählt, so daß sich Daldossi mit allen ihm als Kind zur Verfügung stehenden Argumenten gegen diesen Meeraufenthalt gewehrt hatte. Am Morgen der Anmeldung für die *Colonia 12 stelle* war er heimlich aus dem Bett gekrochen und hatte sich in einem Verschlag in der Nachbarschaft versteckt. Am Abend war er zwar von seinem Vater verprügelt worden, aber den Sommer hatte er zu Hause verbringen dürfen.

Schlimmer noch als die Spaziergänge in Zweierreihen war ihm die Trennung von seiner Mutter erschienen. Die Vorstellung, fast vierhundert Kilometer entfernt zu sein und ganze drei Wochen vor den anderen Kindern, die zum Teil aus seiner Schule waren, sein Heimweh geheimhalten zu müssen, um später nicht als Weichling zu gelten, hatte ihm den Schlaf geraubt.

Man kann ihn doch nicht zwingen, hatte seine Mutter in der Nacht vor dem Anmeldetermin gesagt. Daldossi war im Pyjama im dunklen Flur gestanden und hatte gelauscht.

Noch habe ich hier das Wort, das wäre ja noch schöner.

Daß seinem Vater aber die Wörter allmählich schon wieder ausgingen, hatte Daldossi bereits an der gedehnten, langsamen Sprechweise erkennen können. Mitten in der Auseinandersetzung war der Vater auf dem Sofa eingeschlafen und hatte zu schnarchen begonnen. Daldossi hätte husten können, ohne auf dem Flur entdeckt zu werden.

Er ging nun den kurzen Weg zum Hotel zurück und suchte hinter dem Gebäude das Migrationsmuseum auf, wo er einen Inselaktivisten anzutreffen hoffte. *Askavusa* war eine antiimperialistische Kulturvereinigung, die Daldossi aus den Zeitungen kannte.

Er hatte Glück. Ein bärtiger, junger Mann in kurzen Jeanshosen und rotem T-Shirt war dabei, die Türe abzuschließen. Die Außenverkleidung des Museums bestand aus buntbemalten Planken, die von Flüchtlingsbooten stammten.

Kommen Sie rein, sagte der junge Mann, auf zehn Minuten kommt es mir nicht an.

Das Museum interessierte Daldossi nicht, aber aus Höflichkeit warf er einen Blick auf die Heiligenbildchen und zerfledderten Korane, auf die arabisch beschrifteten Musikkassetten, die Zahnbürsten, Töpfe und vom Meersalz zerfressenen Blechdosen, auf all das Treibgut und die zurückgelassenen Gegenstände, die an den Inselstränden oder auf den Barken gefunden worden waren.

Hier sind auch Briefe, sagte der Mann, leider sind sie noch nicht übersetzt. Sie waren in Kleidern oder Hosenbünden eingenäht oder unter Schuhsohlen versteckt gewesen. Manchmal haben wir auch nur Telephonnummern gefunden.

An einer Wand entdeckte Daldossi Dutzende Schwimmwesten.

Er kannte die Bilder; in den Medien waren diese Dinge mehrfach gezeigt worden. Das Elend, das in ihnen gespeichert war, wollte nicht lebendig werden. Auch die Außenverschalung erinnerte Daldossi an Hundertwasser; zu schön waren die abgestuften Farben. Zu den vielen Blautönen waren ihm die blauen Kuppeln, Türen und Fensterrahmen auf den Griechenlandpostkarten eingefallen, er hatte sich zwingen müssen, die Holzteile als Planken, als Versatzstücke dramatischer Ereignisse zu sehen.

Sie hätten, erzählte der junge Mann, finanzielle Unterstützungen von Bankinstituten und Stiftungen abgelehnt, da sie deren *Migrationskultur* nicht teilten. Wir gehen einen anderen Weg.

Der Mann sprach nun mit großem Eifer über das kapitalistische Wirtschaftssystem, die multinationalen Konzerne und Banken, welche Afrika ausgebeutet und die Kriege und Migrationen erst notwendig gemacht hätten.

Und ganz beiläufig erfuhr Daldossi, wie es um den *Centro di prima accoglienza* bestellt war. Daß die Milch im Auffanglager mit nicht trinkbarem Wasser verdünnt worden sei, daß der Staat immerhin siebzig Euro für jeden elternlosen Minderjährigen und fünfundvierzig für jeden erwachsenen Flüchtling zahle, man aber die Migranten dennoch schlecht behandle, sie einfach wegsperre. Wenn viele Touristen auf der Insel seien, ließe man keinen von denen raus. Maximal 381 Plätze stünden im *Centro* zur Verfügung, meistens würden über tausend Menschen hineingepfercht.

Letzten Winter habe man Migranten gezwungen, sich im Freien auszuziehen. Zustände wie in den Konzentrationslagern, sagte der junge Mann und strich sich mehrmals über den Bart. Die sind mit Schläuchen abgespritzt worden. Wie Tiere.

Warum das denn?

Eine Desinfektionsmaßnahme. Man habe Fälle von Krätze vermutet. Auch die Frauen hätten sich ausziehen müssen, ohne Rücksicht, ob da Männer gestanden hätten oder nicht.

Ob er jetzt schließen könne.

Daldossi nickte. Wenn ich ins Auffanglager möchte –

Nein, sagte der Mann, da kommen Sie nicht rein. Alles bewacht. Wir leben hier auf der Insel in einem Gefängnis. Ein Drittel ist militärisches Sperrgebiet. Überall sind Polizeikräfte.

Auf der Hafenstraße bewegten sich jetzt mehr Autos, aber alle langsam, als würden sie nur ausgeführt oder spazierengefahren; manchmal blieben zwei auf gleicher Höhe stehen, die Fahrer plauderten miteinander, die Frauen zupften ihre Haare zurecht oder schminkten sich.

Es gab auf der Insel bestimmt Menschen, die noch nie auf einer Autobahn unterwegs gewesen waren.

Früher hätte *Estero* eine offizielle Genehmigung beim italienischen Innenministerium eingeholt, Daldossi hätte sich um die Formalitäten nicht kümmern müssen. Jetzt mußte er sehen, wie er zumindest in die Nähe des Auffanglagers gelangte, das in einer Talsenke lag, uneinsehbar, umgeben von Hügeln.

Er war im Flieger abgelenkt gewesen, hatte vergessen, nach

dem Gebäude Ausschau zu halten, das von den Grundrissen her einem Flugzeugträger ähnlich sah.

An der Hafentankstelle fragte Daldossi den Burschen, der gegen ein wenig Trinkgeld die Zapfsäule bediente, wo er ein Motorino mieten könne, und zuckte zusammen, weil im selben Augenblick ein Höllenlärm einsetzte. Instinktiv griff sich Daldossi ans Herz, das vor Schreck schneller schlug, sich aber sogleich wieder beruhigte.

Auf der gegenüberliegenden Hafenseite lag auf einer kleinen Anhöhe die Start- und Landebahn des Inselflughafens. Es hatte den Anschein, als rase die Maschine auf den Flachdächern und Dachterrassen der Hafenhäuser dahin.

Neben Daldossi schlugen zwei herrenlose Hunde an, sie liefen zur *Bar Sbarcatoio* vor und fielen anschließend über die Happy-Hour-Snacks her, welche ihnen ein Touristenpaar vor die Pfoten warf.

Als Daldossi sich auf dem Weg zur Mechanikerwerkstatt machte, die auch Motorräder vermietete, warf er nochmals einen Blick zurück zum Alten Hafen. Das Flugzeug war verschwunden. Der Mond über den Häusern wirkte wie ein zartes, rundes, fast durchsichtiges weißes Wölkchen.

Es war kurz nach einundzwanzig Uhr gewesen, als Johanna wach geklingelt worden war. Schlaftrunken hatte sie nach dem Hörer gegriffen, der ihr beim ersten Mal aus der Hand gerutscht und gegen das Bettgestell geknallt war.

Das Fieber hatte zugenommen. Giulio, der neben den Fahrdiensten auch noch die Arbeit an der Rezeption verrichtete, teilte ihr mit, daß Signora Pasqualotto eingetroffen sei. Aus dem Tiefschlaf geschreckt, hatte Johanna nicht mehr gewußt, wo sie war. Der erste klare Gedanke war der Trauer um Elisabeth gewidmet, dann begriff Johanna, daß dieses Klingeln ihr galt.

Die Pasqualotto hatte sich nicht davon abhalten lassen, Johanna auf ihrem Zimmer zu besuchen.

Poverina! Du Arme! Was kann ich für dich tun? Soll ich einen Arzt rufen oder dich ins *Poliambulatorio* begleiten?

Sie saß auf dem einzigen verfügbaren Stuhl, neben sich die Kameraausrüstung und den Reiserucksack, und erzählte, nachdem Johanna ihre Hilfe dankend abgelehnt hatte, von ihrer krebskranken Patentante, bei der sie die letzten Tage gewesen war. Die unverheiratete Schwester ihres Vaters habe sie die ganze Kindheit hindurch verwöhnt, ihr jeden Wunsch erfüllt. Später sei sie sogar heimlich zu einem Privatlehrer gegangen, hatte Nachhilfeunterricht genommen, um sie bei den Integralrechnungen unterstützen zu können. Durch die Tante habe sie die Angst vor dem Fach Mathematik überwunden und auch sonst eine Menge Selbstvertrauen gewonnen.

Ich verdanke ihr so viel, sagte die Pasqualotto. Dann stand sie auf, schulterte den Rucksack und griff nach der Kameratasche. Wie gehen wir es an, fragte sie, während sie ein paar Schritte Richtung Zimmertür machte.

Wir? Johanna schüttelte den Kopf. Ich werde erst mal im Bett bleiben, bis es mir wieder bessergeht. Die Flüchtlinge laufen uns nicht davon.

Hier bestimmt nicht, sagte die Pasqualotto. Ach, übrigens – ein gewisser Bruno Daldossi war mit mir im Flieger.

Bruno? Johanna fuhr freudig hoch, ließ sich aber sogleich wieder ins Kissen fallen und zog die Bettdecke bis an die Nase, damit die Pasqualotto nicht sah, daß sie errötete.

Un vecchio amore?

Ich kenne ihn schon lange. Flüchtig, fügte Johanna hinzu. Er war mit Henrik unterwegs gewesen.

Wer ist Henrik?

Mein Exmann.

Schultheiß, klar. Ich sah ihn unlängst in der *Wildner-Show.*

Mach dir nichts draus, sagte die Pasqualotto. Am Ende landen sie alle bei einer Jüngeren.

Johanna verstand nicht sofort, was die Pasqualotto meinte.

Schluß gemacht habe aber ich, sagte Johanna.

Du hast ihn verlassen? Die Pasqualotto stellte die Kameratasche auf den Boden und machte kreisende Bewegungen mit den Schultern. Der Rucksack schränkte sie dabei ein. In deinem Alter hätte ich mir das dreimal überlegt.

Es mangele ihr nicht an Liebhabern, wenn sie das meine, hätte Johanna am liebsten geantwortet, aber sie hielt sich zurück.

Ich habe drei alleinstehende Freundinnen, sagte die Pasqualotto. Die eine trinkt, die andere frißt, und die dritte ist die Mätresse eines Bundestagsabgeordneten und schizophren, denn sie lebt ein öffentliches Single- und ein geheimes Beziehungsleben. Ich weiß nicht, was schlimmer ist.

Vielleicht Essen zu photographieren, anstatt es zu verzehren, sagte Johanna.

Die Pasqualotto überging die Bemerkung. Schultheiß sei ein kluger Kopf, ein gutaussehender Mann und verfüge außerdem – das sei kein Geheimnis – über ein solides Vermögen. Sie würde in so einem Fall sogar über den einen oder anderen Seitensprung hinwegsehen.

Johanna dachte an das Abendessen im *Fischereihafen*-Restaurant. Henrik hatte sich damals, unmittelbar nach ihrer Trennung, unbedingt mit ihr aussprechen wollen. Er hatte die *genauen Gründe* erfahren wollen, hatte Zusammenhänge gesehen, wo keine gewesen waren. Sein Butterfischcarpaccio in Limettenmarinade war bis auf zwei Kostproben auf dem Teller liegengeblieben, die Bouillabaisse anschließend kalt geworden. Johanna hatte abwechselnd die rote Vertäfelung an der Breitseite und die schwarze, halbhohe an der Längsseite des Restaurants betrachtet. Ihr war aufgefallen, daß die Tischdecken und die Salz- und Pfeffermühlen ebenfalls rot und schwarz waren. Scheußlich, diese großbürgerliche Abgestimmtheit, hatte sie zu Henrik gesagt.

Abgestimmt war sie sich selber vorgekommen, eine *passende Person* im Leben von Henrik, mit der er sich hatte sehen lassen können, bei seiner Familie und seinen journalistischen Freunden, die sich über die Lebensgefährtin eines Kollegen, die Schuhverkäuferin war, lustig gemacht hatten.

Johanna war die Idealbesetzung in einem Stück gewesen, das Henrik geschrieben und in dem er Regie geführt hatte. Aber diese Rolle hatte sie nicht einnehmen wollen.

Wenn Henrik sie zuletzt berührt hatte, war es Johanna so vorgekommen, als habe er es nur getan, um sich ihrer zu versichern. Das sanfte Auf-die-Schulter-Klopfen, das Armtätscheln und die Küsse hatten Johanna nicht besänftigt, sie hatte sich angegriffen gefühlt.

Was sollte sie der Pasqualotto antworten? Daß Intelligenz, gutes Aussehen und eine finanzielle Absicherung nicht ausreichten? Daß sie es geliebt habe, neben Henrik einzuschlafen? Bevor er seine endgültige Schlafposition fand, hatte er sich wie eine Katze ein paar Mal hin und her gewälzt. Er war kein guter Liebhaber gewesen, einfallslos und manchmal grob, was er mit Leidenschaft begründet hatte.

Ich schau morgen früh vorbei, sagte die Pasqualotto. Ob Johanna schon die Insel gesehen habe. Und ob auch sonst alles so neu und so teuer wie der Flughafen sei. Sechzehn Millionen habe der gekostet. Wer da wohl wieder mitverdient habe. Ihr Rucksack streifte die Wand.

Ich kann nur zwei Tage bleiben, sagte die Pasqualotto, dann muß ich zurück. Was ich nicht schaffe, kann ja dieser Daldossi übernehmen.

Nachdem die Tür ins Schloß gefallen war, stand Johanna auf und ging ins Bad. Ihr war schwindelig, sie mußte sich am Waschbeckenrand festhalten. *Dieser Daldossi* war ihr nach Lampedusa gefolgt. Offenbar war aus der Versöhnung mit Marlis nichts geworden.

Johanna betrachtete die Fliesen. Zwischen zwei Kacheln hatte sich eine Fuge gebildet, welche wie ein Schwan geformt war. Johanna berührte den gebogenen Schwanenhals und freute sich über diese zufällige Schönheit, die wohl aus einem Fehler des Fliesenlegers entstanden war. Und sie freute sich auf Bruno.

Die blaue Vespa 125 mit Handschaltung, die Daldossi aus Nostalgiegründen hatte anmieten wollen, war nicht fahrtauglich gewesen. Dieses Modell hatte er sich als Jugendlicher gewünscht und nie bekommen. Es war kein Geld dagewesen. Die Frau des Mechanikers hatte ihm statt dessen einen schwarzgrauen Scooter mit schlechten Bremsen überlassen und einen Helm in die Hand gedrückt, der höchstens zum Heucheln taugte. Schutz bot diese zerkratzte, dünne Kunstharzschicht nicht. Auch die Helme, die Daldossi im Irak und in Tschetschenien getragen hatte, waren nur eine Beruhigungsmaßnahme gewesen, hätten ihn vor ein paar umherfliegenden Gesteinsbrocken oder Querschlägern, aber niemals vor Projektilen schützen können.

Die Papierhaube, mit der er den Motorradhelm hätte auskleiden sollen, hatte Daldossi gleich in der Hand zusammengeknüllt und in die Hosentasche gesteckt. Er war abgehärtet. Was kümmerte ihn der eingetrocknete Schweiß Hunderter Sommertouristen.

Der Mann vom Migrationsmuseum hatte Daldossi ein paar Orte genannt, wo er Leute treffen könne, die wiederum Freunde bei der Polizei und bei der Küstenwache hatten.

Also war Daldossi zum Neuen Hafen gefahren und hatte eine Weile vor dem *Caffè del Porto* gesessen; er hatte Wein getrunken und mit Fischern geredet, auch mit einer Meeresbiologin, die wegen ihrer sterbenskranken Mutter für eine Woche auf die Insel zurückgekehrt war. Anfang der siebziger Jahre sei von der NATO eine Radarstation eingerichtet worden, um von hier aus den Mittelmeerraum überwachen zu können, hatte sie erzählt. Das italienische Militär hätte diese Station übernommen und zusätzliche Radare installiert. Wir sind alle verstrahlt, hatte die junge Frau gesagt. Immer mehr Inselbewohner erkrankten, auch ihre Mutter habe Krebs. Warum lassen sie uns nicht in Ruhe. Sie hatte *uns* gesagt, obwohl sie seit Jahren im Institut für Meeresbiologie in Venedig arbeitete.

Der Name der Stadt hatte Daldossi einen Stich versetzt. Gegen seine Angewohnheit hatte er von sich zu erzählen begonnen, daß er heute mittag noch in Venedig gewesen sei, immer schon davon geträumt habe, mit einem Rivaboot durch den Canal Grande zu preschen. Die Meeresbiologin hatte keine Ahnung von Rivabooten gehabt, auch nichts mit den Namen des Jetsets der sechziger und siebziger Jahre anfangen können. Sie war, schätzte Daldossi, zu der Zeit noch gar nicht auf der Welt gewesen.

Aber Brigitte Bardot kennen Sie, oder?

Die Tierschützerin?

Die BB sei eine Art lebendige Galionsfigur auf dem Rivaboot von Gunter Sachs gewesen. Glück habe sie Sachs freilich nicht gebracht. Aber Frauen seien wohl generell keine Glücksbringer.

Er hatte noch einen doppelten Cognac bestellt, das hatte die junge Frau verunsichert, und sie war – freundlich nickend – aufgebrochen.

Innerhalb kurzer Zeit hatte Daldossi die Telephonnummer von zwei Informanten gehabt, einem Tauchlehrer und einem Fischer. Sie würden ihn anrufen, wenn sie hörten, daß ein Flüchtlingsboot ankomme.

Daldossi hatte noch eine Weile vor dem Café den Autos und Mopedfahrern hinterhergesehen und sich dann auf den Scooter gesetzt, ohne eigentlich zu wissen, wohin die Fahrt gehen sollte. Er hatte nicht einmal eine Karte dabeigehabt, war zuerst in den Ort zurückgefahren, hatte an der Theke irgendeiner Bar einen weiteren Cognac hinuntergekippt, ein paar Dosen Bier und eine Packung Patatine gekauft und war dann dem Straßenverlauf gefolgt.

Der noch glatte Belag im Ortszentrum war weiter draußen, in der windigen, vegetationslosen Landschaft einer holperigen Piste gewichen, einer unbestimmten Spur. Daldossi hatte Mühe gehabt, nicht die Herrschaft über den Scooter zu verlieren.

Eben noch war er durch eine Zypressenallee gefahren, nun stand er im Nichts. Der Mond beleuchtete schwach die Straße. Weiter vorn glaubte er ein Straßenschild zu erkennen. Als er Gas geben wollte, spürte er, wie sein Mobiltelephon in der Hosentasche vibrierte.

Marlis. Jetzt ruft sie zurück. Er sah sie vor sich, in ihrem Wickelkleid, die Haare hochgesteckt, sah ihre vollen Lippen, auf denen nur noch Reste des dunkelroten Konturenstiftes überdauert hatten.

Daldossi stellte den Motor ab.

Wo steckst du? Vogels Stimme. Ich muß dich sehen.

Rate mal, wo ich bin. Es gelang Daldossi kaum, seine Enttäuschung zu verbergen.

Im Süden, antwortete Vogel.

Woher weißt du das?

Sind das nicht Zikaden?

Das Geknatter des Motors hatte den Gesang übertönt; jetzt erst hörte Daldossi die Klage der Insekten, sie erfüllte den nächtlichen Himmel dieser vermaledeiten Steppengegend. Am Horizont sah er etwas Dunkles, das in die Höhe ragte, darüber Licht, das kam und ging.

Vogel sprach viel zu leise. Marlis habe ihn angerufen, besorgt über Daldossis Zustand. Sie fliege noch heute nach Wien zurück.

Daldossi drückte das iPhone fester ans Ohr, aber manche Sätze Vogels kamen im Stakkato herüber, die Verbindung war schlecht.

Was hat sie sonst gesagt? Hast du das Gefühl, daß noch was möglich ist? Daldossi bemerkte, daß seine Frage etwas Flehendes hatte. Soll sie doch glücklich werden, mit dem Lehrer, fügte er schnell hinzu.

Hör endlich auf zu saufen, sagte Vogel. – Jetzt sag schon, wo bist du?

Am südlichsten Punkt Italiens.

Wo soll das sein? Vogel wartete ab. Hallo?

Ich bin noch da, sagte Daldossi. Auf Lampedusa.

Was? Warum das denn?

Daldossi sagte etwas von *Abstand gewinnen*, von *einer Photoreportage, die er machen wolle*, von *Flügen, die noch zu haben waren*. Johanna erwähnte er nicht.

Du willst wieder photographieren? In deinem Zustand?

Wenn einem die Hand ein bißchen zittert, bekommt man ein gutes Actionbild, sagte Daldossi.

Vogel lachte.

Ist nicht von mir, ist von Capa.

Auch so ein Saufkumpan. Was willst du dort photographieren? Die Route verläuft doch längst über die Türkei und Griechenland. Und ist das nicht schon alles ausphotographiert? Noch ein paar Wasserleichen? Noch ein paar aufgeschlitzte Gummiboote?

Ich weiß es nicht, sagte Daldossi.

Was suchst du auf dieser Insel? Da waren schon alle. Der Papst. Angelina Jolie. Dieser Flüchtlingskommissar. Dann Barroso und der Rest der heuchlerischen Politikerbande. Wie hieß der Premier damals? Letta? Du bist ein bißchen spät dran.

Das bin ich, sagte Daldossi. Aber du bist noch später dran. Immer auf der sicheren Seite. Ein Historiker eben.

Da täusch dich nur nicht. Vogel erzählte, er habe immerhin

Post von deutschen Rechtsextremen bekommen, nachdem sein Aufsatz über den SS-Obersturmbannführer Erich Priebke erschienen war.

Die Geschichte kannte Daldossi schon, aber er schwieg. Marianne hatte ihm an der Theke des *Café Engländer* von diesem Brief erzählt. Es war eine harmlose Aufforderung gewesen, Vogel solle aufhören, über Menschen zu schreiben, die er nicht kenne. Priebke hatte noch gelebt.

Daß Vogel einen Saufkumpan in ihm sah, verstimmte Daldossi, noch mehr aber, daß er ihm die Arbeit als Photoreporter nicht mehr zutraute. Er hatte keine Lust, Vogel jetzt darüber aufzuklären, daß die Unschärfe auf manchen Capa-Bildern einem Entwicklungsfehler geschuldet war. Die Negative von den leicht verwackelten Aufnahmen, die Robert Capa bei der Landung in der Normandie geschossen hatte, waren beschädigt gewesen. Man sah die vollbepackten Soldaten an Land eilen; das Verwaschene, Grobkörnige war weder beabsichtigt, noch eine Folge übermäßigen Alkoholkonsums gewesen; es gab den Bildern aber etwas Existentielles, Metaphysisches.

Und wann kommst du zurück, hörte Daldossi Vogel fragen.

Ich weiß es nicht. Er wollte jetzt auf seinem Scooter weiter durch die Nacht fliegen, diesem Licht entgegen, das er schon die ganze Zeit im Auge hatte. Da draußen wartete der Leuchtturm.

Sag Marlis, daß ich sie liebe, sagte Daldossi. Sie geht nicht ran, wenn ich sie anrufe.

Du hast sie nicht mehr alle.

Er kauerte auf dem harten Boden, hatte zwei Dosen Bier getrunken. Die spitzen Steinchen bohrten sich durch den Jeansstoff. Um diese Jahreszeit kamen keine nächtlichen Ausflügler hierher. Selbst die nach Einsamkeit suchenden Liebespaare zogen sich in Autos zurück oder suchten windgeschütztere Orte.

Das, was Daldossi in den wenigen Stunden nach seiner Landung von der Insel gesehen hatte, war nichtssagend gewesen. Das gefiel ihm. Er befand sich an einer Haltestelle mitten im Wasser. Phönizier, Griechen, Römer und Araber hatten auch nur angelegt, um eine Rast zu halten. *Lampedusa* war der falsche, *Fermata* der richtige Name.

Sogar Potemkin wollte hier einmal eine russische Flottenstation gründen, um den Sultan vom Mittelmeer her bedrängen zu können. Eine exzentrische Expansionsidee; von St. Petersburg aus betrachtet, war Lampedusa eine ziemlich entfernte Haltestation.

Unter Daldossi lag schwarz das Meer; gekräuselt oder gewellt – er sah es nicht, und seine Ohren waren nicht geschult, um das Meeresrauschen deuten zu können.

Mit einem letzten Kraftaufwand, einem schnellen Anlauf, könnte er die Insel für immer verlassen. Wenn vieles auch abhanden gekommen war, einen freien Willen besaß er noch, vermochte noch selbst zu entscheiden, ob er weiteratmen wollte.

Dieser Leuchtturm, der auf der Wetterseite dunkler war, weil das Meer und die Winde den Verputz gefressen hatten, dieses Licht über ihm, das Hoffnung und Warnung zugleich bedeutete, würde ihm heimleuchten.

Noch besser wäre es, wie Marlis' Bären in den Winterschlaf zu gehen, vier bis sechs Monate lang keine Nahrung aufzunehmen, nichts auszuscheiden. Keine Gedanken zu haben.

In einem Zug leerte Daldossi die letzte Bierdose, die er noch in seiner Umhängetasche gehabt hatte, und zog eine Zigarette aus der Schachtel. Wegen des nun heftigeren Windes versuchte er mehrere Male, sie anzuzünden.

Mit einem Zippo wäre mir das nicht passiert, dachte Daldossi.

Zippo – es bedurfte nur eines Wortes, um den Ort zu wechseln.

Damals, in Falludscha, hatte er von einem gepanzerten Wagen aus ein Mädchen mit fingerlosen, verbrannten Händen gesehen.

Er hatte das Kind nicht fragen können, was passiert war, schon gar nicht photographieren.

War es eine Spielzeugmine gewesen? Eine Taschenlampe, ein Kugelschreiber, ein Feuerzeug, welche präpariert worden waren, um die kleinen Körper, die Gliedmaßen von neugierigen Mädchen und Buben zu verstümmeln? Oder doch eine Brandbombe, mit der die Amis die Aufständischen aus ihren Hütten geholt hatten?

Alles, was Daldossi als Kind in die Hände genommen hatte, war das, was es zu sein versprochen hatte. Eine Dose war eine Dose mit bunten Knöpfen und ein Ball ein Ball gewesen; der war in die Luft gesprungen, ohne dabei zu explodieren.

Wie aber lebte es sich, wenn in den alltäglichen Dingen kein Alltag mehr steckte, sondern der Tod? Wenn die Dinge logen und so das Weltvertrauen für immer zerstört wurde?

Vergaß man die versteckten Minen irgendwann? Oder verminten sie für immer das Denken? Konnte ein Kind Hunde noch lieben, wenn es gesehen hatte, wie sie das Gesicht und die Hände von liegengebliebenen Toten gefressen hatten?

Konnte Daldossi überhaupt noch ein Zippo kaufen, ohne an eine verbrannte Vagina zu denken?

Er wollte Marlis anrufen. Aber das Mobiltelephon hatte hier draußen keinen Empfang, das machte ihn nervös. Er hielt es keine Minute länger aus. Die Bierdosen warf er in hohem Bogen Richtung Meer, stolperte beim Gehen über eine felsige Erhebung, fluchte und rieb sich sein Knie.

Nachdem er den Scooter gestartet hatte, knirschten die Reifen über den sandig-steinigen Untergrund.

Johanna schlief, wachte auf, dämmerte weiter, öffnete wieder die Augen. Sie dachte an die Frauen auf den Booten, an die alten und kranken, aber auch an die jungen, kräftigen, die noch menstruierten. Sie dachte an die Schwangeren, welche auch ohne hohen Wellengang mit Übelkeit kämpften, an die verschreckten Kinder und weinenden Babys.

Die Kopf- und Gliederschmerzen waren stärker geworden, dennoch empfand Johanna sich nach den nächtlichen Recherchen und Lektüren der Attachements und Links, die ihr Ditha geschickt hatte, als wehleidige, verwöhnte Person.

Männer, hatte Johanna gelesen, pißten auf der Flucht übers Meer in leere PET-Flaschen. Wohin aber die Frauen? Wie wechselten sie Binden und Tampons?

Ihre Mutter hatte sich einen Trichter besorgt und sich die Plastikflasche samt Trichteraufsatz zwischen die Beine gehalten. Den Trick hatte Elisabeth selbst herausgefunden, als sie den 24-Stunden-Harn hatte sammeln müssen; der Krebs war schon auf eine der beiden Nieren übergegangen. Die eigene Großtante, erinnerte sich Johanna, hatte noch – wie die *Blechtrommel*-Großmutter auf dem Kartoffelfeld – mehrere Schichten Röcke getragen, darunter nichts. Blut und Urin flossen aufs Feld oder auf die Wiese, der unterste Rock war der *Wischrock* gewesen.

Scham, hatte Henrik gesagt, sei gefährlich. Aus Scham sei so mancher ein allerletztes Mal hinter die Büsche gesprungen und habe dabei vergessen, daß das Gelände vermint sei.

Scham, dachte Johanna, hatte gewiß dazu geführt, daß Menschen über die Bordkante ins Wasser fielen. Scham soll am Beginn der Jasmin-Revolution in Tunesien gestanden haben; der Halbwaise Mohamed Bouazizi, der mit seinem fahrenden Marktstand für seine Mutter und fünf Geschwister gesorgt hatte, habe sich – glaubte man den Berichten seiner beiden Geschwister Leila und Salem – nicht wegen der Beschlagnahmung seiner Waage und seiner Waren mit Benzin übergossen, sondern aus Schande und aus Scham darüber, daß er von einer Frau auf der Polizeistation geohrfeigt worden war.

Aus Scham hatte Elisabeth wohl auch ihren Pizzabäcker verheimlicht. Giustiniano war weder standesgemäß, noch unverheiratet gewesen.

Von draußen drang Motorenlärm ins Zimmer. Er hörte sich an, als stamme er von einer alten dreirädrigen Ape. Johanna reckte den Hals, aber das Fahrzeug war schon um die Hafenkurve gefahren. In jener Ferie-d'agosto-Nacht, in der sie sich das Bein gebrochen hatte, war sie von Henrik und einem zu Hilfe eilenden Einheimischen auf die Ladefläche seines in der Nähe geparkten alten Piaggio-Dreirads gehievt und dann ins Krankenhaus gebracht worden. Johanna war wütend gewesen, wütend über Henriks Gedankenlosigkeit. Er hatte neben ihr gesessen und ihre Hand gehalten. Bei jedem Schlagloch hatte sie vor Schmerzen aufgestöhnt.

Wir haben diese Reaktionen verinnerlicht, hatte Henrik sich damals entschuldigt. Es täte ihm leid, sie zu Boden gerissen zu haben.

Warum er im Plural rede, hatte Johanna ihn gefragt.

Er meine all jene, die schon im Krieg gewesen seien. Die anderen wüßten sowieso nicht, was zu tun wäre.

Du aber auch nicht, hatte Johanna gesagt. Du kannst nicht einmal Frieden vom Krieg unterscheiden.

Wenn es knallt, hatte Henrik gesagt, müsse man sofort in Deckung gehen, sich hinwerfen, Beine über Kreuz, um die Weichteile zu schützen.

Nach dem Journalistentraining im unterfränkischen Hammelburg hatte Henrik eigentlich schon mit seiner Arbeit als Kriegsreporter aufhören wollen. Als unbedarft und naiv hatte er sich bezeichnet, konnte nicht verstehen, wie er all die Jahre zuvor ohne diese Ausbildung durch Krisenregionen hatte reisen können, wie man überhaupt Journalisten in Kriegsgebiete hatte schicken können, ohne sie vorher über die Gefahren aufgeklärt zu haben.

Das spezielle Seminar war jedoch erst ab 1999 im UN-Ausbildungszentrum, das von der Bundeswehr betrieben wurde, angeboten worden. Anlaß war der Tod von zwei *Stern*-Journalisten und ihres mazedonischen Übersetzers gewesen. Sie waren zwei Tage nach Kriegsende von einem russischen Söldner, der auf der Seite der Tschetniks gekämpft hatte, in der Nähe von Prizren erschossen worden. Henrik hatte den Photographen flüchtig gekannt.

Bruno hingegen war mit dem Jüngeren der beiden, einem aus Südtirol stammenden Journalisten, zufällig einmal zur selben Zeit in Ostafrika gewesen. Nach zwei Jahren Dürre und Bürgerkrieg waren im Südsudan Hunderttausende vom Hungertod bedroht gewesen. Auf den Bildern Brunos, die *Estero* nach der Reise veröffentlicht hatte, waren ausgehungerte Menschen mit spindeldürren Beinen zu sehen gewesen. Frauen, erinnerte sich Johanna, hatten die Wurzeln von Wasserlilien geröstet oder Ameisenhaufen aufgegraben, um darin nach Grassamen zu suchen. Der Südtiroler Reporter, der schon für die versehrten Kinder des Balkankrieges zweieinhalb Millionen Mark gesammelt hatte, war wieder mit einer Spendenaktion an die Öffentlichkeit getreten – dieses Mal für *Ärzte ohne Grenzen.*

Henrik hatte damals fast ein Drittel seines Monatseinkommens auf das Spendenkonto überwiesen und war über *Estero* hergezogen, wo zwar die besseren Bilder und die analytischeren und längeren Beiträge erschienen waren, aber keiner von der Redaktion die Idee gehabt hatte, im großen Stil zu sammeln. Der *Stern* habe seiner Leserschaft zu vermitteln vermocht, daß seine Journalisten und Journalistinnen aktiv die Welt verändern können, während *Estero* den Anschluß zur Basis endgültig verloren habe. In den folgenden Jahren sei das Personal abgebaut worden; den besten Schreibern und Photographen habe man die Frührente aufgedrängt, hatte Henrik gesagt.

Wäre es aber nicht so weit gekommen, dachte Johanna, hätte Bruno noch immer eine Stelle bei *Estero* und wäre jetzt nicht auf der Insel gelandet. Aus jedem Nachteil erwachse auch ein Vorteil, man müsse sich nur in Geduld üben, war Elisabeths Credo gewesen.

Damals, vor bald dreizehn Jahren, hatte Johanna Henrik nach seinem Journalistentraining in Hammelburg abholen wollen, doch Henrik hatte sie gebeten, nach Würzburg zu fahren und dort auf ihn zu warten. Schau dir inzwischen die Residenz an.

Jetzt kam es Johanna so vor, als habe Henrik die Begegnung mit Bruno verhindern wollen, als sei er sich damals schon der Gefahr bewußt gewesen, die von einem wie Bruno ausging.

Das historische Hammelburg sei ein Kaff, hatte Henrik damals behauptet, lediglich das Rathaus sei ansehnlich, erbaut von einem gewissen Johann Schoner, einem Sternenforscher, Kartographen und Geologen, dessen Kopf einst die 1000-DM-Banknote geziert hatte.

Ich mache ein Photo, hatte Henrik versprochen. Dazu war es nicht mehr gekommen, weil er – wie alle anderen Journalisten – in der Kaserne übernachtet hatte und bis zum letzten Tag nicht mehr aus dem Areal des Truppenübungsplatzes herausgekommen war.

Am Freitagnachmittag hatte er schließlich Johanna in Würzburg getroffen, sie hatten sich in der Altstadt verabredet, im *Weinhaus zum Stachel.* Henrik wollte einmal in seinem Leben *genau dort* sein, wo einst Götz von Berlichingen und andere aufmüpfige Bürger der Stadt ihr Hauptquartier bezogen hatten. Der Hof war der Treffpunkt der gegen Adel und Klerus rebellierenden Aufständischen gewesen; die Zusammenkünfte hatte man einst durch den aus dem Erkerfenster hängenden Morgenstern bzw. Stachel angezeigt.

Bei Blauen Zipfeln, im Weinsud liegenden Bratwürsten, hatte Henrik von der Ausbildung in Hammelburg erzählt, er hatte das Verhalten unter Kampfmittelbedrohung rekapituliert und die verschiedenen Rollenspiele in der Ortskampfanlage Bonnland geschildert, einem echten Dorf, das schon in der Zeit des Nationalsozialismus, Ende der dreißiger Jahre, aufgelöst und abgesiedelt worden war, um als Übungsstätte verwendet werden zu können.

Nach dem Zweiten Weltkrieg kamen eine Weile Flüchtlinge in den leeren Gebäuden unter, ab den frühen fünfziger Jahren, nach der Gründung der Bundeswehr, hatte man wieder begonnen, es als Übungsdorf für Häuserkämpfe zu nützen.

Ich bin kein Berlichingen, hatte Henrik gesagt. Ich wäre wohl auch als Reichs- oder Raubritter sofort tot gewesen. Ich bin sechsmal gestorben.

Dann hast du ja noch ein Leben.

Ja, wenn ich eine Katze wäre, hatte Henrik gesagt.

Und Bruno?

Ach, laß mich mit dem in Frieden. Er ist ein Siegfried, dem nicht einmal ein Lindenblatt zwischen die Schultern gefallen ist. Sein schwacher Punkt ist einzig die Leber.

Für Frauen hatte er gewiß auch eine Schwäche, dachte Johanna. Einen Moment lang stellte sie sich vor, wie Bruno sie küßte. Nein, so einfach werde ich es ihm nicht machen. Was glaubt der überhaupt. Fliegt mir hinterher. Johanna redete halblaut vor sich hin, als wollte sie sich selbst beschwören.

Henrik hatte bei der Journalistenausbildung mehrere Minenzünder übersehen, den Scharfschützen im Giebelfenster zu spät entdeckt, war durch eine Lichtschranke gelaufen, welche die Explosion eines Sprengstoffes ausgelöst hätte, war in den Kleinbus gestiegen, ohne vorher den Parkplatz nach Sprengstofffallen abzusuchen, auf dem Marktplatz vor einer Handgranate davongelaufen, anstatt sich auf den Boden zu werfen, und hatte versucht, einen schwerverletzten Dummy aus einem verminten Gelände zu bergen, anstatt ihn sterben zu lassen.

Es sei ein Wunder, hatte Henrik im *Stachel* gesagt, daß er bis heute unversehrt geblieben sei.

Könntest du ein Minenopfer, das noch lebt, einfach zurücklassen? hatte er sie gefragt. Er war aufgestanden und hatte sich in die Mitte der Gaststube gestellt. Sind das jetzt drei Meter? Rate mal, wie lange man braucht, um die kurze Strecke zu entminen?

Er habe während seiner Auslandsreisen nie eine Nadel bei sich gehabt, um kleine Flächen vorsichtig nach Minen absuchen zu können, auch keinen Spray, um die entminten Trittflächen zu kennzeichnen. Dabei sei er in Bosnien gewesen!

Drei Millionen Minen sollen noch in der Balkanregion liegen. Flut und Erdrutsche hätten vor einem Jahr einen Teil davon an die Oberfläche gespült und auf einer großen Fläche verteilt. Jetzt müsse man mit der Erstellung von Karten über verminte und minenfreie Gebiete von vorne beginnen. Er hatte sich wieder an den Tisch gesetzt und seinen zweiten Blauen Zipfel angeschnitten.

Keine Ahnung, hatte Johanna geantwortet, wie lange man für so eine Stecke benötigt. Lange?

Eine Stunde. Ich hab mal mit einer Nadel in den Boden gestochen; ehrlich gesagt könnte ich einen Stein nicht von einer Mine unterscheiden. Wenn der Verletzte sich also nicht selbst das Bein abbinden kann – oder die Beine –, ist er verloren. Außerdem besteht die Gefahr, daß er vor Schmerz um sich schlägt und dabei eine weitere Mine erwischt. Die wiederum könnte den treffen, der sich gerade zu ihm vorarbeitet.

Was macht man in so einer Situation?

Henrik hatte die restliche Bratwurst in kleine Stücke geschnitten. Willst du probieren?

Nein, danke.

Man läßt ihn liegen, legt sich selbst in einiger Entfernung auf den Boden, nachdem man den nächsten Minensuchtrupp verständigt hat. Redet ihm gut zu.

Das ist alles? – Er wird sterben.

Ja, das wird er.

Johanna warf die Bettdecke zurück und stand auf. Sie griff nach einem Aspirin, entfernte die Aufreißfolie und löste es im Zahnputzglas mit etwas Mineralwasser auf. Nachdem sie einen Schluck davon getrunken hatte, zog es ihr den Magen zusammen. Sie schüttete den Rest der Flüssigkeit in den Abfluß, trat auf den Balkon, um frische Luft zu schnappen.

Am Himmel leuchteten Sterne, in einem glaubte Johanna die Venus zu erkennen. Abendstern. Morgenstern.

Tadschiken mit dunklen Käppis und langen Bärten, sowie Paschtunen mit weißen Turbanen stehen am Straßenrand und feiern den Sieg über die sowjetisch gestützte Zentralregierung. Dahinter sind ausgebrannte russische Panzer und zerstörte Militärlaster zu sehen. Am rechten Bild- und Straßenrand sitzt ein alter Mann mit weißem Bart auf der Ladefläche eines Toyota und hat seine Beinprothese neben sich abgelegt. Er versucht, die Schuhbänder am künstlichen Fuß zu schnüren.
***Alter Mann mit Beinprothese**, Schwarzweißphotographie, Kabul/Afghanistan, Frühjahr 1992, unveröffentlicht.*

Als Daldossi das Hotel betrat, schienen alle schon zu schlafen. Der Mann an der Rezeption gab ihm den Schlüssel, wünschte eine gute Nacht. Bevor Daldossi aufs Zimmer ging, wollte er noch einmal die Telephonnummer von Marlis wählen. Er freute sich, als er auf dem Display ihre Nummer entdeckte, versuchte sofort zurückzurufen. Wieder nichts.

Aber sie hatte auf die Mobilbox gesprochen. Ungeduldig hörte sich Daldossi den Standardtext seiner Telephongesellschaft an. Vielleicht war Marlis schon in Wien gelandet, vermißte ihn.

Hallo, Bruno, Charly ist tot. Du weißt schon, unser Liebling. Was mach ich jetzt? Wie soll ich das der jordanischen Prinzessin beibringen? Tot. Einfach so. Vermutlich hat er sich beim Spielen selbst stranguliert. – Marlis schneuzte sich, schluckte. – Warum ist nicht Zotti gestorben, der hat längst Arthrose. Letzte Woche hat er wieder einen Schub gehabt. Wir haben ihn mit Fisch aus dem Stall locken müssen. Oder meinetwegen Burli. Nein, es mußte ausgerechnet Charly sein, für den wir so viel getan haben. Ich brauche nur einmal wegzufahren, schon passiert etwas Schlimmes. Er ist wohl in Panik geraten, hat sich verheddert. Die Seile hängen da doch schon seit Jahren! Ich verstehe das nicht. Konrad hat ihn noch fünf Minuten vorher spielen sehen. Er hat alles getan, um ihn wiederzubeleben. – Daldossi befürchtete, der Kontakt sei abgerissen, doch dann fuhr Marlis fort. – Wir werden ihn obduzieren lassen müssen. Morgen früh muß ich die Prinzessin anrufen. Eine Katastrophe. Die hatte sich extra unser Gehege ausgesucht. Und jetzt das. – Tut mir leid, daß ich dich damit behellige. Das war jetzt dumm von mir, dich anzurufen.

Marlis putzte sich die Nase; dann war im Hintergrund ein Geräusch zu vernehmen, das wie Gekrächze von Vögeln klang. Daldossi konnte aber nicht erkennen, ob es von Wiener Krähen oder von venezianischen Seevögeln stammte.

Wie wäre Marlis' Reaktion gewesen, wenn er heute Anlauf genommen und sich den Felshang hinter dem Leuchtturm hinabgestürzt hätte? Wäre sie ähnlich verzweifelt gewesen?

Kann ich einen doppelten Cognac haben, fragte Daldossi.

Der Mann, der vorher an der Rezeption gewesen war, räumte jetzt die Spülmaschine hinter der Bar aus.

Schlechte Nachrichten?

Der Lieblingsbär meiner Frau ist tot.

Der Hotelangestellte runzelte die Stirn und drückte das Kinn gegen seine Brust.

Meine Frau ist Zoologin. Es ist nur ein Bär, sagte Daldossi.

Ja, sagte der Mann, es ist nur ein Bär.

Daldossi erfuhr, daß der Mann Giulio hieß und aus Palermo stammte. Er hatte sich dort in eine Lampedusanerin verliebt. Sie seien beide mit dem Moped unterwegs gewesen und mehrere

Male hintereinander, einer neben dem anderen, vor einer roten Verkehrsampel zum Stehen gekommen, hätten sich dabei verstohlen angesehen. Bei der vierten oder fünften Ampel habe er sich ein Herz gefaßt und sie auf einen Kaffee eingeladen. Die seien allesamt falsch gesteuert gewesen, sagte Giulio, als habe jemand absichtlich die Dauer der Rotphase manipuliert. Amor hatte nicht mit dem Pfeil ins Herz geschossen, sondern die Ampelsignale gleichgeschaltet. Mal was Neues. Damals habe seine Frau noch für die Matura gelernt.

So sei er am Ende hier gelandet, auf dieser inzestuösen Insel. Und da er an Flugangst leide und schnell seekrank werde, kriege ihn von hier keiner mehr weg. Nur im Notfall.

Haben Sie hier schon Tote gesehen?

Sie meinen, Flüchtlinge? Einen, sagte Giulio, aber ich arbeite nicht am Hafen. Ich würde das nicht ertragen. Ich träume heute noch von ihm, dabei ist das über zehn Jahre her.

Giulio hielt ein Weinglas gegen das Licht, trocknete mit einem Tuch die verbliebenen Wassertropfen ab. Ich war damals am Strand spazieren, sagte er. Er ist angeschwemmt worden. Der Mann hat furchtbar ausgesehen.

Er holte das letzte Glas aus der Maschine. Mein bester Freund ist Taucher, er wird immer wieder gerufen, um Leichen aus Schiffswracks zu bergen. Ich könnte das nicht –Wissen Sie, wie es Frau Schultheiß geht?

Sie wollte doch nicht gestört werden, sagte Daldossi.

Sie sah nicht gut aus, und sie hat nichts gegessen. Nicht einmal Tee bestellt. Vielleicht klopfen Sie mal bei ihr an. Sie kennen sie doch?

Ich habe eine Zeitlang mit ihrem Exmann zusammengearbeitet, wir waren auch gemeinsam in einem Schulungszentrum. – Ich sehe gleich nach ihr, sagte Daldossi.

Schulungszentrum? Giulio füllte das Cognac-Glas ein zweites Mal.

Leute aus der Bundeswehr haben uns beigebracht, wie man sich im Krieg verhält.

Wozu das? Giulio wischte die Theke sauber.

Wir haben beide aus Krisengebieten berichtet, Schultheiß als Journalist, ich als Photograph. Wir waren zwar schon alte Hasen, aber man kann immer noch etwas Wichtiges erfahren, was einem in gefährlichen Situationen hilft. Jedenfalls haben wir bis zum Ende durchgehalten.

Sie haben aufgehört? fragte Giulio.

Schultheiß hat geerbt. Und ich mache noch immer Photos, aber in Syrien war ich nicht mehr. *Estero*, mein Magazin, hat mich in Pension geschickt. Ich organisiere Sommerakademien und portraitiere Menschen, manchmal auch Bären.

Daldossi fiel ein, wie Schultheiß im bayrischen Hammelburg gezittert hatte, als sie auf einem weiten Feld gestanden waren und von allen Seiten an ihnen vorbeigeschossen worden war. Ihm sei kalt, hatte Schultheiß zu Daldossi gesagt, er werde wohl krank. Schultheiß hatte nur zwei von vier Scharfschützenpositionen lokalisieren können. Es hatte immer an den anderen gelegen, wenn etwas nicht geklappt hatte, nie an Schultheiß.

Haben Sie da auch schießen gelernt? Giulio stellte Daldossis Glas in die Spüle und öffnete kurz den Wasserhahn.

Ich hab mal eine Panzerfaust in die Hand genommen. Es ging aber dort, in dem Trainingsareal, vor allem um Rollenspiele. Um das Verhalten bei illegalen Checkpoints, bei Geiselnahmen und Entführungen. Zum Glück habe ich nie eine echte erleben müssen. Das geht einem schon durch Mark und Bein, wenn man gefesselt und mit verbundenen Augen dasitzt und den Lauf einer Kalaschnikow im Nacken spürt.

Eine Robustheitsausbildung hatte Daldossi damals nicht mehr gebraucht; er hatte bereits Sarajevo und Tschetschenien hinter sich gehabt. Als die Wirkung von kleinsten Mengen Sprengstoff an Schweinepfoten vorgeführt wurde, hatte er nur grinsen müssen.

Besser hätten sie ihm beigebracht, wie man sich zu Hause verhielt. Wie man den Anweisungen zur Mülltrennung folgte, wenn man kurz zuvor erlebt hatte, wie Menschen entsorgt wurden. Wie man dabei seiner Frau geduldig zuhörte, ohne zynisch zu werden. Oder dieses Graurauschen zum Verschwinden brachte. Den Seelenbrand. Meine Toten füllen viele Friedhöfe.

Die Struktur des Wassers sah unter der Hafenbeleuchtung aus wie eine vom Rauchen und vom Alter porös gewordene Haut. Daldossi hatte sich dem Fenster zugewandt, stützte sich mit der Hand an einer Stuhllehne ab.

Dann müssen Sie ja alles Mögliche gesehen haben, hörte Daldossi Giulio hinter seinem Rücken sagen.

Vor allem vieles, was ich nicht für möglich gehalten hätte. – Die ganz harten Bilder –, ich hab sie niemandem gezeigt, sagte Daldossi und ging zurück zum Ausschank.

Der Schmerz, der in diesen Grausamkeiten steckt, bleibt sowieso außerhalb. Er läßt sich nicht durch ein Photo in die Welt holen. Er bleibt im Körper der Opfer.

Marianne, deren Weiterleben von einer Maschine abhängt, hatte Daldossi damals im *Engländer* erklärt, daß Schmerz im Grunde nicht mitteilbar sei, nur verzerrt, er bleibe eine Konstruktion.

Einen *Schmerzbilderkonstrukteur* hatte sie ihn lachend genannt.

Warum haben Sie eigentlich damit angefangen? fragte Giulio.

Ich weiß es nicht. Geben Sie mir noch ein allerletztes Glas? Haben Sie auch Zigaretten? Daldossi zerknüllte die leere Schachtel und legte sie auf die Theke.

Ich kann Ihnen welche von mir geben, sagte Giulio.

Die meisten, die ich kennengelernt habe, stammen aus der gehobenen Mittelschicht. Die haben zu viele Perserteppiche unter ihren Füßen gehabt. Sorglose Kindheiten. Wahrscheinlich fühlten sie sich schuldig, sagte Daldossi.

Leonardo Zambrotta – der Name wird Ihnen nichts sagen, er ist schon tot – stammte aus einer bürgerlichen Familie in Perugia. Sein Vater war Veterinärmediziner. Zambrotta hat das Studium geschmissen. Aber er ist mit seinem Vater mehrmals in Südafrika gewesen, auf Safari. Tierarzt ist er nicht geworden, dafür aber ein grandioser Tierphotograph, bis er in das Gemetzel von Ruanda geriet. Ab da schlief er nicht mehr neben Schimpansen, sondern neben toten Menschen oder neben Lebenden, die auch schon so gut wie tot waren.

Daldossi steckte eine Zigarette in den Mund. Gehen wir raus? – Ich komme aus kleinen Verhältnissen. Mein Vater hat gesoffen. Das ist das einzige, was er mir als Erbe hinterlassen hat. Ich hatte nicht viel zu verlieren.

Und jetzt habe ich gar nichts mehr zu verlieren, dachte Daldossi.

Haben Sie schon einmal hinter der Kamera heulen müssen? Giulio gab Daldossi Feuer und zündete sich ebenfalls eine Zigarette an. Er legte den Kopf in den Nacken, wenn er den Rauch ausblies.

Sie stellen Fragen! Ja. Ich hab einmal geheult, aber es hat mich immer nur hinterher erwischt. So lange ich photographiert habe, war ich ruhig. Aber danach, zu Hause, wenn ich die Bilder vor mir hatte, war da nichts mehr, nicht einmal dieser Scheiß-Apparat, der mich ein wenig hätte abschirmen können. Im Grunde ist auch die Kamera kein Filter. Es brennt sich alles ins Hirn.

Daldossi dachte an die Zeit, wo er noch in der Dunkelkammer gearbeitet hatte und gezwungen gewesen war, zuzusehen, wie der Horror allmählich vor seinen Augen wiederauftauchte, immer mehr Konturen annahm. Manchmal war es ihm unerträglich gewesen, die Kriegssauereien wiederzusehen. Er hatte auch schon den Gedanken gehabt, die Tür aufzureißen und alle Bilder zu zerstören, auf der Stelle aufzuhören. Aber das ging nicht.

Jemand hatte das am eigenen Leib aushalten müssen. Für den hatte er dann weitergemacht.

Die Dunkelkammer früher, sagte Daldossi, war eine Dunkelkammer in jeglicher Hinsicht gewesen. Ich nannte sie oft die *Totenkammer.*

Sie standen beide neben dem Hoteleingang gegen die Mauer gelehnt und schwiegen eine Weile.

Das Meer riecht sehr stark, finden Sie nicht?

Ich rieche das nicht mehr, sagte Giulio. Und jetzt arbeiten Sie wohl digital?

Meistens, sagte Daldossi. Aber glauben Sie nicht, daß das schonender ist. Die Zoomerei am Bildschirm macht einen fertig. Man holt die Details heraus, zerlegt die Körper wie der Metzger sein Schlachtvieh. Und entdeckt plötzlich Dinge, die man vorher gar nicht bemerkt hatte.

Giulio drückte die Zigarette am Boden aus und warf den Stummel auf die Straße. Mir hat der Tote am Strand gereicht, sagte er. Ich hatte so was noch nie gesehen, ich glaube, man sollte so etwas auch nicht sehen. – Francesco ist da anderer Meinung. Ich meine den Taucher. Wir haben uns gestritten deswegen. Damals, bei diesem schrecklichen Unglück, vor zehn oder zwölf Jahren, vielleicht sind schon dreizehn vergangen, sagte Giulio, war Francesco außer sich darüber gewesen, daß man die Leichen sofort weggebracht hatte. Er hat in der Hafenbar herumgebrüllt und die Rettungskräfte und Carabinieri beschimpft. *Vertuscher* und *Kollaborateure* hatte er sie genannt.

Giulio schüttelte den Kopf. Francesco hatte sich nicht beruhigt. Stellen Sie sich vor, die Helfer am Hafen hatten damals eine Frau in einen Sack gesteckt, die noch am Leben gewesen war.

Giulio ging bis zur Treppe vor, die zur Hafenstraße hinunterführte, und hob ein paar welke Blätter auf, die von dem Bougainvillea-Strauch auf den Terrassenboden gefallen waren.

Es war eine junge Nigerianerin, ich erinnere mich. Fayola hat sie geheißen oder Djamila. Vielleicht auch anders. Jedenfalls war sie fast noch ein Kind. Alle haben über sie geredet. Über dieses Wunder.

Giulio bückte sich abermals nach Blättern, las sie auf. Sie raschelten in seiner Hand.

Francesco ist überzeugt, daß man die Leute aufrütteln und mit den Toten konfrontieren muß. Das Schiff hatte tagelang auf dem Meer getrieben, nachdem der Motor ausgefallen war; erst haben die Flüchtlinge die Toten ins Wasser geworfen, bis sie selbst keine Kraft mehr hatten. Nur die, die zuletzt gestorben waren, lagen noch auf den Planken.

Francesco sagte, man müsse der Welt die Toten zeigen. Denn im Meer gingen die Toten verloren. Schmeiße man einen, der aufgehört habe zu atmen, ins Wasser, nehme man ihm auch noch den Status des unbekannten Toten. Dann sei er weniger als nichts.

Andererseits, sagte Giulio, wohin mit all den Ertrunkenen und Verdursteten? Der Friedhof ist voll. Und was bringen solche Tafeln, auf denen steht, daß da zwei, drei, vier und mehr Tote ruhen, *möglicherweise maghrebinischer Herkunft* oder *möglicherweise subsaharianischer Herkunft*? Was bringen die ungefähren Altersangaben? Es gibt keine Vermißtenanzeigen und keine DNA-Untersuchungen. Es wird nie jemand kommen, um diese Gräber zu besuchen.

Auf einem Segelboot im Hafen glaubte Daldossi eine Gestalt zu erkennen, aber nach längerem Hinsehen wurde ihm klar, daß es nur der Mast war.

Gräber sind Luxus, sagte Daldossi. In Tschetschenien hab ich Hunde gesehen, die sich an Toten sattgefressen haben, und dann habe ich wiederum tote Hunde gesehen, denen die Augen ausgekratzt worden waren, die man mit Stacheldraht erwürgt hatte.

Giulio seufzte. Francesco ist nicht mehr der alte. Früher haben wir uns oft zum Kartenspielen getroffen, dazu hat er keine Lust mehr. – Einmal hat er mich ein *gefühlloses Monstrum* genannt.

Das hat meine Frau auch schon zu mir gesagt. Daldossi überkam eine große Müdigkeit; seine Lider waren schwer, er schweifte in Gedanken ab, sah den erhängten Charly vor sich, dann wieder Leichen im Wasser – alles ging durcheinander. Francesco, den er gar nicht kannte, stellte er sich in einem grauschwarzen Neoprenanzug vor. Er stieg vor seinem inneren Auge aus dem Wasser, hielt die Reste einer Kinderleiche in Händen.

Ich hab zu Francesco gesagt, daß ich Angst um meinen Job hätte. Schließlich hab ich einen kleinen Sohn, wir müssen von etwas leben. Wenn die jeden Toten in der Zeitung oder im Fernsehen zeigen, haben wir irgendwann gar keine Touristen mehr auf der Insel.

Wissen Sie, wo ich mir ein Boot ausleihen könnte?

Einen *gommone*?

Lieber einen kleinen Kutter, sagte Daldossi.

Ich kann meinen Schwager fragen. Giulio griff nach dem Mobiltelephon.

Ist es dafür jetzt nicht zu spät?

Nein, der geht nie vor zwei Uhr schlafen, sagte Giulio und trat in den Hoteleingang.

Während Giulio telephonierte, blieb Daldossi auf der Terrasse. Einzelne Sterne blinkten am Himmel, und Daldossi fixierte sie länger, um sichergehen zu können, daß es nicht die Lichter von Flugzeugen waren.

Mein Schwager bietet Ihnen das Boot für sechzig Euro am Tag, normalerweise kostet es hundert, rief Giulio Richtung Tür.

Okay, sagte Daldossi. Ein Stern tanzte besonders heftig, seine Leuchtkraft schien zu schwanken. Luftunruhe, dachte Daldossi.

Er kommt morgen Vormittag vorbei, sagte Giulio und führt Sie zum Boot. – Schauen Sie bitte noch nach Frau Schultheiß.

Ich klopfe bei ihr.

Beim Hinaufgehen drehte sich Daldossi noch einmal zu Giulio um: Es gibt übrigens auch Touristen, welche die Schiffe der Schiffbrüchigen sehen wollen. Oder die Gekenterten. Es gleicht sich am Ende wieder aus.

Er hatte noch immer den Algen- und Fäulnisgeruch in der Nase. Zuletzt war es der Tigris gewesen, dessen Gestank er intensiv wahrgenommen hatte.

Wie hatte der Nil gerochen? Er hatte keine Ahnung. Die Donau? Ebensowenig. Und Gaddafis Wüstentunnel, der zum größten menschengemachten Fluß werden sollte? Was war aus dem geworden? Aus dem Süden sollten die fossilen Wasservorräte in gigantomanischen Röhren zu den Städten am Mittelmeer fließen. Gaddafi hatte sich ein Denkmal setzen, eine Art libyscher Nasser werden wollen. Wenn er schon keinen Staudamm hatte bauen können, wollte er zumindest als Flußschöpfer in die Geschichte eingehen. Meerwasserentsalzungsanlagen waren ihm zu wenig prestigeträchtig gewesen. Rochen künstlich angelegte Flüsse anders? Und wie hatte der Flußschöpfer selbst gerochen? Der exaltierte Revolutionsführer?

Vor die Erinnerung an dessen Beduinenzelt schoben sich die Bilder des lesenden Henrik Schultheiß. So viel Langeweile war damals.

Viel später hatte Schultheiß ihm das schmale Bändchen *Das Dorf, das Dorf, die Erde, die Erde und der Selbstmord des Astronauten* zugeschickt. Gaddafis Erzählungen und Essays waren endlich ins Deutsche übertragen worden. Marlis hatte das Buch mit nach Zwettlburg genommen und sich über die blumige Sprache lustig gemacht, über den Tyrannen, der sich darin selbst tyrannisiert. Über Mutter Erde, der man nicht die Haare abschneiden dürfe, denn das hieße, ihre Vegetation zu vernichten. Über deren Fingernägel, die man putzen müsse, um sie vom Müll zu befreien. Was für eine Verklärung des Landlebens, hatte

Marlis gerufen. Was für eine Verfolgungsangst! Der Beduinenbub fürchtet sich vor den Massen.

Sie hatte Daldossi sogar einzelne Passagen vorgelesen, auch jene über den Astronauten, der auf die Erde zurückgekehrt war, nachdem er hatte erkennen müssen, daß die anderen Planeten alle unbewohnbar waren. Daldossi hatte sich ein wenig wie jener Weltraumfahrer gefühlt, der zwar von den Sternen zu erzählen vermochte, aber nicht mehr heimisch wurde auf der Erde, keine Ahnung hatte, wie man den Boden bestellte.

Mit jeder einzelnen Treppe wurde Daldossi müder. Als er vor Johannas Zimmertür stand, mußte er erst einmal eine kurze Pause einlegen, um Atem zu holen. Dann klopfte er leise.

Es dauerte, bis sie öffnete.

Hat man die Friedenstauben in Venedig alle vergiftet? Johannas Haar war zerzaust, hing ihr in die Stirn. Sie hatte sich einen dünnen, schwarzen Bademantel übergeworfen.

Geht es dir besser? Brauchst du etwas? Darf ich kurz hereinkommen?

Die Zimmer in diesem Hotel waren alle gleich: dunkelbrauner Spannteppich, silbergraue Wände mit stilisierten, schwarzen Rosenblüten, dazu weißlackierte Preßspanmöbel, an denen da und dort bereits die Kanten abgeschlagen waren; über dem kleinen Schreibtisch hingen links ein riesiger Fernsehbildschirm und in der Mitte ein Spiegel. Auf der Tischplatte entdeckte Daldossi aufgetürmte Münzen; es waren aber nur fünf oder sechs Eurostücke, die Johanna übereinandergeschichtet hatte. *Nichts zu ficken, in Islamistan. Ich würde meine Fatima hier auf Händen tragen.* Irritiert rieb sich Daldossi die Stirn. Wo war das gewesen?

Johanna legte sich wieder hin, behielt aber den Bademantel an.

Ich habe Fieber, sagte sie. Ich kann mich nicht erinnern, in den letzten Jahren jemals so krank gewesen zu sein.

Sie äußerte gleich mehrere Vermutungen, wovon die Übelkeit und das Fieber herrühren könnten. Sie nannte einen Virus, den vielleicht eine Redaktionskollegin übertragen hatte, ein verdorbenes Reisbällchen am palermitanischen Flughafen oder das Krankenhaus ihrer Mutter, in dem sie vor wenigen Tagen einen vergessenen Waschlappen abgeholt hatte, als mögliche Ansteckungsquellen.

Daldossi saß zusammengesunken auf dem Schreibtischsessel. Er hörte Johanna nur halb zu.

Eigentlich hatte er nur nach einem Ort gesucht, an dem es noch so etwas wie Mitgefühl gab. Nicht für Bären. Für ihn. Er brauchte einen Ausgleich für sein Liebesversagen und für die Schmerzen und Schrecken der Welt. Er hatte das Bedürfnis, sich neben sie zu legen, wünschte, daß sie mit ihren Berührungen seine Gedanken durchkreuzen, ihn aus der Endlosschleife herausholen möge.

Francesco, der Taucher, fiel ihm ein. Diesen Mann würde er am liebsten auf seinen Tauchgängen begleiten, denn Daldossi hatte noch nie Unterwasseraufnahmen gemacht, er besaß weder das entsprechende Equipment, noch war er gesund genug für derlei Expeditionen.

Wie hatte er nur all die Möglichkeiten verstreichen lassen können! In jungen Jahren hätte er damit beginnen müssen. Die schlechte Transparenz des Wassers, der aufwirbelnde Sand, die veränderten Lichtverhältnisse – nur zu gerne hätte er sich solchen Herausforderungen gestellt.

Johanna redete und redete, erzählte von der Busfahrt, von der Via Roma und der jungen Apothekerin beim Rathaus, von dem Zusammenbruch auf der Straße und den herrenlosen Hunden, die sie belagert hatten. Sie erregte sich über die verantwortungslosen Inselbewohner, welche die abgemagerten, verlausten Tiere weder fütterten, noch kastrieren ließen.

Ja, sagte Daldossi, die können einem wirklich leid tun.

Sie war derart in Fahrt gekommen, daß sie sogar den leichten Sarkasmus in seinem Tonfall überhörte.

Gestern noch habe sie in Erfahrung bringen können, wo der Bootsfriedhof liege.

In einer Talsenke, sagte Daldossi, unweit der Mülldeponie. Das Auffanglager liege auch in einer Senke, zu der nur eine einzige, gute bewachte Straße führe.

Woher er das alles wisse.

Ich bin seit ein paar Stunden auf der Insel, sagte Daldossi und stand auf. Er stellte sich an die halboffene Balkontür. Das nächtliche Meerwasser erschien ihm jetzt wie ein geschwärztes Bild. Wäre er doch noch in der Lage, Unterwasserbilder zu schießen. Daldossi hatte Photos eines Schiffswracks von Francesco Zizola gesehen, die hatten ihn jedoch nicht überzeugt. Dabei war Zizola kein Unbekannter. Er hatte schon sieben Mal den *World Press Photo Award* gewonnen. Integer sei der, hatte Daldossi von anderen gehört, ein Moralist. Solche liebte Daldossi, weil er selber einer gewesen war.

Er hatte sich stets bemüht, dort zu photographieren, wo die Wahrheit am wenigsten an die Oberfläche kommen konnte. Nur mit Bildern unter Wasser ließen sich die Ertrunkenen der systematischen Auslöschung entreißen, war er überzeugt.

Daldossi sah zu Johanna hinüber, die bis zum Hals unter die weiße Decke gerutscht war. Sie machte sich über die schlechte medizinische Versorgung auf der Insel Gedanken.

Es gibt einen Flughafen, sagte Daldossi, Notfälle werden ausgeflogen. Er trat an ihr Bett und legte seine flache Hand auf ihre Stirn.

Das fühlt sich nicht gut an, sagte er.

Oh doch, schön kühl, sagte sie. Ich hab ein fiebersenkendes Medikament geschluckt.

Wann?

Eben erst.

Hättest du früher machen sollen. Er setzte sich zu ihr an die Bettkante.

Sie hörte nicht auf zu reden. Welche Eindrücke er von der Insel gewonnen habe. Wo er schon gewesen sei. Beim Leuchtturm? Wie schön, den habe sie noch nicht gesehen. Die meisten Palmen am Hafen seien krank. Von einem Käfer befallen, der sich durch die Palmfasern fresse und die Bäume aushöhlte, bis sie in sich zusammenbrächen. Manche Leute seien der Meinung, die Flüchtlinge hätten den Schädling aus Afrika eingeschleppt, dabei sei dieser Rüsselkäfer in Südspanien schon vor zwanzig Jahren eine Plage gewesen. Schuld seien die Palmen-Importe aus dem Mittleren Osten und aus Nordafrika, nicht die Migranten. Und ob er schon an der Spiaggia dei Conigli gewesen sei, am Kaninchenstrand, wo die Schildkröten ihre Eier in den Sand legten? Sie habe nur das Schild gesehen. Nein? Dann habe er auch die Villa von Domenico Modugno nicht gesehen.

Johanna fing an, den Refrain des berühmten Liedes zu singen, leise, aber doch so, daß Daldossi mitsummen konnte: *Volare oh, oh! / Cantare … oh, oh, oh, oh! / Nel blu, dipinto di blu, / felice di stare lassù!*

Die Leute hier glauben, das Lied sei auf ihrer Insel entstanden, aber das ist falsch, sagte Johanna. Modugno habe vermutlich einfach nur in den wolkenlosen, römischen Himmel gestarrt, als es ihm eingefallen sei. Da war kein blaues Meer gewesen. Nicht einmal die Kloake von Ostia, sagte Johanna und lachte müde.

Wenn Henrik uns jetzt so sähe. Sie rutschte noch weiter unter die Bettdecke, der Deckenwulst bewegte sich.

Daldossi spürte ihr linkes Bein.

Sie schloß für einen Augenblick die Augen.

Was wäre dann?

Ich glaube, er kann dich nicht ausstehen, sagte Johanna.

Er war immer auf Nummer Sicher gegangen, dachte Daldossi und schwieg.

Henrik sagt, er könne jetzt um der Wahrheit willen lügen, das sei damals nicht möglich gewesen. Da habe er um der Lüge willen die Wahrheit sagen müssen.

Henrik hat den Mund immer schon zu voll genommen, sagte Daldossi. Wer ehrlich mit sich ist, kann es auch in seiner Arbeit sein. Selbstsüchtig sind wir alle, aber das führt nicht zwangsläufig zu Unwahrheiten.

Lassen wir das lieber. Erzähl mir von dir.

Ich bin hier, sagte Daldossi, obwohl in vier Jahren Irakkrieg doppelt so viele Journalisten gestorben sind wie während des Vietnamkrieges. Ich habe überlebt. Aber das ist nicht genug. Für die Liebe wäre es besser gewesen, ich wäre umgekommen. Dann könnte mich Marlis jetzt glorifizieren. Dann wäre aus dem Versager doch noch ein tragischer Held geworden.

Blödsinn, sagte Johanna und setzte sich auf.

Er strich mit der flachen Hand über die Bettdecke, dort, wo er eines ihrer langen Beine vermutete, blickte zum Schreibtisch hinüber. Diese Münzen, sagte Daldossi, erinnern mich an einen US-Marine in Falludscha. Er überlegte, ob er ihr die Geschichte erzählen sollte, ob er sie damit nicht schockierte. Als Ex von Schultheiß müßte sie einiges gewohnt sein, dachte Daldossi. Sie reagierte kaum darauf, sah ihn fast gelangweilt an, während er von dem Marine redete, der ihm damals im Irak diese Story von den Vietnam-Nutten erzählt hatte.

Ich kenne die Geschichte, unterbrach ihn Johanna, *Redeployment.*

Redeployment?

So heißt doch das Buch, oder nicht? Ich hab's gelesen. Sehr amerikanisch. Gibst du jetzt schon Klays Geschichten als deine aus? Sie lachte.

Ich kenne diesen Kley nicht, sagte Bruno.

Klay, sagte Johanna, man spricht ihn Phil K- l- a- y aus. Er hat im Irak gedient.

Dann war er vielleicht der besoffene Marine, der von seinem Onkel erzählt hatte?

Nicht von seinem Onkel, von seinem Vater, sagte Johanna. Das Buch enthält für meinen Geschmack ein bißchen viel Militärsprache, zu viele Abkürzungen. UXO hab ich mir noch merken können.

Nicht detonierte Kampfmittel.

Genau.

Warum liest du so was? Daldossi befühlte die Bettdecke, wußte nicht, wohin mit seinen Fingern.

Du warst doch damals im Irak. Johanna blickte ihn an. Der Bademantelausschnitt war größer geworden, der Seidenstoff verrutscht.

Daldossi sah die Ansätze ihrer hellen Brüste. Ja, war ich, sagte er. Mehrmals.

Er legte seinen Kopf auf die Bettdecke, dorthin, wo er ihre Beine vermutete. Wie oft hatte er sich früher nach weißer, frisch gewaschener Bettwäsche gesehnt, sie war ihm zum Inbegriff von Luxus geworden. Er bildete sich jetzt ein, Johanna zu riechen, durch das Bettzeug hindurch. Die Hitze ihres fiebernden Körpers war spürbar. Daldossi bohrte seine Nase tiefer in den Stoff, hoffte, daß Johanna seinen Kopf streicheln möge, aber sie lag steif da, wartete vermutlich darauf, daß er reagierte. Hatte sie das Buch wegen ihm gelesen? Um zu verstehen, weshalb er dem *großen Blonden* im *Cox* das Weißbrot in den Mund geschoben hatte? Und war der Mann damals in Falludscha Klay persönlich gewesen oder ein völlig anderer US-Marine, dem zufällig eine ähnliche Nutten-Story erzählt worden war?

Ach, sie erzählten doch alle die gleichen Geschichten, peppten ihr langweiliges Soldatenleben damit auf. Und alle Stories handelten am Ende von Liebe und von Kriegen.

Vorsichtig wühlte sich seine Rechte durch den Deckenwulst, bis seine Fingerspitzen Johannas Haut spürten.

Sie bewegte sich noch immer nicht. Daß Johanna nichts sagte, wertete Daldossi als Zustimmung. Er streichelte sie eine Weile. Es kam ihm so vor, als entspannten sich ihre Muskeln.

Sie sprachen nicht. Damals in Lecce herrschte zwischen der jungen Italienerin und ihrem Mann, den die Taliban bei einem Selbstmordattentat in Kabul schwer verletzt hatten, eine ähnlich innige Stille. Die beiden hielten einander fest und sagten nichts.

Die Frau hatte, als sie sich nach dem Phototermin an der Wohnungstür verabschiedet hatten, erzählt, daß die Nachbarinnen ihre halbwüchsigen Kinder vorbeischickten. Die Mütter hofften wohl, ihre Söhne würden beim Anblick der Narben ihres Mannes *geheilt,* es verginge ihnen ein für allemal die Lust, beim Heer, bei der Marine oder der Luftwaffe zu dienen.

Mein Mann, hatte die Italienerin mit Tränen in den Augen gesagt, ist zur Abschreckungsfigur geworden, eine Art Menschenscheuche.

Ich bin unversehrt, dachte Daldossi. Hatte er etwa seinen Glücksvorrat aufgebraucht, stand ihm keine Liebe mehr zu, oder war er auch schon eine *Menschenscheuche*, gar eine *Frauenscheuche* geworden? In letzter Zeit war nicht einmal Stephanie, mit der er seit Jahren eine lose sexuelle Beziehung hatte aufrechterhalten können, bereit gewesen, ihn zu treffen. Sie hatten vor ein paar Wochen länger telephoniert, da war sie gerade nach Winterthur aufgebrochen, wollte im dortigen Photomuseum für ein Seminar recherchieren, das ihr für das nächste Sommersemester an der Akademie der Bildenden Künste angeboten worden war.

Warum er nicht wieder photographiere, hatte sie ihn gefragt. Er würde doch im Nichtstun ertrinken. Jetzt, wo er nicht mehr dem Magazin verpflichtet sei, könne er seine Bilder doch endlich selbst kontextualisieren, empathisch, wirklichkeitsgetreu.

Vergiß es, hatte Daldossi gesagt. Die Agenturen kaufen einem zwar Bilder ab, aber dann machen sie damit, was sie wollen. Im Grunde suchen sie nach Aufnahmen, welche die üblichen Klischees reproduzieren, nach Photos von überfüllten Flüchtlingsbooten im Mittelmeer, von syrischen Ruinenlandschaften oder Steine werfenden Palästinensern – sie wollen austauschbares, jederzeit wiederverwendbares Material. Sie schreiben nicht einmal den Photographennamen darunter. Anonymität werde als neutrale Information verkauft. Ungeheuerlich sei das. Er renne doch nicht mit einem Agenturstempel auf der Stirn durch die Gegend! Wenn er schon seinen Kopf hinhalte, wolle er auch seinen Namen gedruckt sehen.

Ich komme jetzt zu dir, hatte Daldossi am Ende des Telephonats zu Stephanie gesagt. Bitte, sag ja. Es war Mittag gewesen, und es hatte geregnet. Daldossi erinnerte sich an das trübe Licht, an das Laub, das über den Platz gewirbelt war. Marlis hatte einen Termin in Zwettlburg gehabt, es war ein Treffen mit einem Sponsor vereinbart gewesen. Der hatte sie sitzenlassen, so wie Stephanie ihn allein gelassen hatte. Alles Betteln war vergebens gewesen.

Johanna bewegte sich noch immer nicht, obwohl Daldossi ihr Bein massierte. War sie schüchtern? Wollte sie nicht, daß er sie berührte?

In seiner Hose begann das Mobiltelephon zu vibrieren, mit der freien Hand fischte er es aus der Gesäßtasche. Er drückte den Anruf weg, entschuldigte sich bei Johanna.

Sie lächelte.

Dann verschwand er mit seinem Kopf unter ihrer Bettdecke.

Zwei Kinder im Alter von acht Jahren laufen über eine ungeteerte Straße; ihre nackten Füße stecken in weißen Plastikschlappen. Sie durchqueren eine riesige Wasserlache, in der sich die Ruinen der zerschossenen Lehmhütten und Ziegelhäuser sowie die braunen,

hellblauen und türkisfarbenen Blechbaracken spiegeln, die davor aufgebaut worden sind. In die Sandpiste haben sich die Reifenprofile schwerer Fahrzeuge eingegraben.
***Paschtunische Jungen auf dem Weg zur Koranschule**, Kabul/Afghanistan, April 1992, veröffentlicht in Estero am 13.4.1992 und 2010 in War and suffering, Katalog zur gleichnamigen Ausstellung in der Galerie Klick.*

Obwohl Johanna noch immer Fieber gehabt hatte, war sie mit Bruno mitten in der Nacht zur Via Roma hinaufgegangen. Hand in Hand und kichernd hatten sie beide das Hotel verlassen.

Komm schon, komm, hatte er gerufen, wir finden noch einen offenen Laden.

Mit *Laden* hatte Bruno eine Bar oder ein Restaurant gemeint, doch die Via Roma war bis auf einen jungen Mann in kurzen Hosen, der ziellos herumgeirrt war und auch nicht hatte sagen können, wo noch ein Lokal geöffnet war, ausgestorben gewesen. Die ein- bis zweistöckigen Häuser links und rechts der unbefahrenen Hauptstraße waren zur Kulisse verkommen, die verschlossenen Jalousien und Türen hatten etwas Bedrohliches, obwohl sie im Süden nur das Eindringen der nächtlichen Feuchtigkeit verhindern sollten.

Was für ein Bild, hatte Bruno gesagt, als Johanna, beleuchtet von zahlreichen Laternen, vor ihm hergegangen war, auf die Aussichtsplattform zu, von der aus man auf den Neuen Hafen hinunterblicken konnte. In ihrem Übermut hatte Johanna die Jacke vergessen. Die Sonne war nicht mehr so stark, daß ihre Wärme bis in die Nacht hineinreichte. Bruno hatte sein Hemd ausgezogen und Johanna darin eingewickelt.

Dort in der Mitte, rechts von den Hotels, ist das *Caffè del Porto*, hatte Bruno ihr erklärt. Dahinter führe die Straße weiter zu den verschiedenen Stränden. Wenn es wärmer wäre, würde er sie auf den Scooter packen und losfahren. Zum Baden sei es wohl zu kühl.

Du würdest baden? Auf Lampedusa?

Er lebe in Wien in einem Haus, aus dem 29 jüdische Bewohner nach Maly Trostinec und Theresienstadt deportiert worden seien. Die Namen stünden in seinem Notizbuch, er denke oft an die Familien Rappaport, Rothstein und Taussig, wenn er an deren Türen vorbeigehe. Hätte er deswegen ausziehen sollen?

Das sei doch Vergangenheit, hatte Johanna gesagt. Aber die Flüchtlinge ertrinken vor unseren Augen.

Sie ertrinken auch vor Malta, vor Sizilien, vor der libyschen Küste und zwischen der Türkei und Griechenland. Lampedusa sei inzwischen überall, auf Kalymnos, auf Rhodos, auf Lesbos und Kos. Ob sie glaube, daß man auf die Annehmlichkeiten des Lebens verzichten solle, weil andere sie auch nicht hätten, nicht einmal ihre Haut retten könnten?

Es war jetzt früher Morgen. Brunos Mobiltelephon hatte mehrmals geklingelt. Er war in die Hose geschlüpft, hatte ihr einen Kuß auf den Mund gedrückt und war nach unten gegangen, um zu telephonieren. Schlaf weiter, hatte er gesagt.

Sie war aufgestanden und lehnte nun an der offenen Balkontür, hörte ihn auf der Terrasse reden.

Nein, ich kann dir jetzt kein Geld geben. Wenn ich zurück bin – Vergiß nicht, heute ist dein Termin beim Zahnarzt. – Was heißt das? Natürlich gehst du hin. – Nein, er wird nichts verlangen, das hab ich dir doch schon gesagt. – Du hast es aber versprochen. – Was? Ich versteh dich nicht. Was ist mit –

Ein durchdringend tiefes Geräusch von einem Innenbordmotor, der einen Fischkutter im Hafen antrieb, überdeckte Brunos Stimme.

Mit wem telephonierte er? Hatte Bruno eine Tochter, von der

Johanna nichts wußte? Sie traute sich nicht, weiter auf den Balkon hinauszugehen.

Frag sie, wie der Ort heißt. Hörst du? – Wie? In Saha? Sabha? Südlibyen. – Ich hab verstanden. – Ja, ich weiß, wo das ist. Das liegt mitten in der Wüste. Ist sie sicher, daß er dort ist? – Hallo? Schick mir die Nummer von Djamila. Ich muß jetzt aufhören. Geh zum Zahnarzt und laß die Finger von diesem Dreck, der ruiniert dich nur.

Johanna putzte sich schnell die Zähne und kroch wieder zurück ins Bett. Mit Marlis schien Bruno nicht telephoniert zu haben, das beruhigte sie. Er hatte in der Nacht, nachdem er mit ihr zu schlafen versucht hatte, von Abstand geredet, von Zeit, die er brauche, um über alles hinwegzukommen. *Alles*, das hatte Johanna sofort verstanden, war Marlis. *Alles* war aber auch der Alkohol gewesen, den er noch getrunken hatte.

Auf der Via Roma hatte er gegen das Fenster der Carabinieri-Station geklopft, hinter dem Licht zu sehen gewesen war. Wo es etwas zu trinken gebe, hatte Bruno wissen wollen. Der diensthabende Gendarm hatte ihm auch nicht weiterhelfen können, aber er war dann herausgekommen, war zu seinem gleich nebenan geparkten Fiat Punto gegangen, hatte den Gepäckraum geöffnet und aus der Supermercato-Tasche eine Flasche Nero d'Avola herausgezogen. Geld hatte er dafür nicht genommen. Die wahre Liebe sei ein beleuchtetes Fenster in einer dunklen Nacht, hatte der Mann gesagt und gelacht, *una quiete accesa*.

Keine Ahnung, wie man das am besten übersetzt, hatte Bruno gesagt. Eine entflammte Stille?

Was das bedeute, hatte Johanna wissen wollen.

Der Carabiniere habe bemerkt, daß sie frisch verliebt seien.

Sind wir das?

Sind wir das nicht?

Sie hätte ihn am liebsten gefragt, ob man sich in seinem Alter und mit seinen Erfahrungen noch verlieben könne, aber Bruno hatte sich mit dem Carabiniere unterhalten, und Johanna war es schwergefallen, dem Gespräch der beiden zu folgen, denn Bruno hatte fast ebenso schnell Italienisch gesprochen wie der Mann in der schwarzen Hose mit den seitlichen roten Streifen. Von *mare mosso*, der bewegten See im Herbst und Winter und den rückläufigen Flüchtlingszahlen war die Rede gewesen, aber auch von der Langeweile und Lethargie in der kalten Jahreszeit, von der *corruzione* unter dem früheren Bürgermeister De Rubeis und der *Villa Due Palme* in Cala Francese, die Berlusconi im März 2011 erworben hatte, um – angeblich ein Akt der Solidarität – ein Lampedusaner zu werden, nachdem die Zahl der tunesischen Flüchtlinge die Einwohnerzahl der Insel überstiegen hatte.

Der macht hier sicher keinen Urlaub, hatte Bruno auf dem Weg ins Hotel gesagt.

Warum?

Nicht schön genug, kein Jet-set.

Nachts, Bruno hatte geschnarcht und war von Johanna geweckt worden, hatte sie ihn, weil sie beide nicht mehr einschlafen konnten, nach den Vorfällen im Irak befragt, die ihrer Begegnung im *Cox* vorangegangen waren. Aber Bruno hatte keine Einzelheiten erzählen wollen.

Vielleicht kommst du mich einmal besuchen, dann zeige ich dir ein paar Photos. Zuerst wirst du mich bewundern, sagte Bruno, irgendwann wirst du mich dafür hassen.

Das glaube ich nicht.

Er war ein zärtlicher Mann, hatte ihren Bauch gestreichelt, ihre Haare beiseite geschoben, ihr Gesicht mit seinen Fingerspitzen berührt, wie ein Blinder, der sich über das Abtasten der Gesichtsmuskeln ein Bild von ihrer Physiognomie zu machen versuchte. Mehrmals in der Nacht hatte er sie gefragt, ob sie sich besser fühle.

Sie vermißte Bruno schon, obwohl er noch in ihrer Nähe war. Was machte er so lange?

Abermals erhob sie sich, sah vom Zimmerbalkon auf die große Terrasse hinunter, aber da stand er nicht mehr. Sie suchte nach den fiebersenkenden Tabletten; die Stirn fühlte sich wieder heißer an. Es war unvernünftig gewesen, so dünn bekleidet spazierenzugehen.

Warum sollte ich die Bilder irgendwann hassen, hatte sie ihn gefragt.

Weil doch die meisten glaubten, daß wir Kriegsphotographen durch solche Photos charakterlich verändert würden. Daß wir mit jedem Klick einen Teil unseres Empathievermögens verlören, unserer Verletzlichkeit. Daß die Gewalttaten und grausamen Perversionen, die zu solchen Bildern geführt hätten und auf den Bildern zu sehen seien, uns Photographen unserer Menschlichkeit beraubten.

Wo photographiert und wo hilft man, hatte Bruno gefragt. Niemand kann einem sagen, wann man eingreifen und wann man besser auf den Auslöser drücken soll.

Vor mehr als zwanzig Jahren sei er im Südsudan gewesen, wo die Christen und Animisten für ihre Autonomie gekämpft hätten; die wollten vom islamischen Norden, von Khartum, unabhängig sein. Es habe an allem gefehlt, in erster Linie an Nahrung und an medizinischer Versorgung. Nachdem der Transportflieger gelandet sei, habe sich ein Pulk von Menschen um das Flugzeug versammelt, die meisten davon nackt. Es sei die erste Nahrungsmittelhilfe seit vielen Wochen gewesen, und sie habe bei weitem nicht gereicht. Die Menschen seien von überallher gekommen. Er habe sich gewundert, daß sie es in ihrem Zustand überhaupt noch bis zur Sandpiste schafften. Der Südsudan, hatte Bruno erzählt, ist mein erstes Hungerland gewesen. Ich habe in meiner Hilflosigkeit alles verschenkt außer meiner Kamera und der Armbanduhr meines Vaters. Obwohl ich damals noch ein schlanker Mann gewesen bin, habe ich mich neben den Sudanesen wie ein fettes Schwein gefühlt. In Wien bin ich dann wegen jeder Kleinigkeit in Wut geraten. Ich habe die selbstzufriedenen, dickbäuchigen Leberkässemmelfresser und Punschkrapferlverzehrerinnen zu hassen begonnen, noch mehr aber die sogenannten *Mitfühler* und *Mitfühlerinnen*, die mich mit ihrem aufgesetzten Leidensblick auf meine Bilder angesprochen und mir vorgeworfen haben, ich würde daran auch noch verdienen. Ihr Entsetzen hat sich lediglich auf die in *Estero* abgedruckten Bilder von ausgemergelten Körpern bezogen. Ich hab noch Monate danach den Verwesungsgestank in der Nase gehabt und die Fliegen auf meiner Haut gespürt.

Daldossi hatte sofort bemerkt, daß etwas nicht stimmte. Giulio tuschelte hinter der Rezeptionstheke mit dem Hotelier. Die Zimmerfrau stand daneben und hörte den beiden mit offenem Mund zu. Als Daldossi hinging und fragte, ob er einen Tee und einen doppelten Espresso mit Milchschaum sowie etwas Zwieback und zwei Cornetti mit aufs Zimmer nehmen könne, nickten alle drei freundlich. Daldossi folgte Giulio zur Theke.

Mein Schwager ist gegen zehn Uhr hier, sagte Giulio.

Kann ich das Boot länger haben? Länger als einen Tag?

Das machen Sie am besten mit meinem Schwager aus.

Daldossi bat um einen Fiebermesser.

Für Frau Schultheiß? Giulio rief nach der Zimmerfrau. Sie versprach, das Thermometer vorbeizubringen.

Von draußen drang Sirenengeheul herein.

Ist etwas passiert, fragte Daldossi, während Giulio die Dampfdüse an der Kaffeemaschine reinigte.

Unsere Ambulanzfahrer drücken gerne aufs Gaspedal, sagte Giulio. Sie haben sonst keine Gelegenheit, schnell zu fahren. Er goß siedendes Wasser in die Teekanne und füllte dann den Siebträger mit Kaffeepulver. Als er den Espressoknopf an der Kaffeemaschine drückte, sprang das Gerät nicht an.

Der Strom ist ausgefallen. Kommt leider manchmal vor. Ich bringe Ihnen den Kaffee hinauf, sobald das Ding wieder läuft.

Bin bei Frau Schultheiß, sagte Daldossi. Und geben Sie mir noch eine Flasche Prosecco. Gläser brauche ich nicht.

Sollte Frau Schultheiß hohes Fieber haben, würde ich empfehlen, nach Palermo oder gleich nach Deutschland zurückzufliegen. Sicher ist sicher, sagte Giulio leise. Unser Ambulatorium ist besser als nichts, aber wenn's etwas Ernsthaftes sein sollte –

Das wollen wir nicht hoffen. Daldossi warf einen Blick auf den Hafen. Ein paar Möwen suchten die Mole und das Ufer nach Eßbarem ab. Er nahm das Tablett mit dem Tee, dem Zwieback und den zwei Cornetti sowie die Nylontasche, in die Giulio die Flasche und einen Korkenzieher gesteckt hatte, und machte sich auf den Weg. Rosalia schien Langschläferin zu sein, sie war noch nicht beim Frühstück erschienen.

Nein, hörte Daldossi den Hotelier ins Telephon schreien, dieses Mal nicht. Wir hatten das Haus schon einmal bis zur Decke voll. – Kommen Sie mir nicht damit! – Ja, haben wir gekriegt, aber die Renovierungskosten mußte ich selber tragen. – Doch. Und wie. – Lassen Sie mich ausreden! Ich hatte eine hier, die schlief auf dem Boden. Die hat noch nie ein Bettgestell gesehen. Hinterher war der Spannteppich voller Blutflecken. Probieren Sie mal, Blut aus dem Teppich rauszukriegen. – Na, Menstruationsblut, was sonst. – Das hätte mir noch gefehlt.

Während Daldossi die Treppen hinaufstieg und darauf achtete, daß der Tee nicht aus der Kanne schwappte, ärgerte er sich über seine Redseligkeit. Wollte er Distanz schaffen, testen, was sie ertrug? Sie wußte doch schon von Henrik, daß Leute wie er unter den schwierigsten Bedingungen gearbeitet hatten.

Die Stimme des Hoteliers war bis in den ersten Stock hinauf zu vernehmen. Die Rufe der Alten 1991 in Vukovar hatte er auch vom Stall bis ins Wohnhaus hinauf gehört. Ein paar Männer von der kroatischen Armee hatten ihr Haus abgefackelt und unter Beschuß genommen; die Alte war verletzt in den Kuhstall des Nachbarhauses geflüchtet, hatte sich mit letzter Kraft auf eine Holzleiter gerettet, unter ihr hatten die Schweine gequiekt, die jemand freigelassen hatte.

Schweine fressen alles. Raubfische auch, dachte Daldossi.

Wie lange hätte sie noch durchgehalten, hatte Marlis damals von ihm wissen wollen.

Nicht lange.

Du hast die Frau gerettet.

Allein wäre Daldossi gegen die hungrigen Tiere nicht angekommen, also hatte er Hilfe geholt. Er war deswegen nicht mehr dazu gekommen, die Szene zu photographieren. Dafür hatte er Marlis' Bewunderung gehabt. Mein großer und mein kleiner Held, hatte sie nach seiner Rückkehr aus dem Kroatien-Krieg zu ihm gesagt und seinen Schwanz gestreichelt. Meine zwei großen Helden, wenig später.

Nun weinte sie um ihren Lieblingsbären. Daldossi hätte sie jetzt gerne gehalten, an ihrem Hals gerochen. Hatte sie die jordanische Prinzessin bereits angerufen?

Nachdem Daldossi das Tablett mit dem Frühstück bei Johanna abgestellt hatte, ging er auf sein Zimmer. Er habe etwas vergessen, hatte er sich bei Johanna entschuldigt.

Marlis war wieder nicht zu erreichen. Am anderen Ende war das Besetztzeichen zu hören. Daldossi probierte es dreimal hintereinander, dann drückte er auf *Voicemail*, rief die alten Nachrichten ab. Er schaute auf die Rosentapete, auf die stilisierten, ineinander übergehenden, dunklen Blüten. Jemand hatte das Muster einmal entworfen. Was hatte er sich dabei gedacht?

Ach, Marlis, hörte sich Daldossi halblaut sagen. Wir sind doch auch glücklich gewesen.

Er trank den Prosecco aus der Flasche. Die Kohlensäure bekam ihm nicht. Eigentlich haßte er Schaumweine, mehr noch das Trendige daran, dieses italienische Lebensgefühl, das so viele damit verbanden. Nach dem strohgelben Gesöff hatte er nur gefragt, weil er nicht hatte auffallen wollen. Prosecco galt als harmloses Vormittagsgetränk, als Muntermacher. Lieber wäre Daldossi ein Caffè coretto gewesen.

Dieser Prosecco und der Alkohol überhaupt, dachte Daldossi, waren die Strafe dafür, daß er durch den Sucher zugesehen hatte, wie Leute sich gegenseitig umbrachten. Er hatte eben nur ein paar Photos gemacht, nichts weiter. Nicht einmal ein Kind gerettet. Keinen Angeschossenen ins Krankenhaus gefahren. Er hatte nichts verhindert. Hatte immer nur darauf gelauert, daß sich etwas ereignete.

Auch heute nacht hatte er darauf gewartet, daß etwas passierte.

Daldossi hatte sich nicht auf Johanna konzentrieren können. Er war aufgestanden und hatte ein Präservativ aus seiner Geldtasche genommen. Sie hatte darauf bestanden. Daraufhin war sein halbsteifer Schwanz völlig erschlafft. Es war Daldossi so vorgekommen, als sei Johanna überrascht gewesen, daß er ein Gummi dabeihatte.

Der Prosecco entspannte ihn. Er unterdrückte einen Rülpser aus Angst, sich übergeben zu müssen.

Kevin Carter hatte Mandrax-Tabletten geschluckt, um sich zu beruhigen. Über seine Depressionen und Alpträume hatte er sogar einmal einen Artikel geschrieben. Er erlebe sich als unfähig zu einer unbeschwerten Beziehung und Konversation. Die Rolläden gingen runter, und er falle in ein *Loch mit dunklen Bildern von Blut und Tod an gottvergessenen staubigen Plätzen*.

Daldossi hatte seine photographierten Bilder und die, die er nicht aufgenommen hatte, in jene Nachtsprache und Nachtfilme verwandelt, die nur er zu entschlüsseln vermochte. Einmal hatte er im Traum den Garten eines ihm unbekannten Vorstadthäuschens gepflegt. Er hatte das Laub geharkt und die Blätter, die in die Thujen gefallen waren, eingesammelt, als er plötzlich eine abgetrennte, linke Hand fand.

In einem anderen Alptraum, der ihn am Beginn des Dritten Irakkrieges im *Palestine Hotel* in Bagdad gequält hatte, war er in ein Auto gestiegen, auf dessen Rücksitz sich ein großer Blutfleck ausgebreitet hatte. Im Spalt zwischen Sitzfläche und Rückenlehne hatte er ein menschliches Auge entdeckt.

Am Abend, der dem Traum vorausgegangen war, hatte Daldossi mit mehreren amerikanischen und italienischen Fernsehjournalisten im Hotelzimmer Whiskey getrunken. Einer der Amerikaner, dessen Namen sich Daldossi nicht merken konnte, hatte von dem Photographen Greg Marinovich erzählt, der wie Carter ebenfalls ein Mitglied des südafrikanischen *Bang-Bang-Clubs* gewesen war.

Daldossi konnte sich nicht mehr an den genauen Wortlaut der Geschichte des Amerikaners erinnern, aber es ging um die sonntäglichen Beschäftigungen in einem typischen Arbeiterklasseviertel. Marinovich habe sein Auto gereinigt; die Nachbarn, da wie dort, hätten ebenfalls mit Staubsaugern, Gartenschläuchen und Putzlappen hantiert. Doch Marinovich habe nicht die Kippen geleert oder Schokolade vom Kindersitz entfernt, er sei damit beschäftigt gewesen, jemandes Hirn vom Rücksitz zu schrubben, dem am Vortag in einer Townshipsiedlung von Johannesburg in den Kopf geschossen worden war. Marinovich hatte zusammen mit seiner österreichischen Gefährtin Heidi vergeblich versucht, den Mann rechtzeitig in ein Krankenhaus zu bringen.

Ihm, hatte der Amerikaner erzählt, gehe es oft wie diesem Marinovich, der an jenem Sonntagmorgen seinen Nachbarn verübelt habe, daß sie einfachen Straßenstaub von den Autos wuschen.

Wir warten alle, daß aus Staub Blut wird, hatte der Amerikaner gesagt. Und wenn er dann wirklich Blut ist, beneiden wir die anderen um ihren banalen Dreck.

Daldossis Vater hatte den Wagen nie gewaschen. Das besorge der Regen, hatte er einmal gesagt. Es war einer der Momente gewesen, in denen Daldossi seinen Vater geliebt hatte.

Auf der Insel waren auch nur schmutzige, zerbeulte Autos unterwegs.

Daldossi zog noch einmal das Mobiltelephon aus seiner Hose und schickte Marlis eine SMS: *Du wirst aus meinen Gefühlen nie verschwinden.*

Als er sein Zimmer verließ, glaubte er auf dem Spannteppich die Umrisse der ausgewaschenen Blutflecke zu erkennen, von denen der Hotelier gesprochen hatte.

Ich ziehe nach dem Frühstück los, hatte die Pasqualotto am Telephon gesagt. Sie schaue mittags bei Johanna vorbei. Ob sie auch Probleme mit dem Internet habe. Es sei nicht möglich zu skypen. Wie solle sie jetzt mit ihrer Madrina kommunizieren. Paese di merda, hatte sie gerufen, Scheißland, und dann aufgelegt.

Gleich darauf hatte es an der Tür geklopft, und die Zimmerfrau hatte den Fiebermesser gebracht.

Es rührte Johanna, wie Bruno sich um sie kümmerte.

Die Signora riet Johanna in gebrochenem Englisch, nach Palermo zu fliegen. Is better, very much better, sagte sie, während sie sich rückwärts zur Tür bewegte. Dort blieb sie kurz stehen, als wartete sie darauf, daß Johanna das Fieberthermometer unter die Achsel steckte.

Very much better, rief die Signora noch einmal, bevor sie den ausgestreckten Zeigefinger senkrecht auf ihre Lippen legte und ging.

Johanna verstand nicht, wie sie die Geste der Zimmerfrau deuten sollte. War es eine Aufforderung zur Verschwiegenheit, oder wollte die Signora ihr damit sagen, daß sie sich wegen ihres labilen Zustandes ausruhen solle?

Wo blieb Bruno? In einem Anflug von Eifersucht dachte Johanna an die Unbekannte, die er vorhin per Telephon aufgefordert hatte, den Zahnarzt aufzusuchen.

War sie der Grund gewesen, warum es zwischen ihnen nicht geklappt hatte? Oder hatte Bruno Johannas Frage nach einem Gummi irritiert? Hatte es am Alkohol gelegen?

Beim ersten Mal sei es immer schwierig, hatte Bruno gesagt. Er war unsicher gewesen, sein Lächeln hatte Johanna gefallen. Um von sich abzulenken, hatte er von Robert Capa erzählt. Der habe seine Filme in Kondomen gelagert, um sie vor Feuchtigkeit zu schützen. Und die Italiener hätten im Zweiten Weltkrieg Munition in die Präservative gesteckt.

Aber du photographierst doch mit einer Digitalkamera, hatte Johanna zu Bruno gesagt.

Meistens.

Er hatte ihre Brüste geküßt, ihr Profil mit dem Zeigefinger nachgezeichnet.

Du Schöne.

Ich bin nicht mehr schön.

Frauen wüßten selten etwas von ihrer Schönheit, hatte Bruno gesagt.

Eigentlich sei Capa in technischer Hinsicht eindimensional gewesen, kein besonders guter Photograph, aber immer im richtigen Moment an der richtigen Stelle.

Das bist du jetzt auch, hatte Johanna zu Bruno gesagt. – Was ist für dich Glück?

Überleben. – Für dich?

Der Geruch von frischem Schweiß? Unsere unbedrohte Nacktheit?

Er hatte sie lange angesehen. Und als sei ihm die Frage unangenehm gewesen, hatte Bruno dann wieder begonnen, über Capa zu reden, über dessen Freunde, den Alkohol und über seine Frauen. Es war Johanna ein wenig so vorgekommen, als schöbe Bruno Capa vor, als spräche er, indem er von diesem berühmten Photographen erzählte, über sich selbst, über seine Lebenssehnsucht, seine Ruhelosigkeit und Zerrissenheit.

Es wäre auch für ihn besser gewesen, er hätte sich wie Capa neu erfunden, hatte Bruno gesagt. Der habe sofort verstanden, daß man mit dem Namen Friedmann kein bekannter Kriegsphotograph werden könne. Auch die Taro, seine große Liebe, habe rechtzeitig ihren Namen geändert.

Es gäbe Bindungen, ohne die man nicht leben könne, hatte Bruno gesagt und aufgehört, Johannas Gesicht zu streicheln. Er hatte plötzlich an ihr vorbeigesehen, war von ihr abgerückt.

Die Taro, hatte er dann nach einer kurzen Pause weitererzählt, sei im Spanischen Bürgerkrieg von einem republikanischen Panzer überrollt worden. Capa sei danach nicht mehr der alte gewesen.

War Bruno nicht mehr der alte, weil Marlis ihn verlassen hatte?

War das Feuer der *entflammten Stille* so schnell ausgegangen? Überlebte es nur auf dem festen Grund einer bewährten Beziehung?

Johanna stand auf und goß Tee in die Tasse; dann schob sie sich das Fieberthermometer unter die Achsel und wartete an der Balkontür stehend auf den Piepton.

Die kleinen Häuser blickten alle auf das geschützte Hafenbecken. Es war Johanna schon im Bus aufgefallen, daß nur einzelne Ferienhäuser am Wasser lagen und die Aussicht zum offenen Meer riskierten, die anderen lagen im Inneren der Insel, weit weg von Wind und Wellen. Auf der gegenüberliegenden Hafenstraße sah Johanna jetzt einen Ambulanzwagen mit Blaulicht, er fuhr in Richtung Mole.

War die Fähre angekommen? Hatte jemand auf dem großen

Schiff einen Schwächeanfall erlitten? Es beruhigte Johanna, daß es auf der abgelegenen Insel immerhin einen Rettungsdienst gab.

Sie aß eine Scheibe Zwieback und biß ein Stück von dem Cornetto ab. Dann ging sie ins Bad. Als sie in den Spiegel schaute, erschrak sie über ihre Blässe, über das strähnige Haar und die dunklen Schatten unter den Augen. Sie wusch sich mit einer Hand das Gesicht, den anderen Arm hielt sie wegen des Fiebermessers eng an den Oberkörper gedrückt.

Hatte sie sich verändert, seit Elisabeth gestorben war?

Unmittelbar nach deren Tod war es Johanna so vorgekommen, als sei die Welt unter einem blickdichten Stoff verschwunden. Nun, da Johanna unter dem Trauerumhang hervorgekrochen war, fühlte sie sich noch unsicherer.

Sah sie sich wie jetzt im Spiegel, verglich Johanna sich mit Brunos Studentin, die sie in der Wiener Galerie *Klick* kennengelernt hatte. Was hatte die Kleine mit ihren Indiskretionen bezwecken wollen? Bruno trinke zuviel, hatte sie gesagt. Das betraf etliche seines Alters. Doch woher wußte die Studentin, daß Marlis Bruno verlassen hatte?

War er ihretwegen nach Lampedusa gekommen? Oder hatte er nichts Besseres zu tun gehabt? Wollte er sich mit ihr trösten, nachdem er sich mit Marlis nicht hatte versöhnen können?

Kopfschüttelnd schaute Johanna auf das kleine Display. Sie löschte die Temperaturanzeige und steckte den Fiebermesser neuerlich unter die Achsel, bevor sie sich wieder ins Bett legte.

Gerade, als Daldossi sein Zimmer hatte verlassen wollen, um zu Johanna zu gehen, war eine Nachricht von Bredica auf seinem Mobiltelephon angekommen. Djamila stehe neben ihr und gebe keine Ruhe, bevor sie ihm nicht noch einmal geschrieben habe.

Olabukonola sei in einem Lager, in dem man die Flüchtlinge mit Kabeln auspeitschen würde. Es gäbe nicht genug Trinkwasser. Bruno möge sich doch bitte gleich bei Djamila melden. Dafür verspreche Bredica, zum Zahnarzt zu gehen. Es folgten Djamilas Mobiltelephonnummer und ein Smiley.

Daldossi kehrte noch einmal in sein Zimmer zurück, um Djamila anzurufen. Ihrem Kauderwelsch entnahm er, daß Olabukonola derzeit noch in Sabha sei und sich von dort nach Zuwara durchschlagen wolle. Aber so schnell komme er da nicht weg. Dio mio, pretty please, aiutami, sagte Djamila, my brother is a bambino. Please, help us. You are a very good man, I like you.

Was ging ihn dieser Olabukonola an. Daldossi nahm noch einen Schluck aus der Proseccoflasche, spülte den Mund mit Wasser aus und versuchte noch einmal, Marlis zu erreichen. Der Freiton versetzte ihn in freudige Erregung – jetzt würde er mit ihr sprechen können. Doch sie wies seinen Anruf ab. Er überlegte, Marlis von einem Mobiltelephon aus anzurufen, dessen Nummer sie nicht kannte. Später würde er Rosalia unter einem Vorwand bitten, ihm ihres zu leihen.

Bevor er zu Johanna ging, zog er ein frisches Hemd an.

Und? Daldossi zeigte auf das Fieberthermometer.

Beim ersten Mal 39,4.

Wieso beim ersten Mal?

Vielleicht ist das Thermometer defekt.

Wieder vibrierte Brunos Mobiltelephon. Daldossi sah, daß es eine italienische Telephonnummer war, und ging ran.

Leider sei er heute Morgen nicht durchgekommen, sagte der Mann. Es gäbe Probleme mit der Verbindung. Dann erfuhr Daldossi, daß gegen fünf Uhr früh zwei Schiffe mit insgesamt etwa 120 Personen angekommen waren, man hatte die Flüchtlinge bereits ins Auffanglager gebracht.

Mit dem Schirokko im Rücken schaffen sie es bis nach Lampedusa, sagte der Tauchlehrer. Der Wind aus der Sahara blase sie in die richtige Richtung. Der kalte Mistral hingegen bringe nur Unglück.

In der Nähe der Scogliera della Tabaccara, eine halbe Meile vor der Isola dei Conigli, sei noch ein weiteres Boot gesichtet worden. Es scheint, sie seien alle im selben Augenblick losgefahren.

Vermutlich werden noch weitere Schiffe eintreffen, sagte der Mann, denn der Wind kommt aus Süden.

Wie sind die Prognosen für die nächsten Tage?

Es bleibt ruhig, sagte der Mann. Wenn Sie segeln wollen, müssen Sie warten. Er lachte. Sie finden mich am Neuen Hafen, *Caffè del Porto.*

Ich komme später, sagte Daldossi.

Er würde den Tauchlehrer auf ein paar Biere einladen. Im Irak wäre Daldossi ohne einen guten Informanten aufgeschmissen gewesen. Fixer, die Verbindungsleute vor Ort, ließen sich ihre Kontakte und ihr Wissen teuer bezahlen. Der Mann in Bagdad war ihm damals von einem Freund Leonardo Zambrottas empfohlen worden. Eason hatte Daldossi erzählt, daß er von dem Geld, das er während dreier Kriegswochen verdiente, seine Familie fünf Friedensjahre lang versorgen könne. Männer wie Eason waren besser als jede Lebensversicherung. Sie waren umsichtige Fahrer, die das Auto nicht aus den Augen ließen und sich vor Ort bestens auskannten. Sie sprachen mit den Leuten, übersetzten für einen und besorgten in den schwierigsten Situationen etwas zu essen. Sie waren die eigentlichen Helden.

Wer war das?

Ein Tauchlehrer, der mich über die Ankunft von Flüchtlingsbooten informiert hat.

Und? Sind jetzt welche da?

Daldossi nickte. Laß mal schauen. Er nahm Johanna das Thermometer aus der Hand. – Was könnte das sein?

Johanna zuckte mit den Achseln. Ditha, für die ich eingesprungen bin, liegt mit einer Lungenentzündung im Bett. Jetzt hat es mich wohl auch erwischt.

Sie griff nach Brunos Hand, führte seine Finger an ihre Lippen, küßte sie einzeln. Ich will nicht zurück. Nicht ohne dich.

In einer engen Kammer sitzt ein US-Marine auf der mit einer roten Decke überzogenen Pritsche und trinkt Cola. Am rechten Bildrand ist ausschnittsweise eine zweite Pritsche zu sehen. Der Boden ist mit Wäsche, Zeitschriften und leeren Getränkedosen übersät. Über dem kahlrasierten Kopf des Soldaten kleben zwei Pin-ups an einer schmutzigen Mauer, Bilder von zwei langhaarigen Blondinen in knappen Bikinis, die beide ihre Arme hinter dem Nacken verschränken.
***US-Marine mit Pin-ups**, Farbphotographie, Ramadi/Irak, April 2003, unveröffentlicht.*

Giulio hatte Johanna, Bruno und zwei Touristen zum Flughafen gebracht. Innerhalb von einer knappen Stunde war es ihm gelungen, für Johanna einen Platz in der Propellermaschine zu ergattern. Er hatte nervös gewirkt und Bruno erstaunt angesehen: Sie begleiten Frau Schultheiß nicht?

Ich hab doch eine Verabredung mit Ihrem Schwager.

Ach ja, das Boot.

Die Einnahmen aus der Fischerei, hatte Giulio während der Fahrt erzählt, seien rückläufig, ohne den Bootsverleih oder die touristischen Tagesausflüge zu den Nachbarinseln wäre sein Schwager längst pleite. Seit die Tunesier in den Gewässern der Lampedusaner fischten und die EU-Gesetze mißachteten, gäbe es kaum noch *pesce azzurro*, kaum noch Makrelen, Sardinen und

Sardellen. Die Tunesier würden mit ihren kleinmaschigen Netzen alles abfischen und scheuten sich auch nicht, vier Seemeilen vor Lampedusa und Lampione ihre Fangnetze auszuwerfen. Keiner unternimmt was, hatte Giulio gesagt, weil wir von ihrer Gaspipeline abhängig sind.

Er war aus dem Kleinbus gestiegen und hatte sich eine Zigarette angezündet. Beeilen Sie sich, ich muß gleich zurück, hatte er Bruno nachgerufen.

Der Abschied fiel kurz aus. Bruno nahm Johanna in die Arme und versprach ihr, sie bald in Lüneburg zu besuchen.

Denk daran, was der Carabiniere gesagt hat.

Ich erinnere mich nicht.

Die wahre Liebe ist ein beleuchtetes Fenster in einer dunklen Nacht.

Johanna saß fröstelnd am Gate. Ein alter, unrasierter Mann lief seiner Enkeltochter hinterher, nahm sie in die Arme und begann, als diese lautstark dagegen protestierte, Vogelstimmen zu imitieren. Das Mädchen griff mit seinem Patschhändchen nach den Lippen des Mannes, als versuchte es zu begreifen, wie aus einer schnabellosen Öffnung ein solches Zwitschern kommen konnte. Wenig später gesellte sich die Großmutter dazu. Sie hatte Mineralwasser gekauft.

Bruno war es gelungen, Johannas Trauer kurzfristig zu betäuben. Sie hatte letzte Nacht nicht so oft an ihre Mutter gedacht. Die hätte sich jetzt gewiß um Johanna gesorgt. Kind, was machst du dort, mitten im Meer, fast in Afrika? Kann er dich nicht begleiten? Was ist das für ein Mann?

Hätte Elisabeth das tatsächlich gesagt? War Trauer die ständige Wiederkehr längst gesprochener Worte, oder wurde Johanna jetzt zu ihrer eigenen Mutter?

Bruno hatte kein einziges Mal in Erwägung gezogen, mit Johanna zurückzufliegen, aber er wollte sich um ihr Gepäck kümmern, das sie bis auf eine kleine Tasche im Hotel zurückgelassen hatte, und er hatte ihr einen Untersuchungstermin in einer palermitanischen Klinik verschafft. Der Direktor des Privatkrankenhauses war der Schwager von Terruzzi, einer quirligen Sizilianerin mit hamburgisch-jüdischen Wurzeln. Bruno kannte und schätzte die Terruzzi. Aufgrund ihrer Sprach- und Ortskenntnisse war sie seit nunmehr drei Jahrzehnten zur Anlaufstelle für Journalisten aus der deutschsprachigen Medienwelt geworden, wenn diese über die Verbrechen der sizilianischen Mafia berichteten. In den neunziger Jahren hatte sie selbst ein Buch über den Kampf der Sizilianerinnen gegen die Cosa Nostra herausgegeben.

Terruzzi wollte sich persönlich um Johanna kümmern. Dennoch wäre es Johanna lieber gewesen, wenn Bruno jetzt neben ihr säße. Ihn hatte die alte Neugierde gepackt. In der Nacht hatte er ihr gesagt, daß er froh sei, auf die Insel geflogen zu sein, das sei die beste Entscheidung seit langem gewesen.

Ich will raus, hatte er gesagt.

Wohin raus?

Einfach raus. Ich muß photographieren, auch wenn es immer weniger Magazine gibt, die Bilder kaufen. Ich hab das Herumhängen satt.

In der einen Nacht hatte es keine Stelle an Johannas Körper gegeben, die Bruno nicht berührt hätte. Zwischen seinen Erzählungen hatte er sie mit einer solchen Hingabe geküßt, daß es Johanna fast schon zuviel geworden wäre.

Vielleicht muß ich die Welt photographieren, um die Welt ertragen zu können, hatte er später zu ihr gesagt. Seine Arbeit sei nie Abenteuer gewesen, nicht für ihn. Er sei immer mit dem nötigen Ernst an die Sache herangegangen, wenn auch oft nicht genug vorbereitet.

Er habe aus Tschetschenien, aus der Hölle, Photos an *Estero* geschickt, Bilder aus dem tiefsten Dunkel seines Lebens. Aber die, hatte er gesagt, haben mich nie gefragt, wie es mir geht, ob ich zurechtkomme. Sie haben nur wissen wollen, ob da noch andere waren. Sie wollten einen Exklusivphotographen, der Exklusivleid liefert.

Nur eine Exklusivbehandlung bekamen wir nicht, wenn uns ein paar Querschläger trafen.

Ich hab damals ein Photo von einem Mädchen gemacht, es trug eine olivgrüne Kopfbedeckung und hielt einen Aluminiumteller in der Hand. Der Blick des Betrachters wird durch den Teller und durch das Tuch in die schwarzgraue Ruinenlandschaft und den bedrohlich bewölkten Winterhimmel hineingezogen. Das Photo hatte es auf die Shortlist eines renommierten Preises geschafft.

Schönheit war nicht von mir intendiert worden, sie ergab sich. Es waren die anderen, die in meiner Aufnahme etwas Schönes gesehen und mir diese Schönheit zum Vorwurf gemacht hatten. Es war ihre Empathieunfähigkeit, sie schlüpften eben nicht in das Photo hinein, sie waren nicht gedanklich vor Ort, sie betrachteten es bloß von außen. Und empörten sich, erhoben sich über das Bild, anstatt hineinzukriechen und still zu sein.

Manchmal habe er diese Leute schon beim Abdrücken: *Wie schrecklich! Grauenhaft! Unerträglich!* rufen gehört. Schon im Moment des Photographierens habe er gewußt, daß er mit seinen Aufnahmen nichts würde bewirken können, daß die Bestürzung der Betrachter nur der Abwehr diente. Im nachhinein seien ihm die Photos oft weniger real erschienen als die Reaktionen darauf.

Ich hab mir den Arsch aufgerissen, hatte Bruno gesagt, bin von einem Kriegsschauplatz zum anderen gehetzt, aber die – er hatte sich im Bett aufgesetzt – blättern einfach weiter. Sie werden immer weiterscrollen. Die wollen lieber ein paar Wassertürme betrachten. Ihm sei diese Sammelleidenschaft, die mit den Wunderkammern in der Renaissance begonnen habe, immer fremd geblieben. Wunderkammern! Wir leben in einer Welt der Folterkammern.

Es ist doch denkbar, hatte Johanna zu Bruno gesagt, daß es Formen von Schmerz und Gewalt gibt, die ohne Erfahrung nicht begreifbar sind.

Sie wollen keine entzauberte, öde Welt, das ist die Wahrheit, hatte Bruno gesagt. Sie wollen nicht gestört werden.

In diesem Moment kam der Aufruf zum Boarding. Ein Dutzend Menschen verließ das Flughafengebäude.

Vielleicht schauen sie weg, weil sie keine Sprache dafür haben, dachte Johanna. Sie atmete schnell, ihre Muskeln schmerzten.

Was passiert mit all den Schiffen, fragte Daldossi. Ich habe gestern welche am Neuen Hafen gesehen.

Einige landen mit dem Sondermüll auf der Mülldeponie, sagte Giulio. Sie werden auf dem Festland von Spezialfirmen auseinandergenommen.

Und mit den Motoren?

Ich weiß es nicht, was soll mit den Motoren sein? Giulios Mobiltelephon klingelte.

Wahrscheinlich landen die auf dem Schwarzmarkt, dachte Daldossi. Auf dem Schiffsfriedhof neben dem Sportplatz hatte er nur motorlose Boote gesehen. Bestimmt holten sich die Lampedusaner dort, was sie brauchten. So eine Bootsdeponie war ein willkommenes Ersatzteillager.

Giulio telephonierte mit seiner Frau, während er den Kleinbus durch eine enge Straße steuerte. Er legte das Telephon auch nicht auf seine Oberschenkel, als am Straßenrand eine Polizistin zu sehen war. Erst an der Ecke zur Via Vittorio Emanuele, wo mehrere Leute zusammenstanden, beendete Giulio das Gespräch und blieb mitten auf der Straße stehen. Was ist los? rief er. Sein Arm hing aus dem Fenster, er schlug mehrmals mit der Hand gegen die Außenseite der Tür, um auf sich aufmerksam zu machen. Eine junge Frau, die einen Sack Zwiebeln bei sich trug, kam zu ihm ans Fenster.

Daldossi erfuhr, daß das Tankschiff, welches Trinkwasser geliefert hatte, mutwillig beschädigt worden war.

Das ganze Wasser ist ins Meer geflossen, erzählte die junge Frau.

Wer macht so etwas? Giulio verstellte den Wagen, um einem Piaggio-Dreirad Platz zu machen. Die Frau zuckte mit den Achseln

Überall auf der Welt, dachte Daldossi, verhielten sich die Menschen so. Wenn etwas passiert war, liefen sie zusammen. Die Zeit im Irak war voll von Menschenansammlungen gewesen. Einmal hatte ihn ein junger Mann angegriffen, weil ein anderer einen feindlichen Spion in ihm gesehen hatte. Daldossi war ohne seinen Fixer durch die Menge gegangen, um zu photographieren, als der aufgebrachte Iraker plötzlich auf ihn eingeschlagen hatte. Ohne Eason wäre Daldossi verloren gewesen.

Wenn es so weitergeht, haben wir bald wieder die Situation von 2011, sagte ein Mann in einem blauen Mechaniker-Overall.

Aber nein. Übertreib nicht, Gianni.

Du weißt, was heute früh am Hafen los war.

Giulio nickte. Gutes Wetter, dann kommen sie. Ist nichts Außergewöhnliches.

Das ist nicht normal, sag ich dir. Mein Bruder hat mich angefunkt. Er war heute draußen. Es waren vier um fünf Uhr morgens.

Ich hab von zwei Booten gehört, sagte Giulio.

Dann hat man dich falsch informiert. Gianni mischte sich jetzt in das Gespräch zweier Frauen ein, die sich dem Kleinbus genähert hatten und über den zerstörten Wassertank redeten. Die Ältere der beiden hatte ihren Mann in den Supermarkt geschickt, um einen Vorrat an Mineralwasser anzulegen.

Was ihm größere Sorgen bereite, sei die instabile Internetverbindung, sagte Gianni. Gestern nacht habe er nicht einmal die Fußballergebnisse abfragen können. Die Leitung sei tot gewesen.

Gut, daß Johanna im Flieger saß. Daldossi sah sie vor sich, wie sie, das Handtuch um den Bauch gewickelt, aus dem Bad gekommen und vor ihm stehengeblieben war.

Sie hatte sich für die schönen Stunden bedankt. Das hatte er noch nie erlebt. Dankbarkeit für sein Versagen. In der Nacht hatte sie zu ihm gesagt, daß sie ihn von Anfang an begehrenswert gefunden habe.

Mich? Er hatte sie in die Mulde hinter dem Schlüsselbein geküßt. Er wollte ihr nicht sagen, daß er unter der Trennung von Marlis litt, daß er diese grundsätzliche Erschütterung mit noch mehr Alkohol, als er ohnehin schon trank, abfedern mußte. Daß es ihm so vorkam, als würde Marlis mit jedem Tag größer und wichtiger werden. Vor allem in der Nacht schien es ihm, als stünde er vor ihr wie vor einem Berg.

Giulio fuhr langsam los, bahnte sich einen Weg durch die aufgebrachte Menge.

Unter den Fischern gibt es auch welche, die mal ein paar Gläschen über den Durst trinken, sagte er. Wenn die Muskeln im Augapfel außer Kontrolle geraten, dann werden aus zwei Booten schnell vier. Seit der Tunesischen Revolution, als wir hier Tausende auf der Insel hatten, übertreiben es einige mit ihrer Angst.

Es waren mehr Flüchtlinge als Einwohner, wenn ich mich richtig erinnere, sagte Daldossi.

Natürlich waren wir damals überfordert. Sie sind nicht rechtzeitig aufs Festland gebracht worden. Und ein paar Tunesier haben aus Protest gegen die drohende Abschiebung Teile des Auffanglagers in Brand gesetzt.

Vor 150 Jahren war es umgekehrt, da wanderten über 100 000 Italiener in den Maghreb aus.

Ich weiß, sagte Giulio. Es dürften sogar mehr gewesen sein. Die Großmutter meiner Frau ist in Hammamet geboren.

Und Bettino Craxi ist dort gestorben. In einer luxuriösen Villa am Meer. Schönes Exil, sagte Daldossi.

Das Hammamet, das die Familie meiner Frau vorgefunden hatte, war ein anderes gewesen. Die Auswanderer – übrigens viele aus Lampedusa und Pantelleria – lebten vom Verkauf von Fisch oder Gemüse. Der Urgroßvater meiner Frau war Korallenfischer. Wir haben sogar noch einen Brief aus der Zeit, können aber nicht alles verstehen. Es ist ein Mischmasch aus Sizilianisch und einzelnen Wörtern aus dem Arabischen und Französischen. Dialetto sicularabo, sagte Giulio. Wir sind da.

Er parkte den Wagen vor dem Hotel.

Damals haben die französischen Funktionäre und Verwalter über die dreckigen, kulturlosen Immigranten aus Italien geschimpft, jetzt regen wir uns über die Nordafrikaner auf.

Er zündete sich eine Zigarette an. Sie wissen doch sicher, sagte Giulio, daß Gaddafi mal zwei Raketen Richtung Lampedusa abgefeuert hat.

Sie sind ins Meer gestürzt, sagte Daldossi, und haben Lampedusa bekannt gemacht.

Möglich. Giulio bot Daldossi eine Zigarette an. Man sagt, Gaddafi habe einen Anruf von Craxi erhalten, daß die Amerikaner Tripolis bombardieren würden. Auf diese Weise konnte sich *Der König der Könige von Afrika* rechtzeitig in Sicherheit bringen. Craxi sah sich gerne als Chef des Mittelmeerraumes, als Beschützer und Förderer Tunesiens und Libyens. Die Raketen sollten vermutlich nur von der soliden Verbindung zwischen Craxi und Gaddafi ablenken.

Giulio ging die Treppen zum Hoteleingang hinauf. Mein Schwager ist schon da. Er wartet an der Theke.

Nachdem der Mann ihn zum Boot geführt und ihm ein paar Eigenheiten seiner *Maria Elisabetta* erklärt hatte, war Daldossi zurück zum Hotel gegangen, um die Kamera zu holen. Er trank den Rest des Prosecco und lud den Akku seines Mobiltelephons auf. *Ich vermisse Dich* stand auf dem Display; Johanna hatte die Nachricht vor zehn Minuten abgeschickt. Daldossi war enttäuscht, daß es keine SMS von Marlis war.

Er könne das Boot gerne mehrere Tage behalten. Ihm sei lieber, Daldossi bezahle die Miete am Urlaubsende, hatte Giulios Schwager gesagt.

Der Mann hatte recht: Daldossi war ein Urlauber, er war in Vogels Waldhaus und in Venedig gewesen, vertrieb sich die Zeit, anstatt sie zu nutzen.

Gestern hatte Daldossi jedoch neben sich ins Leere gegriffen, in der Annahme, daß dort seine Nikon liegen würde.

Als er auf den Balkon trat, um zu rauchen, startete die Maschine hinter den gegenüberliegenden Hafenhäusern. Da fliegt sie nun, meine letzte Möglichkeit, dachte Daldossi. Er schoß ein Photo, stand eine Weile da, ohne sich zu bewegen. Verstreut waren Wölkchen zu sehen, wie Rauchzeichen über dem Meer.

Dann bemerkte Daldossi an der Stelle des Hafens, wo die große Fähre vor Anker lag, mehrere Menschen, die sich auffällig bewegten. Er holte sein Teleobjektiv.

An der Mole, das war deutlich zu erkennen, stritten sich Leute. Offenbar wollten sie verhindern, daß die Heckrampe hochgezogen wurde. Die Männer von der Schiffsbesatzung gingen dazwischen. Daldossi sah sie wild gestikulieren. Aus der Distanz konnte er nicht genau erkennen, wer die Menschen waren, die auf die Fähre zu springen versuchten. Es schienen mehrere junge Männer zu sein, sie wurden von anderen abgedrängt. Es kam zu Rangeleien.

Am Ende wurde die Rampe nach drei Versuchen rücksichtslos hochgezogen; zwei der Männer fielen ins Wasser.

Daldossi rauchte die Zigarette zu Ende und beobachtete weiter die Mole, auf der inzwischen ein Polizeiauto vorgefahren war.

Früher wäre er in so einem Fall sofort aufgebrochen, jetzt sagte ihm die Erfahrung, daß da nichts mehr zu photographieren war. Die Fähre hatte abgelegt. Die Stelle, wo die beiden Männer ins Hafenbecken gefallen waren, wurde bereits von einem Rettungsboot angesteuert. Daldossi beobachtete durch den Sucher, wie die beiden an Bord gezogen wurden.

Zurück im Zimmer fand er ein Photo von Olabukonola auf seinem Mobiltelephon. Es erinnerte Daldossi an ein frühes Michael-Jackson-Bild, als der Sänger noch schwarz und sein Haar kraus gewesen war. *Olabukonola Alabi, 06.02.2002 Please, aiutami, Djamila* stand darunter. Er war wirklich noch ein Kind, dachte Daldossi. Das Photo war vor einer Lehmhütte geschossen worden. Olabukonola hatte an jenem Tag ein gelbes, kurzärmeliges Hemd an. Da die Knöpfe fehlten, trug er es offen. Im Hintergrund waren noch andere, kleinere Kinder in Lumpen zu sehen, alle hatten einen ernsten Gesichtsausdruck.

Wenn die nigerianischen Frauen auf Lampedusa ankommen, lächeln sie nie, hatte Leonardo Zambrotta in dem Interview gesagt, das im Anschluß an die Photos abgedruckt worden war. Die Nigerianerinnen hätten die Wüste und das Meer hinter sich und den nächsten Alptraum vor sich. Siebzig Prozent von ihnen landeten in der Prostitution.

Daldossi betrachtete lange das Kinderphoto, dann drückte er auf *Speichern*.

Innerhalb weniger Stunden waren Dutzende Boote angekommen. Die Nachricht verbreitete sich schnell. Von überallher kamen Lampedusaner zum Alten Hafen, um zu erzählen, was sie gesehen hatten. Die Buchten von Cala Croce und Cala Madonna sowie der Strand der Isola dei Conigli seien voll mit Menschen, berichtete ein Fischer, auch Kinder seien darunter. Auf der Steilküstenseite, sagte ein Mann, der die Nachricht vom Busfahrer hatte, seien größere Schiffe gesichtet worden, die voraussichtlich in der nächsten halben Stunde in den Neuen Hafen einlaufen werden.

Wie sollen wir die alle verpflegen, rief eine ältere Frau. Die Nahrung reiche nicht für so viele, und man habe noch immer keinen Funkkontakt zu Sizilien oder zum Festland herstellen können.

Blödsinn, rief einer dazwischen. Ich hab eben eine SMS an meine Verlobte nach Agrigent abgeschickt.

Wer weiß, ob die wirklich angekommen ist, sagte die Frau.

An der Tankstelle am Neuen Hafen brenne es, erzählte ein junger Schwarzer. Mehrere Männer hätten Plastikkanister mit Benzin gefüllt, andere seien dazugekommen, hätten sich vor der Zapfsäule gebalgt. Daraufhin habe ein Polizist, der in der Nähe gewesen war, die Nerven verloren und herumgeballert. Ein Kanister sei ausgelaufen, zwei Autos hätten Feuer gefangen.

Santo cielo, rief die ältere Frau, ich hab's immer gesagt: Der Krieg wird bei uns beginnen. Wer soll uns nun helfen? Die Dschihadisten werden uns alle köpfen. Sie machte ein Kreuzzeichen.

Der junge Verlobte lachte. Cara Signora, die werden sich hüten, in dieses abgefuckte Niemandsland zu kommen.

Die Nonna hat in der Früh angerufen, sagte ein Mädchen, auch auf Linosa sind zwei Boote angekommen.

Euer Telephon hat funktioniert?

Nur kurz. Papa weiß nicht, was er tun soll. Oma ist allein und nicht mehr ganz gesund.

Was soll der Alten schon passieren, sagte der Mann.

Bei uns sind sie in die Ferienhäuser eingebrochen und –

Da müssen sie auf Linosa lange suchen, unterbrach der junge Verlobte die Signora. Dort gibt es doch nur Linsen.

Wie man bei so einem Wetter so weit abdriften kann, ist mir ein Rätsel. Das geht nur ohne Kompaß. Der Alte, der die ganze Zeit schweigend neben Daldossi gestanden war, drehte sich um und verschwand kopfschüttelnd in der Bar.

Daldossi winkte Rosalia zu, die er aus dem Hotel kommen sah. Er zeigte auf den Eingang zur *Bar Sbarcatoio*.

Bevor sie hereinkam, kippte er schnell einen doppelten Cognac.

Sie sei, erzählte die Pasqualotto, zum Auffanglager in die Contrada Imbriacola gefahren. Ohne Genehmigung komme man nicht in die Anlage hinein. Die ganze Insel sei voll von Polizisten und Soldaten.

Rosalia schaltete die Kamera ein und zeigte Daldossi auf dem Display die Bilder, die sie durch den Maschendrahtzaun hindurch von den Containerbauten gemacht hatte. Um das Lager herum führt ein Pfad, erzählte Rosalia. Die Wache hat mich ziehen lassen.

Haben Sie etwa Schmiergeld gezahlt?

Nein, aber einer der Soldaten war ein Landsmann aus Apulien.

Auf den Bildern waren Hunderte Menschen zu sehen. Sie lagen zwischen den Containerbauten auf Schaumgummimatratzen, saßen auf dem Boden oder auf Bänken an billigen Plastiktischen. Die meisten Männer trugen Trainingsanzüge, die wenigen Frauen ihre traditionellen Kaftane.

Rosalias Aufnahmen waren oft unscharf oder aus zu großer Entfernung aufgenommen. Daldossi schwieg. Daß man nicht wollte, daß Journalisten diese Zustände photographierten, rechtfertigte das die Bilder nicht?

Schauen Sie mal – Rosalia vergrößerte einen Bildausschnitt –, da liegt ein Kind zwischen leeren PET-Flaschen und anderem Müll auf dem Boden.

Haben Sie mit jemandem sprechen können?

Ich hab es versucht. Aber sofort ist ein Polizist an den Zaun gekommen und hat mich weggeschickt.

Un caffè corretto perfavore. Möchten Sie auch noch etwas?

Bleiben wir hier? Rosalia sah mitgenommen aus. Sie hatte auf der Rückfahrt in der Nähe der Via Roma etwas essen wollen, aber als sie von ihrer Vespa abgestiegen war, hatte sie ein Carabiniere aufgefordert, weiterzufahren. Das Restaurant könne man im Augenblick nicht betreten. Ein Eritreer habe sich darin verschanzt und drohe, sich mit einer Gasflasche in die Luft zu jagen, wenn man ihn zwinge, seine Fingerabdrücke abzugeben. Er wolle zu seinem Bruder nach Hamburg.

Der Carabiniere hatte die Ruhe weg, sagte Rosalia, nachdem sie zwei Brote bestellt hatte. Ich bin in Panik auf die Vespa gesprungen, da hat er angefangen zu lachen.

Die Gasflasche, welche der Flüchtling im Hinterhof entwendet habe, sei leer, hatte ihr der Carabiniere erklärt. Man warte, bis sich der junge Eritreer abreagiert habe.

Wo waren die anderen? Oder war der Mann allein?

Sie standen in der nächsten Straße und verhandelten mit irgendwelchen Behörden und Leuten vom Roten Kreuz. Ich hab sie nur von weitem gesehen; sie waren alle sehr jung.

Wenn sie kein Schleifpapier haben, schmirgeln sie sich die Fingerkuppen an rauhen Wänden ab.

Ich hab davon gehört, sagte Rosalia. Aber ohne auswertbare Fingerkuppen wird man doch abgeschoben.

Darf ich? Daldossi nahm Rosalia die Kamera aus der Hand und klickte die Bilder am Display durch. Eine Aufnahme fiel ihm ins Auge: Mitten unter den Schwarzafrikanern leuchtete ein Polizist heraus, seine bleiche Haut, der Mundschutz und die hellen Gummihandschuhe sorgten für einen irritierenden Kontrast.

Könnten Sie mir kurz Ihr Mobiltelephon leihen? Meines funktioniert nicht, sagte Daldossi.

Meines auch nicht. Ich wünschte, ich wäre heute mit Johanna abgereist. Wer weiß, wann wir von hier wegkommen.

Sie waren in der Nacht am Neuen Hafen? Auf dem Bild, das Daldossi gerade angeklickt hatte, war das Hafenbecken von Schiffscheinwerfern ausgeleuchtet. Man sah Männer in weißen Schutzanzügen und Menschen in goldfarbenen Wärmefolien.

Das war heute Morgen. Ich konnte nicht schlafen.

Warum haben Sie keine Nahaufnahmen gemacht?

Da war keine Frau.

Daldossi hatte den Verdacht, daß es ihr unangenehm gewesen war, näher heranzugehen. Als Food-Photographin war sie es nicht gewohnt, daß jemand zurückblickte.

Vor dem Barfenster standen mehrere dunkelhäutige Jugendliche, sie schauten Rosalia beim Essen zu, gingen auch nicht weg, als der Kellner vor die Bar trat.

Rosalia nahm das unberührte Käsebrot, wickelte es in eine Papierserviette und ging nach draußen.

Wenig später kaufte sie alle Piadine und Tramezzini, die vorrätig waren, außerdem zwei Dutzend Mineralwasserflaschen.

Bevor Daldossi auf sein Zimmer gegangen war, hatte er zwei große Kanister mit Diesel gefüllt und sie zusammen mit einer Tasche Proviant aufs Boot geschleppt.

Am Abend war es am Alten Hafen wieder ruhig gewesen. Daldossi hatte eine Weile einem Fischer zugesehen, der sein Netz flickte, dann war er auf den Scooter gestiegen und hatte noch eine Runde gedreht.

Am Neuen Hafen und vor dem Büro der Bürgermeisterin waren Hunderte Flüchtlinge versammelt gewesen, dazwischen Sanitäter mit gelben Westen, Männer von der Küstenwache, mehrere Soldaten, Ärztinnen, Polizisten, kaum Journalisten. Offenbar stieß die Ankunft von so vielen Flüchtlingen nicht mehr auf genügend Interesse, oder die Propellermaschine war ausgebucht gewesen.

Zwischen den Menschen hatte Daldossi Rosalia entdeckt, die sich um zwei Kleinkinder gekümmert hatte.

Auch das *Caffè del Porto* war voll mit Rettungsleuten, Beamten von der Finanzpolizei und einheimischen Helfern gewesen, die schnell etwas zu sich genommen und bei Kaffee oder Mineralwasser darüber diskutiert hatten, warum die Telephonleitung tot war und wie lange der Sprit noch reichen würde. Vergeßt nicht, hatte der Barista zu den Männern hinübergerufen, wenn der aus ist, laufen auch die Dieselmotoren nicht mehr, mit denen der Großteil des Inselstroms erzeugt wird. Was macht ihr, wenn eure *Telefonini* zwar wieder Empfang, dafür aber keinen Saft mehr haben?

Nachdem Daldossi im *Caffè del Porto* ein paar Photos gemacht hatte, fuhr er zur Werkstatt, um den Scooter zurückzugeben.

Nun lag er auf dem Bett und versuchte zum wiederholten Mal Marlis anzurufen. Er schöpfte Hoffnung, weil er auf dem Weg ins Hotel zwei SMS bekommen hatte. Johanna, erfuhr er, war von Terruzzi am Flughafen Punta Raisi abgeholt und in die Privatklinik gebracht worden – alles deutete auf eine virale Gastroenteritis hin –, und Vogel fragte, ob Daldossi schon wisse, daß der Bär der jordanischen Prinzessin tot sei, die Zeitungen würden darüber berichten. Doch weder der Neustart des Mobiltelephons, noch die Aktivierung und Deaktivierung des Flugmodus verhalfen zu einem Empfang.

Daldossi trank Wasser aus der Plastikflasche, die neben dem Bett stand. Er hatte mittags in der *Bar Sbarcatoio* den letzten Alkohol getrunken, abends dann eine Lexotanil- und eine Neurotop-Tablette geschluckt, um etwaigen Muskelkrämpfen und epileptischen Anfällen vorzubeugen. Bisher hatte diese Form des Entzugs immer gewirkt. In den intensiven Arbeitsphasen hatte Daldossi es auch früher geschafft, wochenlang trocken zu bleiben.

Einerseits war er jetzt müde, andererseits aufgekratzt. Die Nacht mit Johanna ging ihm nicht aus dem Kopf.

Sirenengeheul unterbrach seine Gedanken. Er ging zur Balkontür und schaute nach draußen. Ein Rettungswagen raste bis zur Mole vor, drehte um und fuhr mit hoher Geschwindigkeit wieder den gleichen Weg zurück.

Daldossi rauchte zur Balkontür hinaus.

Sorge dafür, daß du auch ein normales Leben hast, hatte Zambrotta ihm einmal geraten, sonst wirst du irgendwann sehr allein sein. Wie wäre Leonardo geworden, wenn er hätte weiteratmen dürfen?

Früher war für Daldossi Sex eine Form von Selbstrettung gewesen, er hatte ihn vieles, auch Mißerfolge, vergessen lassen. Inzwischen war der Sex selbst mehr und mehr zu einer Niederlage geworden.

Zum ersten Mal hatte Daldossi Schwierigkeiten gehabt, als er mit Sarah im *Orient* gewesen war. Bei dem Gedanken, daß sie ihn mehr brauchte als liebte, war er nervös geworden. Außerdem hatte Sarah ihn über Marlis ausgefragt, das hatte ihn zusätzlich verunsichert.

Im Schlaf schwitzte er so sehr, daß das Leintuch naß war. Einmal war Daldossi aufgeschreckt, weil er von seiner früheren Chefredakteurin geträumt hatte. Seine Photos, hatte sie zu ihm gesagt, seien schlecht komponiert. Wenn er sie rechtzeitig umgedreht hätte, wäre es ihm selbst aufgefallen. Im Hintergrund hatte Schultheiß gelacht. Aber die Geschichte in Libyen, hatte Daldossi geantwortet, sei auch nicht gut komponiert.

Johanna hatte in der letzten Nacht unbedingt wissen wollen, was zwischen ihm und Henrik vorgefallen sei.

Henrik habe seine Bilder zugeschrieben, er habe ihnen keine

Luft mehr gelassen, hatte Daldossi geantwortet. Meine Photos erzählen Geschichten, Henrik hat andere erzählt. Das kann nicht gutgehen.

Mitten in der Nacht legte sich Daldossi auf die andere Seite des Doppelbettes. Er betrachtete die Rosentapete, während er seine Traumbilder vorüberziehen ließ: einen Wald mit zartgrünen Lärchen und eine Wiese mit blühenden Apfelbäumen, die in ihren Eismänteln glitzerten, weil die Bauern in der Frostnacht, um die Blüten zu schützen, die Beregnungsanlagen eingeschaltet hatten.

Wann würde er das nächste Mal nach Südtirol reisen, wann seine Mutter wiedersehen?

Daß Marlis mich verlassen hat, werde ich Martha nicht sagen. Mutter regt sich sonst zu sehr auf.

Daldossi sah auf die Uhr; er hatte noch drei Stunden, um sich auszuruhen.

Als er auf der *Maria Elisabetta* den Alten Hafen verließ, dämmerte es. Die Venus leuchtete so hell, daß Daldossi im ersten Moment in dem Stern den Landescheinwerfer eines Flugzeuges zu erkennen glaubte.

Er hatte den Zimmerschlüssel und ein Kuvert auf die Rezeptionstheke gelegt. Giulio möge sich doch bitte um Johannas Koffer kümmern oder ihn Rosalia mitgeben. Der Code seiner EC-Card laute 0205. Er solle mit der Karte die Hotelrechnung begleichen und dem Schwager die Miete für das Boot bezahlen, solange dies möglich sei. Marlis Sartori besitze eine Vollmacht und werde die restlichen Zahlungen tätigen. Ihre Adresse und Daten stünden auf der Rückseite.

Daldossi wußte nicht, wie lange er nun schon unterwegs war. Seit ihm Marlis abhanden gekommen war, konnte er sich nicht mehr in der Zeit bewegen.

Das Meer war ruhig, wie es der Tauchlehrer prophezeiht hatte, nur das Licht schmerzte in den Augen. Er hatte die Sonnenbrille vergessen.

War er schon in libyschen Hoheitsgewässern?

Und wie weit war es noch zum *Meer ohne Wasser*?

Hier draußen fielen ihm die Seen seiner Kindheit ein: die Montiggler Seen, der Kalterer und der Fennberger See. Die Namen klangen eigenartig, als gehörten sie zu einem fremden Land, als seien sie nie Teil seiner Sprache gewesen.

Einmal hörte er einen Helikopter, er hing schräg über ihm am Himmel, drehte dann aber ab und flog davon.

Auf einer Parkbank vor einem Geländer, unter dem ein Flußbett zu erkennen ist, sitzt eine alte Frau in einem sandfarbenen Trenchcoat. Neben ihr, seinen Arm um die schmale Schulter der Frau gelegt, ist ein Jugendlicher in Jeans und einem langärmeligen weinroten T-Shirt zu sehen. Mit dem ausgestreckten rechten Arm zeigt der junge Mann auf einen für den Betrachter nicht sichtbaren Punkt in der Ferne. Er wendet den Kopf nach rechts, dem Photographen zu, lächelt diesen an. Die Frau mit den kurzen, weißen Haaren folgt mit ihren Blicken dem Zeigefinger des jungen Mannes. Am vorderen rechten Bildrand sind blühende violette Glyzinien zu sehen.

***Olabukonola und Martha Daldossi auf der Meraner Winterpromenade**, Farbphotographie, Meran/Italien, 4. April 2019, privat.*

Danksagung

Es gab Ausstellungen, Filme, Photographien und Bücher sowie Interviews, die zur Entstehung dieses Romans beigetragen haben; ich nenne hier die wichtigsten: die Photoausstellung *WAR/PHOTOGRAPHY* im New Yorker Brooklyn Museum (2013); der Film *War Photographer* von Christian Frei mit James Nachtwey (2001); der Erfahrungsbericht *DER BANG-BANG CLUB Schnappschüsse aus einem verborgenen Krieg* von Greg Marinovich und João Silva (2015); einzelne Photos von Robert Capa, Kevin Carter, Chris Hondros, Marco Di Lauro, Ed Kashi, Dorothea Lange, Anja Niedringhaus und Eugene Richards; Interviews mit Don McCullin und Francesco Zizola; die Publikationen *War Porn* von Christoph Bangert (2014), *Bilderkrieger* von Michael Kamber (2013) sowie *Die Kinder des Krieges. Bilder aus Bosnien* (1996) mit einem Vorwort von Gabriel Grüner.

Die Beschäftigung mit dem Thema Kriegsphotographie und Kriegsreportage geht auf meine Freundschaft mit Gabriel zurück, der am 13. Juni 1999 zusammen mit dem deutschen Photographen Volker Krämer und dem mazedonischen Übersetzer Senol Alit in der Nähe von Prizren im Kosovo erschossen wurde. Der Tod der *Stern*-Journalisten veranlaßte die Bundeswehr seit 1999 Überlebenstrainingskurse für Journalisten anzubieten. Ich danke der Bundeswehr, daß sie mir die Möglichkeit geboten hat, am Lehrgang *Schutz und Verhalten in Krisenregionen* im VN-Ausbildungszentrum in Hammelburg teilzunehmen, namentlich Oberstleutnant Volker Dewenter und Medienstabsoffizier Major Nils-Alexander Simon für ihre Auskunftsbereitschaft.

Dank auch an den Journalisten Lorenz Gallmetzer und an die Zoologin Sigrid Zederbauer für wertvolle Hinweise, sowie an Robert Schindel und Martin Hielscher für die Betreuung des Manuskripts.

Weitere Werke von
Sabine Gruber im Verlag C.H.Beck

Stillbach oder Die Sehnsucht

Roman.

379 Seiten. München 2011. 3. Auflage

Als ihre beste Freundin Ines in Rom plötzlich stirbt, reist Clara Burger aus Stillbach in Südtirol an, um Ines' Haushalt aufzulösen. Dabei entdeckt sie ein Romanmanuskript, das im Rom des Jahres 1978 spielt, dem Jahr der Entführung und Tötung Aldo Moros. Darin beschreibt Ines offenbar ihre eigene Ferienarbeit vor mehr als dreißig Jahren als Zimmermädchen im Hotel Manente, schreibt von Liebe, Verrat und Subversion, erzählt aber die Geschichte ihrer Chefin Emma Manente, die seit 1938 in Rom lebt und zum Leidwesen ihrer Südtiroler Familie einen Italiener geheiratet hat. War sie tatsächlich Johann aus Stillbach versprochen gewesen, der 1944 bei einem Partisanenanschlag in Rom getötet worden war? Und der Historiker Paul, den Clara in Rom kennenlernt, der Geliebte von Ines aus jenem Jahr? Wie wirken die Spannungen um Südtirol und seine Zugehörigkeit seit der NS-Zeit und dem Faschismus bis heute nach?

In diesem großen, wunderschön geschriebenen Roman erzählt Sabine Gruber spannend und präzise von der Verflechtung persönlicher und historischer Ereignisse, von Stillbach und von Rom, von Verrat und Verbrechen, von Sehnsucht, Wahrheit und Liebe.

Über Nacht

Roman

239 Seiten. München 2007. 2. Auflage

Ein einziger schicksalhafter Augenblick verändert Leben.
In ihrem Roman erzählt Sabine Gruber die Geschichte zweier Frauen in zwei verschiedenen Städten, Mira in Rom und Irma in Wien. Beide Frauen leben mit einem beunruhigenden Verdacht: Mira ist Altenpflegerin und sorgt sich um ihre Ehe. Der eigene Mann wird ihr immer fremder, sie findet sich in der Rolle der Detektivin wieder, spioniert ihm hinterher. Warum schläft ihr Mann nicht mehr mit ihr? Irma zieht ihr Kind allein groß, sie ist Kulturjournalistin und interviewt Menschen mit aussterbenden Berufen, stellt sich aber vor allem selbst Fragen: Wer ist der Tote, der ihr mit seinem Spenderorgan ein neues Leben ermöglicht? Wie lebt es sich mit einem fremden Teil im eigenen Körper? Wie als Überlebende? Zwei Frauen auf Spurensuche, zwei Frauen voller Liebes- und Lebenssehnsucht. Was verbindet die beiden?

«Über Nacht» ist auch ein Buch über das Alter als Realität und Utopie, über den Zufall als Lebens- und Todesmacht und über die Verquickung von Leben und Schreiben. Locker anknüpfend an die Thematik ihres vielgelobten Romans «Die Zumutung», erzählt Sabine Gruber in ihrer schönen, bilderreichen Sprache von den Überraschungen des Lebens und der Willkür des Gerettetwerdens, von der Zerbrechlichkeit der Liebe und dem Aufflammen einer neuen, von Freundschaft und Fürsorge und vom Tod, der erfinderisch macht.

Die Zumutung

Roman

224 Seiten. München 2003. 3. Auflage

Mariannes Körper arbeitet der Vergänglichkeit schneller entgegen, bestimmter als üblich, die Lebenszeit ist radikaler, vorhersehbarer begrenzt. Dennoch und eben deshalb hat sie Liebschaften, geht auf Feste, lernt Beppe kennen, der hartnäckig und unbeholfen um sie wirbt und ihre Liebe gewinnt, weil er so gut zuhört, er, der Übergewichtige, der ihren fremdgewordenen Körper besser kennt als der ferne Freund und eigentliche Gefährte Mariannes, Paul in Rom. Doch alle können nur zusehen, wie folgerichtig Gefühle, Gedanken und schließlich die Existenz zur Disposition stehen. Mariannes Körper stört jede Nähe, jede Lust, jeden Frieden, «es ist, als verlangte mein Körper Antworten, ohne vorher Fragen zu stellen».

Die Zumutung, Sabine Grubers zweiter Roman, verweist auf ein Ensemble von Antworten, die das Universum einer existentiellen Bedrohung ausmachen, in welchem sich die großen und kleinen Dinge neu formieren.
Ein schönes, poetisches und auch humorvolles Buch über die tiefe, gebrochene Liebe zum Leben.